CONTACTO

CONTACTO

CARL SAGAN

Traducción de Raquel Albornoz

NOVA

Contacto

Título original: *Contact*

Primera edición en España: marzo, 2018
Primera edición en México: junio, 2018
Primera reimpresión: octubre, 2020
Segunda reimpresión: julio, 2021
Tercera reimpresión: marzo, 2023

D. R. © 1985, Carl Sagan

Publicado por acuerdo con el editor original, Simon & Schuster, Inc.

D. R. © 2018, Penguin Random House Grupo Editorial, S. A. U.
Travessera de Gràcia, 47-49, 08021, Barcelona

D. R. © 2023, derechos de edición mundiales en lengua castellana:
Penguin Random House Grupo Editorial, S. A. de C. V.
Blvd. Miguel de Cervantes Saavedra núm. 301, 1er piso,
colonia Granada, alcaldía Miguel Hidalgo, C. P. 11520,
Ciudad de México

penguinlibros.com

D. R. © Raquel Albornoz, por la traducción

ISBN: 978-607-316-644-7

Impreso en México – *Printed in Mexico*

Para Alexandra,
que alcanzará la mayoría
de edad con el milenio.
Que podamos dejarle a tu generación
un mundo mejor que el que nos legaron

PRIMERA PARTE

EL MENSAJE

Mi corazón tiembla como una pobre hoja
Sueño que giran los planetas
Las estrellas presionan contra mi ventana
Doy vueltas dormido
Mi cama es un planeta tibio.

MARVIN MERCER,
Escuela Pública 153, 5.º curso,
Harlem, Nueva York, 1981

1

Números irracionales

Leve mosca,
tu juego estival
mi incauta mano
ha destruido.

¿Mas acaso no soy
una mosca como tú?
¿Y no eres tú
un hombre como yo?

Pues yo danzo
y bebo y canto
hasta que una ciega mano
destroce mis alas.

WILLIAM BLAKE,
Canciones de experiencia
«La mosca», estrofas 1-3
(1795)

Según los criterios humanos, era imposible que se tratara de algo artificial que tuviese el tamaño de un mundo. Sin embargo, su aspecto era tan extraño y complejo, resultaba tan obvio que estaba destinado a algún propósito intrincado, que solo podía ser la expresión de una idea. Se deslizaba en la órbita polar en torno a la gran estrella blanco azulada y se asemejaba a un inmenso poliedro imperfecto que llevara incrustadas millones de protuberancias en forma de tazones, cada uno de los cuales apuntaba hacia un sector en particular del cielo para atender a todas las constelaciones. El mundo poliédrico había desempeñado su enigmática función durante eones. Era muy paciente, podía darse el lujo de esperar eternamente.

Al nacer no lloró. Tenía la carita arrugada. Luego abrió los ojos y miró las luces brillantes, las siluetas vestidas de blanco y verde, la mujer que estaba tendida sobre una mesa. En el acto le llegaron sonidos de algún modo conocidos. En su rostro tenía una rara expresión para un recién nacido: de desconcierto, quizá.

A los dos años, alzaba los brazos y pedía muy dulcemente: «Aúpa, papá.» Los amigos de él siempre se sorprendían por lo educada que era la niña.

—No es que sea educada. Antes lloraba cuando quería que la levantaran en brazos. Entonces, una vez le dije: «Ellie, no es necesario que grites. Solo pídeme: "Papá, aúpa."» Los niños son muy inteligentes, ¿no, Pres?

Subida a los hombros de su padre y aferrada a su cabello ralo, Ellie sintió que la vida era mejor ahí arriba, mucho más segura que cuando había que arrastrarse en medio de un bosque de piernas. Allá abajo, uno podía recibir un pisotón, o perderse. Se sostuvo entonces con más fuerza.

Después de dejar atrás a los monos, doblaron la esquina y llegaron frente a un animal moteado y de cuello largo, con pequeños cuernos en la cabeza.

—Tienen el cuello tan largo que no les puede salir la voz —dijo papá.

Ellie se condolió de la pobre criatura, condenada al silencio.

Sin embargo, también se alegró de que existiera, de que fueran posibles esas maravillas.

—Vamos, Ellie —la alentó suavemente su madre—. Léelo.

La hermana de su madre no creía que Ellie, a los tres años, supiera leer. Estaba convencida de que los cuentos infantiles los repetía de memoria. Ese fresco día de marzo iban caminando por la calle State y se detuvieron ante un escaparate donde brillaba una piedra de color rojo oscuro.

—Joyero —leyó lentamente la niña, pronunciando las tres sílabas.

Con sensación de culpa, entró en la habitación. La vieja radio Motorola se hallaba en el estante que recordaba. Era enorme, pesada, y al sostenerla contra el pecho, casi se le cae. En la tapa trasera se leía la advertencia: «Peligro. No abrir.» Sin embargo, ella sabía que, si no estaba enchufada, no corría riesgos. Con la lengua entre los labios, sacó los tornillos y contempló el interior. Tal como sospechaba, no había orquestas ni locutores en miniatura que vivieran su minúscula existencia anticipándose al momento en que el interruptor fuera llevado a la posición de encendido. En cambio, había hermosos tubos de vidrio que semejaban bombillas. Algunos se parecían a las iglesias de Moscú que había visto en la ilustración de un libro. Las puntas que tenían en la base calzaban perfectamente en unos orificios especiales. Accionó la perilla de encendido y enchufó el aparato en una toma de corriente cercana. Si ella no lo tocaba, si ni siquiera se acercaba, ¿qué daño podía causarle?

Al cabo de unos instantes los tubos comenzaron a irradiar luz y calor, pero no se oyó sonido alguno. La radio estaba «rota», y hacía varios años que la habían retirado de la circulación al comprar un modelo más moderno. Uno de los tubos no se encendía. Desenchufó el aparato y extrajo la válvula rebelde. Dentro tenía un cuadradito de metal, unido a cables diminutos. «La electricidad pasa por los cables —recordó—, pero primero tiene que llegar al tubo.» Una de las patitas parecía torcida, y con cierto esfuerzo logró enderezarla. Volvió a calzar la válvula, enchufó el aparato y comprobó, feliz, que la radio se encendía. Miró hacia la puerta cerrada y bajó el volumen. Hizo girar la perilla que indicaba «frecuencia» y dio con una voz que hablaba en tono animado acerca de una máquina rusa que se hallaba en el espacio, dando vueltas sin cesar alrededor de la Tierra. «Sin cesar», pensó. Giró el dial en busca de otras emisoras. Al rato, por miedo a que la descubrieran, desconectó la radio, volvió a colocarle la tapa sin ajustar demasiado los tornillos y, con dificultad, la devolvió a su estante.

Cuando salía, agitada, de la habitación, topó con su madre.

—¿Todo bien, Ellie?

—Sí, mamá —respondió con cara de indiferencia, pero le latía el corazón con fuerza y notaba las manos húmedas.

Se dirigió a su rincón favorito del patio y una vez allí, con el mentón apretado contra las rodillas, pensó en el mecanismo de la radio. ¿Eran necesarios todos esos tubos? ¿Qué podía pasar si los extraía de uno en uno? En una ocasión su padre los había llamado «tubos vacíos». ¿Qué ocurriría dentro de ellos? ¿Cómo hacían para meter en la radio la música de las orquestas y la voz de los locutores? Estos solían decir: «En el aire.» ¿Acaso la radio se transmitía por el aire? ¿Qué pasaba dentro del receptor cuando uno cambiaba de emisora? ¿Qué era la «frecuencia»? ¿Por qué para que la radio funcionase había que enchufarla? ¿Se podría dibujar una especie de mapa para ver por dónde circulaba la electricidad dentro de la radio? ¿Sería peligroso desarmar una radio? ¿Habría manera de armarla de nuevo?

—¿Qué hacías, Ellie? —le preguntó su madre, que en ese momento regresaba de recoger la ropa tendida.

—Nada, mamá. Pensaba, eso es todo.

Cuando tenía diez años, un verano la llevaron a visitar a dos primos a los que odiaba. Vivían en una cabaña junto a un lago, en la península de Michigan, y no entendía por qué, teniendo ellos casa frente al lago de Wisconsin, sus padres decidían viajar cinco horas en coche hasta un lago prácticamente igual para ver a dos chicos antipáticos de diez y once años. Eran unos verdaderos pesados. ¿Por qué su padre, que en otros aspectos la comprendía tanto, pretendía que jugase todos los días con esos idiotas? Se pasó las vacaciones evitándolos.

Una calurosa noche sin luna, después de cenar, salió a caminar sola hasta el muelle de madera. Acababa de pasar una lancha, y el bote de remos de su tío, amarrado al embarcadero, se mecía suavemente en el agua iluminada por las estrellas. A excepción de unas lejanas cigarras y un grito casi subliminal que resonó sobre la superficie del lago, la noche estaba totalmente en calma. Ellie levantó la mirada hacia el cielo brillante y sintió que se le aceleraba el corazón.

Sin bajar los ojos, extendió una mano para guiarse, rozó el césped suave y allí se tendió. En el firmamento refulgían cientos de estrellas, casi todas titilantes, algunas con luz continua. Esa tan brillante, ¿no era azulada?

Tocó nuevamente la tierra bajo su cuerpo, fija, sólida, que inspiraba confianza. Con cuidado se incorporó, miró a izquierda y derecha toda la extensión del lago. Podía divisar ambas márgenes. «El mundo parece plano —pensó—, pero en realidad es redondo. Como una gran pelota en medio del cielo que da una vuelta completa una vez al día.» Trató de imaginar cómo giraba, con miles de millones de personas adheridas a su superficie, gente que hablaba idiomas distintos, todos pegados a la misma esfera.

Se tendió una vez más sobre el césped y procuró sentir la rotación. A lo mejor la percibía, aunque fuera mínimamente. En la margen opuesta del lago, una estrella brillante titilaba entre los árboles más altos. Entornando los ojos, daba la impresión de que de ella partían rayos de luz. Cerrándolos aún más, los rayos cambiaban dócilmente de longitud y de forma. ¿Lo estaría imaginando...? No; la estrella estaba sobre los árboles. Unos minutos antes había aparecido y desaparecido entre las ramas. Ahora estaba más alta. «A esto debe de referirse la gente cuando dice que sale una estrella», se dijo. La Tierra estaba girando en el otro sentido. En un extremo del cielo salían las estrellas. A eso se lo llamaba el este. En el otro extremo, detrás de ella, detrás de las cabañas, se ponían las estrellas. A eso se lo denominaba el oeste. Una vez al día la Tierra daba una vuelta completa, y las mismas estrellas salían en el mismo sitio.

Pero si algo tan inmenso como la Tierra daba un giro entero en un solo día, debía de moverse con suma rapidez. Todas las personas a las que conocía debían estar girando a una velocidad impresionante. Le pareció notar el movimiento del planeta... no solo de imaginárselo, sino de sentirlo en la boca del estómago. Algo parecido a bajar en un ascensor veloz. Echó la cabeza atrás para que nada se interpusiera en su campo visual hasta que solo vio el cielo negro y las estrellas fulgurantes. Experimentó una gratificante sensación de vértigo que la hizo aferrarse al césped con ambas manos, como si, de lo contrario, fuera a remontarse hacia el firmamento, su cuerpo diminuto empequeñecido por la inmensa esfera oscura de abajo.

Lanzó una exclamación y logró ahogar un grito con la mano. Así fue como la encontraron sus primos. Al bajar penosamente la cuesta, los niños notaron en su rostro una extraña expresión, mezcla de vergüenza y asombro, que rápidamente registraron, ansiosos como estaban por buscar la mínima indiscreción para correr a contársela a sus padres.

El libro era mejor que la película, básicamente porque era más completo, y algunas de sus ilustraciones eran muy distintas de las del cine. Pero en ambos, Pinocho —un muñeco de madera, de tamaño natural, que por arte de magia cobra vida— usaba una suerte de cabestro y tenía clavijas en las articulaciones. Cuando Geppetto está por terminar de fabricar a Pinocho, le da la espalda al títere y resulta despedido por un potente puntapié. En ese instante llega un amigo del carpintero y le pregunta qué hace, ahí tendido en el suelo. Con la mayor dignidad, Geppetto le responde: «Estoy enseñándoles el abecedario a las hormigas.» A Ellie eso le pareció sumamente ingenioso y le gustaba narrar la historia a sus amigos. No obstante, cada vez que la relataba unas preguntas quedaban dando vueltas en su mente: ¿Podría uno enseñarles el alfabeto a las hormigas? ¿Quién podría querer hacerlo? ¿Echarse en el suelo en medio de cientos de insectos movedizos, capaces de trepar sobre uno o incluso picarlo? Y, además, ¿qué podían aprender las hormigas?

A veces se levantaba de noche para ir al baño y encontraba allí a su padre, de pijama y con el cuello subido, con un gesto de patricio desdén que acompañaba a la crema de afeitar sobre su labio superior. «Hola, Pres», la saludaba. «Pres» era el diminutivo de «preciosa», y a ella le encantaba que la llamara así. ¿Por qué se afeitaba de noche, cuando a nadie le importaba si tenía la barba crecida o no? «Porque a tu madre sí le importa», respondía él, sonriendo. Años más tarde, Ellie descubriría que solo había entendido en parte la jovial explicación. Sus padres estaban enamorados.

Después del colegio, fue en bicicleta hasta un pequeño parque que había sobre el lago. Sacó de una mochila *El manual del radioaficionado* y *Un yanqui en la corte del rey Arturo*. Al cabo de una breve vacilación se decidió por este último. El héroe de Twain había recibido un golpe en la cabeza y despertaba en la Inglaterra de Arturo. Quizá fuese todo un sueño o una fantasía, aunque a lo mejor era real. ¿Era posible remontarse al pasado? Con el mentón apoyado sobre las rodillas, buscó uno de sus pasajes preferidos, cuando el héroe es recogido por un hombre vestido con armadura, a quien toma por un evadido de algún manicomio. Cuando llegan a la cima de la colina ven una ciudad que se despliega al pie.

«"¿Bridgeport?", pregunté. "Camelot", me respondió.»

Clavó su mirada en el lago azul mientras trataba de imaginar una ciudad que pudiera ser tanto Bridgeport, del siglo XIX, como Camelot, del XVI. En ese instante llegó corriendo su madre.

—Te he estado buscando por todas partes. ¿Por qué desapareces siempre de mi vista? Oh, Ellie —murmuró—, ha pasado algo terrible.

En su clase de séptimo curso estaban estudiando pi, una letra griega que se parecía a los monumentos de piedra de Stonehenge, en Inglaterra: dos pilares verticales con un palito en la parte superior: π. Si se mide la circunferencia del círculo y luego se la divide por el diámetro, eso es pi. En su casa, Ellie tomó la tapa de un frasco de mayonesa, le ató un cordel alrededor, al que luego estiró y con una regla midió la circunferencia. Lo mismo hizo con el diámetro, y posteriormente dividió un número por el otro. Le dio 3,21. La operación le resultó sencilla.

Al día siguiente, el maestro, el señor Weisbrod, dijo que π era 22/7, aproximadamente 3,1416, pero si se quería ser exacto, era un decimal que continuaba eternamente sin repetir un período numérico. «Eternamente», pensó Ellie. Levantó entonces la mano. Era el principio del año escolar y ella no había formulado aún ninguna pregunta en esa asignatura.

—¿Cómo se sabe que los decimales no tienen fin?

—Porque es así —repuso el maestro con cierta aspereza.

—Pero ¿cómo lo sabe? ¿Cómo se pueden contar eternamente los decimales?

—Señorita Arroway —dijo él, consultando la lista de alumnos—, esa es una pregunta estúpida. No les haga perder el tiempo a sus compañeros.

Como nadie la había llamado jamás estúpida, se echó a llorar. Billy Horstman, que se sentaba a su lado, le tomó la mano con dulzura. Hacía poco tiempo que a su padre lo habían procesado por trucar el cuentakilómetros de los coches de ocasión que vendía, de modo que Billy estaba muy sensible a la humillación en público. Ellie huyó corriendo de la clase, sollozando.

Al salir del colegio, fue en bicicleta hasta una biblioteca cercana a consultar libros de matemáticas. Por lo que pudo sacar en limpio de la lectura, su pregunta no había sido tan estúpida. Según la Biblia, los antiguos hebreos parecían creer que π era igual a tres. Los griegos y romanos, que sabían mucho de matemáticas, no tenían idea de que las cifras de π continuaran infinitamente sin repetirse. Eso era un hecho descubierto apenas doscientos cincuenta años antes. ¿Cómo iba ella a saber las cosas si no se le permitía formular preguntas? Sin embargo, el señor Weisbrod tenía razón en cuanto a los primeros dígitos. Pi no era 3,21. A lo mejor, la tapa de la mayonesa estaba un poco aplastada y no era un círculo perfecto. O tal vez ella hubiera medido mal el cordel. No obstante, aun si hubiera obrado con más cuidado, no se podía esperar que pudiese medir un número infinito de decimales.

Sin embargo, cabía otra posibilidad: pi podía calcularse con la precisión que uno quisiera. Sabiendo cálculo, podían probarse fórmulas de π que permiten obtener tantos decimales como uno desee. El libro traía fórmulas de pi dividido por cuatro, algunas de las cuales no entendió. Otras, en cambio, la deslumbraron: π/4, rezaba el texto, era igual a 1 − 1/3 + 115 − 1/7..., y las fracciones se prolongaban hasta el infinito. Rápidamente trató de resolverlo, sumando y restando las fracciones en forma alternada. La suma pasaba de ser mayor que π/4 a ser menor que π/4, pero al rato se advertía que la serie de números llevaba directamente hacia la respuesta correcta. Era imposible llegar allí exactamente, pero con una gran paciencia se podía llegar lo más cerca que uno deseara. Le parecía un milagro que la forma de todos los círculos del mundo tuviera relación con esa serie de fracciones. ¿Qué sabían los círculos de fracciones? Entonces decidió estudiar cálculo.

El libro ponía algo más: que π se denominaba un número «irracional».

No existía una ecuación con números racionales que diera como resultado pi, a menos que fuese infinitamente larga. Como ya había aprendido por su cuenta algo de álgebra, comprendió lo que eso significaba. De hecho, había una cantidad infinita de números irracionales, más aún, había una cantidad infinitamente mayor de números irracionales que de racionales, pese a que pi era el único que conocía. En más de un sentido, π se vinculaba con el infinito.

Había podido vislumbrar algo majestuoso. Oculta en medio de todos los números había una cantidad infinita de números irracionales, cuya presencia uno nunca habría sospechado, a menos que se hubiera adentrado en el estudio de las matemáticas. De vez en cuando, en forma inesperada, uno de ellos —como pi— aparecía en la vida cotidiana. Sin embargo, la mayoría —una cantidad infinita de ellos— permanecía escondida sin molestar a nadie, y seguramente sin ser descubierta por el irritable señor Weisbrod.

A John Staughton lo caló de entrada. Le resultaba un misterio insondable cómo su madre pudo siquiera contemplar la idea de casarse con él... no importaba que solo hiciese dos años de la muerte de su padre. De aspecto era pasable y, si se lo proponía, era capaz de simular interés por uno. Pero era un ser rígido. Los fines de semana hacía ir a sus alumnos a arreglar el jardín de la nueva casa a la que se habían mudado y, cuando se iban, se burlaba de ellos. A Ellie, que estaba por comenzar su secundaria, le advirtió que ni siquiera osara mirar a sus brillantes alumnos. Era un individuo engreído. Ellie estaba convencida de que, por ser profesor, despreciaba secretamente a su fallecido padre por haber sido solo un comerciante. Staughton le hizo saber que su interés por la radio y la electrónica era indecoroso para una mujer, que así no conseguiría nunca un marido, y que su amor por la física era un capricho aberrante, «presuntuoso». Que carecía de condiciones para eso, y que le convenía aceptar ese hecho objetivo porque se lo decía por su propio bien. Cuando fuera mayor se lo agradecería. Al fin y al cabo, él era profesor adjunto de Física y sabía de qué hablaba. Esos sermones la indignaban, aunque hasta ese momento —pese a que Staughton se resistía a creerlo— jamás había pensado en dedicarse a la ciencia.

No era un hombre amable como había sido el padre de ella y, encima, carecía por completo de sentido del humor. Cuando alguien daba por sentado que era hija de Staughton, se ponía furiosa. Su madre y su padrastro nunca le insinuaron que se cambiara el apellido puesto que sabían cuál sería su respuesta.

Ocasionalmente el hombre demostraba algo de afecto, por ejemplo, cuando a ella le practicaron una amigdalotomía y él le llevó al hospital un maravilloso calidoscopio.

—¿Cuándo van a operarme? —preguntó Ellie, algo adormilada.

—Ya te han operado —respondió Staughton—. Y todo ha salido bien.

A ella le resultó inquietante que le hubieran robado lapsos enteros sin que se diera cuenta, y le echó la culpa a él, aun cuando era consciente de que su reacción resultaba infantil.

Era inconcebible que su madre pudiera estar verdaderamente enamorada de ese hombre. Seguramente había vuelto a casarse por razones de soledad, por flaqueza. Necesitaba que alguien se ocupara de ella. Ellie juró no aceptar jamás una posición de dependencia. Su padre había muerto, su madre se había vuelto distante y ella se sentía una exiliada en casa de un tirano. Ya no había nadie que la llamara «Pres».

Ansiaba poder escapar.

—¿Bridgeport? —pregunté.

—Camelot —respondió.

2

Luz coherente

Desde que tengo uso de razón, mi afición por el aprendizaje ha sido tan intensa y vehemente que ni siquiera las recriminaciones de otras personas —tampoco mis propios reproches— me impidieron seguir esta inclinación natural que Dios me dio. Solo Él conoce el porqué, y también sabe que le he implorado que me quite la luz del discernimiento, que me deje únicamente la necesaria para cumplir con su mandato ya que, según algunos, todo lo demás es excesivo para una mujer. Otros afirman que hasta es pernicioso.

SOR JUANA INÉS DE LA CRUZ,
Réplica al obispo de Puebla (1691),
que había criticado su trabajo erudito
por ser inapropiado para su sexo.

Deseo proponer a la favorable consideración del lector una doctrina que, me temo, podrá parecer desatinadamente paradójica y subversiva. La doctrina en cuestión es la siguiente: no es deseable creer una proposición cuando no existe fundamento para suponer que sea cierta. Por supuesto, debo reconocer que, si dicha opinión se generalizara, transformaría por completo nuestra vida social y nuestro sistema político; y

como ambos actualmente son perfectos, este hecho debe pesar
en contra de dicha opinión.

BERTRAND RUSSELL,
Ensayos escépticos, I (1928)

*Alrededor de la estrella blanco azulada giraba un amplio
anillo de desechos —piedras y hielo, metales y materiales orgánicos—, de un tono rojizo en la periferia y azulado en la
parte más próxima a la estrella. El poliedro del tamaño de un
mundo cayó verticalmente por una brecha en los anillos y
emergió al otro lado. En el plano de anillos, había recibido
sombras intermitentes producidas por rocas heladas y montañas que se desplomaban. Sin embargo, en su trayectoria hacia un punto por encima del polo opuesto de la estrella, la luz
del sol se reflejaba en sus millones de apéndices con forma de
tazón. Observándolo con atención podría haberse advertido
que uno de ellos realizaba un leve ajuste de enfoque. Lo que no
hubiera podido verse habría sido la multitud de radioondas
que partían de él para internarse en la inmensidad del espacio.*

Durante toda la presencia del hombre sobre la faz de la Tierra,
el cielo nocturno ha sido siempre para él una compañía y fuente
de inspiración. Las estrellas son reconfortantes y parecen demostrar que los cielos se crearon para beneficio del ser humano.
Esta patética vanidad se convirtió en la sabiduría convencional
del mundo entero. Ninguna cultura estuvo exenta de ella. Algunas personas hallaron en los cielos una apertura hacia la sensibilidad religiosa. Muchos se sienten sobrecogidos y humillados por
la gloria y la magnitud del cosmos. Otros sienten el estímulo para
manifestarse con el más exagerado vuelo de su fantasía.

En el mismo momento en que el hombre descubrió la vaste-
dad del universo y se dio cuenta de que aun sus más disparatadas
fantasías eran ínfimas comparadas con la verdadera dimensión

de la Vía Láctea, tomó medidas para asegurar que sus descendientes no pudiesen ver las estrellas en lo más mínimo. Durante un millón de años, los humanos se han criado en el contacto diario, personal, con la bóveda celeste. En los últimos milenios comenzaron a construir las ciudades y a emigrar hacia ellas. En el curso de las últimas décadas, gran parte de la población humana abandonó una forma rústica de vida. A medida que avanzaba la tecnología y se contaminaban los centros urbanos, las noches se fueron quedando sin estrellas. Nuevas generaciones alcanzaron la madurez ignorando totalmente el firmamento que había pasmado a sus mayores y estimulado el advenimiento de la era moderna de la ciencia y la tecnología. Sin darse cuenta siquiera, justo cuando la astronomía entraba en su edad de oro, la mayoría de la gente se apartaba del cielo en un aislamiento cósmico que solo terminó con los albores de la exploración espacial.

Ellie solía contemplar a Venus e imaginar que se trataba de un mundo semejante a la Tierra, poblado por plantas, animales y civilizaciones, pero todos distintos de los que tenemos aquí. En las afueras del pueblo, después de ponerse el sol, levantaba la mirada al cielo y escudriñaba ese puntito luminoso. Al compararlo con las nubes cercanas, aún iluminadas por el sol, le parecía amarillento. Trataba de imaginar qué pasaba allá arriba. Se ponía de puntillas y miraba fijamente el planeta. En ocasiones, casi tenía la sensación de que podía verlo; la niebla amarilla de pronto se disipaba y por unos instantes aparecía una enorme ciudad. Los vehículos espaciales avanzaban raudamente entre las espirales de cristal. A veces se imaginaba que espiaba dentro de esos vehículos y vislumbraba a uno de ellos. También se imaginaba a un ser joven, que observaba un puntito azul brillante en su cielo, puesto de puntillas, mientras se interrogaba acerca de los habitantes de la Tierra. La idea le resultaba fascinante: un planeta tórrido, tropical, que rebosaba de vida inteligente y a muy corta distancia.

Optó por la memorización mecánica aunque sabía que, en el mejor de los casos, solo le brindaría una educación hueca. Se esforzaba lo mínimo para aprobar los cursos y poder así dedicarse a otras cosas. Pasaba sus horas libres en un sitio denominado el «taller», una fábrica pequeña y modesta que el colegio había instalado en la época en que estaba de moda la «educación vocacional». Por «educación vocacional» se entendía, principalmente, realizar trabajos manuales. Allí había tornos, taladros y otras máquinas y herramientas a las que le estaba prohibido acercarse porque, por inteligente que fuese, seguía siendo «una chica». Con desgana, le dieron autorización para llevar a cabo sus propios proyectos en el sector de electrónica del «taller». Fabricó radios casi desde cero y luego prosiguió con algo más interesante.

Construyó una máquina de cifrado que, pese a ser rudimentaria, funcionaba. Podía recibir cualquier mensaje en inglés y, mediante una simple sustitución de cifra, transformarlo en algo semejante a una jerigonza. Lograr un aparato que hiciera el proceso inverso —es decir, decodificar un mensaje cifrado sin conocer las pautas de sustitución— le resultó mucho más difícil. La máquina podía realizar todas las sustituciones posibles (A simboliza a B, A simboliza a C, A simboliza a D...) o, si no, tener presente que en inglés algunas letras se emplean más que otras. Una idea de la frecuencia de uso de las letras la daba el tamaño de las cajas correspondientes a cada letra que había en la imprenta contigua. Según los chicos de la imprenta, las doce más utilizadas eran ETAOINSHRDLU, en ese orden. Al decodificar un mensaje, la letra más usada probablemente fuera la E. Ellie descubrió que algunas consonantes tenían cierta tendencia a aparecer juntas; las vocales se distribuían más o menos al tuntún. La palabra de tres letras más frecuente en el idioma era *the*. Si dentro de una palabra había una letra en medio de una T y una E, casi con seguridad se trataba de una H. Si no, podía ser una R o una vocal. Dedujo otras reglas y pasó largas horas investigando la frecuencia de las letras en varios libros de texto, hasta que se enteró de que esas tablas de periodicidad ya habían sido compiladas y publicadas. Construyó la máquina de descifrado para su propio placer. No la usaba para enviar mensajes secretos a sus amigos. No sabía muy bien a quién podía hacer partícipe de ese interés suyo por la electrónica y la criptografía; los chicos se inquietaban y se ponían muy nerviosos, mientras que las chicas la miraban con desconfianza.

Los soldados de Estados Unidos estaban librando batallas en un sitio remoto llamado Vietnam. Todos los meses reclutaban muchachos jóvenes de la calle o del campo para enviarlos a Vietnam. Cuanto más leía acerca de la guerra y más pronunciamientos escuchaba por parte de los dirigentes nacionales, más se indignaba. «El presidente y el Congreso mentían y mataban —se dijo—, y el pueblo lo consentía sin protestar.» El hecho de que su padrastro apoyara la postura oficial respecto del cumplimiento de tratados, de la teoría del dominó y la agresión comunista, no hizo más que reforzar sus ideas. Comenzó a asistir a mítines políticos y manifestaciones en una universidad próxima. La gente que conoció allí le pareció más inteligente, más amiga, más vital que sus torpes y obtusos compañeros de secundaria. John Staughton primero le advirtió que no debía juntarse con estudiantes universitarios, y luego se lo prohibió. Según él, no iban a respetarla, se aprovecharían de ella. Con su actitud, Ellie estaba fingiendo una sofisticación que jamás tendría. Cada vez vestía peor. La ropa militar de fajina era inadecuada para una chica, además de constituir un hecho hipócrita para una persona que decía oponerse a la intervención norteamericana en el Sudeste Asiático.

Aparte de unas tenues exhortaciones a Ellie y Staughton para que no riñeran, la madre participaba muy poco en estas discusiones. En privado, le imploraba a su hija que obedeciera a su padrastro, que se portara «bien». Ellie sospechaba que Staughton se había casado con su madre solo para cobrar el seguro por la muerte de su padre... ¿por qué otro motivo, si no? Era obvio que él no manifestaba el menor indicio de estar enamorado y no estaba dispuesto en lo más mínimo a portarse «bien». Un día, la madre le pidió a Ellie que hiciera algo que redundaría en beneficio de todos: que asistiera a clases de estudios bíblicos. Cuando vivía su padre, un escéptico en cuestiones religiosas, nunca se había mencionado la posibilidad de estudiar la Biblia. ¿Cómo pudo su madre casarse con Staughton?, se planteó la joven por enésima vez. Las clases bíblicas, continuó la progenitora, la ayudarían a adquirir las virtudes tradicionales, pero servirían para algo más importante aún: para demostrarle a Staughton que Ellie estaba dispuesta a poner algo de su parte. Por amor y compasión hacia su madre, ella aceptó.

Así fue como todos los domingos, durante casi todo el año lectivo, Ellie asistió a un grupo de debate en una iglesia cercana. Se trataba de una de esas respetables congregaciones protestantes, no contaminada por el turbulento evangelismo. Asistían algunos alumnos de secundaria, varios adultos —en su mayoría mujeres de mediana edad— y la coordinadora, que era la esposa del pastor. Ellie nunca había leído seriamente la Biblia sino que se había inclinado por aceptar la opinión, quizá poco generosa, de su padre en el sentido de que era «mitad historia de bárbaros, mitad cuentos de hadas». Por eso, el fin de semana antes de comenzar las clases, leyó las partes que le parecieron más importantes del Antiguo Testamento, tratando de mantener la mente abierta. De inmediato advirtió que había dos versiones distintas y contradictorias de la creación en los dos primeros capítulos del Génesis. No entendía cómo pudo haber habido luz días antes de la creación del sol, y tampoco llegó a captar exactamente con quién se había casado Caín. Se llevó una gran sorpresa con las historias de Lot y sus hijas, de Abraham y Sara en Egipto, del compromiso de Dina, de Jacob y Esaú. Comprendía que pudiera haber cobardía en el mundo real, que hubiera hijos que engañaran y estafaran a su padre anciano, que un hombre pudiera ser tan débil como para permitir que su mujer fuera seducida por el rey o incluso alentar la violación de sus propias hijas, pero en el libro sagrado no había ni una sola palabra de protesta frente a semejantes ultrajes. Por el contrario, daba la impresión de que se consentían, y hasta se ensalzaban, tales crímenes.

Al comenzar el curso estaba ansiosa por participar en un debate sobre esas incongruencias, porque la iluminaran respecto del propósito de Dios, o al menos le dieran una explicación de por qué el autor o los autores no condenaban tales crímenes. La mujer del pastor no quiso comprometerse. Por alguna razón, esas historias nunca se trataron en las discusiones. Cuando Ellie preguntó cómo las siervas de la hija del faraón se dieron cuenta con solo mirar de que el bebé que había en los juncos era hebreo, la profesora se ruborizó y le pidió que no hiciera preguntas indecorosas. (Ellie comprendió la respuesta en ese mismo instante.)

Cuando llegaron al Nuevo Testamento, la agitación de la muchacha fue en aumento. Mateo y Lucas remontaban la línea genealógica de Jesús hasta el rey David. Sin embargo, para Mateo había veintiocho generaciones entre David y Jesús, mientras que Lucas mencionaba cuarenta y tres. No había casi ningún nombre en común en ambas listas. ¿Cómo podía pensarse que tanto Lucas como Mateo transmitiesen la Palabra de Dios? Esa contradicción en la genealogía le parecía a Ellie un obvio intento por adecuar la profecía de Isaías después de ocurrido el hecho, lo que en el laboratorio de Química se conocía como «inventar los datos». Se emocionó profundamente con el Sermón de la Montaña, sintió un gran desencanto ante la exhortación a dar al César lo que es del César, y quedó al borde de las lágrimas cuando la profesora en dos oportunidades se negó a explicarle el sentido de la cita: «No vengo a traer la paz sino la espada.» Le anunció a su madre que había puesto todo de su parte, pero que ni loca iba a asistir a una clase más de estudios bíblicos, pues había quedado muy desilusionada.

Era una calurosa noche de verano y Ellie estaba tumbada en su cama oyendo cantar a Elvis. Los compañeros del instituto le resultaban inmaduros y con los universitarios le costaba mucho tener una relación normal en las manifestaciones y conferencias debido a la rigidez de su padrastro y a las horas que le fijaba para el regreso a casa. No le quedaba más remedio que reconocer que John Staughton tenía razón al menos en algo: los jóvenes, casi sin excepción, tenían una tendencia natural hacia la explotación sexual. Al mismo tiempo, parecían mucho más vulnerables en el plano emocional de lo que ella hubiese creído. A lo mejor, una cosa causaba la otra.

Suponía que quizá no iba a poder asistir al *college*, aunque estaba decidida a irse de casa. Staughton no le pagaría estudios superiores, y la intercesión de su madre resultó infructuosa. No obstante, Ellie obtuvo un resultado espectacular en los exámenes de ingreso a la universidad, y sus profesores le anticiparon que muy posiblemente los más afamados centros de estudios le ofrecerían becas. Consideraba que había aprobado la prueba por pura casualidad, ya que por azar había respondido bien a numerosas preguntas de elección múltiple. Con escasos conocimientos, solo lo necesario para excluir todas las respuestas menos dos, tenía una posibilidad entre mil de obtener todas las respuestas correctas, se dijo. Para lograr veinte, las posibilidades eran de una entre un millón. Sin embargo, ese mismo test lo habían realizado quizás un millón de jóvenes en todo el país. Alguno había de tener suerte.

La localidad de Cambridge (Massachusetts) le pareció lo bastante alejada para eludir la influencia de John Staughton, pero también cercana como para volver a visitar a su madre, quien encaró la perspectiva como un difícil término medio entre la idea de abandonar a su hija o causarle un fastidio mayor a su marido. Ellie optó por Harvard y no por el Massachusetts Institute of Technology.

Era una muchacha bonita, de pelo oscuro y estatura mediana. Llegó a su período de orientación con una gran avidez por aprender de todo. Se propuso ampliar su educación e inscribirse en todos los cursos posibles aparte de los que constituían su interés central: matemáticas, física e ingeniería. Sin embargo, se le planteó el problema de lo difícil que resultaba hablar de física y, mucho menos, discutir del tema con sus compañeros de clase, en su mayoría varones. Al principio reaccionaban ante sus comentarios con una suerte de desatención selectiva. Se producía una mínima pausa, tras la cual proseguían hablando como si ella no hubiese abierto la boca. Ocasionalmente se daban por enterados de algún comentario suyo, o incluso lo elogiaban, para luego proseguir como si nada hubiera pasado. Ellie estaba segura de que sus opiniones no eran del todo tontas y no quería que le hicieran desaires o la trataran con aires de superioridad. Sabía que eso se debía en parte —solo en parte— a su voz demasiado suave. Por eso se obligó a adquirir una voz profesional, clara, nítida y varios decibelios por encima de un tono de conversación. Con esa voz era importante tener razón. Tenía que elegir el momento apropiado para usarla. Le costaba mucho seguir forzándola, pues corría el riesgo de prorrumpir en risas. Por eso prefería intervenir con frases cortas, a veces punzantes, para llamar la atención de sus compañeros; luego podía continuar usando un tono más normal. Cada vez que se encontraba en un grupo nuevo, tenía que abrirse camino de la misma forma, aunque solo fuera para poder participar de los intercambios de opiniones. Los muchachos ni siquiera se percataban de que existiese ese problema.

A veces, cuando se hallaban en un seminario o en prácticas de laboratorio, el profesor decía: «Sigamos adelante, señores.» Luego, al advertir que Ellie fruncía el entrecejo, agregaba: «Lo siento, señorita Arroway, pero a usted la considero un muchacho más.» El mayor cumplido que eran capaces de dispensarle era no considerarla manifiestamente femenina.

Tuvo que esforzarse por no volverse demasiado combativa ni convertirse en una verdadera misántropa. Reflexionaba que el misántropo es el que odia a todo el mundo, no solo a los hombres. De hecho, ellos tenían un término para definir al que odia a las mujeres: misógino. Sin embargo, los lexicógrafos no se habían preocupado por acuñar una palabra que simbolizara el disgusto por los hombres. Como ellos eran casi todos hombres, pensó, nunca imaginaron que hubiese necesidad de esa palabra.

Había sufrido en carne propia, más que muchos compañeros, las restricciones impuestas en su hogar. Por eso la fascinaban sus nuevas libertades en el plano intelectual, social y sexual. En una época en que las chicas tendían a usar ropa informe que minimizara la diferencia entre los sexos, Ellie prefería una sencilla elegancia en ropa y maquillaje que le costaba obtener con su magro presupuesto. Pensaba que había formas más efectivas de realizar una afirmación política. Cultivó la amistad de unas pocas amigas íntimas y se granjeó varias enemigas, quienes la criticaban por su forma de vestir, sus opiniones políticas o religiosas, o el vigor con que defendía sus ideas. Su gusto y capacidad para la ciencia eran vistos con desagrado por muchas jóvenes, aunque unas pocas la consideraban como la demostración viva de que una mujer podía sobresalir en ese campo.

En la cima de la revolución sexual, se lanzó a experimentar con gran entusiasmo, pero se dio cuenta de que intimidaba a sus posibles candidatos. Sus relaciones duraban unos meses o aun menos. La alternativa era disimular sus intereses o no expresar sus opiniones, algo que se había negado a hacer en el instituto. La atormentaba la imagen de su madre, condenada a una vida de prisión. Comenzó entonces a pensar en hombres que no estuvieran vinculados con el ámbito académico y científico.

Algunas mujeres carecían de artificios y dispensaban su afecto sin pensárselo dos veces. Otras ponían en práctica una campaña militar, planificando posibles contingencias y posiciones de retirada, todo para «pescar» a un hombre deseable. La palabra «deseable» era lo que las traicionaba. El pobre tipo en realidad no era deseado sino apenas deseable. En su opinión, la mayoría de las mujeres optaban por un término medio, o sea, que deseaban conciliar sus pasiones con lo que suponían las beneficiaría a largo plazo. Quizás hubiese algún vaso comunicante entre el amor y el interés que no era advertido por la mente consciente. No obstante, la idea de atrapar a alguien en forma calculada le causaba espanto; por eso decidió ser una ferviente partidaria de la espontaneidad. Fue entonces cuando conoció a Jesse.

Había ido con un amigo a un bar que funcionaba en un sótano, próximo a la plaza Kenmore. Jesse cantaba *blues* y tocaba la guitarra. Su forma de cantar y de moverse le dio a Ellie la pauta de las cosas que se estaba perdiendo. La noche siguiente regresó sola, se sentó a la mesa más cercana y ambos se miraron fijamente durante la actuación. Al cabo de dos meses vivían juntos.

Solo cuando sus compromisos musicales llevaban a Jesse a Hartford o Bangor, ella trabajaba algo en lo suyo. De día alternaba con los otros estudiantes: muchachos que llevaban la regla de cálculo colgada, como un trofeo, del cinturón; muchachos con portalápices de plástico en el bolsillo de la camisa; muchachos vanidosos, de risa nerviosa; muchachos serios que se dedicaban de lleno a convertirse en científicos. Ocupados como estaban en su afán por sondear las profundidades de la naturaleza, eran casi desvalidos en las cuestiones de la vida diaria, donde, pese a toda su erudición, resultaban seres patéticos y poco profundos. Quizá la dedicación total a la ciencia los absorbía tanto que no les quedaba tiempo para desarrollarse como hombres en todos los planos. O tal vez su incapacidad en el aspecto social los había llevado a otros campos donde no habría de notarse dicha carencia. Ellie no disfrutaba con su compañía, salvo en lo estrictamente científico.

De noche tenía a Jesse, con sus contorsiones y sus lamentos, una especie de fuerza de la naturaleza que se había adueñado de su vida. En el año que pasaron juntos, Ellie no recordaba ni una sola noche en que él propusiera irse a dormir. Nada sabía él de física ni de matemáticas, pero era un ser despierto dentro del universo. Y durante un tiempo ella también lo fue.

Ellie soñaba con conciliar sus dos mundos. Se le ocurrían fantasías de músicos y físicos en armonioso concierto social. No obstante, las veladas que organizaba ella no tenían nada de atractivas.

Un día, él le anunció que quería un bebé. Había decidido arraigarse, llevar una vida seria, conseguir un empleo estable. Incluso estaba dispuesto a considerar la idea del matrimonio.

—¿Un bebé? —dijo ella—. Yo tendría que dejar de estudiar, y todavía me faltan muchos años. Con una criatura, quizá nunca podría volver a la universidad.

—Sí, pero tendríamos al niño. Perderías el estudio, pero tendrías otra cosa.

—Jesse, yo necesito estudiar.

Él se encogió de hombros y Ellie comprendió que ese era el

fin de su vida en común. Pese a que duraron unos meses más, ya todo se lo habían dicho en esa breve conversación. Se despidieron con un beso y él partió rumbo a California. Ella jamás volvió a saber de Jesse.

A finales de la década de 1960, la Unión Soviética consiguió asentar vehículos espaciales en la superficie de Venus. Fueron las primeras naves que el hombre logró posar, en buenas condiciones de funcionamiento, en otro planeta. Más de una década antes, los radioastrónomos norteamericanos habían descubierto que Venus era una intensa fuente emisora de radiaciones. La explicación más en boga era que la atmósfera de Venus atrapaba el calor mediante un efecto de invernáculo planetario. Según esa hipótesis, la superficie del planeta era terriblemente tórrida, demasiado caliente para que existieran ciudades de cristal llenas de venusianos. Ellie ansiaba obtener otra explicación y trató, sin éxito, de imaginar algún modo en que la emisión de radiaciones pudiese provenir de algún sitio más elevado que la superficie de Venus. Algunos astrónomos de Harvard y el MIT sostenían que ninguna alternativa, aparte de la de un Venus ardiente, podía justificar los datos sobre radiaciones. No obstante, a Ellie la idea de un efecto masivo de invernáculo le resultaba improbable. Sin embargo, cuando llegó allí la nave espacial *Venera*, se comprobó que la temperatura era lo bastante alta para fundir el estaño o el plomo. Se imaginó la forma en que se derretirían las ciudades de cristal (aunque en realidad Venus no era tan caliente), su superficie bañada por lágrimas de silicato. Era una romántica, bien que lo sabía.

Aun así, no podía menos que admirar lo importante que era la radioastronomía. Los investigadores apuntaron los radiotelescopios hacia Venus y lograron medir la temperatura de superficie casi con la misma exactitud con que lo haría la nave *Venera*, trece años más tarde. A ella siempre le habían fascinado la electricidad y la electrónica, pero esa era la primera vez que se sentía impresionada por la radioastronomía. Bastaba con quedarse en el propio planeta y orientar un telescopio con dispositivos electrónicos para recibir información proveniente de otros mundos. La idea la maravillaba.

Comenzó entonces a visitar el modesto radiotelescopio de Harvard, y llegó un momento en que la invitaron a colaborar en las observaciones y el posterior análisis de datos. En verano consiguió un empleo remunerado como ayudante en el Observatorio Nacional de Radioastronomía de Green Bank (Virginia Occidental), y allí pudo contemplar fascinada el primer radiotelescopio, construido por Grote Reber en el patio de su casa de Wheaton (Illinois) en 1938, y ejemplo de lo que un aficionado podía lograr con una gran dedicación. Reber podía detectar la emisión de radio proveniente del centro de la galaxia siempre y cuando ningún vecino estuviera haciendo arrancar su coche, o cuando no estuviese encendida la máquina de diatermia que había en las proximidades. El centro galáctico era mucho más poderoso, pero la máquina de diatermia estaba mucho más cerca.

El ambiente de paciente investigación y la ocasional gratificación por algún modesto descubrimiento satisfacían a Ellie. Tenía la intención de determinar cómo aumentaba el número de fuentes extragalácticas emisoras de radiación a medida que uno observaba más profundamente el espacio. Comenzó a concebir formas más eficaces de captar tenues señales de radio. Llegado el momento, se graduó con honores en Harvard y fue a realizar su trabajo de posgrado al otro extremo del país: al Instituto de Tecnología de California.

Durante un año colaboró como aprendiz de David Drumlin, muy conocido por su brillante nivel y su incapacidad de soportar a los mediocres. Era de esos hombres que suelen ser una eminencia en su profesión, pero que internamente padecen la terrible angustia de que alguien pueda llegar a superarlos. Drumlin le enseñó lo fundamental de la materia, sobre todo la base teórica. Si bien se comentaba que tenía mucha aceptación entre las mujeres, Ellie lo consideraba demasiado agresivo y centrado en sí mismo. A su vez, él la criticaba por ser muy romántica. El universo se rige por el orden estricto de sus propias leyes. Lo importante es pensar como lo hace el universo, no endilgarle al universo nuestras ideas románticas (y anhelos femeninos, llegó a decir). Citando a un colega, afirmaba que todo lo que no está prohibido por las leyes de la naturaleza, es de cumplimiento obligatorio. Pero lamentablemente, agregaba, casi todo está prohibido. Ellie lo observaba con atención durante las disertaciones, tratando de comprender esa extraña mezcla de rasgos de personalidad. Veía en él a un hombre de excelente estado físico, con canas prematuras, sonrisa irónica, anteojos de media luna ajustados en la punta de la nariz, corbata de lazo, mentón cuadrado y leve acento provinciano.

Le divertía sobremanera invitar a cenar a los alumnos y profesores jóvenes (a diferencia del padrastro de Ellie, que disfrutaba rodeándose de estudiantes pero no los invitaba a comer por considerarlo un derroche). Drumlin hacía gala de una extremada parcialidad intelectual que lo llevaba a orientar siempre la conversación hacia los temas que él manejaba con autoridad y a descartar rápidamente las opiniones críticas. Después de cenar sometía a sus invitados a una exhibición de diapositivas donde aparecía él buceando en Cozumel o Tobago. Salía siempre sonriendo y saludando a la cámara, incluso en las tomas bajo el agua. En ocasiones aparecía también su colega científica, la doctora Helga Bork. (La mujer de Drumlin siempre ponía objeciones a esas fotos en particular, argumentando que la mayoría ya las había visto en cenas anteriores. En rigor, el público ya había visto todas las fotos. Drumlin reaccionaba exaltando las virtudes de la doctora Bork, con lo cual la rabia de su esposa aumentaba.) Algunos alumnos le seguían la corriente buscando algún elemento novedoso que no hubiesen advertido antes entre los corales y los erizos de mar. Otros se sentían incómodos o se centraban en los bocadillos de aguacate.

Solía invitar a los estudiantes de posgrado, en grupos de dos o tres, para que lo llevaran en coche hasta el borde de su acantilado preferido, cerca de Pacific Palisades. Se sujetaba la cuerda de deslizamiento y saltaba luego por el precipicio, hacia las aguas tranquilas del mar. La misión de ellos consistía en bajar hasta el camino paralelo a la costa y recogerlo. A algunos los invitaba a acompañarlo en el salto, pero muy pocos aceptaban. Resultaba obvio que le fascinaba el espíritu de competición. Ciertos profesores consideraban a sus alumnos de posgrado como la reserva para el futuro, sus portadores de antorchas intelectuales para entregarlas a la siguiente generación. Sin embargo, Drumlin daba la impresión de tener una opinión muy distinta. Para él, los graduados eran pistoleros. Alguno de ellos podría desafiarlo para arrebatarle el título de «pistolero más veloz del Oeste». Por eso, era menester mantenerlos en su sitio. De momento, Drumlin no había hecho proposiciones amorosas a Ellie, pero ella estaba segura de que, tarde o temprano, iba a intentarlo.

Durante su segundo año en el Instituto de Tecnología de California, Peter Valerian regresó a la universidad al concluir una estancia de un año en el extranjero. Se trataba de un hombre poco simpático. Nadie —ni siquiera él mismo— lo consideraba brillante. Sin embargo, poseía importantes antecedentes en el campo de la radioastronomía, debido —como solía explicar cuando lo interrogaban— a que era «perseverante». Había un solo aspecto levemente deshonroso en su carrera científica: le fascinaba la posibilidad de que existiera inteligencia extraterrestre. A cada profesor se le perdonaba alguna flaqueza; Drumlin se lanzaba por los precipicios y Valerian sentía atracción por la vida en otros mundos. Otros se dedicaban a las plantas carnívoras o a la meditación trascendental. Valerian había estudiado la inteligencia extraterrestre —denominada con la sigla ETI— más en profundidad y durante más tiempo que nadie. Cuando Ellie llegó a conocerlo mejor, comprendió que para él la ETI constituía una suerte de fascinación, un romance, que contrastaba drásticamente con la monótona vida personal que llevaba. El reflexionar sobre la posibilidad de la vida extraterrestre no era para él un trabajo, sino una diversión.

A Ellie le encantaba oírlo, le daba la sensación de que se internaba en el País de las Maravillas o la Ciudad de las Esmeraldas. En realidad, era aún mejor, puesto que al terminar sus cavilaciones siempre cabía la idea de que eso fuese posible, que realmente pudiera existir. Algún día, pensaba ella, podría ocurrir en la realidad, no solo en la fantasía, que uno de los radiotelescopios recibiera un mensaje. Pero en cierto modo también era peor debido a que Valerian, tal como hacía Drumlin, respecto a otros temas no se cansaba de acentuar la necesidad de cotejar la especulación con la realidad física. Eso era una especie de tamiz que separaba el análisis útil de los torrentes de reflexiones absurdas. Los extraterrestres, con toda su tecnología, debían de obedecer estrictamente las leyes de la naturaleza, premisa que entorpecía numerosos y atrayentes proyectos. No obstante, lo que lograba pasar por ese cedazo, lo que sobrevivía al más escéptico análisis físico y astronómico, bien podía ser realidad. Por supuesto, nunca se podía estar seguro. Ciertamente existían posibilidades que uno no había considerado, o que otras personas, más inteligentes, podían llegar a imaginar algún día.

Valerian hacía hincapié en cómo estamos atrapados por el tiempo, la cultura y la biología, en lo limitados que somos, por definición, para imaginar criaturas o civilizaciones fundamentalmente distintas. Y al haber evolucionado en mundos muy diferentes, esos seres necesariamente tenían que ser distintos de nosotros. Era probable que, por ser más avanzados, poseyeran tecnologías inimaginables —eso era casi una certeza—, e incluso otras leyes de la física se hubieran descubierto cuando nuestra generación apenas comenzaba a considerar el problema. Sostenía que iba a haber una física del siglo XXI, una física del siglo XXII e incluso una del cuarto milenio. Llegaríamos a afirmar cualquier ridiculez si intentáramos imaginar la forma de comunicarse que podría tener una civilización técnica muy diferente.

No obstante, se tranquilizaba, los extraterrestres deberían saber lo atrasados que éramos. Si fuéramos más avanzados, ellos ya conocerían nuestra existencia. Aquí estábamos, apenas comenzando a ponernos de pie; hace poco descubrimos el fuego; ayer nos topamos con la dinámica de Newton, las ecuaciones de Maxwell, los radiotelescopios y los primeros indicios de la superunificación de las leyes de la física. Valerian estaba seguro de que ellos no nos pondrían difíciles las cosas. Al contrario, trata-rían de facilitárnoslas ya que, si pretendían comunicarse con ton-tos, deberían ser indulgentes. Por eso, pensaba, tendría su gran oportunidad si alguna vez llegaba un mensaje. El hecho de no ser un profesional brillante era, en realidad, su punto fuerte. Va-lerian creía saber todo lo que sabían los tontos.

Con el consenso de los profesores, Ellie eligió como tema para su tesis doctoral el perfeccionamiento de los receptores de sensibilidad empleados en los radiotelescopios. Así podría utili-zar su talento para la electrónica, liberarse de Drumlin y su en-foque principalmente teórico, y continuar sus charlas con Vale-rian, pero sin dar el arriesgado paso profesional de trabajar con él en la cuestión de la inteligencia extraterrestre. El tema era de-masiado especulativo como para una disertación doctoral. Su pa-drastro solía criticar sus intereses por poco realistas, ambiciosos o decididamente triviales. Al enterarse por rumores del tema de su tesis (a esa altura Ellie ya no se hablaba con él), lo descalificó por prosaico.

Ellie estaba trabajando en el máser de rubí. El rubí está com-puesto principalmente por alúmina, la cual es casi transparente. El color rojo proviene de una pequeña impureza de cromo dis-tribuida a través del cristal de la alúmina. Cuando se imprime un fuerte campo magnético sobre el rubí, los átomos de cromo aumentan su energía o, como les gusta decir a los físicos, se ele-van hasta un estado de excitación. A ella le encantaba la ima-gen de los minúsculos átomos convocados a una actividad fe-bril, enloquecidos por llevar a cabo una causa buena: amplificar una señal de radio débil. Cuanto más fuerte era el campo mag-nético, más se excitaban los átomos de cromo. Así, se podía esti-mular un máser para que resultara particularmente sensible a una frecuencia de radio seleccionada. Ellie halló la forma de obtener rubíes con impurezas de lantano además de átomos de cromo, de modo de poder sintonizar un máser en una frecuencia menor para que captara señales mucho más débiles que los máseres an-teriores. El detector debía hallarse inmerso en helio líquido. Lue-go instaló su nuevo instrumento en uno de los radiotelescopios del Instituto de California y pudo así detectar, en frecuencias totalmente nuevas, lo que los astrónomos denominan radiación de fondo del cuerpo negro, de grado tres: el vestigio, en el espectro radioeléctrico, del Big Bang, la inmensa explosión que dio inicio a este universo.

«A ver si no me equivoqué —solía decirse—. Tomé un gas inerte que había en el aire, lo convertí en líquido, agregué ciertas impurezas a un rubí, le adherí un imán y por fin pude detectar el fuego de la creación.»

Luego sacudía la cabeza, azorada. Para cualquiera que desconociese la física subyacente podía parecer la más pretenciosa nigromancia. ¿Cómo explicar eso a los mejores científicos de siglos atrás, que sabían de la existencia del aire, los rubíes y la magnetita, pero no del helio líquido, la emisión estimulada y las bombas de flujo superconducentes? Más aún, recordó, ellos no tenían ni la más leve noción sobre el espectro radioeléctrico. Ni siquiera sobre la idea de espectro, salvo en forma vaga por el hecho de contemplar un arcoíris. No sabían que la luz se forma con ondas. ¿Cómo podíamos confiar en ser capaces de entender la ciencia de una civilización adelantada mil años a la nuestra?

Fue necesario fabricar rubíes en grandes cantidades, porque solo unos pocos reunían las condiciones necesarias. Ninguno poseía calidad de piedra preciosa y casi todos eran diminutos. Sin embargo, ella se acostumbró a llevar puestos algunos de los sobrantes de mayor tamaño ya que le quedaban bien con su tez morena. Por bien tallada que estuviera, se podía notar cierta imperfección en la piedra engarzada en un anillo o un prendedor: por ejemplo, en la forma extraña en que absorbía la luz en ciertos ángulos debido a un marcado reflejo interior, o una mancha clara en medio de la coloración roja. A sus amigos no científicos les explicaba que le gustaban los rubíes, pero que no podía darse el lujo de comprarlos. De algún modo, su actitud era como la del científico que descubrió el camino bioquímico de la fotosíntesis y que de ahí en adelante usó siempre un pinche de pino o una ramita de perejil en la solapa. Sus colegas, que cada vez sentían más respeto por ella, lo consideraban una peculiaridad sin importancia.

Los grandes radiotelescopios del mundo se erigen en sitios remotos por la misma razón que Paul Gauguin puso proa a Tahití: porque, para trabajar bien, es preciso estar lejos de la civilización. A medida que fue en aumento el tráfico mundial de civiles y militares, hubo que ocultar los radiotelescopios, confinarlos en un perdido valle de Puerto Rico, por ejemplo, o en un inmenso desierto de Nuevo México o Kazastán. Como las interferencias de radio siguen creciendo, tendría sentido emplazar los telescopios lejos de la Tierra. Los científicos que trabajan en estos remotos observatorios suelen ser decididos y tenaces. Las esposas los abandonan, los hijos se marchan de casa a la primera oportunidad, pero ellos perseveran en su labor. No se consideran a sí mismos soñadores o ilusos. El plantel permanente de científicos de tales observatorios está constituido por hombres de mente práctica, expertos que saben mucho sobre diseño de antenas y análisis de datos, pero no tanto sobre los cuásares y los púlsares. En general, son gente que no soñaba con alcanzar las estrellas durante su infancia, pues estaban muy ocupados reparando el carburador del coche de la familia.

Tras obtener su doctorado, Ellie fue nombrada para un cargo de investigadora adjunta en el observatorio de Arecibo, un enorme tazón de 305 metros de diámetro adherido al suelo, en un valle del norte de Puerto Rico. Como allí se encontraba el radiotelescopio de mayores dimensiones del mundo, estaba ansiosa por utilizar su detector de máseres para estudiar diversos objetos astronómicos: estrellas y planetas cercanos, el centro de la galaxia, púlsares y cuásares. Como miembro del personal fijo de Arecibo dispondría de bastante tiempo para la observación. Existe una enorme competencia para tener acceso a los grandes radiotelescopios, ya que hay muchos más proyectos de investigación de los que pueden llevarse a cabo. Por eso, la posibilidad de tener reservado el uso de un telescopio es algo sumamente valioso. Para muchos astrónomos, era la única razón por la cual aceptaban residir en sitios tan alejados de la mano de Dios.

También esperaba explorar varias estrellas cercanas en busca de posibles señales de origen inteligente. Con su sistema detector sería posible recibir la fuga radioeléctrica de un planeta similar a la Tierra, aun si se encontraba a pocos años luz de distancia. Además, cualquier sociedad adelantada que intentara comunicarse con nosotros, indudablemente sería capaz de realizar transmisiones de mucha mayor potencia que las nuestras. Si Arecibo, que se utilizaba como telescopio de radar, podía transmitir un megavatio de potencia a un punto específico del espacio, una civilización que fuera apenas un poco más avanzada que la nuestra estaría en condiciones de transmitir cien megavatios o más. Si ellos estuvieran intencionalmente transmitiendo a la Tierra con un telescopio de las mismas dimensiones de Arecibo pero con un trasmisor de cien megavatios, Arecibo tendría que poder detectarlos en cualquier parte de la Vía Láctea. Cuando reflexionaba sobre eso, le sorprendía que, en la búsqueda de inteligencia extraterrestre, lo que podía hacerse superaba en gran medida lo que se había hecho. En su opinión, los recursos asignados a esa investigación eran magros.

Los lugareños denominaban a Arecibo «el Radar». Su función era algo oscura, pero al menos proporcionaba más de un centenar de empleos muy necesarios. Las muchachas de la zona no tenían acceso a los astrónomos, a algunos de los cuales se los podía ver, a cualquier hora del día o la noche, pletóricos de energía vital, practicando aerobismo en la pista que rodeaba las instalaciones. Por consiguiente, las atenciones que recibió Ellie a su llegada se convirtieron muy pronto en motivo de distracción de su trabajo.

La belleza física del lugar era notable. Al atardecer, miraba por las ventanas y veía nubes de tormenta que se cernían en el otro extremo del valle, detrás de una de las tres inmensas torres donde colgaban los alimentadores de bocina y el sistema máser que ella había hecho instalar. En la parte superior de cada torre brillaba una luz roja de advertencia para aviones que pudieran desviarse de su ruta e ir a parar a tan remoto paraje. Ellie salía a veces de madrugada a tomar un poco de aire y se afanaba por descifrar el canto de miles de ranas, llamadas «coquís», nombre que imitaba su plañidero lamento.

Algunos astrónomos residían cerca del observatorio, pero el aislamiento, unido a la ignorancia del castellano y a su falta de experiencia con otras culturas, los impulsaba a llevar, a ellos y sus mujeres, una vida solitaria. Otros preferían vivir en la base Ramey de la Fuerza Aérea, que se jactaba de contar con la única escuela de habla inglesa de la zona. Sin embargo, el trayecto de una hora y media en coche también acentuaba su sensación de aislamiento. Además, las continuas amenazas de los separatistas puertorriqueños, convencidos erróneamente de que el observatorio desempeñaba una importante función militar, aumentaban la impresión de nerviosismo contenido, de falta de pleno control sobre las circunstancias.

Varios meses más tarde llegó Valerian de visita. El motivo aparente era pronunciar una conferencia, pero Ellie sabía que en parte su viaje obedecía a la intención de comprobar cómo se desempeñaba ella y proporcionarle una suerte de apoyo psicológico. Las investigaciones de Ellie iban por buen camino. Había descubierto lo que parecía una nube molecular interestelar y había obtenido datos muy interesantes en el centro de la Nebulosa del Cangrejo. También había concluido la búsqueda más minuciosa realizada hasta entonces de señales que pudieran provenir de una media docena de estrellas cercanas, sin resultado positivo. Se topó, sí, con uno o dos datos sospechosamente regulares, pero, al volver a observar las estrellas en cuestión, no halló nada fuera de lo normal. Si estudiamos un número considerable de estrellas, tarde o temprano la interferencia terrestre o la concatenación de ruidos dispersos producirán una especie de esquema capaz de acelerarnos el corazón por un momento. Habrá entonces que tranquilizarse y realizar una verificación. Si el sonido no se repite, lo consideraremos falso. Ellie creía que esa disciplina era imprescindible para conservar cierto equilibrio emocional. Estaba decidida a ser muy tenaz, sin perder la sensación de asombro que la impulsaba desde el primer momento.

De la magra provisión de alimentos que había en el refrigerador de la comunidad, Ellie sacó lo suficiente para un pícnic rudimentario, y se instaló con Valerian en los alrededores del plato parabólico del observatorio. A cierta distancia se veían algunos operarios que reparaban o cambiaban paneles. Estos calzaban unas raquetas especiales para nieve a fin de no deteriorar las planchas de aluminio u ocasionar perforaciones que pudiesen precipitarlos al suelo. Valerian estaba encantado con el trabajo de Ellie. Se contaron chismes y comentaron novedades del mundillo científico. La conversación giró luego en torno a SETI, sigla con que empezaba a denominarse la búsqueda de inteligencia extraterrestre.

—¿Nunca pensaste en dedicarte exclusivamente a esto, Ellie?

—Bueno, no demasiado. Pero en realidad es imposible, ¿verdad? No hay ningún organismo importante destinado únicamente a SETI, que yo sepa.

—No, pero algún día podrá haberlo. Hay una posibilidad de que se agreguen decenas de platos adicionales al Circuito Mayor de Antenas y lo conviertan en un observatorio solo para SETI. Desde luego, también se realizarían ciertas actividades habituales de la radioastronomía, pero sería un excelente interferómetro. Te repito que es apenas una posibilidad. Sería muy costoso, haría falta una decisión política y, en el mejor de los casos, se lograría dentro de muchos años. Por eso te digo que es solo para pensarlo.

—Peter, yo terminé de observar cuarenta y tantas estrellas cercanas del tipo del espectro solar. Examiné la línea de hidrógeno de veintiún centímetros, que todos sostienen es la frecuencia de radiobaliza puesto que el hidrógeno es el átomo más abundante del universo, etcétera. Y lo hice con la más alta sensibilidad que jamás se haya probado. Sin embargo, no obtuve ni el menor rastro de una señal. A lo mejor ahí fuera no hay nadie y esto no es más que una pérdida de tiempo.

—¿Como por ejemplo la vida en Venus? Hablas solo por desencanto. Venus no es más que un planeta de tantos, pero hay miles de millones de estrellas en la Galaxia. Tú has observado apenas un puñado. ¿No te parece un poco prematuro darte por vencida? Has resuelto la milmillonésima parte del problema. Quizá mucho menos, si tomas en cuenta otras frecuencias.

—Ya sé, ya sé. Pero ¿no tienes la sensación de que si esos seres están en alguna parte, deberían estar en todas partes? Si seres realmente avanzados vivieran a mil años luz de aquí, ¿acaso no deberían tener un puesto de avanzada en nuestro patio trasero? Podría dedicarme toda la vida a SETI y no convencerme jamás de que he completado la investigación.

—Ya estás hablando como Dave Drumlin. Si no logramos dar con ellos mientras él viva, entonces el tema no le interesa. Estamos solo en el comienzo de SETI. Tú sabes cuántas posibilidades hay. Este es el momento de dejar abiertas todas las opciones, la ocasión de ser optimistas. Si hubiéramos vivido en épocas pretéritas de la historia, no podríamos habernos planteado esto, y en caso contrario nos habría resultado imposible hallar una respuesta. Sin embargo, esta época es ideal. Por primera vez alguien ha podido dedicarse a buscar la inteligencia extraterrestre. Tú misma has construido un detector para rastrear civilizaciones en los planetas de otras galaxias. Nadie te garantiza el éxito, pero ¿se te ocurre algún proyecto más importante? Imagínatelos allá arriba, enviándonos señales, y que aquí en la Tierra nadie los esté escuchando. Sería tremendo, ¿no? ¿No te avergonzarías de nuestra civilización si tuviéramos los medios para captar las señales pero nos faltara la iniciativa necesaria?

Un total de 256 imágenes procedentes de la izquierda se deslizaron por el sector izquierdo. Otras 256 de la derecha hicieron lo propio en su sector derecho. Con las 512 resultantes, ella integró una visión envolvente de las inmediaciones. Se hallaba inmersa en un bosque de enormes hojas, algunas verdes, otras descoloridas, casi todas más grandes que ella. Sin embargo, no le costaba encaramarse y de vez en cuando mantener un precario equilibrio sobre una hoja doblada, para luego caer sobre el mullido almohadón de hojas horizontales antes de continuar su derrotero. Se daba cuenta de que iba por el centro de la pista. No pensaba en nada, ni siquiera en cómo sortearía un obstáculo cien veces más alto que ella. No necesitaba sogas pues ya iba equipada. La tierra despedía un fuerte olor que seguramente acababa de dejar como señal otra exploradora de su grupo. La senda debía conducir hacia los alimentos, como lo hacía habitualmente. La comida aparecía de forma espontánea. Las exploradoras la encontraban y marcaban el camino. Ella y sus compañeras iban a buscarla. A veces el alimento era otra criatura semejante, o si no, un trozo de algo amorfo o cristalino. Ocasionalmente era tan voluminoso que hacía falta la ayuda de varias compañeras para transportarlo de vuelta. Hizo chasquear las mandíbulas por el goce anticipado.

—Lo que más me preocupa —continuó Ellie— es lo contrario, o sea, que ellos no estén haciendo el menor intento. Podrían comunicarse con nosotros, pero no lo hacen porque no le ven sentido. Piensa, por ejemplo, en las hormigas —dijo, mirando brevemente el borde del mantel que habían extendido sobre el césped—. Ellas tienen mucho trabajo, cosas en qué ocuparse. A un cierto nivel tienen plena conciencia del medio que habitan. Sin embargo, nosotros no tratamos de comunicarnos con ellas. Por eso pienso que esos seres ni siquiera saben que existimos.

Una hormiga grande, más audaz que sus compañeras, se había atrevido a subir al mantel y marchaba velozmente por la diagonal de uno de los cuadrados rojos y blancos. Conteniendo cierta repulsión, Ellie la envió con un golpecito de vuelta al césped... donde debía estar.

3

Ruido blanco

Las melodías que pueden escucharse son dulces, pero aquellas que no pueden escucharse lo son más.

John Keats,
Oda a una urna griega

Las mentiras más crueles a menudo se dicen en silencio.

Robert Louis Stevenson,
Virginibus Puerisque (1881)

Durante años los impulsos habían viajado por la oscuridad, entre las estrellas. De vez en cuando interceptaban alguna nube irregular de gas y polvo, y una pequeña parte de la energía se absorbía o se dispersaba. La energía restante seguía su rumbo original. Adelante se divisaba un tenue resplandor amarillento, y este lentamente adquiría más brillo en medio de otras luces que no variaban. Aunque para el ojo humano seguía siendo un punto, era, de lejos, el objeto más luminoso del negro firmamento. Los impulsos se habían topado con una multitud de gigantescas bolas de nieve.

Una delgada mujer de más de treinta años entró en el edificio de oficinas de Argos. Sus ojos, grandes y separados, suavizaban el contorno angular de su rostro. Llevaba el largo pelo negro sujeto con una hebilla de carey. Con su informal vestimenta de camiseta tejida y falda beis, cruzó el pasillo de la planta baja y abrió una puerta con la inscripción «E. Arroway - Directora». Cuando retiró el pulgar de la cerradura de contacto dactilar, cualquier observador le habría notado en la mano derecha un anillo con una extraña piedra roja rudimentariamente engarzada. La mujer encendió la lámpara del escritorio, abrió un cajón y sacó unos auriculares. En la pared del fondo, se leía una cita de las *Parábolas*, de Franz Kafka:

> *Las sirenas poseen un arma más letal aún*
> *que su canto: su silencio...*
> *Es posible que alguien haya conseguido*
> *escapar de su canto;*
> *pero de su silencio, jamás.*

Apagó la luz y se encaminó hacia la puerta.

En la sala de control verificó que todo estuviera en orden. Por la ventana alcanzaba a ver varios de los 131 radiotelescopios que se extendían por decenas de kilómetros a lo largo del desierto de Nuevo México, como una extraña especie de flores mecánicas que se elevaban hacia el cielo. Eran las primeras horas de la tarde, y la noche anterior se había quedado despierta hasta tarde. La radioastronomía puede practicarse durante el día, ya que el aire no dispersa las ondas solares. Para un radiotelescopio orientado hacia cualquier punto, salvo muy cerca del Sol, el cielo es de una negrura total. Excepto las fuentes de emisión radioeléctrica.

Más allá de la atmósfera de la Tierra existe un universo cargado de emisiones radioeléctricas. Estudiando las ondas de radio se puede adquirir conocimiento sobre los planetas, las estrellas y galaxias, sobre la composición de las grandes nubes de moléculas orgánicas que flotan entre las estrellas, sobre el origen, la evolución y la suerte del universo. Pero todas esas emisiones radioeléctricas son naturales, es decir, causadas por procesos físicos, por electrones que se mueven en círculos en el campo magnético galáctico, por moléculas interestelares que chocan unas con otras, o por los remotos ecos del Big Bang, la gran explosión primigenia de los rayos gamma en el origen del universo hasta las dóciles ondas de radio que llenan todo el espacio en nuestra época.

En las pocas décadas transcurridas desde que el hombre comenzó a dedicarse a la radioastronomía, jamás se recibió una señal desde las profundidades del espacio, algo fabricado, artificial, tramado por alguna clase de mente. Sí hubo falsas alarmas. Al principio se pensó que las variaciones regulares de tiempo de las emisiones radioeléctricas de los cuásares, pero sobre todo de los púlsares, podían ser una señal proveniente de alguien, o tal vez una baliza de radionavegación para exóticas naves que surcaban el espacio interestelar. No obstante, resultaron ser otra cosa, tan exótica quizá como una posible señal emitida por habitantes del cielo nocturno. Los cuásares parecían estupendas fuentes de energía, tal vez vinculados con inmensos agujeros negros en el centro de las galaxias. Los púlsares son núcleos atómicos del tamaño de una ciudad que giran a gran velocidad. Ha habido otros mensajes ricos y misteriosos que resultaron inteligentes, aunque no muy extraterrestres. Los cielos están ahora salpicados de radares militares secretos y satélites de comunicación radial a cargo de radioastrónomos civiles. A veces, estos eran verdaderos delincuentes que hacían caso omiso de los convenios internacionales sobre telecomunicaciones. A nadie se podía recurrir para imponerles sanciones. De vez en cuando, los países negaban tener responsabilidad en ello. Pero nunca hubo una señal extraña nítida, definida.

Sin embargo, ahora el origen de la vida parecía tan sencillo —había tantos sistemas planetarios, tantos miles de millones de años para la evolución biológica— que era fácil suponer que la galaxia rebosaba de vida e inteligencia. Argos era el proyecto de mayor envergadura del mundo, dedicado a la búsqueda por radio de inteligencia extraterrestre. Las ondas de radio se desplazaban a la velocidad de la luz, al parecer la velocidad más alta posible. Eran fáciles de generar y detectar. Hasta una civilización tecnológicamente atrasada, como la Tierra, pudo descubrir la radio en el comienzo de su exploración del mundo físico. Incluso con la rudimentaria tecnología de radio existente —solo habían transcurrido unas pocas décadas desde la invención del radiotelescopio— era casi posible comunicarse con una civilización idéntica que habitara el centro de la galaxia. No obstante, había tantos lugares del cielo por examinar, y tantas frecuencias mediante las cuales una civilización extraña podía estar emitiendo, que era menester contar con un paciente y sistemático programa de observación. Argos venía funcionando desde hacía más de cuatro años, lapso en que hubo deslices, interferencias, señales vagas y falsas alarmas. Pero ningún mensaje.

—Buenas tardes, doctora.

El solitario ingeniero le sonrió amablemente y Ellie le devolvió el saludo. Los 131 telescopios del proyecto Argos eran controlados por computadoras. El sistema escrutaba lenta y automáticamente el cielo, verificando que no hubiese fallos mecánicos o electrónicos, y al mismo tiempo comparaba los datos que recogían los telescopios. Ellie echó un vistazo al analizador de mil millones de canales, un banco de electrónica que cubría una pared entera, y el indicador de imagen del espectrómetro.

En realidad, los astrónomos y técnicos no tenían mucho que hacer puesto que, a lo largo de los años, eran los telescopios los que escudriñaban el cielo. Si detectaban algo de interés, automáticamente sonaba una alarma para alertar a los científicos y despertarlos por la noche, si fuese necesario. Después Arroway era la encargada de determinar si se trataba de un fallo del instrumental o de algún objeto espacial soviético o norteamericano. Junto con los ingenieros, buscaba el modo de incrementar la sensibilidad del equipo para averiguar si había un esquema, algún tipo de regularidad en la emisión. A algunos radiotelescopios les delegaba la misión de examinar ciertos objetos astronómicos exóticos que últimamente hubieran sido captados por otros observatorios. Ellie ayudaba también a los miembros del personal y a los visitantes que traían proyectos no relacionados con SETI. Viajaba a Washington para mantener vivo el interés del organismo que los financiaba, la Fundación Nacional para la Ciencia. Pronunciaba conferencias públicas acerca del proyecto Argos —en el Rotary Club de Socorro o en la Universidad de Nuevo México, en Albuquerque— y de vez en cuando recibía a algún periodista emprendedor que llegaba, en ocasiones sin anunciarse, al remoto Nuevo México.

Hacía lo imposible por evitar que el tedio se apoderara de ella. Sus compañeros de trabajo eran simpáticos, pero, aun dejando de lado lo incorrecto de mantener una relación personal con un subordinado, no se sentía tentada por las amistades íntimas. Había tenido algunos vínculos breves e intrascendentes con hombres de la región que nada tenían que ver con el proyecto Argos. También en ese aspecto de su vida la dominaba una suerte de indiferencia o lasitud.

Se sentó frente a una de las consolas y se ajustó los auriculares. Sabía que era muy presuntuoso de su parte suponer que, escuchando uno o dos canales, podría detectar algún esquema cuando no lo había logrado el complejo sistema de computadoras que examinaban millones de canales. La idea, sin embargo, constituía al menos una modesta ilusión de sentirse útil. Se apoyó contra el respaldo con los ojos entornados y una expresión casi soñadora en el rostro. «Es muy bonita», se permitió pensar el técnico.

Como de costumbre, oyó una especie de electricidad estática, el eco de un ruido aleatorio. En una ocasión, cuando escudriñaba un sector del cielo que incluía la estrella AC + 79 3888 en Casiopea, le pareció oír una especie de canto a ratos nítido, que luego desaparecía gradualmente. Se trataba de la estrella hacia la cual viajaría la nave espacial *Voyager I*, en aquel momento en las inmediaciones de la órbita de Neptuno. La nave llevaba un disco de oro en el que se había grabado saludos, imágenes y canciones de la Tierra. ¿Sería posible que ellos nos enviaran su música a la velocidad de la luz, mientras nosotros les mandábamos la nuestra a una diez milésima de la velocidad de la luz? En otras ocasiones, como en ese momento, en que la electricidad estática producía sonidos sin esquema alguno, recordaba las famosas palabras de Shannon sobre la teoría de la información en el sentido de que el mensaje mejor codificado era apenas un ruido ininteligible, a menos que uno tuviera de antemano la clave de cifrado. Rápidamente pulsó varias teclas del panel y escuchó dos de las frecuencias de banda estrecha, una por cada auricular. Nada. Escuchó los dos planos de polarización de las ondas de radio, y luego el contraste entre la polarización lineal y la circular. Había millones de canales para elegir. Uno podía pasarse la vida entera tratando de superar a la computadora, escuchando con oídos y cerebro penosamente humanos, en busca de un esquema.

Sabía que el hombre es hábil para descubrir esquemas sutiles, pero también para imaginarlos cuando en realidad no existen. Cierta secuencia de los pulsos, cierta configuración de la electricidad estática, a veces da la sensación de ser un ritmo sincopado o una breve melodía. Se conectó con un par de radiotelescopios que estaban recibiendo una fuente de emisión radioeléctrica galáctica ya conocida. Oyó entonces una perturbación sibilante originada en la dispersión de ondas de radio producida por los electrodos del gas interestelar existente entre la fuente de emisión y la Tierra. Cuanto más pronunciado fuese el silbido, más electrones habría en el camino y más lejos se hallaría de la Tierra la fuente emisora. Tantas veces había realizado esta operación que, con solo escuchar una vez la perturbación sibilante, podía determinar con exactitud la distancia. Esa en particular estaba a mil años luz de distancia, mucho más allá de las estrellas cercanas, pero aún dentro de la Vía Láctea.

Ellie retomó el modo habitual de estudiar el firmamento que se empleaba en Argos, y tampoco advirtió esquema alguno. Se sentía como el músico que oye el tronar de una tormenta distante. Los ocasionales y pequeños trozos de esquema la perseguían, introduciéndose en su memoria con tal insistencia que a veces tenía necesidad de volver a pasar alguna cinta en particular para verificar si no había algo que su mente había captado y las computadoras habían pasado por alto.

Durante toda su vida los sueños habían sido sus amigos. Sus sueños eran increíblemente pormenorizados, bien estructurados, coloridos. Veía, por ejemplo, la cara de su padre desde corta distancia, o el interior de una radio vieja hasta en sus mínimos detalles. Siempre pudo rememorar sus sueños, salvo en las épocas de mayor tensión, como los días previos a su examen oral para obtener el doctorado o cuando decidió separarse de Jesse. Sin embargo, ahora le resultaba difícil recordar las imágenes de los sueños, y lo más desconcertante era que había comenzado a soñar sonidos, como suele sucederles a los ciegos de nacimiento. En las primeras horas de la mañana su inconsciente generaba algún tema o melodía que nunca antes había oído. Se despertaba, encendía la lamparilla, tomaba el lápiz que había dejado sobre la mesita de noche con ese fin, dibujaba un pentagrama y transcribía la música en papel. A veces, después de un largo día de trabajo, la pasaba a su grabadora y se preguntaba si la habrían oído en Serpentario o Capricornio. Desde luego, la obsesionaban los electrones, los huecos móviles que habitan en receptores y amplificadores y los campos magnéticos del tenue gas existente entre las lejanas estrellas titilantes.

Se trataba de una única nota aguda repetida, y tardó un instante en reconocerla. Luego tuvo la certeza de que hacía treinta y cinco años que no la oía. Era la polea de metal de la cuerda del tendedero que chirriaba cada vez que su madre daba un tirón cuando colgaba ropa recién lavada al sol. De niña, le encantaba ver el ejército de pinzas que avanzaba, y cuando nadie la observaba hundía el rostro entre las sábanas ya secas. El olor, dulce y penetrante, la fascinaba. Recordaba cómo se reía y se alejaba de las sábanas cuando en ese momento mamá, con un solo movimiento, la alzaba —hasta el cielo, le parecía— y la llevaba sobre un brazo, como si fuera un bultito de ropa que luego habría de guardar en los cajones del dormitorio.

—Doctora Arroway, doctora Arroway. —El técnico notó el aletear de sus párpados y su respiración poco profunda.

Ellie pestañeó, se quitó los auriculares y le sonrió como disculpándose. En ocasiones, sus colegas debían hablarle en voz muy alta si pretendían que los oyera por encima del ruido cósmico amplificado. Ella también les respondía a gritos, pues odiaba tener que quitarse los auriculares para conversaciones breves. Cuando estaba preocupada, una charla cualquiera, en tono amable, podía parecerle al observador inexperto una áspera discusión originada en el silencio del observatorio. Esa vez, en cambio, solo dijo:

—Lo siento. Me he dejado transportar.

—El doctor Drumlin al teléfono. Está en la oficina de Jack y dice que tiene una cita con usted.

—Dios santo, me había olvidado.

Con el correr de los años, Drumlin seguía siendo el notable profesional de siempre, pero actualmente exhibía ciertas peculiaridades que Ellie no le había notado en el breve período que trabajó con él. Por ejemplo, tenía la desconcertante costumbre de controlar, cuando creía que nadie lo miraba, si se le había bajado la cremallera de la bragueta. Cada vez estaba más convencido de que no existían los extraterrestres, o por lo menos que estaban demasiado lejos para poder descubrirlos. Había llegado a Argos para dirigir el coloquio científico semanal. Sin embargo, Ellie se enteró de que también lo traía otra razón. Drumlin había escrito a la Fundación Nacional para la Ciencia solicitando que Argos diera por terminada la búsqueda de inteligencia extraterrestre y se dedicara a la radioastronomía más convencional. Sacó la carta del bolsillo y se la entregó para que ella la leyera.

—Pero si hace apenas cuatro años y medio que comenzamos esto. Hemos estudiado menos de la tercera parte del cielo boreal. Esta es la primera investigación que puede cubrir la totalidad del ruido mínimo radioeléctrico en pasos de bandas óptimos. ¿Por qué habríamos de suspenderla?

—Ellie, esto no tiene fin. Al cabo de una década no va a encontrar signos de nada. Seguramente va a pedir que se construya otro observatorio como el de Argos en Australia o Argentina, con un coste de cientos de millones de dólares, para examinar el cielo austral. Y si no lo consigue, propondrá algún paraboloide de alimentación libre en la órbita terrestre para obtener ondas milimétricas. Siempre se le ocurrirá algún tipo de observación que aún no se ha inventado, o inventará alguna razón para explicar por qué los extraterrestres tienen tendencia a realizar emisiones en sitios donde no hemos explorado.

—Oh, Dave, esto lo hemos hablado cientos de veces. Si fracasamos, habremos aprendido algo sobre lo rara que es la vida inteligente, o al menos la vida inteligente que piense como nosotros y desee comunicarse con una civilización atrasada como la nuestra. Pero si tenemos éxito, habremos logrado el mayor descubrimiento de la historia.

—Hay proyectos excelentes a los que no se les asigna tiempo de uso de los telescopios. Trabajos sobre la evolución de los cuásares, los púlsares binarios, incluso sobre esas insólitas proteínas interestelares. Todos esos proyectos están en lista de espera debido a que este observatorio (de lejos, el mejor equipado del mundo) se utiliza exclusivamente para SETI.

—Solo el setenta y cinco por ciento, Dave. El resto es radioastronomía de rutina.

—No la llame de rutina. Tenemos la oportunidad de remontarnos a la época en que se formaron las galaxias, quizás incluso antes. Podemos estudiar el núcleo de las gigantescas nubes moleculares y los agujeros negros que hay en el centro de las galaxias. Se está por producir una revolución en la astronomía, y usted obstaculiza el camino.

—Dave, trate de no personalizar. Jamás se habría construido Argos si SETI no hubiese contado con suficiente apoyo. La idea de Argos no es mía. Usted sabe que me nombraron directora cuando aún se estaban erigiendo los últimos cuarenta reflectores parabólicos. Detrás de esto está la Fundación Nacional para la Ciencia...

—No tanto. Esto no es más que una forma de alentar a los locos por los ovnis y a los adolescentes débiles mentales.

A esa altura, Drumlin casi gritaba, y Ellie se sintió tentada de no prestarle más atención. Dada la naturaleza de su trabajo, continuamente se encontraba en situaciones en las que ella era la única mujer presente, salvo las secretarias o las mujeres que servían el café. Pese a sus enormes esfuerzos, todavía había científicos hombres que solo hablaban entre ellos, que tenían por costumbre interrumpirla y, en cuanto podían, hacían caso omiso de lo que ella pudiera decir. De vez en cuando había alguno como Drumlin, que demostraba una positiva antipatía, pero al menos le daba el mismo trato que a muchos de sus colegas varones. Drumlin se enfurecía de la misma manera con los científicos de ambos sexos. Apenas unos pocos de sus colegas hombres no exhibían cambios de carácter en presencia de ella. Sería conveniente que alternara más con ellos, pensó Ellie. Gente como Kenneth der Heer, por ejemplo, el biólogo molecular del Instituto Salk, que acababa de ser nombrado asesor presidencial sobre temas científicos. Y Peter Valerian, desde luego.

Sabía que eran muchos los astrónomos que compartían el fastidio de Drumlin ante Argos. Durante las largas horas de vigilia se producían acalorados debates sobre las intenciones de los supuestos extraterrestres. Era imposible adivinar en qué medida serían diferentes del ser humano. Ya bastante difícil era adivinar las intenciones de los legisladores electos de Washington. ¿Qué designios tendrían esos seres fundamentalmente distintos, que habitaban mundos físicamente diferentes, a cientos de miles de años luz? Algunos creían que la señal no podría transmitirse en el espectro radioeléctrico, sino en el infrarrojo, en el visible o quizás entre los rayos gamma. O tal vez los extraterrestres estuvieran enviando potentes señales con una tecnología que el ser humano solo llegaría a desarrollar dentro de mil años.

Los astrónomos de otros institutos estaban realizando extraordinarios descubrimientos entre las estrellas y galaxias dedicándose a aquellos objetos que, mediante cualquier mecanismo, generan intensas ondas de radio. Otros radioastrónomos publicaban trabajos científicos, asistían a congresos, experimentaban una gratificante sensación de progreso. Los astrónomos de Argos no tenían por costumbre publicar nada, y, por lo general, nadie reparaba en ellos cuando se invitaba a presentar mono-

grafías en la reunión anual de la Sociedad Astronómica Norteamericana o en el simposio trienial y las sesiones plenarias de la
Unión Astronómica Internacional. Por consiguiente, después de
consultarlo con la Fundación Nacional para la Ciencia, los directivos de Argos reservaron el veinticinco por ciento del tiempo de observación para proyectos no vinculados con la búsqueda de inteligencia extraterrestre. Se habían producido algunos
descubrimientos de importancia, por ejemplo, respecto a los objetos extragalácticos que, paradójicamente, parecían moverse a
mayor velocidad que la luz; también sobre Tritón, el gran satélite de Neptuno, y sobre la materia oscura de las galaxias más pró-
ximas donde no se podían ver estrellas. Comenzaron entonces a
sentir que se les levantaba la moral, puesto que estaban realizando una contribución en el plano de los descubrimientos astronómicos. Cierto era que les habían prolongado el tiempo para la
investigación del cielo, pero ahora podían desempeñar su carrera profesional con la tranquilidad de contar con una suerte de red
de seguridad. Quizá no hallaran indicios de la existencia de otros
seres inteligentes, pero tal vez podrían extraer otros secretos del
tesoro cósmico.

La búsqueda de inteligencia extraterrestre —que todos abre-
viaban con las siglas SETI, salvo los más optimistas, que pensaban en la comunicación con otros seres (CETI)— implicaba, fundamentalmente, una observación de rutina, motivo principal por
el cual se había construido el observatorio. Sin embargo, una cuarta parte del tiempo de uso de los radiotelescopios más potentes
del mundo se destinaba a otros proyectos. También se reservaba
otra pequeña cantidad de tiempo para astrónomos de otros organismos. Si bien había mejorado notablemente el estado de ánimo
general, había muchos que coincidían con Drumlin, que contemplaba con añoranza el milagro tecnológico que representaban los
131 radiotelescopios de Argos y anhelaba usarlos para sus propios programas, indudablemente meritorios. Ellie adoptó ante
Dave un tono a ratos conciliador, a ratos polemista, pero de nada
le sirvió. El hombre no estaba de buen humor.

El coloquio de Drumlin tuvo por fin demostrar que no existían extraterrestres en ninguna parte. Si el ser humano había avanzado tanto en unos pocos años de alta tecnología, cuánto más profundos debían de ser los conocimientos de una especie más adelantada, conjeturó. Seguramente serían capaces de mover las estrellas, de cambiar la configuración de las galaxias. Sin embargo, no había en toda la astronomía ni el menor fenómeno que no pudiera explicarse por procesos naturales o que hubiera que atribuir a la acción de seres más inteligentes. ¿Por qué Argos no había captado ninguna señal radioeléctrica hasta el presente? ¿Acaso suponían que había un solo radiotransmisor en todo el espacio? ¿No se daban cuenta de los millones de estrellas que ya llevaban estudiadas? El experimento sin duda era valioso, pero había concluido. Ya no tendrían que examinar el resto del firmamento pues conocían la respuesta: ni en el espacio más remoto, ni cerca de la Tierra, había el menor indicio de vida de extraterrestres. Esos seres no existían.

En el tiempo asignado para formular preguntas, uno de los astrónomos de Argos quiso saber la opinión de Drumlin acerca de la teoría según la cual los extraterrestres existen, pero prefieren no dar a conocer su presencia para que los humanos no sepan que hay seres más inteligentes en el cosmos, tal como un especialista en el comportamiento de los primates puede querer observar a un grupo de chimpancés del bosque, pero sin interferir en sus actividades. A modo de respuesta, Drumlin planteó un interrogante distinto: «¿Es posible que, habiendo miles de civilizaciones en la galaxia, no haya ni un solo cazador furtivo? ¿Se puede suponer que todas las civilizaciones de la galaxia tengan la ética de no interferencia? ¿Acaso podemos suponer que ninguno de ellos se va a acercar a husmear alrededor de la Tierra?»

—En la Tierra —repuso Ellie—, los cazadores furtivos y los guardabosques están prácticamente en un mismo nivel tecnológico. Pero si el guardabosque diera un gran paso adelante (si contara, por ejemplo, con radar y helicópteros), los cazadores furtivos ya no podrían operar.

Para despejarse, Ellie tenía por costumbre salir a dar una vuelta en su extravagante coche, un Thunderbird 1958 descapotable muy bien conservado. A menudo plegaba la capota y salía de noche a alta velocidad por el desierto, con el pelo al viento. Tenía la sensación de que, a lo largo de los años, ya conocía hasta el pueblecito más misérrimo, todos los cerros y valles, y también hasta el último patrullero del sur de Nuevo México. Después de esos paseos nocturnos, le encantaba pasar volando frente a la garita de guardia de Argos (eso era antes de que se hubiera levantado el cerco de protección contra ciclones), haciendo rápidos cambios de marcha, y dirigirse hacia el norte. En las proximidades de Santa Fe podían divisarse las primeras luces del alba desde las montañas Sangre de Cristo. (¿Por qué, se preguntaba, una religión denomina los lugares con el cuerpo y la sangre, el corazón y el páncreas de su figura más venerada? ¿Por qué no mencionar el cerebro, entre otros órganos prominentes?)

En esta ocasión puso rumbo al sudeste, hacia los montes Sacramento. ¿Tendría razón Dave? ¿No sería que SETI y Argos eran una especie de engaño colectivo de un puñado de astrónomos de mentalidad poco práctica? ¿Sería cierto eso de que, por muchos años que transcurrieran sin recibirse un mensaje, el proyecto continuaría, que siempre se inventaría una estrategia nueva, que se seguiría inventando un instrumental cada vez más moderno y costoso? ¿Cuál sería un signo convincente del fracaso? ¿Cuándo estaría dispuesta ella a darse por vencida y dedicarse a una investigación más segura, algo que tuviera más posibilidades de culminar con éxito? El observatorio Nobeyama, en Japón, acababa de anunciar que había descubierto la adenosina, una molécula orgánica compleja, uno de los principales elementos del ADN, dentro de una densa nube molecular. Si abandonara la búsqueda de inteligencia extraterrestre, seguramente podría encarar la búsqueda, en el espacio, de moléculas relacionadas con la vida.

Mientras transitaba por el alto camino de montaña, levantó la mirada y divisó la constelación de Centauro. Los antiguos griegos habían visto en esas estrellas una criatura quimérica mitad hombre mitad caballo, que impartió sabiduría a Zeus. Sin embargo, Ellie jamás pudo distinguir un diseño ni remotamente parecido a un centauro. La estrella que más la fascinaba era Alfa del Centauro, la más brillante de la constelación. Se trataba de la más cercana, apenas a cuatro años luz. En realidad, Alfa del Centauro constituía un sistema triple, de dos soles que giraban uno alrededor del otro, y un tercero que lo hacía abarcando a ambos. Desde la Tierra, las tres estrellas se fundían en un solo punto luminoso. Las noches particularmente claras, como esta, solía verlo suspendido sobre México. En ocasiones, cuando el aire estaba cargado de arena del desierto, acostumbraba a subir a la montaña para alcanzar más altura y transparencia atmosférica, bajaba del coche y contemplaba el sistema estelar más próximo. Allí era posible la existencia de planetas, aunque resultaba difícil detectarlos. Algunos quizá giraran en órbitas cercanas a alguno de los tres soles. Una órbita más interesante, con cierta estabilidad mecánica celestial, era una figura de ocho, en trazo envolvente alrededor de los dos soles interiores. ¿Cómo sería, se preguntó, vivir en un mundo con tres soles en el firmamento? Probablemente más caluroso que Nuevo México.

Había conejos a lo largo de la carretera de asfalto. Ya los había visto antes, con ocasión de salir de viaje hacia el oeste de Texas. Se los veía agazapados, ocupando el arcén, pero cuando los iluminaba con los nuevos faros de cuarzo del Thunderbird, se levantaban sobre las patas traseras y dejaban colgar las manitas fláccidas, transfigurados.

Durante kilómetros hubo una guardia de honor de conejos del desierto que se cuadraban —al menos eso parecía— cuando el coche pasaba raudamente por su lado. Los animalitos levantaban la mirada, mil narices rosadas se fruncían, dos mil ojos brillaban en la oscuridad cuando la extraña aparición se abalanzaba hacia ellos.

«A lo mejor se trata de una especie de experiencia religiosa», pensó Ellie. Casi todos daban la impresión de ser conejos jóvenes. Quizá no hubiesen visto nunca faros de coche, dos potentes haces de luz que avanzaban a ciento treinta kilómetros por hora. Pese a que eran miles los que se alineaban a la vera del camino, no vio ni uno solo salido de la fila, en medio de la calzada, y ninguno muerto. ¿Por qué se ubicaban en hilera a lo largo de la ruta? «Quizá tenga algo que ver con la temperatura del asfalto», pensó. O tal vez hubieran estado merodeando entre la vegetación cercana y sintieron curiosidad por ver qué eran esas enormes luces que se acercaban. No obstante, ¿era razonable que ninguno cruzara a saltitos para visitar a sus primos de enfrente? ¿Qué imaginaban que era un camino? ¿Una presencia extraña en medio de ellos, construida quién sabe con qué fin, por criaturas a quienes la mayoría de ellos nunca había visto? Dudaba de que alguno se lo hubiese planteado jamás.

El chirrido de las cubiertas sobre el asfalto producía una especie de ruido blanco, y Ellie se dio cuenta de que, involuntariamente, aguzaba el oído, como si pretendiera descubrir alguna suerte de esquema. Últimamente se había acostumbrado a prestar atención a muchas fuentes emisoras de ruido blanco: el motor del refrigerador que se ponía en funcionamiento a media noche, el agua que caía para llenar la bañera, la lavadora, el fragor del océano durante un breve viaje para bucear en una isla cercana a Yucatán, viaje que ella acortó debido a lo impaciente que estaba por volver a su trabajo.

Todos los días escuchaba estos ruidos aleatorios y trataba de determinar si había en ellos menos esquemas aparentes que en la electricidad estática interestelar.

Ellie había estado en Nueva York el agosto anterior para asistir a una reunión de URSI, siglas en francés para denominar a la Unión Radiocientífica Internacional. Le habían advertido que los metros eran peligrosos, pero el ruido blanco que producían le resultó irresistible. Como en el traqueteo del tren creyó entrever un esquema, decidió perder medio día de deliberaciones para viajar de la calle Treinta y cuatro a Coney Island, de regreso al centro de Manhattan, para tomar luego una línea diferente que habría de llevarla hasta el apartado barrio de Queens. Cambió de tren en una estación de la zona de Jamaica y retornó, jadeante —después de todo, era un tórrido día de verano—, al hotel donde se celebraba la convención. A veces, cuando el metro describía una curva, se apagaba la iluminación interior, y Ellie podía ver una sucesión regular de lucecitas azules que pasaban raudamente, como si volara en una nave espacial, transitando en medio de estrellas azules supergigantescas. Después, cuando el tren encaraba una recta, volvía a encenderse la iluminación interior y, de nuevo, ella tomaba conciencia del olor acre, de los pasajeros de pie, de las diminutas cámaras de televisión (encerradas en jaulas protectoras, algunas anuladas con pintura de espray), del atractivo mapa multicolor que mostraba la red subterránea completa de Nueva York, el chirrido de alta frecuencia de los frenos al entrar en las estaciones.

Sabía que su actitud era bastante excéntrica, pero ella siempre había tenido una intensa vida de fantasía. Reconocía que exageraba un poco en eso de prestar atención a los ruidos, pero consideraba que no le ocasionaba perjuicio. Nadie parecía darse demasiada cuenta. Además, era algo relacionado con su trabajo. Si se lo hubiera propuesto, seguramente habría podido deducir de su declaración de la renta el coste de su viaje a Yucatán aduciendo que el propósito era estudiar el sonido de la rompiente del mar. Bueno, a lo mejor se estaba convirtiendo realmente en una obsesa.

Sobresaltada, comprobó que había llegado a la estación de Rockefeller Center. Caminó por el montón de periódicos abandonados en el suelo del vagón. Un titular le llamó la atención: GUERRILLEROS COPAN RADIO EN JOBURG. «Si nos gustan, los llamamos soldados de la libertad —pensó—. Si nos caen mal, son terroristas. En los casos en que no atinamos a decidirnos, les llamamos provisionalmente guerrilleros.» En otro trozo de diario había una enorme foto de un señor con cara de confiado, y el titular: CÓMO TERMINARÁ EL MUNDO. FRAGMENTOS DEL NUEVO LIBRO DEL REVERENDO BILLY JO RANKIN. EXCLUSIVA DEL *NEWS POST*. Había echado una rápida ojeada a los titulares, y rápidamente trató de olvidarlos. Se abrió paso entre la multitud para regresar al hotel, con la esperanza de llegar a tiempo para escuchar la disertación de Fujita acerca del diseño homofórmico de los radiotelescopios.

Sobre el ruido que producían los neumáticos se superponía un periódico golpeteo al pasar por las juntas del pavimento, reparado por diferentes cuadrillas viales de Nuevo México en distintas épocas. ¿Y si Argos estuviera recibiendo un mensaje interestelar pero muy lentamente, por ejemplo, un bit por hora, por semana o por década? ¿Y si hubiera murmullos muy antiguos y pacientes, emitidos por civilizaciones que ignoran que nos cansamos de reconocer esquemas al cabo de segundos o minutos? Supongamos que ellos vivieran durante decenas de miles de años, y que *haaablaaaaraaan muuuuy despaaaaacio*. Argos jamás llegaría a enterarse. ¿Era posible que existieran seres de tan larga vida? ¿Tenía suficiente tiempo la historia del universo como para que ciertas criaturas, de lenta reproducción, desarrollaran un elevado grado de inteligencia? ¿Acaso el análisis estadístico de las afinidades químicas, el deterioro de sus cuerpos de que habla la segunda ley de la termodinámica, no los obligaría a reproducirse con la misma frecuencia que el ser humano y a tener una expectativa de vida como la nuestra? ¿No sería que residen en algún mundo antiguo y gélido, donde hasta el choque molecular se produce a una velocidad extremadamente lenta? Se imaginó un radiotransmisor instalado en un promontorio de hielo de metano, iluminado tenuemente por un distante y minúsculo sol rojo, mientras las olas de un océano de amoníaco golpeaban sin cesar contra la orilla... generando, de paso, un ruido blanco semejante al que producía el oleaje en Yucatán.

También era posible lo contrario: seres que hablaran deprisa, seres ansiosos, que se desplazaran con movimientos breves, pequeñas sacudidas capaces de transmitir un mensaje completo de radio —el equivalente de un texto de cien páginas en inglés— en un nanosegundo. Claro que si uno tuviera un receptor con paso de banda estrecha, y escuchara solo un mínimo margen de frecuencias, estaría obligado a aceptar la constante de tiempo larga. Jamás podríamos detectar una modulación rápida. Eso era una simple consecuencia del Teorema Integral de Fourier, estrechamente vinculado con el Principio de Incertidumbre de Heisenberg. Así, por ejemplo, con un paso de banda de un kilohercio no se podría recibir una señal modulada a mayor velocidad de un milisegundo ya que se produciría un ruido ambiguo. Las bandas de Argos eran más estrechas que un hercio, de modo que, para poder detectarlos, los transmisores debían modular muy lentamente, a menos de un bit por segundo. Las modulaciones más lentas podían captarse fácilmente, siempre y cuando uno estuviera dispuesto a apuntar un telescopio hacia la fuente y se armara de una paciencia excepcional. Había tantos sectores del cielo por estudiar, tantos miles de millones de estrellas por examinar... Podríamos pasarnos la vida entera estudiando solo unas pocas. A Ellie le preocupaba que, en la prisa por realizar una investigación total del espacio en el término de una vida humana, en el afán por escuchar todo el cielo en millones de frecuencias, hubieran dejado de lado a los ansiosos que hablaban rápido y a los lentos o lacónicos.

Pero seguramente, pensó, ellos debían de saber mejor que nosotros cuál era la modulación de frecuencias adecuada. Debían de tener experiencia con la comunicación interestelar y con civilizaciones incipientes. Si la civilización receptora adoptara un margen amplio de frecuencia de recepción de impulsos, la civilización transmisora utilizaría dicho margen. ¿Qué les costaría modular por microsegundos u horas? Era de suponer que contaba con un alto nivel de ingeniería y con enormes recursos, según los parámetros humanos. Si quisieran comunicarse con nosotros, nos facilitarían la recepción de los mensajes. Enviarían señales en multitud de frecuencias distintas. Como debían de saber lo atrasados que estamos, se compadecerían de nosotros.

Entonces, ¿por qué no habíamos recibido señal alguna? ¿Tendría razón Dave al sostener que no existía ninguna civilización extraterrestre, que solo hay seres inteligentes en este oscuro rincón del vasto universo? Por mucho que lo intentara, no podía aceptar seriamente tal posibilidad. Esa teoría justificaba perfectamente los temores humanos, las doctrinas no demostradas sobre la vida después de la muerte, las pseudociencias como la astrología. Se trataba de la encarnación moderna del solipsismo geocéntrico, la vanidad que había atrapado a nuestros mayores, la idea de que nosotros somos el centro del universo. El argumento de Drumlin era sospechoso por esa sola razón. Y nos desesperábamos por creerlo.

«A ver, un momento —se dijo—. No hemos investigado siquiera los cielos boreales con el sistema Argos. Si dentro de siete u ocho años seguimos sin oír nada, entonces será el momento de empezar a preocuparse. Esta es la primera vez en la historia humana en que podemos buscar a los habitantes de otros mundos. Si fracasamos, habremos comprendido lo rara y valiosa que es la vida en nuestro planeta, algo que valdría la pena saber. Y si tenemos éxito, habremos modificado la historia de nuestra especie, quebrando las cadenas del atraso. Habiendo tanto en juego, se justifica correr algún riesgo profesional.» Se desvió hacia el arcén, giró en redondo y aceleró para emprender el regreso a Argos. Ya iluminados por la luz rosada del amanecer, los conejos giraron la cabeza para observarla desandar el camino.

4

Números primos

¿Es que no existen moravos en la Luna, que ningún misionero ha bajado a visitar este pobre planeta pagano para civilizar la civilización y cristianizar el cristianismo?

HERMAN MELVILLE
Guerrera blanca (1850)

Solo el silencio es grandioso; todo lo demás es debilidad.

ALFRED DE VIGNY,
La muerte del lobo (1864)

El vacío negro y frío había quedado atrás. Los impulsos se acercaban a una minúscula estrella amarilla y ya habían comenzado a esparcirse sobre el séquito de mundos de ese oscuro sistema. Habían pasado junto a planetas de gas hidrógeno, penetrado en lunas de hielo, traspuesto las nubes orgánicas de un mundo frígido en el que despertaban los precursores de la vida y atravesado un planeta de mil millones de años. En ese momento los impulsos arribaban a un mundo cálido, blanco y azul que giraba contra un fondo de estrellas.

Había vida en ese mundo, pródiga en cantidad y variedad. Había arañas saltarinas en la helada cima de las más al-

tas montañas y gusanos que se alimentaban de azufre en las aberturas que cruzaban la despareja superficie del lecho oceánico. Había seres que podían vivir solo en ácido sulfúrico concentrado, y seres que resultaban destruidos por el mismo ácido; organismos para los que el oxígeno era un veneno y organismos cuya supervivencia dependía solo del oxígeno, que en realidad lo respiraban.

Una forma particular de vida, con un grado escaso de inteligencia, acababa de dispersarse por el planeta. Tenía puestos de avanzada en el lecho marino y en la órbita de baja altitud. Se arracimaban en cada rinconcito de su pequeño mundo. La frontera que marcaba el paso de la noche al día avanzaba hacia el oeste y, siguiendo su movimiento, millones de seres realizaban el ritual de sus abluciones matutinas. Vestían abrigos o prendas de algodón, bebían café, té u otras infusiones, se movilizaban en bicicletas, automóviles o bueyes, reflexionaban brevemente sobre las tareas escolares, sobre las plantaciones de primavera, sobre el destino del mundo.

Los primeros impulsos del conjunto de ondas de radio se insinuaron en medio de la atmósfera y las nubes chocaron contra el paisaje y resultaron parcialmente reenviadas hacia el espacio. A medida que la Tierra giraba debajo de ellos, nuevos impulsos arribaron, abarcando no solo ese planeta en particular sino la totalidad del sistema. Ningún mundo interceptó más que una mínima cantidad de su energía. La mayor parte continuó su camino sin esfuerzo, mientras la estrella amarilla y sus mundos acompañantes se sumergían en una dirección totalmente distinta, en las tinieblas.

Vestido con una chaqueta de dacrón que llevaba el monograma de un conocido equipo de voleibol, el oficial de guardia del turno de noche se acercó a la sala de control. Un grupo de radioastrónomos salía en ese momento a cenar.

—¿Cuánto hace que buscas hombrecillos verdes? Más de cinco años, ¿no, Willie?

Intercambiaron bromas amables, pero él notó cierto nerviosismo en su humor.

—Danos un descanso, Willie —pidió el otro—. El programa de luminosidad de cuásares anda estupendo, pero vamos a tardar una eternidad si solo nos permiten un dos por ciento del tiempo de uso del telescopio.

—No hay problema, Jack.

—Willie, estamos remontándonos hasta el origen del universo. Nuestro programa también es importante. Sabemos que hay un universo ahí fuera, pero ustedes no han constatado que haya ni un solo hombrecillo verde.

—Plantéaselo a la doctora Arroway. Le encantará oír tu opinión.

El oficial de guardia entró en la sala de control. Revisó rápidamente las decenas de monitores donde se verificaba el progreso de la exploración de radio. Acababan de estudiar la constelación de Hércules. Se habían internado en el corazón de un enjambre de galaxias mucho más remotas que la Vía Láctea, a unos cien millones de años luz; habían sintonizado M-31, un conglomerado de unas trescientas mil estrellas que se desplaza en órbita alrededor de la Vía Láctea, a veintiséis mil años luz; habían estudiado algunas estrellas diferentes del Sol, otras similares, todas cercanas. La mayoría de las estrellas que pueden divisarse a simple vista quedan a menos de unos cientos de años luz. Habían revisado con esmero pequeños sectores del cielo dentro de la constelación de Hércules, en mil millones de frecuencias distintas, y no habían oído nada. En años anteriores habían explorado las constelaciones del oeste de Hércules —la Serpiente, el Boyero, la Corona Boreal—, también en vano.

Varios telescopios, advirtió el oficial de guardia, tenían la misión de recoger ciertos datos desconocidos sobre Hércules. Los restantes apuntaban a un sector adyacente del cielo, la constelación contigua a Hércules, hacia el este. Miles de años atrás, los habitantes del Mediterráneo oriental le habían encontrado forma de un instrumento musical y lo relacionaban con Orfeo, el héroe de la cultura griega. Se trataba de la constelación conocida como Lira.

Las computadoras orientaban los telescopios para que siguieran a las estrellas de Lira desde la salida hasta la puesta, acumulaban los fotones radioeléctricos, controlaban el buen estado de los telescopios y procesaban los datos en estructuras convenientes para los operadores humanos. Incluso un solo oficial de turno era quizás innecesario. Willie pasó junto a la máquina expendedora de café y la de caramelos; en una calcomanía ponía: LOS AGUJEROS NEGROS NO ESTÁN A LA VISTA. Se acercó a la consola de mando. Saludó al oficial del turno de tarde, que se aprestaba para ir a cenar. Como los datos recogidos durante el día estaban resumidos en la pantalla maestra, no tuvo necesidad de preguntar si había novedades.

—Como verás, no es mucho lo que ha habido hoy. Tuvimos un fallo de orientación en el cuarenta y nueve, o al menos eso parecía —dijo el hombre, señalando vagamente una ventana—. Los de cuásares dejaron libres los telescopios del 110 al 120 hace alrededor de una hora. Tengo entendido que están recibiendo muy buenos datos.

—Sí, ya me enteré. No comprenden...

Su voz se fue apagando pues sonó una alarma en la consola. En una pantalla rotulada «Intensidad *vs*. Frecuencia» se elevaba una línea recta vertical.

—Mira, es una señal monocromática.

En otra pantalla, identificada como «Intensidad *vs*. Tiempo», aparecían impulsos que iban de izquierda a derecha y luego se borraban.

—Son números —musitó Willie—. Alguien está emitiendo números.

—Probablemente sea alguna interferencia de la Fuerza Aérea. A lo mejor es una broma.

Existían estrictos convenios para reservar ciertas frecuencias de radio para la astronomía, pero precisamente, dado que dichas frecuencias constituían un canal libre, de vez en cuando los militares las utilizaban. Si alguna vez se producía una guerra mundial, quizá los radioastrónomos serían los primeros en enterarse, con sus ventanas abiertas a un cosmos rebosante de órdenes dirigidas a los satélites de evaluación de daños que giraban en órbita geosincrónica y órdenes cifradas de ataque remitidas a distantes y estratégicos puestos de avanzada. Aun no habiendo tráfico militar, por el hecho de escuchar mil millones de frecuencias al mismo tiempo, los astrónomos sabían que siempre había cierta interferencia producida por relámpagos, el arranque de los automóviles, las transmisiones en directo vía satélite, etc. Sin embargo, las computadoras tenían sus números, conocían sus características y sistemáticamente hacían caso omiso de ellas. Ante la presencia de señales más ambiguas, la computadora escuchaba con más atención y comprobaba que no correspondieran a ningún tipo de datos que ella estuviera programada para entender. De vez en cuando sobrevolaba la zona algún avión militar electrónico en vuelo de entrenamiento, y Argos de pronto captaba señales inconfundibles de vida inteligente, pero humana. Unos meses antes, un F-29E con sofisticado instrumental electrónico había volado sobre esa zona, haciendo sonar la alarma de los 131 telescopios. A ojos de los astrónomos, la señal radial era lo suficientemente compleja como para constituir el primer mensaje procedente de una civilización extraterrestre. Después comprobaron que el telescopio emplazado más al oeste había captado la señal un minuto antes que el ubicado más al este, y muy pronto llegaron a la conclusión de que se trataba de un objeto que cruzaba la delgada atmósfera que rodea la Tierra, no de una emisión de radio enviada por una civilización desde el espacio recóndito. Casi con toda certeza, esta sería igual.

Ellie había introducido los dedos de la mano derecha en cinco casilleros de una caja que tenía sobre el escritorio. Desde que había inventado ese sistema, podía ahorrarse media hora por semana, aunque en realidad no tenía mucho que hacer en esos treinta minutos sobrantes.

—Y yo le conté todo a la señora Yarborough, la mujer que

ocupa la cama de al lado ahora que murió la señora Wertheimer —dijo su madre—. No es que desee echarme flores, pero me atribuyo gran parte del mérito por tus éxitos.

—Sí, mamá.

Controló el brillo de sus uñas y decidió que todavía les hacía falta un minuto más.

—Me estaba acordando de aquella vez, cuando ibas a cuarto curso. ¿Recuerdas? Llovía a cántaros y, como no querías ir a la escuela, me pediste que escribiera un justificante de que habías caído enferma. Yo me negué. Te dije: «Ellie, aparte de ser bella, lo más importante de la vida es la educación. No es mucho lo que puedes hacer para ser bonita, pero sí puedes preocuparte por tu educación. Ve a clase. Nunca se sabe lo que se puede aprender en un día.» ¿Verdad?

—Sí, mamá.

—¿No fue eso lo que te dije en aquella ocasión?

—Sí, recuerdo que sí.

El brillo de cuatro dedos era perfecto, pero el pulgar presentaba aún un aspecto opaco.

—Entonces te busqué las botas de goma y el impermeable (que era amarillo y te quedaba precioso), y te envié al colegio. Ese fue el día que no pudiste responder a una pregunta en la clase de Matemáticas del señor Weisbrod. Te pusiste tan furiosa que enseguida fuiste a la biblioteca de la universidad a investigar ese tema, hasta que llegaste a saber más sobre él que el propio profesor. Weisbrod se quedó impresionado y me lo dijo.

—¿Te lo dijo? Nunca me enteré. ¿Cuándo hablaste con él?

—En una reunión de padres. «Su hija es muy emprendedora», me comentó. «Se enfadó tanto conmigo que se convirtió en una verdadera experta en la cuestión.» «Experta» fue el término que empleó. Pensé que te lo había contado.

Ellie estaba reclinada en su sillón, con los pies apoyados sobre un cajón del escritorio y los dedos metidos en el artilugio para pintarse las uñas. Presintió la alarma casi antes de oírla, y se incorporó bruscamente.

—Mamá, tengo que irme.

—Estoy segura de que esta historia ya te la había contado. Lo que pasa es que nunca atiendes cuando te hablo. El señor Weisbrod era un hombre muy agradable. Tú nunca le viste el lado bueno.

—Mamá, de veras que tengo que irme. Recibimos una especie de fantasma.

—¿Fantasma?

—Sí, algo que podría ser una señal. Ya te lo he comentado.

—Vaya, las dos pensamos que la otra no nos presta atención. De tal palo tal astilla.

—Adiós, mamá.

—Te dejo ir si prometes llamarme enseguida.

—De acuerdo. Prometido.

Durante todo el diálogo, la sensación de soledad de la madre había despertado en Ellie el deseo de dar por terminada la conversación, de huir. Y se lo reprochaba a sí misma.

Entró con paso ágil en la sala de control y se acercó a la consola principal.

—Hola, Willie, Steve. Veamos los datos... ¿Dónde está el gráfico de amplitud? ¿Tenéis la posición interferométrica? Bien. A ver si hay alguna estrella cercana en el campo visual... Caramba, es Vega. Prácticamente una vecina de al lado.

Con los dedos iba pulsando teclas del tablero a medida que hablaba.

—Mirad, está a solo veintiséis años luz. Ya se la ha observado antes, siempre con resultado negativo. La exploré el primer año que estuve en Arecibo. ¿Cuál es la intensidad absoluta? Bajísima. Casi se podría recibir la señal con una radio común de FM.

»Muy bien. Tenemos un espectro muy próximo a Vega en el plano del cielo, en una frecuencia de alrededor de 9,2 gigahercios, no muy monocromática. El ancho de banda es de unos centenares de hercios. Está polarizado en forma lineal y transmite un conjunto de pulsos móviles en dos amplitudes diferentes.

Como respuesta a las órdenes que iba impartiendo en el ta-

blero, en la pantalla apareció la ubicación de todos los radiotelescopios.

—La señal llega a ciento dieciséis telescopios. Obviamente no
se trata de un desperfecto de alguno. Bien. ¿Se mueve con las estrellas? ¿No podría ser algún avión o satélite electrónico de inteligencia?

—Puedo confirmar que hay movimiento sideral, doctora.

—Me suena bastante convincente. No proviene de la Tierra
ni de un satélite artificial, aunque esto habría que verificarlo.
Cuando tengas tiempo, Willie, llama al NORAD, el comando de
defensa antiaérea, a ver qué dicen sobre la posibilidad de que sea
un satélite artificial. Si podemos excluir los satélites, quedarían
dos posibilidades: o se trata de una broma, o bien alguien por
fin ha logrado enviarnos un mensaje. Steve, haz un control manual. Revisa algunos radiotelescopios (la potencia de la señal es
considerable) para comprobar que no se trata de un truco, una
broma pesada de alguien que quiera hacernos notar algún error
nuestro.

Varios científicos y técnicos, alertados por la computadora
de Argos, se habían reunido alrededor de la consola de mando.
Había sonrisas en sus rostros. Todavía ninguno pensaba seriamente en un mensaje de otro mundo, pero el episodio representaba un cambio en la rutina, y se notaba en todos una especie de
expectativa.

—Si se os ocurre cualquier explicación que no sea la inteligencia extraterrestre, adelante —pidió Ellie.

—Es imposible que se trate de Vega, doctora —aseguró un
científico—. El sistema tiene apenas unos cientos de millones de
años de antigüedad. Sus planetas se hallan aún en formación. No
ha habido tiempo para que se desarrolle allí ninguna vida inteligente. Debe de ser alguna estrella o galaxia de segundo plano.

—Entonces la potencia del transmisor debería ser enorme
—respondió uno de los expertos en cuásares—. Es preciso que
realicemos de inmediato un estudio de movimiento propio para
ver si la fuente de las ondas se mueve junto con Vega.

—Tienes razón en cuanto al movimiento propio, Jack —acotó ella—. Sin embargo, también cabe otra alternativa: tal vez no crecieron en el sistema de Vega, sino que solo están de visita.

—No lo creo. El sistema está lleno de deyecciones. Es un sistema solar fallido, o un sistema solar que aún se halla en su primera etapa de desarrollo. Si se quedan demasiado tiempo, se les destruiría la astronave.

—Digamos que arribaron hace poco. O que vaporizan los meteoritos entrantes. O que esquivan cualquier residuo que hubiera en trayectoria de colisión. O que no se encuentran en el plano de anillos sino en la órbita polar, y así reducen al mínimo el choque con deyecciones. Hay miles de posibilidades. Pero tienes razón en que no hay por qué adivinar si la fuente emisora pertenece al sistema de Vega, ya que podemos averiguarlo directamente. ¿Cuánto demoraría el estudio del movimiento propio? A propósito, Steve, ya has terminado tu turno; así que al menos avisa a Consuelo que llegarás tarde a cenar.

Willie, que había estado hablando por teléfono desde una consola contigua, esbozó una sonrisita.

—Acabo de hablar con uno de los funcionarios de defensa antiaérea. Jura y perjura que no tienen ningún objeto que haya emitido esta señal, máxime a nueve gigahercios. Aunque claro, lo mismo nos dicen cada vez que los llamamos. Además, asegura que no ha detectado ninguna nave espacial en el ascenso ni declinación de Vega.

—¿Tampoco ningún oscuro?

Existían muchos satélites «oscuros» de baja sección transversal, que giraban alrededor de la Tierra en forma imperceptible hasta que hubiera necesidad de hacer uso de ellos. En tal supuesto, servirían de apoyo para detectar lanzamientos o para comunicaciones en una guerra nuclear, en caso de que los satélites militares diseñados al efecto resultaran inutilizados a consecuencia de la contienda. En ocasiones, los principales sistemas de radares astronómicos captaban algún «oscuro». Todos los países negaban que el objeto les perteneciera, y la gente empezaba a especular sobre la posibilidad de que se hubiera hallado en la órbita de la Tierra una aeronave extraterrestre. A medida que se aproximaba el nuevo milenio, había comenzado a resurgir el culto de los ovnis.

—La interferometría haría descartar una órbita del tipo Molniya, doctora.

—Perfecto. Examinemos con más detenimiento esos impulsos móviles. Suponiendo que se tratara de aritmética binaria, ¿alguien lo ha convertido en base diez? ¿Sabemos cuál es la secuencia de números? Bueno, podemos hacerlo mentalmente... cincuenta y nueve, sesenta y uno, sesenta y siete... setenta y uno... ¿No son todos números primos?

Un murmullo de excitación corrió por la sala de control. El rostro de Ellie reflejó por un instante una emoción profunda, que rápidamente ella reemplazó por sobriedad, el temor de dejarse entusiasmar, el miedo de parecer tonta, poco científica.

—Bueno, veamos si logro resumir todo con el lenguaje más sencillo. Por favor, controlad si se me escapa algo. Recibimos una señal muy potente, no muy monocromática. A continuación del paso de banda de esta señal no hay otras frecuencias que informen haber detectado algo más que ruido. La señal es de polarización lineal y la emite un radiotelescopio, aproximadamente a nueve gigahercios, casi el mínimo del ruido de fondo galáctico. La frecuencia es la más indicada para alguien que pretenda ser oído desde una larga distancia. Hemos confirmado movimiento sideral de la fuente, y esto parece indicar que la señal proviene de algún punto entre las estrellas, no de un transmisor local. El NORAD nos informa que no han detectado ningún satélite (nuestro ni de nadie), cuya posición coincida con esta fuente. De todos modos, la interferometría excluye que la fuente pueda originarse en la órbita de la Tierra.

»Steve ha revisado todos los datos que se han introducido en la computadora, con lo cual sabemos que no se trata de un programa insertado clandestinamente por alguien que tuviera un humor retorcido. El sector del firmamento que estamos observando incluye a Vega, que es una estrella enana AO. No es exactamente como el Sol, pero se halla a solo veintiséis años luz, y posee el típico anillo estelar. No está rodeada por planetas conocidos, pero ciertamente podría haberlos. Hemos iniciado un estudio de movimiento propio para determinar si la fuente se halla detrás de nuestra línea de mira hacia Vega, y deberíamos tener la respuesta dentro de... ¿cuánto? Unas semanas si lo hacemos por nuestra cuenta, unas pocas horas con la ayuda de la interferometría.

»Por último, lo que estamos recibiendo semeja una larga secuencia de números primos, números enteros solo divisibles por sí mismos y por uno. Como ningún proceso astrofísico genera números primos, me atrevería a suponer que, de acuerdo con todos los criterios que conocemos, esto tiene visos de ser auténtico.

»Sin embargo, hay un problema con que se trate de un mensaje enviado por seres que evolucionan en algún planeta cercano a Vega porque hubieran tenido que evolucionar muy rápido. La estrella tiene una existencia de apenas cuatrocientos millones de años, por lo cual es un sitio improbable para que allí se asiente una civilización. Por lo tanto, resultará muy importante el estudio sobre el movimiento propio. También me gustaría indagar lo necesario para descartar que se trate de una broma.

—Mirad —dijo uno de los astrónomos que exploraban los cuásares. Levantó el mentón hacia el horizonte del oeste, donde un aura rosada indicaba el sitio donde se había puesto el sol—. Vega se pone dentro de dos horas. Probablemente ya haya asomado en Australia. ¿Por qué no llamamos a Sídney para que ellos también observen mientras nosotros todavía la vemos?

—Buena idea. Allá es apenas media tarde. Y entre ellos y nosotros vamos a tener datos suficientes para el estudio sobre el movimiento propio. Dame el impreso de la computadora, yo lo transmitiré a Australia por telefax desde mi despacho.

Con afectada serenidad, Ellie se alejó del grupo que se había reunido alrededor de los paneles. Entró en su despacho y cerró la puerta.

—¡Mierda! —murmuró.

—Con Ian Broderick, por favor. Sí. Soy Eleanor Arroway, del proyecto Argos. Se trata de una emergencia. Sí, gracias, espero... Hola, Ian. Probablemente no sea nada, pero recibimos un fantasma y quería pedirte que nos ayudaras a determinar su origen. Es de unos nueve gigahercios, con banda de varios cientos de hercios. Ahora mismo te mando los parámetros por telefax... Sí, Vega está justo en el centro del campo visual. Lo que nos llega parecen impulsos de números primos... Sí, de veras. Bueno, espero.

Una vez más pensó en lo atrasada que era la comunidad científica del mundo, que todavía no contaba con un sistema integrado de base de datos de computación.

—Ian, mientras el telescopio termina de girar, ¿podrías mirar un gráfico de amplitud-tiempo? Tomemos solo los impulsos de baja amplitud y las rayas de alta amplitud. Nosotros recibimos... Sí, ese es exactamente el esquema que nos está llegando desde hace media hora... Bueno, es la posibilidad más factible de los últimos cinco años, pero no me olvido de cómo resultaron engañados los soviéticos en 1974 con el incidente del satélite Big Bird. Según tengo entendido, se trataba de un reconocimiento de altimetría por radar que Estados Unidos realizaba sobre la Unión Soviética, para guiar misiles. Y los soviéticos lo recibían a través de antenas omnidireccionales. Lo único que sabían era que obtenían la misma secuencia de impulsos del cielo todas las mañanas, aproximadamente a la misma hora. Su gente les aseguraba que no era una transmisión militar, de modo que pensaron que era extraterrestre... No, ya hemos descartado una posible transmisión por satélite.

»Ian, ¿puedo pedirte que lo rastrees todo el tiempo que permanezca en vuestro cielo? Intentaré que también lo hagan otros radioobservadores distribuidos en la misma longitud, hasta que reaparezca aquí... Sí, pero no sé si es fácil hacer una llamada directa a China. Pensaba enviarles un telegrama... Bien, muchas gracias, Ian.

Ellie se detuvo un instante en la puerta de la sala de control —la llamaban así irónicamente, ya que el control lo efectuaban las computadoras, en una habitación contigua— para admirar al pequeño grupo de científicos que conversaba animadamente, examinaba los datos de las pantallas e intercambiaba algunas bromas respecto al origen de la señal. Pensó que no eran hombres elegantes ni apuestos en un sentido convencional; sin embargo, tenían cierto atractivo muy especial. Eran excelentes en su campo y, sobre todo, en el proceso de descubrimiento se dejaban absorber por su trabajo. Cuando ella se acercó, guardaron silencio y la miraron, expectantes. Los números se iban convirtiendo automáticamente de base 2 a base 10... 881, 883, 887, 907... y todos eran números primos.

—Willie, consígueme un planisferio y llama a Mark Auerbach en Cambridge (Massachusetts). Probablemente lo encontrarás en casa. Dale este mensaje para enviar por telegrama a todos los observatorios, en especial a los más grandes. Después comunícame con el asesor científico presidencial.

—¿Va a pasar por encima de la Fundación Nacional para la Ciencia?

—Cuando termine de hablar con Auerbach, ponme con el asesor presidencial.

Dentro de su mente le pareció oír un grito unánime de algarabía en medio del clamor de otras voces.

Bicicletas, furgonetas, carteros y teléfonos hicieron llegar el mensaje a centros astronómicos del mundo entero. A algunos de los más importantes radioobservatorios —a China, la India, la Unión Soviética y Holanda— les llegó por teletipo. Lo leyó un funcionario de seguridad o algún astrónomo que acertaba a pasar por ahí, lo arrancó de la máquina y, con cierta expresión de curiosidad, lo llevó a la oficina contigua. El texto ponía:

LA EXPLORACIÓN SISTEMÁTICA DEL CIELO REALIZADA POR ARGOS HA DETECTADO ANÓMALA FUENTE DE ONDAS DE RADIO INTERMITENTES. ASCENSO 18h 34m, DECLINACIÓN + 38 GRADOS 41 MINUTOS, FRECUENCIA 9,24176684 GIGAHERCIOS, PASO DE BANDA APROXIMADAMENTE

430 HERCIOS. AMPLITUDES BIMODALES APROXIMADAMEN-
TE 174 Y 179 JANSKYS. INDICIOS DE QUE LAS AMPLITUDES
CODIFICAN SECUENCIA DE NÚMEROS PRIMOS. URGEN-
TE NECESIDAD DE AMPLIA EXPLORACIÓN DE LONGI-
TUD. TENGA A BIEN LLAMAR PARA MAYOR INFORMA-
CIÓN SOBRE FORMA DE COORDINAR OBSERVACIONES.

E. ARROWAY, DIRECTORA PROYECTO ARGOS, SOCO-
RRO, NUEVO MÉXICO, EE.UU.

5

Algoritmo de descifrado

Oh, habla otra vez, ángel resplandeciente...

WILLIAM SHAKESPEARE,
Romeo y Julieta

Las dependencias para alojar a científicos visitantes estaban completas —más aún, atiborradas—, ocupadas por selectas luminarias de la comunidad de SETI. Cuando empezaron a llegar las delegaciones oficiales de Washington, se encontraron con que no había aposentos para ellos en Argos, y hubo que acomodarlos en moteles de las proximidades de Socorro. La única excepción fue Kenneth der Heer, asesor presidencial sobre temas científicos, que había llegado el día anterior en respuesta a una llamada urgente de Eleanor Arroway. Durante los días siguientes fueron llegando funcionarios de la Fundación Nacional para la Ciencia, de la NASA, del Departamento de Defensa, del Comité de Asesores Presidenciales sobre Temas de Ciencia y del Consejo Nacional de Seguridad. Hubo también varios funcionarios gubernamentales cuyas funciones precisas no quedaron muy claras.

La noche anterior, algunos se instalaron al pie del telescopio 101 y se les señaló por primera vez la ubicación de Vega. Servicialmente, su luz blancoazulada titiló con nitidez.

—Yo la había visto antes, pero nunca supe cómo se llamaba —comentó uno de ellos. Vega parece más brillante que las demás estrellas del firmamento, pero sin ninguna característica especial. Era simplemente una de las tantas estrellas que pueden divisarse a simple vista.

Los científicos asistían a un seminario de investigación acerca de la naturaleza y el origen de los impulsos de radio. A la oficina de relaciones públicas del proyecto —más grande que la de cualquier observatorio debido al interés que despertaba la búsqueda de inteligencia extraterrestre— se le asignó la misión de ilustrar a los funcionarios de menor jerarquía. A cada persona que llegaba se le suministraba información personal. Ellie, que tenía la misión de instruir al personal superior, supervisar la investigación y responder a los escépticos interrogantes que planteaban algunos colegas, se sentía exhausta. Desde que se produjo el descubrimiento, no había podido dormir una noche entera.

Al principio procuraron mantener oculto el hallazgo. Al fin y al cabo, no estaban del todo seguros de que se tratara de un mensaje extraterrestre. Un anuncio prematuro o equivocado podía significar un desastre para las relaciones públicas y, peor aún, obstaculizaría el análisis de datos. Si intervenían los medios, la ciencia seguramente sufriría las consecuencias. Tanto Washington como Argos deseaban guardar el secreto, pero los científicos se lo habían contado a sus familias, el telegrama de la Unión Astronómica Internacional se había enviado a todo el mundo y los sistemas —aún rudimentarios— de análisis de datos astronómicos de Europa, Norteamérica y Japón ya se habían enterado del descubrimiento.

Si bien existían protocolos que establecían la forma de dar publicidad a cualquier información, las circunstancias los pillaron desprevenidos. Redactaron una declaración lo más inocua posible que, como era de prever, produjo un gran revuelo.

Se le pidió paciencia a la prensa, pero sabían que el periodismo les daría apenas un mínimo respiro antes de arremeter con brío. Trataron de impedir que los reporteros se presentaran en la planta, aduciendo que las señales que recibían en realidad no traían información, que solo se trataba de una tediosa repetición de números primos. La prensa estaba impaciente ante la falta de noticias concretas. «No se pueden llenar muchas columnas hablando sobre las características de los números primos», le dijo a Ellie un periodista por teléfono.

Cámaras de televisión comenzaron a hacer pasadas rasantes en helicóptero sobre el lugar, generando en ocasiones una potente interferencia que los telescopios captaban fácilmente. Algunos periodistas acechaban a los funcionarios de Washington cuando por la noche regresaban a sus moteles. Varios de ellos, más audaces, intentaron colarse subrepticiamente en las instalaciones —en moto, triciclo de playa y, en una ocasión, a caballo—, y Ellie se vio en la necesidad de hacer gestiones para levantar una valla de protección.

Apenas llegó Der Heer, se le presentó la primera versión de lo que luego se convertiría en la versión de Ellie: la sorprendente intensidad de la señal, su ubicación en el cielo coincidente con la de Vega, la naturaleza de los impulsos.

—El hecho de que yo sea asesor presidencial sobre temas científicos no significa nada —dijo él—, puesto que mi campo es la biología. Por eso le pido que me explique todo muy despacio. Entiendo que, si la fuente emisora se halla a veintiséis años luz, el mensaje debió de haber sido enviado hace veintiséis años. Digamos que, en la década de los sesenta, unos hombrecitos de aspecto extraño y orejas puntiagudas quisieron hacernos saber cuán aficionados eran a los números primos. Sin embargo, los números primos no son difíciles, o sea que ellos no estarían haciendo alarde de nada. Esto más bien se parece a un curso de recuperación de matemáticas. Quizá deberíamos sentirnos ofendidos.

—No —repuso ella con una sonrisa—. Piénselo de este modo. Todo esto no es más que una señal para atraer nuestra atención. Habitualmente recibimos impulsos insólitos provenientes de cuásares, púlsares y galaxias. Sin embargo, los números primos son muy específicos, muy artificiales. Por ejemplo, ningún número par es también primo. Nos cuesta creer que alguna galaxia en explosión o plasma radiante pueda emitir un conjunto de señales matemáticas como estas. Los números primos tienen como objeto despertar nuestra curiosidad.

—Pero ¿para qué? —preguntó él, desconcertado.

—No lo sé, pero en estas cuestiones es preciso armarse de paciencia. A lo mejor, dentro de un tiempo dejan de enviarnos números primos y los reemplazan por otra cosa, algo más significativo, el mensaje verdadero. No nos queda más remedio que seguir escuchando.

Esa era la parte más difícil de explicar al periodismo: que las señales no tenían ningún sentido. Eran solo los primeros centenares de números primos, en orden, para comenzar otra vez desde el principio. 1, 2, 3, 5, 7, 11, 13, 17, 19, 23, 29, 31...

El 9 no era número primo, sostenía Ellie, porque era divisible por 3 (además de por 9 y 1, desde luego). El 10 tampoco lo era, porque era divisible por 5 y por 2 (además de por 10 y por 1). El 11 sí era número primo, ya que solo era divisible por 1 y por sí mismo. Sin embargo, ¿por qué optaban por transmitir dichos números? Pensó en un *idiot savant*, una de esas personas deficientes en destrezas comunes, verbales o sociales, pero también capaces de realizar complicadísimas operaciones matemáticas mentalmente, tales como calcular al momento en qué día de la semana va a caer el 1 de junio del año 6977. No lo hacen para nada, sino solo porque les gusta, porque son capaces de hacerlo.

Sabía que habían pasado pocos días desde que se recibiera el mensaje, y se sentía feliz y desilusionada al mismo tiempo. Después de tantos años, por fin había detectado una señal... bueno, una especie de señal, pero su contenido era hueco, poco profundo, vacío. Había supuesto que recibiría la *Enciclopedia galáctica*.

«Hemos desarrollado la radioastronomía apenas en las últimas décadas —recordó—, en una galaxia donde el promedio de antigüedad de las estrellas es de miles de millones de años. La posibilidad de recibir una señal proveniente de una civilización tan adelantada como la nuestra debería ser ínfima. Si estuvieran, aunque solo fuera un poco, más atrasados, carecerían de la capacidad tecnológica como para comunicarse con nosotros.» Así pues, lo más probable era que la señal se hubiera originado en una civilización mucho más avanzada. A lo mejor tenían la habilidad de componer melódicas fugas: el contrapunto sería el tema escrito al revés. No, decidió. Si bien eso era sin duda la labor de un genio —cosa que por supuesto ella no sabía hacer—, se trataba de una minúscula extrapolación de aquello que los seres humanos eran capaces de hacer. Bach y Mozart habían realizado valiosos intentos en ese sentido.

Procuró dar un salto más largo para adentrarse en la mente de alguien increíblemente más inteligente que ella, que Drumlin, incluso que Eda, el joven físico nigeriano que acababa de ganar el Premio Nobel, pero le fue imposible. Podía imaginar que demostraba el último teorema de Fermat o la conjetura de Goldbach con solo algunas ecuaciones; podía plantearse problemas que nos superaban totalmente y que debían de ser muy sencillos para ellos, pero no podía introducirse en su mente. No podía adivinar cómo pensaba un ser sumamente más desarrollado que el hombre. Era como tratar de visualizar un nuevo color primario o un mundo en el cual uno pudiera reconocer a centenares de personas solo por el olor de cada una... Podía hablar sobre eso, pero no experimentarlo. Por definición, ha de ser tremendamente difícil entender el comportamiento de un ser muy superior a uno. Pero así y todo, ¿por qué usar solo números primos?

Vega posee un componente conocido por observación directa de su desplazamiento en dirección a la Tierra o alejándose de ella, y un componente conocido a través de la bóveda celeste, contra el fondo que suministran estrellas más distantes. Los telescopios de Argos, trabajando coordinadamente con los radioobservatorios de Virginia Occidental y Australia, determinaron que la fuente emisora se desplazaba al compás de Vega. Según los minuciosos cálculos efectuados, la señal provenía no solo del lugar que ocupaba Vega en el firmamento, sino que también seguía los movimientos peculiares y característicos de Vega. A menos que se tratara de un engaño de notables proporciones, los impulsos de números primos procedían del sistema de Vega. No había ningún efecto Doppler adicional debido al movimiento del transmisor, quizás unido a un planeta, alrededor de Vega. Los extraterrestres habían previsto el movimiento orbital. A lo mejor era una especie de cortesía interestelar.

—Es la cosa más maravillosa que he visto, aunque no guarda relación con lo nuestro —comentó un funcionario de la Agencia de Proyectos Avanzados de Investigación sobre Defensa cuando se aprestaba a regresar a Washington.

Apenas se verificó el descubrimiento, Ellie asignó a un puñado de telescopios la tarea de examinar Vega en otras frecuencias. Desde luego, detectaron también la misma señal, la misma sucesión monótona de números primos en la línea de hidrógeno de 1.420 megahercios, en la de oxhidrilo de 1.667 megahercios y en otras frecuencias. En todo el espectro radioeléctrico, acompañado por una orquesta electromagnética, Vega emitía sonidos de números primos.

—Esto no tiene sentido —opinó Drumlin—. No se nos puede haber escapado antes. Todo el mundo ha estudiado a Vega durante años. Y de pronto, el martes pasado, Vega comienza a propalar números primos... ¿Por qué ahora? ¿Qué tiene de particular este momento? ¿A qué se debe que comiencen a transmitir varios años después de que Argos haya comenzado a escuchar?

—A lo mejor su transmisor estuvo en reparaciones durante dos siglos —sugirió Valerian—, y acaban de volver a ponerlo en funcionamiento. También podría ser que su esquema de trabajo sea enviarnos una transmisión un año de cada millón. Usted sabe muy bien que puede haber vida en muchos planetas. —Drumlin, a todas luces insatisfecho, se limitó a menear la cabeza.

Si bien por naturaleza no le atraían las conspiraciones, Valerian creyó advertir cierta segunda intención en la última pregunta de Drumlin: ¿Acaso no sería todo un intento de los científicos de Argos para impedir que se diera por terminado el proyecto? No, no era posible. Valerian sacudió la cabeza. En ese momento pasaron por su lado dos de los más veteranos expertos en SETI, quienes, en silencio, meneaban también la cabeza, desconcertados.

Entre los científicos y los burócratas existía una suerte de fricción, de mutuo malestar, un antagonismo respecto de premisas fundamentales. Uno de los ingenieros electrotécnicos lo denominaba «desadaptación de impedancia». Los científicos eran demasiado especulativos y hablaban con demasiada ligereza para el gusto de los burócratas. Los burócratas, por su parte, eran poco imaginativos y comunicativos, en opinión de los científicos. Ellie y en especial Der Heer trataban de tender puentes para superar la brecha, pero los pontones no hacían más que ser arrastrados por la corriente.

Esa noche había colillas y tazas de café por doquier. Los científicos, con atuendo informal, los trajeados funcionarios de Washington y algunos militares llenaban la sala de control y el pequeño auditorio y rebosaban por las puertas, donde, iluminados por los cigarrillos y la luz de las estrellas, continuaban algunos debates. Pero los ánimos estaban flaqueando; comenzaba a percibirse el efecto de tanta tensión.

—Doctora Arroway, este es Michael Kitz, secretario adjunto de Defensa del C³I.

Al hacer las presentaciones y ubicarse un paso detrás de Kitz, Der Heer reflejaba una extraña mezcla de emociones. Parecía apelar a la moderación. ¿Acaso la consideraba una exaltada? C³I se pronunciaba «ce al cubo I» y significaba Comando, Control, Comunicaciones e Inteligencia, importantes responsabilidades en un momento en que Estados Unidos y la Unión Soviética se habían lanzado a reducir sus arsenales estratégicos nucleares. Era un trabajo para un hombre cauto.

Kitz tomó asiento en uno de los sillones que había frente al escritorio de Ellie, se inclinó hacia delante, leyó la cita de Kafka y no pareció impresionado.

—Doctora, quiero ir al grano. Nos preocupa que la amplia divulgación de esta información pueda redundar en un perjuicio para nuestro país. No nos alegró precisamente que hubiera enviado aquel telegrama al mundo entero.

—¿Se refiere a China, Rusia y la India? —Pese a su esfuerzo por contenerse, su voz trasuntaba fastidio—. ¿Pretendía mantener en secreto los primeros doscientos setenta y un números primos? ¿Acaso supone, doctor Kitz, que los extraterrestres tenían pensado comunicarse solo con los norteamericanos? ¿No cree que un mensaje procedente de una civilización galáctica pertenece a todo el mundo?

—Podría habernos pedido consejo.

—¿Aun a riesgo de perder la señal? Mire, algo muy importante puede haber sido propalado desde Vega. Estas señales no son una llamada de persona a persona a la Tierra. Es una señal de estación a estación, a cualquier planeta del sistema solar. Nosotros solo tuvimos la suerte de atender el teléfono.

Der Heer de nuevo transmitía algo. ¿Qué trataba de decirle? ¿Que le gustaba su analogía elemental, pero que fuera más condescendiente con Kitz?

—De cualquier modo —continuó Ellie—, es demasiado tarde. Ya todos saben que existe cierto tipo de vida inteligente en Vega.

—No estoy tan seguro de que sea tarde, doctora. Usted supone que va a recibir una transmisión rica en información, un mensaje que aún no ha llegado. El doctor Der Heer me adelantó la opinión de usted en el sentido de que esos números primos son una suerte de anuncio, algo destinado a llamar nuestra atención. Si es que hay un mensaje y es sutil (algo que los otros países no deban conocer de inmediato), deseo que guarde el secreto hasta que podamos hablar al respecto.

—Somos muchos los que tenemos deseos, doctor Kitz —repuso ella en tono amable, haciendo caso omiso de las cejas que enarcaba Der Heer. Había algo irritante, casi provocativo, en la manera de ser de Kitz. Y probablemente en la de ella también—. Yo, por ejemplo, siento la necesidad de comprender el sentido de esa señal, de saber qué está pasando en Vega y qué significa esto para la Tierra. Es probable que para entenderlo necesite la ayuda de científicos de otras naciones. Tal vez me hagan falta los datos que ellos poseen. Podría ser que el problema fuera demasiado grave como para que lo resolviera un solo país por su cuenta.

Der Heer daba muestras de cierta alarma.

—Doctora, la sugerencia del secretario Kitz no es tan irrazonable. Seguramente solicitaremos la colaboración de otros países. Lo único que le pedimos es que hable primero con nosotros, y solo si se recibe un nuevo mensaje.

Su tono era tranquilizador, pero no servil. Ellie volvió a observarlo. Si bien no se trataba de un hombre extremadamente apuesto, tenía un rostro amable e inteligente. Vestía traje azul y una pulcra camisa. La calidez de su sonrisa atemperaba su aspecto serio y aplomado. ¿Por qué, entonces, apoyaba a ese otro idiota? ¿Era parte de su trabajo? ¿Podía ser que Kitz tuviera razón?

—De todas formas, sería una contingencia remota —dijo Kitz con un suspiro, y se puso de pie—. El secretario de Defensa agradecería mucho su colaboración. ¿De acuerdo?

—Lo pensaré —respondió ella, estrechando la mano que él le tendía como si fuese un pescado muerto.

—En un minuto estoy con usted, Mike —anunció Der Heer en tono jovial.

Con la mano apoyada en el marco de la puerta, Kitz de pronto recordó algo, sacó un papel de su bolsillo, regresó y lo dejó en una esquina del escritorio.

—Casi lo olvidaba. Aquí tiene una copia de la Resolución Hadden, que usted probablemente conoce, acerca del derecho del gobierno a clasificar como confidencial cualquier material sensible para la seguridad de Estados Unidos. Por más que no proceda de un organismo secreto.

—¿Pretende darles carácter confidencial a los números primos? —preguntó Ellie, fingiendo incredulidad.

—Lo espero fuera, Ken.

Ellie empezó a hablar apenas Kitz se marchó.

—¿Qué es lo que anda buscando? ¿Los rayos letales de los veguenses? ¿Seres que pretendan hacer volar el mundo en pedazos?

—Solo trata de ser prudente, Ellie. Sé que no piensa que aquí se acaba la historia. Supongamos que haya algún mensaje con contenido, y que, por ejemplo, incluya algo ofensivo para los musulmanes o los metodistas. ¿No le parece que habría que ser cuidadoso al darlo a publicidad?

—Ken, no diga tonterías. Ese tipo es secretario adjunto de Defensa. Si tanto les preocupan los musulmanes o los metodistas, habrían enviado al secretario adjunto de Estado, o a alguno de esos fanáticos religiosos que comparten los desayunos con la presidenta. Usted, que es el asesor sobre temas de ciencia, ¿qué le aconseja a la presidenta?

—No le he dicho nada. Desde que vine aquí, he hablado con ella apenas una vez, y brevemente, por teléfono. Le voy a ser sincero: ella no me dio ninguna instrucción respecto de la conveniencia de clasificar la información. Creo que Kitz lo propuso por su cuenta.

—¿Quién es él?

—Tengo entendido que es abogado. Era un importante ejecutivo de la industria de la electrónica antes de ingresar en el gobierno. Conoce a fondo C^{3}I, pero eso no significa que sea un erudito en otras cuestiones.

—Ken, yo confío en usted. Supongo que la intención de Kitz no habrá sido amenazarme con esta Resolución Hadden. —Blandió el documento ante su interlocutor y buscó su mirada—. ¿Sabía que, en opinión de Drumlin, hay otro mensaje en la polarización?

—No entiendo.

—Hace apenas unas horas, Dave terminó un estudio estadístico preliminar sobre la polarización. Representó los parámetros de Stokes mediante esferas de Poincaré y obtuvo una hermosa película en la que se ve que varían en tiempo.

Der Heer la miró con cara de desconcierto. «¿Acaso los biólogos no utilizan la luz polarizada en sus microscopios?», se preguntó ella.

—Cuando una onda de luz viene hacia uno (luz visible, radioeléctrica, de cualquier clase), lo hace vibrando en ángulos rectos con respecto a nuestra línea de mirada. Si esa vibración gira, se dice que la onda está polarizada elípticamente. Si gira en el sentido de las agujas del reloj, la polarización se denomina derecha, si lo hace en sentido inverso, izquierda. Sí, es una manera muy tonta de designarlo, pero lo importante es que, haciendo variaciones entre ambos tipos de polarización, se puede transmitir información. Una mínima polarización equivale a uno. ¿Me sigue? Es perfectamente posible. Contamos con amplitud y frecuencia moduladas, pero nuestra civilización no se ha abocado a modular la polarización.

»Todo parecería indicar que la señal de Vega tiene polarización modulada, lo cual estamos tratando de determinar en este momento. Sin embargo, Dave averiguó que no hay una cantidad idéntica de ambas clases de polarización. Tiene un grado menor de polarización izquierda que derecha, con lo cual sería posible que hubiera otro mensaje en la polarización que hasta ahora no hemos detectado. Por eso le tengo tanta desconfianza a su amigo. Kitz no me está dando un consejo gratuito. Él presiente que quizás hayamos descubierto algo distinto.

—Tranquilícese, Ellie. Hace cuatro días que no duerme. Ha tenido que enfrentarse con la ciencia, el gobierno y el periodismo. Ya ha logrado uno de los más grandes descubrimientos del siglo y, si la entendí bien, quizás esté a punto de revelar algo más importante aún. Está en todo su derecho de sentirse impaciente. La amenaza de militarizar el proyecto fue una torpeza por parte de Kitz, y entiendo que le tenga desconfianza. No obstante, lo que él dice no es tan desatinado.

—¿Conoce bien a Kitz?

—He participado con él en algunas reuniones, pero eso no me basta para asegurar que lo conozco. Ellie, si hay alguna posibilidad de recibir un mensaje verdadero, ¿no sería buena idea despejar un poco la multitud?

—Sí, claro. Écheme una mano con los inútiles de Washington.

—De acuerdo. Por cierto, si deja ese documento en su escritorio, puede entrar alguien y sacar conclusiones equivocadas. ¿Por qué no lo esconde en alguna parte?

—¿Me ayudará?

—Si la situación se mantiene como hasta ahora, sí. Pero si lo clasifican como confidencial, no habrá nada que hacer.

Sonriendo, Ellie se acuclilló delante de su pequeña caja fuerte y pulsó la combinación de seis dígitos. Echó un último vistazo al

documento titulado con grandes caracteres EL PUEBLO DE ESTA-
DOS UNIDOS CONTRA HADDEN CYBERNETICS, y lo guardó.

El grupo estaba formado por unas treinta personas, incluidos técnicos, científicos vinculados con el proyecto Argos y altos funcionarios gubernamentales, como el subdirector de la
Agencia de Inteligencia, vestidos de paisano. También se hallaban Valerian, Drumlin, Kitz y Der Heer. Ellie era la única mujer. Habían instalado un enorme proyector enfocado sobre una
pantalla de dos metros cuadrados. Ellie se dirigía simultáneamente al grupo y a la computadora de descifrado, con los dedos apoyados sobre el panel que tenía ante sí.

—A lo largo de los años nos hemos preparado para que la
computadora decodifique grandes cantidades de eventuales mensajes. Acabamos de saber por el análisis del doctor Drumlin que
existe información en la polarización modulada. Todos esos cambios frenéticos entre izquierda y derecha significan algo. No se
trata de un ruido aleatorio. Es como si lanzáramos una moneda
al aire y esperáramos sacar tantas veces cara como cruz, pero en
cambio obtenemos el doble de caras que de cruces. Esto nos llevaría a la conclusión de que la moneda está cargada o, en nuestro caso, que la modulación de la polarización no es aleatoria,
que tiene contenido... Ah, miren esto. Lo que la computadora
acaba de decirnos es aún más interesante. La secuencia precisa de
caras y cruces se repite... Es una secuencia larga, de modo que el
mensaje es sumamente complejo; la civilización emisora seguramente quiere que lo recibamos con precisión.

»Aquí está. ¿Ven? Se trata de la primera repetición del mensaje. Cada bit de información, cada punto, cada raya, es idéntico
a lo que recibimos en el primer bloque de datos. Entonces anali-
zamos la cantidad total de bits y obtuvimos un número de decenas de miles de millones. Y, ¡oh casualidad!, es el producto de tres
números primos.

Pese a que Drumlin y Valerian exhibían una sonrisa, Ellie tuvo
la sensación de que experimentaban sensaciones muy distintas.

—¿Y qué? —preguntó un visitante de Washington—. ¿Qué significan tres números primos más?

—Tal vez que nos están enviando un dibujo. Este mensaje está compuesto por una enorme cantidad de bits de información. Supongamos que esa cantidad es el producto de tres números más pequeños. Entonces, el mensaje tendría tres dimensiones. Yo me aventuro a creer que estamos ante una imagen estática tridimensional semejante a un holograma inmóvil, o bien ante una imagen bidimensional que cambia con el tiempo... una película. Si es un holograma, nos llevará más tiempo exhibirlo. Tenemos un algoritmo de descifrado para eso.

En la pantalla se advirtió un dibujo borroso inmóvil, compuesto por puntos blancos y negros.

—Willie, agregue, por favor, un programa de interpolación gris... algo razonable, y trate de hacerlo girar noventa grados en el sentido inverso a las agujas del reloj.

—Doctora, parece haber un canal de banda lateral auxiliar. Quizá sea el audio correspondiente a la película.

—Márquelo.

El único uso práctico de los números primos que se le ocurría era para la criptografía, de amplia utilización en el terreno comercial y el nacional con fines de seguridad. Un uso era para esclarecer a los ignorantes; el otro, para evitar que comprendieran los mensajes los moderadamente inteligentes.

Escudriñó los rostros que tenía frente a sí. Kitz parecía incómodo. Tal vez pensara en algún extraño invasor o, peor aún, en el diseño de un arma demasiado secreta como para que pudiera confiársele al personal de Ellie. Willie ponía una cara muy seria y tragaba saliva a cada momento. Un dibujo es mucho más que meros números. La posibilidad de recibir un mensaje visual despertaba temores y fantasías en el corazón de muchos. Der Heer ofrecía una maravillosa expresión: por el momento, tenía mucho menos aspecto de burócrata, de asesor presidencial, y mucho más de científico.

Junto con la imagen, aún ininteligible, se oía una concatenación de sonidos que recorría todo el espectro del audio, primero hacia arriba y luego hacia abajo, hasta posarse por último en la octava inferior al do central. Lentamente el grupo fue percibiendo música tenue. La imagen giró, se rectificó, quedó enfocada.

Ellie clavó la mirada en la imagen en blanco y negro de... un gran palco adornado con una enorme águila *art déco*. El animal asía entre sus garras de cemento...

—¡Esto es un truco! ¡Es un truco! —Hubo exclamaciones de asombro, de incredulidad, risas, cierto nerviosismo.

—¿Lo ve? ¡Nos han engañado! —le comentó Drumlin a Ellie en tono casi informal, sonriendo, y agregó—: Es una broma muy compleja. Nos ha hecho perder el tiempo a todos.

Entre las garras del águila, Ellie alcanzó a distinguir una esvástica. La cámara enfocaba luego el rostro sonriente de Adolf Hitler, que saludaba con un brazo las rítmicas aclamaciones de la multitud. Su uniforme, desprovisto de condecoraciones militares, transmitía una imagen de modesta sencillez. La gruesa voz de barítono de un locutor, algo difusa, resonó en la habitación. Der Heer se acercó a Ellie.

—¿Sabe alemán? —preguntó ella—. ¿Qué dice?

—«El Führer —tradujo él lentamente— da la bienvenida al mundo a la patria alemana con motivo de la inauguración de los Juegos Olímpicos de 1936.»

6

Palimpsesto

Y si los guardianes no son felices, ¿quién más puede serlo?

ARISTÓTELES,
Política, Libro 2, capítulo 5

Cuando el avión alcanzaba ya la altitud de crucero y Albuquerque había quedado ciento cincuenta kilómetros atrás, Ellie reparó en un cartoncito blanco con letras azules que le habían grapado en el sobre de su billete aéreo. Con las mismas palabras que ella conocía desde su primer viaje en avión, rezaba: «Este no es el resguardo de equipajes de que habla el artículo 4 de la Convención de Varsovia.» ¿Por qué a todas las líneas aéreas, se preguntó, les preocupaba que los pasajeros pudieran confundir ese cartoncito con un talón de resguardo de la Convención de Varsovia? Además, ¿qué era ese talón? ¿Por qué nunca había visto uno? ¿Dónde los ocultaban? Quizás en algún olvidado episodio de la historia de la aviación, alguna empresa aérea desatenta había olvidado imprimir esa advertencia en rectángulos de cartón, fue demandada judicialmente y llevada a la quiebra por pasajeros indignados, convencidos erróneamente de que eso era el talón que mencionaba la Convención de Varsovia. Debía de haber motivos financieros que motivaban esa preocupación mundial respecto de cuáles cartoncitos no se refieren a la bendita Convención de Varsovia. Qué distinto sería, pensó, que semejante cantidad de líneas impresas se hubiera dedicado a algo más útil, por ejemplo, la historia de la exploración del mundo, ciertos hallazgos científicos, incluso la cifra promedio de kilómetros recorridos por pasajero.

Si ella hubiera aceptado el avión militar que le ofreció Der Heer, habría tenido otras asociaciones casuales, pero eso quizás habría conducido a una eventual militarización del proyecto. Por eso prefirió viajar en un vuelo comercial. Valerian había cerrado los ojos apenas terminó de ubicarse en el asiento contiguo. No les corría prisa alguna, incluso después de terminar con los detalles de último momento, relacionados con el análisis de datos y visto que estaba por retirarse la segunda capa de la cebolla. Llegarían a Washington con suficiente antelación para la reunión que se celebraría al día siguiente; de hecho, con tiempo de sobra para dormir bien esa noche.

Ellie miró un instante el sistema de telefax que llevaba guardado en un maletín de cuero, bajo el asiento delantero. Era varios cientos de kilobits más veloz que el modelo antiguo de Peter y componía gráficos mucho mejores. Bueno, quizás algún día tendría que utilizarlo para explicarle a la presidenta de Estados Unidos qué hacía Adolf Hitler en Vega. Tenía que reconocer que se sentía un poco nerviosa por la reunión. Nunca había conocido a un presidente de la nación y, según los criterios imperantes a finales del siglo XX, esta era una buena presidenta. No había tenido tiempo de ir a la peluquería, mucho menos de hacerse un tratamiento facial. Bueno, no iba a la Casa Blanca para que admiraran su figura.

¿Qué pensaría su padrastro? ¿Consideraría aún que no servía para la ciencia? ¿Qué pensaría su madre, confinada en una silla de ruedas en un centro geriátrico? Desde que se produjo el descubrimiento, una semana atrás, solo había podido telefonearla brevemente una vez; se prometió volver a llamarla desde Washington.

Tal como había hecho centenares de veces, miró por la ventanilla del avión y trató de imaginarse qué impresión de la Tierra se llevaría un observador extraterrestre, a esa altitud de doce o catorce mil metros, suponiendo que dichos seres tuvieran ojos semejantes a los humanos. En amplias zonas del Medio Oeste se veían diseños geométricos de cuadrados, rectángulos y círculos realizados por personas según sus predilecciones agrícolas o urbanas; había también enormes regiones del sudoeste donde el único signo de vida inteligente era una ocasional línea recta que cruzaba montes y desiertos. Los mundos de civilizaciones más avanzadas ¿eran tan geométricos, se veían reconstruidos totalmente por sus habitantes? ¿O acaso la señal de una civilización realmente adelantada sería el no dejar señal alguna? ¿Podrían ellos con tan solo mirar saber en qué etapa nos encontramos de una inmensa secuencia cósmica de evolución de los seres inteligentes?

¿Qué otras cosas advertirían? Por el azul del cielo podrían calcular aproximadamente el número de Loschmidt, la cantidad de moléculas que hay en un centímetro cúbico a nivel del mar. Aproximadamente tres veces diez elevado a la decimonovena potencia. Les sería fácil determinar la altura de las nubes por el largo de las sombras proyectadas sobre la Tierra. Y si supieran que las nubes son agua condensada, podrían calcular la temperatura de la atmósfera puesto que esa temperatura descendía a 40 °C bajo cero a la altura de las nubes más altas. La erosión de los accidentes geográficos, el recorrido sinuoso de los ríos, la presencia de lagos, todo hablaba de una antigua batalla entre procesos de formación y de erosión del planeta. Podía notarse claramente que se trata de un planeta viejo con una civilización nueva.

La mayor parte de los planetas de la galaxia debían de ser pretécnicos y venerables, quizás hasta inertes. Algunos seguramente albergaban civilizaciones mucho más remotas que la nuestra. Debían de ser espectacularmente raros los mundos de civilizaciones técnicas recién surgidas. Esa era tal vez la cualidad más original de la Tierra.

A la hora del almuerzo, el paisaje había adquirido una tonalidad verde al sobrevolar el valle del Misisipi. En los aviones modernos no se percibía casi ninguna sensación de movimiento, pensó Ellie. Miró la silueta dormida de Peter; su compañero había rechazado con cierta indignación el almuerzo del avión. Del otro lado del pasillo, un bebé de unos tres meses viajaba cómodamente en brazos de su padre. ¿Qué opinión le merecía al niño el viaje aéreo? Uno llega a un sitio en particular, entra en una estancia alargada llena de butacas y se sienta. La estancia retumba y se sacude durante cuatro horas. Después, uno se levanta y se va. Por arte de magia, está en un lugar distinto. Los pormenores del transporte parecen oscuros, pero la idea básica es fácil de pillar, no se requiere para ello la especialización en ecuaciones de Navier-Stokes.

Ya había caído la tarde cuando sobrevolaron Washington, a la espera de que los autorizaran a aterrizar. Ellie divisó una multitud entre el monumento a Washington y el de Lincoln. Según había leído una hora antes en el telefax del *Times*, se trataba de una marcha convocada por los negros para protestar contra las desigualdades económicas y educacionales. Teniendo en cuenta lo justos que eran sus planteamientos, pensó, habían sido demasiado pacientes. Se preguntó cómo reaccionaría la presidenta ante esa manifestación y la transmisión de Vega, temas ambos sobre los cuales habría de emitir algún comentario oficial al día siguiente.

—¿Qué quiere decir, Ken, eso de que «se alejan»?

—Quiero decir, señora, que nuestras señales de televisión abandonan este planeta y se internan en el espacio.

—¿Y hasta dónde llegan exactamente?

—Con el debido respeto, señora, no es así como hay que plantéarselo.

—¿Cómo, entonces?

—Las señales se expanden desde la Tierra en ondas esféricas, como pequeñas ondas sobre la superficie del agua. Se desplazan a la velocidad de la luz (casi trescientos mil kilómetros por segundo) y continúan eternamente. Cuanto mejores sean los receptores de la otra civilización, más lejos podrían encontrarse ellos y aun así recibir nuestras señales de televisión. Nosotros mismos podríamos detectar una transmisión potente de televisión procedente de un planeta que girara en torno a la estrella más cercana.

La presidenta permaneció un momento ante los ventanales que daban al jardín. Luego se volvió.

—¿Se refiere usted... a todo?

—Sí, a todo.

—O sea, ¿toda la bazofia que emiten por televisión, los accidentes automovilísticos, los canales pornográficos, las noticias de la noche?

—Todo, señora. —Der Heer asintió con la cabeza.

—A ver si le he entendido bien, Der Heer. ¿Esto significa que todas mis conferencias de prensa, mis debates, mi discurso inaugural... todo está allá arriba?

—Esa es la buena noticia, señora. La mala es que también lo están las apariciones por televisión de sus antecesores, de Nixon, de los dirigentes soviéticos, muchas cosas desagradables que su adversario político opinó sobre usted. Es una bendición a medias.

—Dios mío. Prosiga, por favor. —La presidenta se alejó del ventanal y pareció examinar atentamente un busto recientemente restaurado de Tom Payne, recuperado del sótano del Instituto Smithsoniano, donde había sido recluido por el mandatario anterior.

—Me explico. Esos minutos de televisión procedentes de Vega fueron una transmisión original de 1936, de la inauguración de los Juegos Olímpicos de Berlín. Pese a que se emitió solo en Alemania, constituyó la primera transmisión televisiva de la Tierra que contó con una considerable potencia. A diferencia de las transmisiones comunes de radio de los años treinta, dichas señales de televisión atravesaron nuestra ionosfera y se internaron en el espacio. Estamos tratando de averiguar qué fue exactamente lo que se propaló en esa ocasión, pero nos llevará tiempo. A lo mejor, esa bienvenida de Hitler fue solo un fragmento de la transmisión que lograron captar en Vega.

»Por ende, para ellos Hitler es el primer signo de vida inteligente sobre la Tierra que ven, y no lo digo con ironía. Ellos no saben lo que significa la transmisión; por eso la graban y nos la envían de vuelta. Es una forma de decir: "Hola, los escuchamos." Yo lo tomo como un gesto de amistad.

—¿O sea que no hubo transmisiones televisivas hasta después de la Segunda Guerra Mundial?

—Hubo una emisión local en Inglaterra, con ocasión de la coronación de Jorge VI, y otras similares, pero las transmisiones de envergadura se iniciaron a finales de los años cuarenta. Todos esos programas se alejan de la Tierra a la velocidad de la luz. Supongamos que la Tierra está aquí —Der Heer hizo un gesto en el aire—, y que hay una pequeña onda esférica que se aleja de ella a la velocidad de la luz, comenzando en 1936. La onda sigue creciendo y apartándose de la Tierra. Tarde o temprano, llega a la civilización más próxima, la cual, asombrosamente, se halla muy cerca, solo a veintiséis años luz, en algún planeta de la estrella Vega. Ellos la graban y nos la devuelven, pero demora otros veintiséis años en regresar a nosotros. Es evidente que los habitantes de Vega no se tomaron varias décadas en descifrarla. Deben de haber estado preparados, ya listos, esperando que apareciera la primera señal de televisión. La reciben, la registran y nos la envían de vuelta. Sin embargo, a menos que ya hayan estado aquí, en alguna misión de exploración hace cien años, no podían saber que estábamos a punto de inventar la televisión. Por eso la doctora Arroway piensa que esta civilización está inspeccionando todos los sistemas planetarios cercanos, para comprobar si algunos de sus vecinos son capaces de desarrollar una tecnología avanzada.

—Ken, eso da mucho que pensar. ¿Está seguro de que... cómo se llaman... los veguenses...? ¿Está seguro de que no entienden qué es ese programa de televisión que recibieron?

—Señora, sin duda son inteligentes. La señal de 1936 era muy débil, o sea, que sus detectores deben de haber sido tremendamente sensibles para haberla captado. Sin embargo, no creo que hayan comprendido su significado. Ellos probablemente sean muy diferentes de nosotros. Deben de tener una historia diferente y distintas costumbres. Es imposible que sepan lo que es una esvástica o quién fue Hitler.

—¡Hitler! Ken, me pongo furiosa. Cuarenta millones de personas murieron para derrotar a ese megalómano, y él se erige en la estrella de la primera teledifusión a otro planeta. Nos está representando a todos. Es el sueño más alocado de ese demente hecho realidad. —Hizo una pausa, para continuar con voz más calmada—: ¿Sabe una cosa? Siempre me pareció que Hitler no era capaz de hacer bien el saludo hitleriano. Le salía torcido, o en un ángulo insólito. También estaba ese saludo con el codo doblado. Si alguien hubiera realizado los *Heil Hitler* de una forma tan ineficiente, de seguro lo habrían enviado al frente ruso.

—Pero ¿acaso no hay una diferencia? Él devolvía el saludo a los demás. No se estaba aclamando a sí mismo.

—Sí, claro que sí —replicó la presidenta y, con un gesto, invitó a su asesor a salir del salón. Cuando iban por el pasillo, de pronto ella se detuvo y miró a Der Heer—. ¿Qué habría pasado si los nazis no hubiesen tenido televisión en 1936?

—Supongo que hubiese sido la coronación de Jorge VI, o una de las transmisiones sobre la Feria de Nueva York en 1939, si es que alguna era lo bastante potente para que la captaran en Vega. También podrían haber recibido programas de los últimos años de la década o principios de los años cincuenta... alguna de aquellas genialidades que había en esa época, signos maravillosos de vida inteligente sobre la Tierra.

—Esos malditos programas son nuestros embajadores ante el cosmos... emisarios de la Tierra. —La mandataria hizo una pausa para enfatizar sus palabras—. Con respecto a los embajadores, siempre hay que elegir al mejor; sin embargo, hace cuarenta años que venimos enviando al espacio programas que son prácticamente basura. Me gustaría ver cómo resuelven esto los ejecutivos de las cadenas de televisión. ¡Y que ese loco de Hitler haya sido la primera noticia que tuvieron de los terrícolas! ¿Qué van a pensar de nosotros?

Cuando Der Heer y la presidenta entraron en el salón del gabinete, los que estaban de pie formando pequeños grupos guardaron silencio, y algunos de los que se hallaban sentados hicieron un esfuerzo por levantarse. Con un gesto, la presidenta dejó en evidencia su gusto por la informalidad y saludó de la misma forma al secretario de Estado y al secretario adjunto de Defensa. Luego examinó a la concurrencia. Algunos le devolvieron la mirada; otros, al advertir cierto fastidio en su rostro, esquivaron sus ojos.

—Ken, ¿aún no llegó su amiga astrónoma...? ¿Arrowsmith? ¿Arrowroot?

—Arroway, señora. El doctor Valerian y ella llegaron anoche. Quizá se hayan retrasado por algún problema de tráfico.

—La doctora Arroway llamó desde el hotel —informó un joven de impecable atuendo—. Dijo que estaba recibiendo nuevos datos en su telefax, que quería traer a esta reunión, y pidió que empezáramos sin ella.

Michael Kitz se inclinó hacia delante y habló con tono de incredulidad.

—¿Están transmitiendo información nueva sobre este tema por una línea abierta, sin dispositivos de seguridad, en un hotel de Washington?

Der Heer respondió en un tono tan bajo que obligó a Kitz a inclinarse más aún.

—Mike, creo que el telefax de la doctora cuenta, por lo menos, con cifrado comercial. Además, no olvide que no existen pautas establecidas de seguridad en esta cuestión. Sin duda, la doctora tendrá una actitud de colaboración cuando se fijen dichas normas.

—Está bien, comencemos —dijo la presidenta—. Esta es una reunión conjunta informal del Consejo Nacional de Seguridad y el grupo de tareas que, por el momento, denominamos de Contingencias Especiales. Quiero dejar sentado que nada de lo que se diga en este salón, absolutamente nada, podrá comentarse con nadie, excepción hecha del secretario de Defensa y el vicepresidente, que han viajado al exterior. El doctor Der Heer les habló a ustedes sobre este increíble programa de televisión procedente de la estrella Vega. En opinión de Der Heer y de otros —paseó la vista por los asistentes—, es solo una casualidad que el primer programa de televisión en llegar a Vega haya tenido como protagonista a Adolf Hitler. Pero es... una vergüenza. Le he solicitado al director de Inteligencia Central que prepare un análisis sobre las posibles implicaciones que, en el marco de la seguridad nacional, podría acarrear esto. ¿Es una amenaza directa por parte de quien sea que esté enviando el mensaje? ¿Vamos a tener problemas si llegara un mensaje nuevo y lo descifrara primero otro país? Pero antes quisiera preguntar, Marvin, ¿esto tiene algo que ver con los platillos voladores?

El director de Inteligencia Central, un hombre mayor de aspecto autoritario, ofreció un resumen general. Los objetos voladores no identificados, conocidos por ovnis, habían sido motivo de preocupación para la CIA y la Fuerza Aérea, especialmente en las décadas de los cincuenta y sesenta, en parte debido a los rumores de que podrían constituir un medio para que potencias hostiles crearan confusión y sobrecargaran los canales destinados a las comunicaciones. Varios de los incidentes más destacados resultaron violaciones del espacio aéreo norteamericano o ejercicios de vuelo sobre bases militares de Estados Unidos en el extranjero, por parte de aviones soviéticos o cubanos. Dichos vuelos son un modo habitual de evaluar el grado de preparación del adversario, y Estados Unidos también realizaba operaciones de esa índole, adentrándose en el espacio aéreo soviético. Un MiG cubano que incursionara trescientos kilómetros por la cuenca del Misisipi era considerado como publicidad indeseable por el NORAD, el Comando de Defensa Antiaérea. El procedimiento de rutina era que la Fuerza Aérea negara que alguno de sus aviones se encontrara en las cercanías del sitio donde se había avistado el ovni, y no emitir comentario alguno acerca de la violación del espacio aéreo, con lo que contribuía a fortalecer las creencias populares. Al oír esas explicaciones, el jefe del Estado Mayor dio muestras de desagrado, pero no dijo nada.

—La gran mayoría de fenómenos ovnis denunciados —continuó el director de Inteligencia— eran objetos naturales erróneamente interpretados por el observador. Aviones no convencionales o de tipo experimental, luces de automóviles reflejadas contra las nubes, globos, pájaros, insectos luminiscentes, incluso planetas y estrellas vistos en condiciones atmosféricas atípicas. Un número importante de casos resultó ser bromas o ilusiones psíquicas. Ha habido más de un millón de casos denunciados de ovnis en el mundo desde que se acuñó la expresión «platillo volador», a finales de los años cuarenta, y a ninguno de ellos se le descubrió vinculación con seres extraterrestres. Sin embargo, la idea despertaba emociones profundas, y había publicaciones y grupos extremistas, incluso algunos hombres de ciencia, que mantenían viva la supuesta relación entre los ovnis y la vida en otros mundos. La doctrina del milenio, de reciente origen, menciona a seres redentores que se desplazan en platillos voladores. La investigación oficial de la Fuerza Aérea culminó en la década de los sesenta por falta de avances, si bien se mantienen ciertas investigaciones mínimas llevadas a cabo conjuntamente con la CIA. Tan convencida estaba la comunidad científica de que no había nada extraterrestre en los ovnis, que cuando el presidente Jimmy Carter solicitó a la NASA un estudio exhaustivo sobre dichos fenómenos, el organismo aeroespacial se negó a realizarlo.

—De hecho —interrumpió uno de los científicos—, el asunto de los ovnis ha puesto escollos en una labor seria de búsqueda de inteligencia extraterrestre.

La presidenta suspiró.

—¿Alguno de los presentes piensa que los ovnis tienen algo que ver con esta señal que nos llega de Vega?

Der Heer se miraba las uñas. Nadie contestó.

—De todas maneras —continuó la mandataria—, el clamor de muchos apasionados a los ovnis se hará oír. Marvin, ¿por qué no sigue usted?

—En 1936, señora, una señal de televisión débil transmitió la ceremonia de inauguración de las Olimpíadas a un puñado de receptores ubicados en la zona de Berlín. El objetivo era demostrar el progreso y la superioridad de la tecnología alemana. Hubo algunas transmisiones anteriores, pero todas de muy baja potencia. En realidad, nosotros lo conseguimos antes que ellos. El secretario de Comercio, Herbert Hoover, realizó una breve aparición ante las cámaras el... 27 de abril de 1927. Como fuere, la señal alemana se alejó de la Tierra a la velocidad de la luz, y veintiséis años después llegó a Vega. Ellos (quienesquiera que sean) estudian unos años la señal y nos la devuelven notablemente amplificada. Su capacidad para recibir una señal tan débil es impresionante, pero también lo es la capacidad de hacerla regresar en niveles tan altos de potencia. Por cierto, todo esto trae aparejadas muchas cuestiones de seguridad. Los expertos en seguridad electrónica, por ejemplo, desearían saber cómo se hace para detectar señales tan tenues. Esa gente (o lo que sean), los habitantes de Vega, seguramente están más adelantados que nosotros, quizás algunas décadas, o mucho más.

»No nos suministran información alguna respecto de ellos mismos, salvo que en ciertas frecuencias, la señal transmitida no evidencia el efecto Doppler por el movimiento de su planeta alrededor de su estrella. Nos han simplificado el paso de reducción de datos. Son... serviciales. Hasta ahora, nada hemos recibido que tenga que ver con asuntos militares ni con ningún otro interés. Lo único que nos dicen es que poseen grandes conocimientos de radioastronomía, que les gustan los números primos y que son capaces de devolvernos nuestra primera imagen televisiva. No creo que haya riesgo alguno en que otras naciones lo sepan. Además, no hay que olvidarse de todos esos países que están recibiendo la misma transmisión de Hitler, una y otra vez. Todavía no han descubierto la manera de descifrarla. Tarde o temprano, los rusos, los alemanes o cualquiera va a plantearse esto de modular la polarización. Mi impresión personal, señora, no sé si el secretario de Estado concuerda conmigo, es que convendría dar a conocer la información al mundo antes de que nos acusen de pretender ocultarla. Si la situación se mantiene sin variantes, si no se producen grandes cambios, deberíamos hacer un anuncio público, e incluso dar a conocer esa filmación de tres minutos.

»Dicho sea de paso, no hemos podido encontrar en los registros germanos qué era lo que incluía esa televisación original. No podemos descartar que los veguenses hayan modificado en algo el contenido antes de devolvérnosla. Reconocemos perfectamente a Hitler, y la parte del estadio olímpico que se ve coincide con el Berlín de 1936. Sin embargo, no hay forma de constatar si realmente Hitler se estaba rascando el bigote en vez de sonreír, como aparece en esta transmisión.

Ellie llegó algo jadeante, acompañada por Valerian. Trataron de situarse al fondo, contra la pared, pero Der Heer advirtió su presencia y se lo comunicó a la presidenta.

—Doctora Arrow... way, me alegro de que haya podido llegar. Ante todo, permítame felicitarla por su fantástico descubrimiento. Espléndido. Doctora, tenemos entendido que trae usted novedades. ¿Quiere informarnos al respecto?

—Señora presidenta, perdón por la tardanza, pero hemos obtenido un enorme logro en el plano cósmico... Trataré de explicarlo de una manera sencilla: hace miles de años, cuando había escasa provisión de pergamino, la gente escribía una y otra vez sobre viejos pergaminos, produciendo lo que se llama un palimpsesto. Había escritos debajo de cada cosa escrita. Esta señal de Vega es, por supuesto, muy potente. Como usted sabe, están los números primos, y «debajo» de ellos, en lo que se denomina polarización modulada, este insólito asunto de Hitler. Sin embargo, debajo de la secuencia de números primos y debajo de la transmisión de los Juegos Olímpicos, acabamos de descubrir un mensaje increíblemente rico, o al menos suponemos que se trata de un mensaje. Pensamos que ha estado allí todo el tiempo, pero acabamos de detectarlo.

—¿Qué es lo que dice? —preguntó la presidenta—. ¿De qué se trata?

—Aún no lo sabemos, señora. Algunos científicos del proyecto Argos toparon con él esta mañana, hora de Washington. Hemos trabajado en esto toda la noche.

—¿Utilizando un teléfono abierto? —quiso saber Kitz.

—Con cifrado comercial común. —Ellie se sonrojó un poco.

Abrió el estuche de su telefax, sacó una diapositiva, la colocó en el proyector y todos pudieron verla en la pantalla—. Aquí está cuanto sabemos hasta ahora. Vamos a ver un bloque de información que contiene aproximadamente mil bits. Luego vendrá una pausa y después se repetirá el mismo bloque. A continuación habrá otra pausa, y proseguiremos con el bloque siguiente, que también se repite. La repetición de los bloques probablemente tenga por objeto reducir al mínimo los errores de transmisión. Ellos deben de considerar muy importante que recibamos exactamente lo que quieren comunicarnos. A cada uno de esos bloques vamos a llamarlo página. Argos está recibiendo varias decenas de páginas al día, pero todavía no sabemos de qué tratan. No son un simple código visual como el mensaje de las Olimpíadas, sino que hay algo mucho más profundo y rico. Por primera vez parece ser información que ellos han producido. La única clave que tenemos hasta ahora es que las páginas están numeradas. Al comienzo de cada una aparece un número de aritmética binaria. ¿Ven ese de ahí? Y cada vez que llega otro par de páginas idénticas, viene con el siguiente número en orden ascendente. En este momento estamos en la página... 10.413. Es un libro voluminoso. Haciendo los correspondientes cálculos, el mensaje debe de haber empezado hace alrededor de tres meses. Hemos tenido suerte de haber empezado a detectarlo tan pronto.

—Yo tenía razón, ¿verdad? —Kitz se inclinó sobre la mesa para hablarle a Der Heer—. No es la clase de mensaje que podríamos pasarles a los japoneses, los chinos o los rusos, ¿no?

—¿Va a ser fácil descifrarlo? —preguntó la presidenta.

—Desde luego, pero pondremos nuestro máximo empeño. También sería conveniente que colaborara la Agencia Nacional de Seguridad. No obstante, supongo que sin una explicación de Vega, sin un manual de instrucciones, nos costará avanzar. Obviamente, no parece escrito en ningún idioma de la Tierra. Tenemos esperanzas de que el mensaje concluya tal vez en la página veinte mil o treinta mil y vuelva a comenzar, para que podamos completar las partes que nos faltan. A lo mejor, antes de repetirse el mensaje entero llegan algunas instrucciones para comprenderlo cabalmente...

—Con su permiso, señora presidenta...

—Señora presidenta, este es el doctor Peter Valerian, del Instituto de Tecnología de California, uno de los pioneros en este campo.

—Adelante, doctor Valerian.

—El mensaje ha sido enviado intencionadamente. Ellos saben que estamos aquí. Por la transmisión de 1936 que interceptaron, tienen alguna idea de nuestra tecnología, de nuestro grado de inteligencia. No se tomarían todo este trabajo si no desearan que entendiéramos su mensaje. En alguna parte del mismo debe de haber una clave que nos ayude a decodificarlo. Solo es cuestión de almacenar la totalidad de los datos y analizarlos minuciosamente.

—¿De qué supone usted que trata el mensaje?

—Imposible saberlo, señora. Solo puedo repetirle lo expresado por la doctora Arroway: se trata de un mensaje complejo. La civilización transmisora está ansiosa de que lo recibamos. Quizá no sea más que un pequeño volumen de la *Enciclopedia galáctica*. La estrella Vega es tres veces más grande que el Sol, y casi cincuenta veces más brillante. Debido a que quema su combustible nuclear con tanta rapidez, tendrá una vida mucho más breve que el Sol...

—Sí. Puede estar ocurriendo algo serio en Vega —lo interrumpió el director de Inteligencia Central—. Tal vez el planeta está a punto de resultar destruido y quieren que alguien conozca su civilización antes de ser exterminados.

—También podría ser —intervino Kitz— que estuvieran buscando algún sitio adonde mudarse y que la Tierra les conviniera. Tal vez no sea por casualidad que resolvieron enviarnos la filmación de Hitler.

—Un momento —dijo Ellie—. Hay muchas posibilidades, pero no todo es posible. La civilización emisora no puede saber si hemos recibido el mensaje, y mucho menos constatar si logramos descifrarlo. Si el mensaje resultara ofensivo, no estamos obligados a responderlo. Y aun si lo contestáramos, pasarían veintiséis años antes de que ellos recibieran la respuesta, y otros veintiséis para hacernos llegar la suya. La velocidad de la luz es enorme, pero no infinita. Estamos aislados de Vega. Así que, si el mensaje contuviera algún motivo de preocupación para nosotros, tendríamos décadas para decidir el curso a seguir. Es muy pronto para que nos dejemos dominar por el pánico. —Estas últimas palabras las pronunció con una sonrisa dirigida a Kitz.

—Agradezco su opinión, doctora —manifestó la presidenta—. Sin embargo, las cosas están sucediendo rápidamente. Y quedan muchos interrogantes sin respuesta. Ni siquiera he hecho aún una declaración pública sobre esto. No he tenido tiempo todavía de hablar sobre los números primos, sobre lo de Hitler, y ya tenemos que pensar en ese «libro» que, según usted, nos están enviando. Y como ustedes, los científicos, no son propensos a intercambiar opiniones, corren los rumores. Phyllis, ¿dónde está esa carpeta? Fíjense en los titulares que voy a leerles.

Todos dejaban entrever la misma idea, con mínimas variaciones de estilo periodístico:

—«Experta espacial afirma que las señales de radio provienen de monstruos de ojos saltones», «Telegrama astronómico sugiere existencia de inteligencia extraterrestre», «¿Una voz del Cielo?» y «¡Llegan los Invasores!». —La presidenta dejó los recortes sobre la mesa—. Al menos, todavía no se ha dado a conocer la historia de Hitler. Ya me imagino los titulares: «Hitler está vivo y reside en el espacio.» O algo peor. Yo propondría levantar la sesión y volver a reunirnos después.

—Con su permiso, señora —la interrumpió Der Heer—, hay ciertas implicaciones internacionales que deberían ser tratadas ahora.

La presidenta se limitó a asentir con un suspiro.

—Corríjame si me equivoco, doctora Arroway —prosiguió Der Heer—. Todos los días sale la estrella Vega sobre el desierto de Nuevo México y ustedes reciben una página de esta compleja transmisión, la que casualmente estén enviando en ese momento a la Tierra. Unas ocho horas más tarde la estrella se pone. ¿Hasta aquí voy bien? De acuerdo. A la mañana siguiente vuelve a salir la estrella por el este, pero ustedes han perdido las páginas remitidas durante el lapso en que no se puede observar la estrella, es decir, por la noche. Así, estaríamos recibiendo de la página treinta a la cincuenta, de la ochenta a la cien, y así sucesivamente. Por más paciente que sea nuestra observación, siempre habrá grandes lagunas de información. Y aunque el mensaje vuelva a repetirse, también las lagunas.

—Eso es muy cierto —convino Ellie, al tiempo que se dirigía hasta un gran globo terráqueo. Era obvio que la Casa Blanca se oponía al concepto de oblicuidad de la Tierra, puesto que el eje del globo era decididamente vertical. Lo hizo girar—. La Tierra da vueltas en redondo. Para que no haya lagunas, harían falta telescopios distribuidos regularmente en numerosas longitudes. Cualquier país que observe solo desde su territorio, recibirá un tramo del mensaje y luego dejará de recibirlo, quizás en la parte más interesante. Es el mismo tipo de problema con que se enfrenta una de nuestras naves espaciales interplanetarias que envía información a la Tierra al pasar junto a algún planeta, pero quizás en ese momento Estados Unidos esté orientado hacia el otro lado. Por eso, la NASA cuenta con tres estaciones de rastreo distribuidas en forma pareja en cuanto a latitud alrededor de la Tierra. A lo largo de los años, esta distribución ha dado un excelente resultado. Pero si pudiéramos... —Ellie posó sus ojos en P. L. Garrison, funcionario de la NASA allí presente.

—Bueno, sí. La denominamos Red Intergaláctica y estamos muy orgullosos de ella —respondió Garrison—. Tenemos estaciones en el desierto de Mojave, en España y en Australia. Desde luego, nuestros recursos financieros no alcanzan, pero con un poco de ayuda podríamos acelerar nuestra labor.

—¿España y Australia? —preguntó la presidenta.

—Por razones de trabajo puramente científico —estaba diciendo en ese momento el secretario de Estado—. En principio no debería haber problemas. No obstante, si este programa de investigación tuviera derivaciones políticas, podría acarrear dificultades.

Últimamente las relaciones de Estados Unidos con ambos países se habían enfriado.

—No cabe duda de que habrá derivaciones políticas —sostuvo la presidenta.

—Pero no tenemos por qué atarnos a la superficie de la Tierra —intervino el general de la Fuerza Aérea—. Solo se necesitaría instalar un gran radiotelescopio en órbita.

—Bien pensado. —La presidenta paseó la mirada por los asistentes—. ¿Tenemos ya un radiotelescopio espacial? ¿Cuánto tiempo nos llevará la instalación? ¿Quién lo sabe? ¿Doctor Garrison?

—Pues... no, señora presidenta. Durante los últimos tres años la NASA ha presentado la propuesta del Observatorio Maxwell, pero nunca se lo incluyó en los presupuestos. Tenemos hecho un estudio pormenorizado, desde luego, pero llevaría años (tres, por lo menos) su puesta en práctica. Me veo en la necesidad de recordarles que hasta el otoño pasado los rusos poseían un radiotelescopio en funcionamiento en la órbita de la Tierra. No sé qué fue lo que falló, pero ellos estarían en mejores condiciones de enviar un cosmonauta a repararlo que nosotros de construir uno desde cero.

—¿Eso es todo? —dijo la presidenta—. La NASA cuenta con un telescopio común en el espacio, pero no con un radiotelescopio de grandes dimensiones. ¿No hay nada allá arriba que nos sirva? ¿Qué pasa con los organismos de inteligencia, la Agencia Nacional de Seguridad?

—Siguiendo con la misma idea —dijo Der Heer—, estamos recibiendo una señal muy potente en muchas frecuencias. Cuando Vega se pone en Estados Unidos, hay otros radiotelescopios en varios países que reciben y registran la señal. No son tan sofisticados como los del proyecto Argos y quizá no han descubierto aún lo de la polarización modulada. Si nos ponemos a preparar un radiotelescopio para después lanzarlo al espacio, tal vez entonces el mensaje ya haya desaparecido. ¿No cree, doctora, que la única solución lógica sería la colaboración entre varios países?

—Desde luego. Ningún país solo podrá llevarlo a cabo. Harán falta muchas naciones alrededor de todo el globo. Será necesario utilizar los principales observatorios de radioastronomía ya existentes, los grandes radiotelescopios de Australia, China, la India, la Unión Soviética, Oriente Medio y Europa Occidental. Sería una terrible irresponsabilidad de nuestra parte si perdiéramos algún fragmento del mensaje solo porque no hubo un telescopio enfocando a Vega. Algo tendremos que hacer respecto al Pacífico Oriental, entre Hawái y Australia, y quizá también en el Atlántico medio.

—Bueno —intervino el director de Inteligencia Central—, los soviéticos poseen varios barcos de rastreo de satélites, que operan entre las bandas S y X, entre ellos el *Akademik Keldysh* y el *Marshal Nedelin*. Si llegamos a un acuerdo, tal vez podrían estacionar naves en el Atlántico o el Pacífico para cubrir esas brechas.

Ellie estuvo a punto de responder, pero la presidenta se le adelantó:

—Está bien, Ken. Tiene usted razón, pero repito que esto avanza muy rápidamente y yo tengo otros asuntos importantes entre manos. Desearía que el director de Inteligencia y el personal de Seguridad Nacional trabajaran esta misma noche para determinar si nos queda alguna alternativa además de la cooperación con otros países, especialmente con aquellos que no son nuestros aliados.

»Le encomiendo al secretario de Estado que, junto con los científicos, redacte una lista de naciones y de individuos con quienes tendremos que ponernos en contacto en caso de que necesitemos que colaboren con nosotros, y una evaluación de las consecuencias. ¿Algún país puede molestarse con nosotros si no le pedimos que escuche la señal? ¿Existe la posibilidad de que suframos algún chantaje por parte de alguien que prometa dar información y llegado el momento nos la niegue? ¿No sería conveniente que más de un país cubriera cada longitud? Analicen las posibles derivaciones. Y, por favor —sus ojos fueron escrutando todos los rostros—, les pido que guarden el secreto. Usted también, Arroway. Demasiados problemas tenemos ya...

7

El etanol en W3

No hay que dar el menor crédito a la opinión de que los demonios actúan como mensajeros e intermediarios entre los dioses y los hombres para elevar todas nuestras peticiones a los dioses, y para conseguirnos su ayuda. Por el contrario, debemos creer que se trata de espíritus ansiosos por causar daño, totalmente apartados de la rectitud, llenos de orgullo y envidia, sutiles en el arte de engañar...

SAN AGUSTÍN,
La Ciudad de Dios, VIII, 22

Que surgirán nuevas herejías lo afirma la profecía de Cristo, pero que tendrán que abolirse las antiguas, eso no lo podemos predecir.

THOMAS BROWNE,
Religio Medici, I, 8 (1642)

Ellie había planeado ir a buscar a Vaygay al aeropuerto de Albuquerque y llevarlo a Argos en su Thunderbird. El resto de la delegación soviética viajaría en los vehículos del observatorio. A ella le habría encantado conducir a toda velocidad en el fresco aire del amanecer, escoltada tal vez por una guardia de honor de conejos. Además, pensaba mantener una larga conversación con Vaygay durante el trayecto. Sin embargo, los nuevos agentes de seguridad vetaron su idea. El sobrio anuncio que efectuó la presidenta dos semanas antes, al concluir su conferencia de prensa, había atraído multitudes a ese aislado punto del desierto. Teóricamente podía haber algún brote de violencia, le aseguraron a Ellie. En el futuro, debería movilizarse siempre en vehículos oficiales y con una discreta custodia armada. La pequeña comitiva se encaminaba a Albuquerque a una velocidad tan moderada que, sin darse cuenta, Ellie iba presionando un acelerador imaginario sobre la alfombrilla de goma bajo sus pies.

Sería un placer volver a estar con Vaygay. Lo había visto por última vez en Moscú, tres años antes, durante uno de esos períodos en que a él se le prohibía visitar Occidente. Las autorizaciones para viajar al exterior se conseguían con mayor o menor facilidad según fuera cambiando la política oficial, y según el propio e imprevisible comportamiento de Vaygay. Solían negarle el permiso a consecuencia de alguna mínima provocación política de su parte, pero después volvían a otorgárselo cuando no encontraban a nadie de su nivel que encabezara alguna delegación científica. Recibía invitaciones del mundo entero para participar en seminarios, conferencias, coloquios, grupos de estudio y comisiones internacionales. En su calidad de premio Nobel de Física y miembro activo de la Academia Soviética de Ciencias, gozaba de más independencia que la mayoría de sus compatriotas. A menudo parecía estar en equilibrio precario, en el límite entre la paciencia y las restricciones de la ortodoxia gubernamental.

Su nombre completo era Vasily Gregorovich Lunacharsky, conocido en la comunidad mundial de físicos como Vaygay. Sus relaciones ambiguas con el régimen soviético intrigaban a Ellie y a muchos occidentales. Era pariente lejano de Anatoly Vasilyevich Lunacharsky, viejo colega bolchevique de Gorky, Lenin y Trotsky. El otro Lunacharsky había ejercido las funciones de comisario del pueblo para Educación, y embajador soviético en

España hasta su muerte, acaecida en 1933. La madre de Vaygay era judía, y se comentaba que él había trabajado en armas nucleares, aunque era demasiado joven para haber desempeñado un papel preponderante en el primer ensayo termonuclear de los soviéticos.

Su instituto contaba con buen instrumental y un plantel de calidad, y su productividad científica era prodigiosa, pese a los obstáculos que le ponía el Comité para la Seguridad del Estado. A pesar de los fluctuantes permisos para viajar al extranjero, era asiduo asistente a las principales conferencias internacionales, incluso al simposio Rochester sobre física de alta energía, el encuentro en Texas sobre astrofísica relativista y las informales reuniones científicas Pugwash, convocadas para hallar formas de reducir la tensión internacional.

Ellie sabía que, en los años sesenta, Vaygay había visitado la Universidad de California y se quedó maravillado con la proliferación de irreverentes, escatológicas y descabelladas consignas impresas en pins, que permitían, rememoró ella con nostalgia, conocer a simple vista las inclinaciones sociales y políticas de una persona. Los distintivos también eran muy populares en la Unión Soviética, pero, por lo general, sus inscripciones eran elogios para el equipo Dínamo de fútbol o para algunas naves espaciales de la serie *Luna*, que fueron las primeras en llegar a nuestro satélite. Los pins de Berkeley eran distintos. Vaygay los compraba por docenas, pero le encantaba ponerse uno en particular, que rezaba «Ruegue por el sexo». Lo usaba incluso para asistir a las reuniones científicas. Cuando le preguntaban por qué le gustaba tanto, respondía:

—En vuestro país, es ofensivo en un solo sentido. En mi patria, resultaría doblemente ofensivo.

Si le pedían que lo aclarara, comentaba que su famoso pariente bolchevique había escrito un libro relativo al lugar que debía ocupar la religión en el mundo socialista. Desde ese entonces, su dominio del inglés había mejorado notablemente —mucho más que el ruso que hablaba Ellie—, pero su propensión a usar injuriosos pins en la solapa, lamentablemente, disminuyó.

En una ocasión, durante una vehemente discusión respecto de los méritos relativos de ambos sistemas políticos, Ellie se jactó de haber tenido la libertad de marchar frente a la Casa Blanca en una manifestación de protesta contra la guerra de Vietnam. Vaygay replicó que en ese mismo período él había gozado de la misma libertad de marchar frente a la embajada americana para protestar también por la injerencia norteamericana en la guerra de Vietnam.

Él nunca mostró deseos, por ejemplo, de fotografiar las barcazas llenas de malolientes desperdicios y las chillonas gaviotas que sobrevolaban la Estatua de la Libertad, como había hecho otro científico soviético el día que ella los acompañó en ferry hasta Staten Island, en un descanso de un simposio realizado en Nueva York. Tampoco había fotografiado —como algunos de sus colegas— las casuchas derruidas y las cabañas de los barrios pobres de Puerto Rico durante una excursión en autocar que efectuaron desde un lujoso hotel sobre la playa hasta el observatorio de Arecibo. ¿A quién entregarían esas fotos? Ellie se imaginaba la enorme biblioteca del KGB dedicada a las injusticias y contradicciones de la sociedad capitalista. Cuando se sentían desalentados por algunos fracasos de la sociedad soviética, ¿acaso les reconfortaba revisar las instantáneas de los imperfectos norteamericanos?

Había muchos científicos brillantes en la Unión Soviética a los que, por supuestos delitos ideológicos, desde hacía décadas no se les permitía salir de Europa Oriental. Konstantinov, por ejemplo, viajó por primera vez a Occidente a mediados de los años sesenta. Cuando, en una reunión internacional en Varsovia se le preguntó por qué, respondió: «Porque esos bastardos saben que, si me dejan partir, no vuelvo más.» Sin embargo, le permitieron salir durante el período en que mejoraron las relaciones científicas entre ambas naciones a finales de los sesenta y comienzos de los setenta, y siempre regresó. No obstante, ya no se lo permitían y no le quedaba más remedio que enviar a sus colegas occidentales tarjetas por fin de año en las cuales aparecía él con aspecto desolado, la cabeza baja, sentado sobre una esfera debajo de la cual estaba la ecuación de Schwarzschild para obtener el radio de un agujero negro. Se hallaba en un profundo pozo de potencial, explicaba a quienes lo visitaban en Moscú, utilizando la metáfora de la física. Jamás le concedieron permiso para volver a abandonar el país.

En respuesta a preguntas que se le formulaban, Vaygay sostenía que la revolución húngara de 1956 había sido organizada por criptofascistas, y que a la Primavera de Praga de 1968 la habían programado dirigentes no representativos, opositores al socialismo. Sin embargo, añadía, si esas explicaciones no eran correctas, si se había tratado de verdaderos levantamientos populares, entonces su país había cometido un error al sofocarlos. Respecto al tema de Afganistán, ni siquiera se tomó la molestia de citar las justificaciones oficiales. En una ocasión en que Ellie fue a visitarlo a su instituto, quiso mostrarle su radio de onda corta, en la que había marcado las frecuencias correspondientes a Londres, París y Washington, en prolijos caracteres cirílicos. Tenía la libertad, comentó, de escuchar la propaganda tendenciosa de todas las naciones.

Hubo una época en que muchos de sus colegas adoptaron la retórica nacional en lo concerniente al peligro amarillo. «Imagínese toda la frontera entre China y la Unión Soviética ocupada por soldados chinos, hombro a hombro, un ejército invasor», dijo uno de ellos, desafiando la imaginación de Ellie. «Con la tasa de natalidad que tienen los chinos actualmente, ¿cuánto tiempo pasaría antes de que cruzaran todos la frontera?» La respuesta fue una extraña mezcla de funestos presagios y gozo por las matemáticas. «Nunca. El hecho de apostar tantos soldados chinos en la frontera —explicó Lunacharsky— reduciría automáticamente la tasa de natalidad; por ende, su hipótesis nunca se daría en la realidad.» Lo dijo de tal modo que dio la impresión de que su posición contraria se debía al uso impropio de los modelos matemáticos, pero todos captaron su intención. En la peor época de tensión chino-soviética, jamás se dejó arrastrar por criterios paranoicos ni racistas.

A Ellie la fascinaban los samovares y comprendía por qué los rusos eran tan afectos a ellos. Tenía la sensación de que el *Lunajod*, el exitoso vehículo lunar soviético con aspecto de bañera sobre ruedas, utilizaba cierta tecnología de samovar. En una ocasión, Vaygay la llevó a ver una reproducción del *Lunajod* que se exhibía en un parque de las afueras de Moscú. Allí, junto a un edificio destinado a la exposición de productos de la República Autónoma de Tayikistán, había un enorme salón lleno de reproducciones de vehículos espaciales civiles. El *Sputnik 1*, la primera nave orbital; el *Sputnik 2*, la primera nave que transportó a un animal, la perra *Laika*, que murió en el espacio; el *Luna 2*, la primera nave en llegar a otro cuerpo celeste; el *Luna 3*, la primera nave que fotografió el sector más lejano de la Luna; el *Venera 7*, la primera nave que aterrizó en otro planeta, y el *Vostok 1*, la primera nave tripulada por el héroe de la Unión Soviética, el cosmonauta Yury A. Gagarin, para realizar un vuelo orbital alrededor de la Tierra. Fuera, los niños trepaban a las aletas, semejantes a toboganes, de un cohete de lanzamiento, con sus hermosos rizos y sus pañuelos rojos al viento a medida que se deslizaban hasta el suelo. La enorme isla soviética en el mar Ártico se llamaba Novaya Zemlya, Tierra Nueva. Fue allí donde, en 1961, hicieron detonar un arma termonuclear de 58 megatones, la mayor explosión provocada hasta entonces por el ser humano. Sin embargo, ese día de primavera en particular, con tantos vendedores ambulantes que ofrecían el helado que tanto enorgullece a los moscovitas, con familias de paseo y un viejo desdentado que les sonreía a Ellie y Lunacharsky como si fuesen dos enamorados, la vieja Tierra les parecía sobradamente hermosa.

En las inhabituales visitas de Ellie a Moscú o Leningrado, Vaygay organizaba programas para la noche. En grupos de seis u ocho asistían al ballet del Bolshoi o del Kirov, con entradas que Lunacharsky se ingeniaba para conseguir. Ellie agradecía a sus anfitriones la velada, y estos se la agradecían a ella, ya que, explicaban, solo podían asistir a dichos espectáculos en compañía de visitantes extranjeros. Vaygay nunca llevaba a su esposa, y por supuesto Ellie jamás la conoció. Él decía que su mujer era una médica dedicada por completo a sus pacientes. Ellie le preguntó una vez qué era lo que más lamentaba, ya que sus padres no habían cumplido nunca sus aspiraciones de irse a vivir a Estados Unidos. «Lo único que lamento —respondió él con voz seria— es que mi hija se haya casado con un búlgaro.»

En una ocasión, Vaygay organizó una cena en un restaurante caucásico de Moscú y contrató un *tamada*, un profesional para dirigir los brindis, de nombre Jaladze. El hombre era un maestro en ese arte, pero el dominio que tenía Ellie del ruso era tan rudimentario que tuvo que hacerse traducir casi todos los brindis. Vaygay se volvió hacia ella y, sentando el tono que habría de imperar en la velada le comentó: «A los que beben sin brindar los llamamos alcohólicos.» Uno de los primeros brindis, relativamente mediocre, concluyó con deseos de «paz en todos los planetas», y Vaygay le explicó que la palabra *mir* significaba «mundo», «paz» y una comunidad de campesinos que se remontaba hasta la antigüedad. Discutieron acerca de si había más paz en el mundo en las épocas en que las mayores organizaciones políticas eran del tamaño de una aldea. «Toda aldea es un planeta», aseguró Lunacharsky, levantando su copa. «Y todo planeta es una aldea», le contestó Ellie.

Esas reuniones solían ser estrepitosas. Se bebían grandes cantidades de coñac y vodka, pero nadie dio nunca la impresión de estar del todo ebrio. Se marchaban ruidosamente del restaurante a la una o dos de la madrugada y buscaban un taxi, por lo general, infructuosamente. Varias veces Vaygay la acompañó a pie el trayecto de cinco o seis kilómetros entre el restaurante y el hotel donde ella se alojaba. Él se comportaba como una especie de tío, atento, tolerante en sus juicios políticos, impetuoso en sus pronunciamientos científicos. Pese a que sus escapadas sexuales eran legendarias entre sus colegas, jamás se permitió siquiera despedir con un beso a Ellie. Eso la había intrigado siempre, aunque el cariño que sentía por ella era manifiesto.

Había numerosas mujeres en la comunidad científica soviética, comparativamente muchas más que en Estados Unidos. No obstante, solían ocupar puestos de un nivel medio, y los científicos varones, al igual que sus colegas norteamericanos, observaban con interés a una mujer hermosa, de excelente formación profesional, que defendía con ardor sus opiniones. Algunos la interrumpían o fingían no oírla. Cuando eso ocurría, Lunacharsky solía preguntar en un tono más fuerte que el habitual: «¿Qué ha dicho usted, doctora Arroway? No he alcanzado a oírla bien.» Los demás entonces hacían silencio, y ella continuaba hablando sobre los detectores de galio impuro o sobre el contenido de etanol en la nube galáctica W3. La cantidad de alcohol de altísima graduación que había en esa sola nube interestelar era más que suficiente para mantener la actual población de la Tierra, si cada adulto fuese un alcohólico empedernido, durante toda la vida del sistema solar. El *tamada* le agradeció la información. En los brindis siguientes, tejieron conjeturas respecto de si otras formas de vida se intoxicarían con etanol, si la ebriedad generalizada sería un problema de toda la galaxia y si habría en algún otro mundo otra persona más competente para dirigir los brindis que Trofim Sergeivich Jaladze.

Al llegar al aeropuerto de Albuquerque se enteraron de que, milagrosamente, el vuelo de Nueva York que traía a la delegación soviética había llegado con media hora de adelanto. Ellie encontró a Vaygay en la tienda de regalos regateando el precio de una chuchería. Él debió de verla con el rabillo del ojo. Sin volverse, levantó un dedo.

—Un segundo, Arroway —dijo—. ¿Diecinueve con noventa y cinco? —preguntó al indiferente dependiente—. Ayer vi unas idénticas en Nueva York a diecisiete con cincuenta. —Ellie se aproximó y vio que su amigo desparramaba un mazo de naipes con personas desnudas de ambos sexos en poses, que actualmente se consideraban apenas indecorosas, pero que habrían escandalizado a la generación anterior. El dependiente trató de recoger las cartas mientras Lunacharsky se empeñaba en cubrir con ellas el mostrador. Vaygay ganó.

—Perdone, señor, pero yo no pongo los precios. Solo trabajo aquí —se quejó el muchacho.

—¿Ves los fallos de una economía planificada? —le comentó Vaygay a Ellie, al tiempo que entregaba un billete de veinte dólares—. En un verdadero sistema de libre empresa, probablemente compraría esto por quince dólares; quizá por doce noventa y cinco. No me mires así, Ellie, porque esto no es para mí. Contando los comodines, hay cincuenta y cuatro naipes, cada uno de ellos un hermoso obsequio para la gente que trabaja en mi instituto.

Sonriendo, Ellie lo tomó del brazo.

—Es un gusto verte de nuevo, Vaygay.

—Un raro placer, querida.

En el trayecto a Socorro, por acuerdo tácito, hablaron solo de temas intrascendentes. Valerian y el conductor, uno de los nuevos empleados de seguridad, ocupaban los asientos delanteros. Peter, que no era muy locuaz ni siquiera en circunstancias normales, se limitó a acomodarse en su asiento y escuchar la conversación, la cual rozó solo tangencialmente la cuestión que habían venido a debatir los soviéticos: el tercer nivel del palimpsesto, el complejo y aún no descifrado mensaje que estaban recibiendo en forma colectiva. Con cierta renuencia, el gobierno de Estados Unidos había llegado a la conclusión de que la participación soviética era fundamental, sobre todo porque, debido a la gran intensidad de la señal procedente de Vega, hasta los radiotelescopios más modestos podían detectarla. Años atrás, los rusos habían tenido la precaución de desplegar una cantidad de telescopios pequeños por toda Eurasia, abarcando unos nueve mil kilómetros de la superficie de la Tierra, y en los últimos tiempos habían terminado de construir una importante estación cerca de Samarcanda. Además, había buques rastreadores de satélites que patrullaban tanto el Atlántico como el Pacífico.

Algunos datos obtenidos por los soviéticos eran innecesarios ya que las mismas señales las registraban observatorios de Japón, China, la India e Irak. De hecho, todos los radiotelescopios del mundo que tenían a Vega en su campo visual estaban alertas. Los astrónomos de Inglaterra, Francia, Países Bajos, Suecia, Alemania, Checoslovaquia, Canadá, Venezuela y Australia captaban pequeños fragmentos del mensaje y examinaban Vega desde que salía hasta su ocaso. El equipo detector de algunos observatorios no era suficientemente sensible para diferenciar los impulsos individuales, pero de todos modos escuchaban el ruido borroso. Como la Tierra gira, cada uno de esos países poseía una pieza del rompecabezas. Cada nación procuraba encontrar sentido a los impulsos, pero era difícil. Nadie podía asegurar siquiera si el mensaje estaba escrito en símbolos o en imágenes.

Era perfectamente posible que no se pudiera decodificar el mensaje mientras este no regresara a la página 1 —si es que regresaba— y volviera a empezar con las instrucciones, con la clave para el descifrado. A lo mejor era un texto muy largo, pensó Ellie, o no recomenzaría hasta pasado un siglo. Quizá no hubiese siquiera instrucciones. O tal vez el Mensaje (en todo el mundo ya se escribía con mayúscula) fuese una prueba de inteligencia, para que aquellos mundos incapaces de decodificarlo no pudieran dar un uso incorrecto a su contenido. De pronto se le ocurrió que sentiría una profunda humillación por la especie humana si al final no pudieran comprender el Mensaje. En cuanto norteamericanos y soviéticos resolvieron colaborar y se suscribió solemnemente el Memorándum de Concordancia, todos los países que contaban con un radiotelescopio aceptaron cooperar. Se formó una suerte de Consorcio Mundial para el Mensaje, y de hecho la gente utilizaba esa expresión. Todos necesitaban del cerebro y la información de los demás si pretendían descifrar el Mensaje.

Los diarios no hablaban de otra cosa, y se dedicaban a analizar los escasos datos conocidos: los números primos, la transmisión de las Olimpíadas de 1936, la existencia de un texto complicado. Era raro encontrar una sola persona en el planeta que, de una forma u otra, no tuviese noticia del Mensaje procedente de Vega.

Las sectas religiosas, tanto las consolidadas como las marginales y otras inventadas al efecto, discutían los aspectos teológicos del Mensaje. Algunos sostenían que procedía de Dios, y otros, del diablo. Y lo más sorprendente: había quienes ni siquiera estaban seguros. Hubo un desagradable resurgimiento del interés por Hitler y el régimen nazi, y Vaygay le comentó a Ellie que había visto un total de ocho esvásticas en los avisos de la sección literaria del *New York Times* de ese domingo. Ellie le respondió que ocho era lo normal, pero sabía que exageraba; algunas semanas aparecían tan solo dos o tres. Un grupo decía tener pruebas irrefutables de que los platillos voladores se habían inventado en la Alemania de Hitler. Una nueva raza «no mestizada» de nazis había crecido en Vega, y ya estaba lista para venir a arreglar los asuntos de la Tierra.

Había quienes consideraban abominable escuchar la señal e instaban a los observatorios a suspender sus tareas; otros la tomaban como un indicio del Segundo Advenimiento, auspiciaban la construcción de radiotelescopios más grandes y pedían que se los instalara en el espacio. Algunos se oponían a la idea de trabajar con los soviéticos aduciendo que podían suministrar información falsa, aunque en las longitudes que se superponían estaban dispuestos a aceptar los datos de iraquíes, indios, chinos y japoneses. También estaban los que percibían un cambio en el clima político mundial y sostenían que la existencia misma del Mensaje —aunque nunca se llegara a descifrarlo— estaba produciendo un efecto moderador en algunos de los países más belicosos. Dado que, evidentemente, la civilización transmisora era más avanzada que la nuestra, y como —al menos en los últimos veintiséis años— no se había autodestruido, algunos concluían que no era inevitable que las civilizaciones tecnológicas se destruyeran a sí mismas. En un mundo que encaraba cautamente la forma de despojarse de las armas nucleares, pueblos enteros veían en el Mensaje un motivo de esperanza. Muchos lo consideraban la mejor noticia acaecida en mucho tiempo. Durante décadas, los jóvenes habían tratado de no pensar detenidamente en el mañana. El Mensaje les daba a entender que quizás hubiese un futuro benigno, después de todo.

Los que se inclinaban por pronósticos tan alentadores a veces se inmiscuían en un terreno que, durante una década, había ocupado el movimiento milenarista. Algunos de estos últimos afirmaban que la inminente llegada del tercer milenio sería acompañada por el regreso de Jesús, Buda, Krishna o el Profeta, quien establecería sobre la Tierra una benévola teocracia, severa en el juicio a los mortales. Quizás eso fuera el presagio de la ascensión a los cielos de los elegidos. Pero para otros milenaristas —muchos más que los anteriores— la condición indispensable para el Advenimiento era la destrucción física del mundo, tal como lo habían predicho antiguas obras proféticas, que a su vez se contradecían unas a otras. Los Milenaristas del Día del Juicio Final se sentían muy intranquilos por el nuevo aire de confraternidad mundial, preocupados por la constante disminución de armas nucleares en el orbe. Día a día se iban quedando sin medios para cumplir el dogma primordial de su fe. Las otras posibles catástrofes —exceso de población, contaminación industrial, terremotos, o el impacto cometario con la Tierra— eran demasiado lentas, improbables o poco apocalíticas para su gusto.

Algunos líderes milenaristas habían expresado ante multitudes de discípulos que, salvo en caso de accidente, los seguros de vida eran un signo de fe tambaleante; que el hecho de adquirir un sepulcro o de dejar disposiciones para el propio sepelio era, excepto en el caso de los muy ancianos, un acto de flagrante impiedad. Los creyentes ascenderían con su cuerpo a los cielos, y habrían de presentarse al cabo de pocos años ante el trono de Dios.

Ellie sabía que el pariente famoso de Lunacharsky había sido un hombre extraño, un revolucionario bolchevique con un interés académico por las religiones del mundo. Sin embargo, Vaygay no daba muestras de preocupación por el creciente fermento teológico que surgía en el mundo. «En mi país, el principal interrogante religioso —dijo— va a ser si los veguenses han denunciado o no, como corresponde, a León Trostsky.»

Al acercarse a Argos comenzaron a advertir la proliferación de vehículos estacionados, tiendas y grandes multitudes. Por la noche, los fuegos de leña alumbraban los antiguamente plácidos Llanos de San Agustín. La gente que se veía a la vera del camino no era en absoluto adinerada. Ellie reparó en dos parejas jóvenes. Los hombres vestían camisetas y vaqueros gastados, y caminaban con cierto andar jactancioso que habían aprendido de los mayores en el instituto. Uno de ellos empujaba un viejo cochecito donde iba un niño de unos dos años. Las mujeres caminaban detrás de sus maridos; una de ellas llevaba de la mano a un niño pequeño; la otra se inclinaba hacia delante por el peso de algo que, un mes después, sería una vida nueva sobre este oscuro planeta.

Había místicos de comunidades cerradas que utilizaban una droga como sacramento, y monjas de un convento próximo a Albuquerque que empleaban el etanol con el mismo propósito. Había hombres de tez curtida que se habían pasado la vida al aire libre, y ojerosos estudiantes de la Universidad de Arizona. Había indios navajos que vendían corbatas de seda y baratijas a precios exorbitantes, un mínimo trastocamiento de las históricas relaciones comerciales entre los blancos y los nativos norteamericanos. Soldados con permiso, de la base Davis-Monthan de la Fuerza Aérea, se dedicaban a mascar tabaco y chicles. Un elegante hombre de pelo blanco y caro traje debía de ser hacendado. Había gente que habitaba en tugurios y en rascacielos, en cabañas de adobe, en dormitorios colectivos, en caravanas. Algunos acudían porque no tenían nada mejor que hacer; otros, porque querían contarles a sus nietos que habían estado allí. Algunos llegaban con la esperanza de que todo fuera un fracaso; otros anhelaban la manifestación de un milagro. Sonidos de serena devoción, afable hilaridad y éxtasis místico se elevaban de la muchedumbre y ascendían hacia el cielo vespertino. Unas pocas cabezas observaron sin mucho interés la caravana de automóviles, todos con la inscripción GOBIERNO DE ESTADOS UNIDOS.

Algunos habían bajado la puerta trasera de las camionetas para almorzar; otros compraban mercancías de vendedores ambulantes que audazmente promocionaban como SOUVENIRS DEL ESPACIO. Había colas ante pequeños lavabos que Argos había tenido la gentileza de instalar. Los niños correteaban entre los vehículos, los sacos de dormir, las mantas y las mesas plegables de pícnic, sin que los adultos les llamaran la atención, salvo cuando se acercaban demasiado a la carretera o a la valla que circundaba el Telescopio 61, donde un grupo de jóvenes adultos, de camisas color azafrán, entonaba solemnemente el sagrado mantra «Om». Había pósteres con imaginativas representaciones de los seres extraterrestres, algunas de las cuales se habían hecho famosas en películas y cómics. Uno de ellos rezaba: «Hay alienígenas entre nosotros.» Un hombre con piercings dorados se afeitaba utilizando el espejo lateral de una camioneta. Una mujer con poncho levantó su taza de café a guisa de saludo al pasar el convoy de coches oficiales.

Cuando se acercaban a la nueva verja de entrada, próxima al Telescopio 101, Ellie alcanzó a ver a un hombre joven que, desde una tarima, arengaba a un nutrido público. Llevaba puesta una camiseta en la que aparecía la Tierra en el momento de recibir el impacto de un rayo celestial. Advirtió también que, en el gentío, había otras personas con el mismo atuendo. Tras cruzar la verja, a petición de Ellie estacionaron a un lado del camino, bajaron los cristales y escucharon. El orador quedaba de espaldas, de modo que podían ver los rostros conmovidos de los oyentes.

—... y otros aseguran que hay un pacto con el demonio, que los científicos vendieron su alma al diablo. Hay piedras preciosas dentro de cada uno de estos telescopios. —El orador señaló el 101—. Eso lo reconocen hasta los mismos científicos. Hay quienes sostienen que es la parte satánica del trato.

—Rufianismo religioso —comentó Lunacharsky.

—No, no. Quedémonos —pidió Ellie con una sonrisa de curiosidad.

Siguieron escuchando.

—Muchas personas, con un profundo sentido religioso, creen que el Mensaje proviene de seres del espacio, de criaturas hostiles, alienígenas que quieren causarnos un mal, enemigos del ser humano. —Hizo una pausa para acentuar el efecto—. Pero todos ustedes están hartos de la corrupción, de la podredumbre de esta sociedad, del deterioro causado por una tecnología pagana. Yo no sé quién tiene razón. No sé quién envió el Mensaje ni lo que significa, aunque tengo mis sospechas. Pronto lo sabremos. Lo que sí sé es que tanto los científicos como los burócratas nos esconden información, no nos dicen todo lo que saben. Nos están engañando, como siempre. ¡Oh, Dios, nos han alimentado con mentiras y corrupción!

Azorada, Ellie oyó que un ronco murmullo de asentimiento se elevaba de la multitud. El orador apelaba a un profundo rencor que ella apenas si presentía.

—Estos científicos no creen que somos los hijos de Dios, sino que provenimos de los simios. Entre ellos hay comunistas declarados. ¿Quieren que sea gente así quien decida la suerte del universo?

La muchedumbre respondió con un ensordecedor «¡No!»

—¿Quieren que una sarta de incrédulos hable en nombre de Dios?

—¡No! —volvieron a corear.

—¿O del demonio? Están negociando nuestro futuro con monstruos de un mundo extraño. ¡Hermanos, el mal habita en este lugar!

Ellie suponía que el orador no se había percatado de su presencia, pero en ese momento el hombre se volvió y señaló directamente la caravana de coches.

—¡Ellos no nos representan! ¡No tienen derecho a parlamentar en nuestro nombre!

Algunos de los más próximos a la valla comenzaron a empujarla. Valerian y el conductor se asustaron. Aceleraron en el acto y continuaron rumbo al edificio administrativo de Argos, distante aún varios kilómetros. En el momento en que arrancaban, por encima del chirrido de los neumáticos y los gritos del gentío, Ellie alcanzó a oír nítidamente la voz del predicador:

—¡Lucharemos contra el mal que reina en este lugar! ¡Os lo juro!

8

Acceso directo

El teólogo puede dedicarse a la agradable tarea de describir la religión tal como esta descendió de los cielos, revestida de su pureza original. Al historiador, sin embargo, le cabe una misión más deprimente: descubrir la inevitable mezcla de error y corrupción que ella adquirió durante su larga residencia sobre la Tierra, en medio de una raza de seres débiles y depravados.

EDWARD GIBBON,
Decadencia y caída del Imperio Romano, XV

Ellie fue zapeando los canales de televisión. Había un animado partido de baloncesto entre los Gatos Monteses de Johnson City y los Tigres de Union-Endicott. En el siguiente canal, alguien disertaba en idioma parsi sobre la adecuada observancia del Ramadán. Después venía un canal porno de pago. Luego encontró uno de los primeros canales computarizados que emitía juegos de psicodrama. Conectando el ordenador del hogar, podía tenerse acceso a una nueva aventura, en la esperanza de que a uno le resultara lo suficientemente atractiva como para comprar luego el correspondiente juego. El canal tomaba precauciones electrónicas para que nadie pudiera grabar el programa. En su mayoría, esos juegos de vídeo, pensó Ellie, eran intentos fallidos de preparar a los adolescentes para un futuro incierto.

Luego le llamó la atención un comentarista de uno de los viejos canales que describía, con enorme preocupación, el ataque de un torpedero norvietnamita a naves norteamericanas de la Séptima Flota en el golfo de Tonkín, y la petición que había realizado el por entonces presidente americano para que se autorizase a «tomar todas las medidas necesarias» como respuesta. Era uno de los pocos programas del agrado de Ellie. *Las noticias del ayer*, y en él se pasaban noticieros televisivos de años anteriores. En la segunda mitad del programa se analizaba la desinformación de la primera parte, y la obstinada credulidad de las agencias de noticias hacia todo lo que afirmara cualquier gobierno, por más que no hubiera fundamentos que lo avalaran. Otros programas del mismo estilo eran *Promesas, promesas*, dedicado a repasar todas las promesas de campaña electoral no cumplidas en el plano local y el nacional, y *Engaños y estafas*, que tenía por fin echar por tierra los mitos y prejuicios de mayor difusión. Al ver la fecha que figuraba al pie de la pantalla, 5 de agosto de 1964, la inundó una oleada de recuerdos —nostalgia no era la palabra indicada— de sus épocas de secundaria.

Siguió zapeando y vio una clase de cocina oriental; publicidad del primer robot para uso doméstico, producido por Cibernética Hadden; un programa de noticias y comentarios en idioma ruso, auspiciado por la embajada soviética; varios programas infantiles; el canal de matemáticas exhibía en ese momento el nuevo curso de geometría analítica de Cornell; el canal local de propiedades inmobiliarias, y varias execrables telenovelas, hasta que llegó a los canales religiosos en los que, con sostenido entusiasmo, se debatía el tema del Mensaje.

En todo el país había aumentado notablemente la asistencia a las iglesias. En opinión de Ellie, el Mensaje era una suerte de espejo en el cual cada persona veía confirmadas, o desafiadas, sus creencias. Se lo consideraba una reivindicación de doctrinas escatológicas y apocalípticas, mutuamente excluyentes. En Perú, Argelia, México, Zimbabue y Ecuador, se llevaban a cabo serios debates públicos acerca de si las civilizaciones progenitoras procedían del espacio; dichas ideas eran atacadas por los colonialistas. Los católicos discutían sobre el estado de gracia extraterrestre. Los protestantes mencionaban posibles apariciones de Cristo en los planetas cercanos, y por supuesto su regreso a la Tierra. A los musulmanes les preocupaba que el Mensaje pudiera contravenir el mandamiento que prohibía las imágenes humanas. En Kuwait surgió un hombre que afirmaba ser el Imán Oculto de los shiíes. Los hebreos jasidistas se dejaban atrapar por el fervor mesiánico. En otras congregaciones de judíos ortodoxos hubo un repentino resurgimiento del interés por Astruc, un fanático temeroso de que el conocimiento pudiese minar la fe, que en 1305 logró que el rabino de Barcelona prohibiera a los menores de veinticinco años estudiar ciencia o filosofía, bajo pena de excomunión. Similares corrientes se advertían en el islam. Un filósofo tesalonicense, de nombre Nicholas Polydemos, concitaba atención con argumentos en pro de lo que él denominaba la «reunificación» de las religiones, gobiernos y pueblos del mundo. Los adversarios comenzaban a dudar del «re».

Los que creían en los ovnis organizaron vigilias de veinticuatro horas en la base Brooks de la Fuerza Aérea, cerca de San Antonio, donde decían que se guardaban en congeladores los cuerpos de cuatro ocupantes de un platillo volador estrellado en 1947. En la India se informaba sobre nuevas apariciones de Visnú, y de Buda en Japón. En Lourdes se producían centenares de curas milagrosas. Una nueva secta prosperó en Australia, procedente de Nueva Guinea; predicaba la construcción de réplicas de radiotelescopios para atraer las dádivas de los extraterrestres. La Unión Mundial de Librepensadores consideró que el Mensaje constituía una prueba de la no existencia de Dios. La Iglesia mormona habló de una segunda revelación del ángel Moroni.

Diferentes grupos lo tomaron como muestra de muchos dioses, de uno o de ninguno. Había quienes predecían el milenio para 1999, como inversión cabalística de 1666, el año que Sabbatai Zevi había fijado para su milenio; otros optaban por 1996 o 2033, el supuesto dosmilésimo aniversario de la muerte de Jesús. El gran ciclo de los antiguos mayas habría de culminar en 2011, fecha en que, según esa tradición cultural, terminaría el cosmos. La predicción maya y el milenarismo cristiano estaban produciendo una suerte de locura apocalíptica en México y América Central. Algunos milenaristas que creían en las primeras fechas habían comenzado a donar su fortuna a los pobres, en parte porque dentro de poco tiempo esta carecería de valor, y en parte como forma de sobornar a Dios antes del Advenimiento.

El fanatismo, el temor, la esperanza, el ardiente debate, la oración callada, la generosidad ejemplar, la intolerancia estrecha de miras y la necesidad profunda de nuevas ideas, todo era como una epidemia que recorría febrilmente la superficie del minúsculo planeta Tierra. De este potente fermento, Ellie creía ver surgir lentamente la actitud de reconocer que el mundo era solo un hilo en el vasto tapiz cósmico. Entretanto, el Mensaje resistía todo intento de descifrarlo.

En un canal fundamentalista, Vaygay, ella, Der Heer —y en menor medida Peter Valerian— eran acusados de diversos delitos, entre ellos ser ateos y comunistas, y de guardarse el Mensaje para sí mismos. Para Ellie, Vaygay no era precisamente comunista, y Valerian poseía una profunda y compleja fe cristiana. Si tenían suerte de decodificar el Mensaje, ella estaba dispuesta a entregárselo personalmente a ese airado comentarista de televisión. Sin embargo, Dave Drumlin, el hombre que había descifrado los números primos y la filmación de las Olimpíadas de 1936, era calificado como héroe, la clase de científicos que precisaban. Ellie lanzó un suspiro y volvió a cambiar de canal.

Sintonizó entonces TABS, el Turner-American Broadcasting System, la única red comercial que sobrevivió hasta el advenimiento de las emisiones por satélite y el cable de ciento ochenta canales. En ese canal, Palmer Joss realizaba una de sus escasas apariciones en televisión. Ellie reconoció de inmediato su voz potente, su aspecto atractivo aunque algo desaliñado, las oscuras ojeras que daban a entender que el hombre dormía muy poco, tanto se preocupaba por la humanidad.

«¿Qué ha hecho la ciencia por nosotros? —preguntó—. ¿Realmente somos más felices? Y no me refiero a los rayos láser o las uvas sin semilla. ¿Somos en esencia más felices? ¿O acaso los científicos nos sobornan con juguetes, con baratijas tecnológicas, y al mismo tiempo van minando nuestra fe?»

«He aquí un hombre —pensó Ellie—, que anhela una existencia más sencilla, un hombre que se ha pasado la vida tratando de reconciliar lo irreconciliable. Un hombre que ha criticado las más flagrantes desviaciones de la religión, y por eso se cree con derecho a atacar las teorías de la evolución y de la relatividad. ¿Por qué no atacar la existencia del electrón? Palmer Joss jamás ha visto uno, y la Biblia no habla de electromagnetismo. ¿Por qué, entonces, creer en los electrones?» Si bien nunca lo había oído hablar al respecto, sabía que, tarde o temprano, iba a tocar el tema del Mensaje. Y así fue.

»Los científicos ocultan sus descubrimientos; a nosotros solo nos dan fragmentos para tenernos callados. Nos consideran demasiado estúpidos para entender lo que ellos hacen. Nos presentan conclusiones sin pruebas, hallazgos como si fueran palabra sagrada y no teorías, especulaciones, meras hipótesis, lo que la gente suele denominar suposiciones. Nunca preguntan si una nueva teoría es tan buena para la gente como la creencia a la que intenta reemplazar. Sobreestiman sus conocimientos y subestiman los nuestros. Cuando se les piden explicaciones, nos responden que harían falta muchos años para comprender. Yo de eso sé bastante porque en la religión también hay cosas que solo se comprenden con el correr de los años. Podemos dedicar toda una vida y jamás llegar a desentrañar la naturaleza del Todopoderoso. Sin embargo, nadie ve que los científicos acudan a sus líderes religiosos y les pregunten sobre los años que han dedicado ellos al estudio y la oración.

»Ahora dicen tener un mensaje de la estrella Vega. Sin embargo, las estrellas no mandan mensajes. Hay alguien que lo envía. ¿Quién? ¿El propósito del Mensaje es divino o satánico? Cuando los científicos nos cuenten el contenido, ¿nos dirán toda la verdad? ¿O se guardarán algo porque suponen que no podemos entenderlo, o porque no se ajusta a lo que ellos creen? ¿No son estas las personas que nos enseñaron cómo aniquilarnos?

»Yo os digo, amigos, que la ciencia es demasiado importante

como para dejarla en manos de los científicos. Debería haber representantes de los principales grupos religiosos en el proceso de decodificación. Deberíamos tener la posibilidad de examinar toda esa nueva información. De lo contrario, nos contarán apenas un poco acerca del Mensaje. Quizá sea lo que realmente creen, o no. Y no tendremos más remedio que aceptar lo que nos digan. Hay ciertos temas que los científicos dominan, pero también hay otros (os doy mi palabra) de los que no tienen ni idea. A lo mejor recibieron un mensaje de otro ser del cosmos. ¿Pueden estar seguros de que el Mensaje no es un Becerro de Oro? Esta es la gente que inventó la bomba de hidrógeno. Perdóname, Señor, por no sentirme más agradecido ante esas almas beneméritas.

»Yo he visto el rostro de Dios. Confío en Él, lo amo con toda mi alma y todo mi ser. No creo que nadie pueda ser más creyente que yo. Y sé que los científicos no pueden creer en la ciencia más de lo que yo creo en Dios.

»Están dispuestos a renegar de sus "verdades" cuando aparece una idea nueva, y lo hacen con orgullo. Piensan que el saber no tiene límites. Se imaginan que estaremos atrapados en la ignorancia hasta el final de los tiempos, que la naturaleza no nos brinda ninguna certidumbre. Newton destronó a Aristóteles. Einstein destronó a Newton. Mañana, algún otro destronará a Einstein. Apenas terminamos de entender una teoría, otra nueva la reemplaza. No me molestaría mucho si nos hubieran advertido que las ideas viejas eran provisorias. La ley de la gravedad de Newton, la llamaban, y aún se denomina así. Pero, si se trataba de una ley de la naturaleza, ¿cómo pudo haber estado equivocada? ¿Cómo pudieron desplazarla? Solo Dios puede abolir las leyes de la naturaleza, no los científicos. Si Albert Einstein tenía razón, entonces Newton era un aficionado, un chapucero.

»Recuerden que los científicos no siempre entienden bien las cosas. Ellos pretenden despojarnos de nuestra fe y nuestras creencias, y a cambio no nos ofrecen nada que tenga valor espiritual. Yo no pienso abandonar a Dios porque los científicos hayan escrito un libro y sostengan que es un mensaje de Vega. No voy a idolatrar la ciencia. No voy a desafiar el primer mandamiento. No me voy a postrar ante un Becerro de Oro.»

De joven, Palmer Joss llegó a ser muy conocido y admirado por sus apariciones en ferias itinerantes. El dato no era ningún secreto, incluso lo había publicado *Timesweek* en su biografía. Para ganarse la vida, se hizo tatuar en el torso un mapa de la Tierra en proyección cilíndrica, y solía exhibirse en ferias de atracciones desde Oklahoma hasta Misisipi, uno de los últimos vestigios de la época de entretenimientos rurales ambulantes. En su tatuaje, en la gran extensión de mar azul aparecían los cuatro dioses de los vientos, con sus mejillas hinchadas. Flexionando los pectorales, conseguía que soplara el viento norte sobre el Atlántico medio. A continuación, declamaba ante su azorada audiencia un pasaje de la *Metamorfosis* de Ovidio.

Con ayuda de las manos, demostraba el desplazamiento de los continentes, apretando el África Occidental contra Sudamérica, de modo que se reunían, como piezas de un rompecabezas, casi en la longitud perfecta de su ombligo. En los letreros lo anunciaban como «Geos, el Hombre de la Tierra».

Joss tenía gran afición por la lectura. Como su educación formal no había ido más allá de la escuela primaria, nadie le había dicho que la ciencia y los clásicos no atraían demasiado a la gente común. Visitaba las bibliotecas de los pueblos que recorría y averiguaba qué libros serios debía leer para cultivarse. Fue así como se instruyó acerca de la forma de ganar amigos, invertir en bienes raíces e intimidar a las personas sin que estas lo notaran, pero esos libros le resultaban poco profundos. Por el contrario, en la literatura antigua y la ciencia moderna le parecía hallar calidad. Cuando la estancia en un pueblo se prolongaba varios días, trababa amistad con la bibliotecaria del lugar. «Son salidas de trabajo», le explicaba a Elvira, la Chica Elefante, que lo interrogaba sobre sus frecuentes ausencias. Ella sospechaba que tenía romances por todas partes —una bibliotecaria en cada puerto, llegó a decir—, pero no podía dejar de reconocer que Joss mejoraba cada día su espectáculo. El contenido seguía siendo muy ambicioso, pero las explicaciones resultaban sencillas. Asombrosamente, el pequeño número de Joss comenzó a dejar pingües ganancias a la feria.

Un día estaba demostrando al público la colisión de la India con Asia y el consiguiente plegamiento que dio origen a los montes Himalaya cuando del cielo cayó un rayo que lo mató. Había habido tornados en el sudeste de Oklahoma y extrañas manifestaciones meteorológicas en todo el Sur. Joss experimentó con toda lucidez la sensación de abandonar su cuerpo —tristemente desplomado sobre la tarima, observado con asombro por la escasa concurrencia— y elevarse en una suerte de largo túnel oscuro que lentamente se dirigía hacia una luz brillante. En medio del resplandor distinguió una figura de heroicas y divinas proporciones.

Al despertarse, una parte de sí sintió desilusión por el hecho de estar vivo. Se hallaba tendido en un catre, en un dormitorio de modesto mobiliario. Sobre él se inclinaba el reverendo Billy Jo Rankin, no la persona posteriormente conocida por ese nombre sino su padre, venerable predicador de los últimos años del siglo XX.

En un segundo plano, a Joss le pareció distinguir una decena de siluetas encapuchadas que entonaban el *Kyrie Eleison*, pero no estaba muy seguro.

—¿Voy a vivir o morir? —preguntó en un susurro.

—Las dos cosas, hijo mío —le respondió el reverendo.

Muy pronto tuvo la impresión de que comenzaba a descubrir la existencia del mundo. Pero, en cierto sentido, esa sensación se oponía a la imagen beatífica que antes había contemplado, y la infinita felicidad que esa imagen presagiaba. Percibía ambas sensaciones en pugna dentro de su pecho. En varias ocasiones, a veces en la mitad de una oración, tomaba conciencia de una de las dos sensaciones. Al cabo de un tiempo, sin embargo, aprendió a convivir con ambas.

Realmente había estado muerto, le aseguraron con posterioridad. Un médico lo declaró muerto. Pero los demás oraron por él, entonaron himnos e incluso trataron de revivirlo con masajes (principalmente en la zona de Mauritania), y al final le devolvieron la vida. Literalmente, había renacido. Dado que la explicación encajaba tan bien con su propia percepción de la experiencia, aceptó de buen grado el relato, convencido de lo importante que había sido el suceso. No había muerto por nada. Había resucitado para algo.

Bajo la tutela de su protector, comenzó a estudiar las Escrituras. Lo conmovió enormemente la idea de la resurrección y la doctrina de la salvación. Al principio ayudaba al reverendo Rankin en tareas menores, y con el tiempo llegó a reemplazarlo cuando le tocaba ir a predicar a los sitios más lejanos, en especial cuando el joven Billy Jo Rankin partió rumbo a Odessa (Texas) respondiendo a la llamada de Dios. Muy pronto Joss encontró su propio estilo oratorio. Con un lenguaje sencillo y metáforas comunes, explicaba el bautismo y la vida en el más allá, la relación entre la revelación cristiana y los mitos de la Grecia y la Roma clásicas, la idea del plan de Dios para el mundo y la concordancia entre la ciencia y la religión cuando a ambas se las entendía debidamente. No era una predicación convencional —quizá demasiado ecuménica para el gusto de muchos—, pero sí misteriosamente popular.

—Como has renacido, Joss —le dijo un día Rankin—, tendrías que cambiarte de identidad, pero Palmer Joss es un nombre tan adecuado para un predicador, que sería muy tonto no conservarlo.

Al igual que los médicos y abogados, los vendedores de religión no suelen criticar la mercancía de sus colegas, observó Joss. No obstante una noche fue a una iglesia a escuchar a Billy Jo Rankin hijo, que había regresado de Odessa y tenía que dirigir una homilía ante una multitud. Billy enunciaba una severa doctrina de recompensa, castigo y éxtasis. Sin embargo, esa noche estaba destinada a las curaciones. El instrumento de curación —según se le dijo a la feligresía— era la más santa de las reliquias, más sagrada que una astilla de la verdadera Cruz, incluso que el hueso del brazo de santa Teresa de Ávila que el generalísimo Franco guardaba en su despacho para intimidar a los piadosos. Lo que Billy Jo Rankin exhibía era, ni más ni menos, el líquido amniótico que había rodeado a Nuestro Señor, cuidadosamente conservado en un antiguo recipiente de barro que, se decía, había pertenecido a santa Ana. La mínima gota de ese líquido, prometía el reverendo, servía para sanar todas las dolencias mediante un acto especial de la gracia divina. Esa noche estaba ahí presente la más bendita de las aguas.

Joss quedó anonadado, no tanto por el hecho de que Rankin fraguara un engaño tan burdo, sino porque los fieles fueran tan crédulos como para tragarlo. En su vida anterior, había presenciado numerosos intentos de estafar al público. Pero aquello era entretenimiento, y esto, supuestamente, religión. La religión era demasiado importante para colorear la verdad, y mucho menos para inventar milagros. Así pues, se consagró a denunciar esa mentira desde el púlpito.

A medida que crecía su fervor, comenzó a denostar otras formas desviadas del fundamentalismo cristiano, incluso a quienes ponían a prueba su fe acariciando víboras para cumplir con el precepto bíblico según el cual los puros de corazón no deben temer al veneno de las serpientes. En un sermón que fue ampliamente citado parafraseó a Voltaire. Nunca pensó, sostuvo, que conocería clérigos tan venales como para prestar apoyo a los blasfemos para quienes el primer sacerdote había sido el primer delincuente que se topó con los primeros incautos. Esas sectas le hacían daño a la religión, afirmaba blandiendo un dedo en el aire.

Joss aseguraba que cada culto tenía una línea doctrinaria que no había que sobrepasar para no insultar la inteligencia de los creyentes. Las personas sensatas quizá no se pusieran de acuerdo sobre dónde debía trazarse tal línea, pero las religiones se excedían en su marcación, y eso constituía un riesgo. La gente no es tonta, decía. El día antes de morir, cuando ponía sus asuntos en orden, el mayor de los Rankin mandó avisar a Joss que no quería volver a verlo jamás.

Al mismo tiempo, Joss comenzó a predicar que tampoco la ciencia tenía todas las respuestas. Encontraba puntos débiles en la teoría de la evolución. Según su parecer, los científicos barrían bajo la alfombra las cosas que no podían explicarse. No tenían cómo probar que la Tierra tuviese 4.600 millones de años de antigüedad. Nadie había visto suceder la evolución ni nadie había marcado el tiempo desde la creación.

Tampoco se había demostrado la teoría de la relatividad de Einstein, quien había asegurado que es imposible viajar a más velocidad que la de la luz. ¿Cómo lo supo? ¿A qué velocidad cercana a la luz había viajado él? La relatividad era solo un modo de entender el mundo. Einstein no podía poner límites a lo que el hombre fuese capaz de hacer en el futuro. Y, por cierto, tampoco podía poner límites a las acciones de Dios. ¿Acaso Dios no podría viajar más rápido que la luz si lo deseara? ¿Acaso Dios no podría hacernos viajar a nosotros más rápido que la luz si lo deseara? En la ciencia había tantos excesos como en la religión. El hombre sensato no debía dejarse atemorizar por ninguna de las dos. Había muchas interpretaciones de las Escrituras y otras tantas de la naturaleza. Dado que ambas habían sido creadas por Dios, no podían contradecirse una a otra. Si se produce cualquier discrepancia, eso quiere decir que un científico o un teólogo, quizás ambos, no han hecho bien su trabajo.

Palmer Joss empleó un estilo de crítica imparcial a la ciencia y la religión, unido a una ardiente defensa de la rectitud moral y respeto por la inteligencia de su grey. Poco a poco fue adquiriendo fama nacional. En los debates sobre la enseñanza del «creacionismo» en las escuelas, sobre el aspecto ético del aborto y los embriones congelados, o sobre la licitud de la ingeniería genética, procuraba a su manera encontrar un punto medio de conciliación entre la religión y la ciencia. Los partidarios de ambas fuerzas contendientes se indignaban con sus intervenciones, pero su popularidad iba en aumento. Llegó a ser confidente de primeros mandatarios. Los periódicos escolares publicaban fragmentos de sus sermones. Sin embargo, rechazó muchas invitaciones y la sugerencia de fundar una iglesia electrónica. Siguió llevando una vida sencilla, y raras veces abandonaba la zona rural del Sur, salvo cuando lo convocaba algún presidente o debía asistir a congresos ecuménicos. No se metía en política; a tal punto que apenas hacía gala de un convencional patriotismo. En un campo minado de competidores, muchos de dudosa probidad, Palmer Joss se convirtió —por su erudición y autoridad moral— en el más importante predicador fundamentalista cristiano de su época.

Der Heer le había anticipado su deseo de que cenaran juntos en algún lugar tranquilo antes de asistir a la reunión que se celebraría con la delegación soviética. No obstante, la zona rebosaba de periodistas y no había en kilómetros a la redonda un restaurante donde pudieran hablar sin que nadie los observara o escuchara. Ellie decidió entonces cocinar en su modesto apartamento en las instalaciones de Argos. Tenían mucho de que hablar. A veces parecía que el destino de todo el proyecto pendía de un delgado hilo en manos de la presidenta. Sin embargo, sabía que la ansiedad que sentía antes de la llamada de Ken se debía a algo más. Joss no era un tema relacionado con el trabajo, pero hablaron acerca de él cuando llegó el momento de llenar el lavavajillas.

—Ese hombre está aterrorizado —opinó Ellie—. No tiene una perspectiva amplia. Cree que el Mensaje será una exégesis bíblica inaceptable o algo que ponga en duda su fe. No tiene idea de cómo un nuevo paradigma científico incluye al anterior. Se pregunta qué ha hecho la ciencia por él en los últimos tiempos. Y a un hombre así se lo considera la voz de la razón.

—Comparado con los Milenaristas del Día del Juicio Final, Joss es el rey de la moderación —repuso Der Heer—. Quizá no hayamos explicado correctamente los métodos de la ciencia. Últimamente me preocupa mucho todo esto. Y, además, Ellie, ¿estás segura de que no puede tratarse de un mensaje de...?

—¿De Dios o del diablo? Ken, supongo que no hablas en serio.

—¿Y si hubiera seres avanzados que se dedicaran a lo que nosotros conocemos como el bien o el mal y un tipo como Joss interpretara el Mensaje como procedente de Dios o del diablo?

—Ken, sean lo que fueren esos seres que habitan en el sistema de Vega, te aseguro que no crearon el universo. Y no se parecen en nada al Dios del Antiguo Testamento. No olvides que Vega, el Sol y las demás estrellas de la zona solar, se hallan en una especie de remanso de una galaxia absolutamente común. ¿Por qué tendríamos que pensar en eso de «Yo soy el que soy»? Él debe de haber tenido cosas más importantes que hacer.

—Ellie, estamos en un brete. Joss es una persona muy influyente. Ha tenido estrecho contacto con los tres últimos mandatarios, incluso con la presidenta actual. Ella desea hacerle ciertas concesiones, aunque no creo que se le ocurra nombrarlo a él y otros predicadores para que integren el comité de descifrado junto a contigo, Valerian y Drumlin... por no mencionar a Vaygay y sus colegas. No me imagino a los rusos congeniando con religiosos fundamentalistas en una misma organización. ¿Por qué no vas y hablas con él? La presidenta sostiene que a Joss le fascina la ciencia. ¿Y si lo ganáramos para nuestra causa?

—¿Supones que podríamos convertir a Palmer Joss?

—Seguramente no va a cambiar de religión, pero puede llegar a comprender lo que es Argos, que no hay por qué responder el Mensaje si no nos gusta su contenido, que las distancias interestelares nos aíslan de Vega.

—Ken, ni siquiera cree que la velocidad de la luz es el límite máximo de velocidad cósmica. Ninguno de los dos aceptaría las explicaciones del otro. Además, yo tengo una probada incapacidad personal para dar cabida a las religiones convencionales. Me indignan sus incoherencias e hipocresías. No creo que un encuentro entre Joss y yo sea lo más aconsejable para ti. Ni para la presidenta.

—Ellie, yo sé por quién apostaría mi dinero, y tampoco creo que el hecho de reunirte con Joss vaya a empeorar demasiado las cosas.

Ellie se permitió devolverle la sonrisa.

Al estar ya ubicadas las naves de rastreo, y con algunos radiotelescopios instalados en sitios tales como Reikiavik y Yakarta, podía cubrirse sobradamente la señal de Vega en todas las longitudes. Se convocó una reunión en París del Consorcio Mundial para el Mensaje. Era natural que, a modo de preparación, los países que contaban con mayor cantidad de datos realizaran un coloquio científico preliminar. Se reunieron durante cuatro días. La sesión final de conclusiones tenía por objeto documentar a quienes, como Der Heer, actuaban de intermediarios entre los científicos y los políticos. La delegación soviética, presidida nominalmente por Lunacharsky, incluía también a varios técnicos y hombres de ciencia de igual nivel. Entre ellos, Genrij Arjangelsky, recientemente designado jefe de Intercosmos, el organismo internacional dedicado al espacio, y Timofei Gotsridze, que figuraba como ministro de Industrias Semipesadas y miembro del Comité Central.

Era evidente que Vaygay sentía una enorme presión: había vuelto a fumar un cigarrillo tras otro.

—Entiendo que haya una adecuada superposición en longitud, pero hay otras cosas que me preocupan. Si se produce alguna falla a bordo del *Marshal Nedelin* o un corte de energía en Reikiavik, peligrará la continuidad del Mensaje. Supongamos que este se prolongue durante dos años; tendríamos que esperar dos años más para completar las lagunas. Y no olviden que tampoco sabemos si el Mensaje habrá de repetirse. Si no hubiera repetición, jamás completaríamos los tramos que nos faltan. Creo que deberíamos prepararnos para cualquier contingencia.

—¿Qué propone? —preguntó Der Heer—. ¿Grupos electrógenos de emergencia en todos los observatorios?

—Sí, además de amplificadores y espectrómetros independientes en cada estación. También habría que organizar algún servicio de transporte aéreo rápido de helio con destino a observatorios remotos, si fuese necesario.

—Ellie, ¿estás de acuerdo?

—Totalmente.

—¿Algo más?

—Pienso que deberíamos seguir observando a Vega en un margen muy amplio de frecuencias. Es preciso estudiar también otras regiones de la bóveda celeste. A lo mejor la clave del Mensaje no proviene de Vega sino de otra parte...

—Permítanme recalcar por qué es tan importante lo que propone Vaygay —le interrumpió Valerian—. Este es un momento excepcional. Estamos recibiendo un mensaje, pero no hemos adelantado nada en su decodificación puesto que no tenemos experiencia en esta materia. Por consiguiente, es preciso prever todas las eventualidades. No quisiéramos que dentro de un par de años nos tiremos de los pelos por haber olvidado tomar una mínima precaución o por algún minúsculo detalle que nos pasó por alto. La idea de que el Mensaje se repetirá no es más que una conjetura. No hay nada en el Mensaje mismo que lo dé a entender. Si dejamos pasar ahora la oportunidad, quizá la hayamos perdido para siempre. Concuerdo también en que es necesario tomar otras medidas. Bien podría ser que hubiera un cuarto nivel en el palimpsesto.

—También está la cuestión del personal —continuó Vaygay—. Supongamos que este mensaje no continúa uno o dos años más, sino varias décadas, o que fuera solo el primero de una larga serie de mensajes procedentes del cosmos. En el mundo hay apenas unos cientos de radioastrónomos verdaderamente capaces. La cifra es muy reducida, teniendo en cuenta lo que está en juego. Los países industrializados deben comenzar a capacitar más radioastrónomos de alto nivel.

Ellie advirtió que Gotsridze, que hablaba muy poco, tomaba nota de todo. Una vez más, pensó cuánto más dominaban los soviéticos el inglés que los norteamericanos el ruso. A comienzos del siglo, los científicos del mundo entero hablaban —o al menos leían— el alemán. Antes había sido el francés y, aun antes, el latín. En el futuro, quizás hubiese algún otro idioma científico obligatorio, el chino tal vez. Por el momento era el inglés, y los científicos de todo el orbe se esforzaban por aprender sus ambigüedades y casos irregulares.

Tras encender un nuevo cigarrillo con la colilla del anterior, Vaygay prosiguió:

—Hay algo más que comentar. Se trata apenas de una teoría, ni siquiera tan factible como la idea de que el Mensaje habrá de repetirse, idea que muy adecuadamente el profesor Valerian definió como una conjetura. Normalmente no me inclinaría por manifestar semejante hipótesis tan al comienzo, pero si fuera válida, habría que ir pensando en futuras medidas. No tendría coraje para plantear esta posibilidad si el académico Arjangelsky no hubiese llegado a la misma conclusión. Él y yo hemos discrepado respecto del corrimiento al rojo de los cuásares, respecto de la física del cuárk en las estrellas de neutrón... muchas veces no hemos coincidido. Debo reconocer que en ocasiones tenía razón él, y a veces yo. Tengo la sensación de que casi nunca hemos estado de acuerdo en la etapa teórica de ningún tema. Sin embargo, en esto pensamos igual.

—Genrik Dmit'ch, ¿por qué no se explica, por favor?

Arjangelsky parecía tolerante, casi divertido. Hacía años que tenía con Lunacharsky una rivalidad personal, traducida en acaloradas discusiones científicas y una celebrada controversia acerca del apoyo que debía prestársele a la investigación soviética sobre la fusión.

—Nosotros suponemos que el Mensaje contiene las instrucciones para fabricar una máquina. Por supuesto, no sabemos cómo descifrarlo, pero la prueba está en las referencias internas. Les doy un ejemplo. En la página 15.441 hay una clara alusión a una página anterior, la 13.097, que por suerte tenemos. Esta última página se recibió aquí, en Nuevo México, y la primera en nuestro observatorio de Tashkent. En la página 13.097 hay una referencia a algo que no conocemos porque en esa época no cubríamos todas las longitudes. Hay muchos casos de citas de páginas anteriores. En general, y esto es lo importante, vienen instrucciones complicadas en la página reciente, y otras más sencillas en la anterior. En un caso hay, en una sola página, ocho citas de material previo.

—A lo mejor —sugirió Ellie— son ejercicios matemáticos

que se resuelven graduando progresivamente las dificultades. También podría ser una novela (deben de vivir una existencia mucho más larga que la nuestra) en la que los hechos se relacionen con experiencias de la niñez, o como fuere que se llame en Vega el primer período de vida. Tal vez sea incluso un manual religioso.

—Los Diez Millones de Mandamientos —ironizó Der Heer, riendo.

—Sí, puede ser —admitió Lunacharsky mirando por la ventana. Los telescopios parecían contemplar anhelantes el firmamento—. Pero observando el esquema de tantas citas, convendrán conmigo en que se asemejan más a un manual de instrucciones para fabricar una máquina.

9

Lo sobrenatural

El asombro es la base de la adoración.

Thomas Carlyle,
Sartor Resartus (1833-1834)

Sostengo que el sentimiento religioso cósmico es la motivación más fuerte y noble para la investigación científica.

Albert Einstein,
Ideas y opiniones (1954)

Recordaba el momento exacto en que, en uno de sus numerosos viajes a Washington, se dio cuenta de que estaba enamorándose de Ken der Heer.

Los arreglos para una reunión con Palmer Joss estaban re-
trasándose una eternidad. Al parecer, Joss era reacio a visitar las
instalaciones de Argos. Lo que le interesaba, decía, era la impiedad de los científicos, no la interpretación que ellos dieran del
Mensaje, y para indagar en su personalidad era preciso reunirse
en terreno neutral. Ellie estaba dispuesta a ir a cualquier lado y
un asesor especial de la presidenta se había hecho cargo de las
negociaciones. No debía asistir ningún otro radioastrónomo, la
mandataria deseaba que acudiese solo Ellie.

Por su parte, Ellie también esperaba el momento en que debería viajar a París con motivo de la primera reunión del Consorcio Mundial para el Mensaje. Ella y Vaygay coordinaban el programa de recolección de datos en el mundo entero. Como la recepción de la señal se había vuelto una tarea ya rutinaria, con sorpresa comprobó que le quedaba cierto tiempo libre. Se propuso mantener una larga conversación con su madre y no perder la serenidad por más que ella la provocara. Tenía una cantidad impresionante de correspondencia para poner al día, no solo felicitaciones o críticas de colegas, sino también exhortaciones religiosas, teorías pseudocientíficas y cartas de admiradores de todo el mundo. Hacía meses que no leía *The Astrophysical Journal*, aunque era autora de uno de los últimos trabajos, el artículo más extraordinario jamás editado en tan augusta publicación. La señal de Vega era tan potente que muchas personas, cansadas ya de ser radioaficionados, habían empezado a construir pequeños radiotelescopios y analizadores de señales caseros con los que, en la primera etapa de recepción del Mensaje, habían encontrado datos interesantes. Y ahora, aficionados que creían haber descubierto información desconocida por los profesionales del SETI seguían abrumando a Ellie. Ella se sentía obligada a escribirles cartas de aliento. Y en Argos había también otros meritorios programas de radioastronomía —la exploración de los cuásares, por ejemplo— a los que había que prestar atención. Sin embargo, pese a todo, pasaba la mayor parte de su tiempo con Ken.

Desde luego, era obligación suya suministrar al asesor presidencial todos los datos vinculados con el proyecto Argos, puesto que la presidenta debía contar con la información más completa. Ojalá los mandatarios de otras naciones, pensaba ella, estuvieran tan enterados sobre todo lo concerniente a Vega como lo estaba la presidenta de Estados Unidos. Si bien no tenía estudios de ciencia, esta sentía un gusto genuino por la materia, y estaba dispuesta a apoyar a la ciencia no solo por sus beneficios prácticos, sino, al menos en parte, por el placer de saber. Lo mismo había ocurrido con anteriores líderes norteamericanos, desde James Madison y John Quincy Adams.

Así y todo, llamaba la atención la cantidad de tiempo que Der Heer pasaba en Argos. Dedicaba un par de horas al día a comunicarse con su Oficina de Ciencia y Política Tecnológica, en Washington, pero el resto del tiempo se limitaba a andar por ahí. Analizaba el mecanismo del sistema de computación o visitaba los radiotelescopios. A veces se le veía acompañado por algún colaborador de Washington, aunque en general iba solo. Ellie lo divisaba por la puerta abierta del despacho que le habían asignado, con los pies apoyados en el escritorio, leyendo algún informe o hablando por teléfono. La saludaba alegremente con la mano y seguía con lo suyo. Solía encontrarlo dialogando con Drumlin o Valerian, pero también con los técnicos y las secretarias, quienes en más de una ocasión lo habían descrito como «encantador».

Der Heer le planteaba muchas preguntas también a Ellie. Al principio eran puramente técnicas y programáticas, pero pronto comenzaron a incluir una amplia gama de previsibles acontecimientos futuros, y más tarde, meras especulaciones. Daba la impresión de que hablar sobre el proyecto era tan solo un pretexto para estar juntos.

Una hermosa tarde de otoño en Washington, la presidenta tuvo que postergar una reunión del Grupo de Tareas para Contingencias Especiales debido a una crisis de política internacional. Después de haber llegado desde Nuevo México, y al enterarse de que les quedaban varias horas libres, Ellie y Der Heer decidieron visitar el Memorial de Vietnam, diseñado por Maya Ying Lin cuando ella no se había graduado aún de arquitecta en Yale. Rodeados de tan doloroso recordatorio de una guerra sin sentido, a Der Heer se le notaba inadecuadamente alegre, lo cual hizo pensar a Ellie, una vez más, si no tendría altibajos de carácter. Un par de guardaespaldas, con discretos audífonos, los seguían a una distancia prudencial.

Ken obligó a una hermosa oruga azul a trepar a una ramita. La larva avanzó ágilmente, su cuerpo iridiscente ondulándose por el movimiento de sus catorce pares de patas. Al llegar al extremo de la ramita se sostuvo con sus últimos segmentos y se aventuró en el aire en un intento por encontrar sostén. Al no tener éxito, giró en redondo para desandar unos centímetros. Der Heer sostuvo la ramita por la otra punta, de modo que cuando la oruga llegó al extremo, de nuevo no pudo avanzar más. Al igual que los mamíferos carnívoros enjaulados, empezó a ir y venir, según le pareció a Ellie, cada vez con mayor resignación. Sintió pena por la pobre criatura, por más que se tratara de una plaga que arruinaba las cosechas de cebada.

—¡Qué maravilloso programa tiene este bichito en la cabeza! —exclamó él—. Siempre le da resultado. Es el software más perfecto. Se da maña para no caerse nunca. Esta ramita está suspendida en el aire, algo que la oruga jamás experimenta en la naturaleza porque las ramitas siempre están conectadas a algo. ¿Nunca has pensado, Ellie, cómo sería tener ese programa en la cabeza, darte cuenta instintivamente de lo que debes hacer al llegar al final de la ramita? ¿Te preguntarías cómo sabes que debes extender tus diez patitas delanteras en el aire, pero al mismo tiempo aferrarte con fuerza con las otras dieciocho?

Ellie inclinó levemente la cabeza para observarlo a él, no a la oruga. Ken parecía no tener el menor problema de imaginarla a ella como un insecto. Trató de responder con naturalidad, sin olvidar que, para él, se trataba de un asunto de interés profesional.

—¿Qué vas a hacer ahora con la oruga?

—Voy a dejarla de nuevo en el césped. ¿Qué otra cosa podría hacer?

—Algunos quizá la matarían.

—Es difícil matar a una criatura una vez que esta te ha demostrado su inteligencia. —No soltó la ramita con la larva.

Siguieron caminando en silencio, pasando frente a los casi cincuenta y cinco mil nombres grabados en el granito negro.

—Todo gobierno que se prepara para una guerra describe a sus adversarios como monstruos —comentó ella—. No quieren que uno los vea como seres humanos. Si el enemigo no puede pensar ni sentir, no vacilaremos en darle muerte. Y matar es muy importante en una guerra. Es preferible, entonces, verlos como monstruos.

—¡Eh, mira esta belleza! —exclamó él—. Obsérvala atentamente.

Ellie trató de contener el asco para examinar el insecto con los ojos de Ken.

—Mira lo que hace. Si fuera tan grande como tú o yo, aterrorizaría a todo el mundo. Sería un verdadero monstruo, ¿no? Pero es pequeña. Se alimenta de hojas, no molesta a nadie y añade un poco de hermosura a la naturaleza.

Ellie le tomó la mano libre y continuaron paseando en silencio junto a las hileras de nombres, inscritos en orden cronológico de fallecimiento. Desde luego, eran solo las bajas norteamericanas. No existía un monumento semejante en todo el planeta, salvo en el corazón de sus familiares y amigos, para conmemorar a los dos millones de asiáticos que también habían muerto en la contienda. En Estados Unidos, el comentario que más se oía respecto de esa guerra era acerca del debilitamiento militar debido a causas políticas, explicación del mismo temor psicológico que la «puñalada en la espalda» con que los militaristas alemanes pretendían justificar su derrota en la Primera Guerra Mundial. La guerra de Vietnam era una pústula en la conciencia nacional que ningún presidente había tenido el coraje de extirpar. (Y la política adoptada por la República Democrática de Vietnam no facilitó en nada la tarea.) Ellie recordaba lo habitual que era oír a los soldados norteamericanos referirse a sus adversarios vietnamitas llamándolos «mugrientos», «ojos torcidos» o cosas peores. ¿Seríamos capaces de alcanzar la próxima etapa de la historia humana sin erradicar primero esta tendencia a deshumanizar al adversario?

En la vida diaria, Der Heer no hablaba como académico. Si alguien lo encontraba en el quiosco de la esquina comprando el periódico, jamás imaginaría que era un científico. No había perdido su acento coloquial neoyorquino. Al principio, a sus colegas les resultaba divertida la incongruencia que había entre su lenguaje y el rigor de sus trabajos científicos. Después, a medida que lo conocían como persona e investigador, tomaban su manera de hablar solo como una peculiaridad suya.

Ambos tardaron en darse cuenta de que se estaban enamorando, pese a lo obvio que era para los demás. Unas semanas antes, aún en Argos, Lunacharsky comenzó a despotricar contra la irracionalidad del lenguaje. Esa vez le tocó el turno al inglés norteamericano.

—Ellie, ¿por qué la gente dice «cometer nuevamente el mismo error»? ¿Qué le agrega «nuevamente» a la frase? ¿Y acaso no es cierto que *burn up* y *burn down** significan lo mismo?

Ella asintió con desgana. Más de una vez le había oído quejarse ante sus colegas soviéticos por las incoherencias del idioma ruso y estaba segura de que lo mismo le oiría respecto del francés en la conferencia de París. Ella aceptaba de buen grado que los idiomas tuvieran incongruencias; dado que se habían formado a partir de tantas fuentes, como respuesta a tantas presiones, sería un milagro que fuesen del todo coherentes y precisos. No obstante, como a Vaygay le gustaba tanto criticar, por lo general no solía polemizar con él.

—Tomemos también esta frase: estar enamorado «de la cabeza a los pies» —continuó él—. Es una expresión muy común, ¿verdad? Pero es exactamente al revés. Lo habitual es que uno esté con la cabeza sobre los pies, pero al enamorarnos nos sentimos flotando, ¿no? Tú deberías saber bien lo que se siente al enamorarse. Sin embargo, la persona que acuñó la expresión no conocía el amor. Suponía que uno anda caminando como siempre, en vez de sentirse flotando en el aire, como la obra de ese pintor francés... ¿cómo se llamaba?

—Era ruso —respondió Ellie. Marc Chagall le permitía escapar de una conversación que se estaba volviendo densa. Más tarde, Ellie se preguntó si Vaygay le estaría tomando el pelo o solo deseaba sonsacarle una respuesta. Quizás hubiese reconocido de forma inconsciente los fuertes lazos que la unían a él.

---

* *Burn up:* «quemar, consumir del todo». *Burn down:* «destruir el fuego un edificio por completo». *(N. de la T.)*

La actitud algo esquiva de Der Heer tenía una explicación. Él era un asesor presidencial que le estaba dedicando mucho tiempo a un tema inédito, delicado. Por lo tanto, enamorarse de una de las principales ejecutoras del proyecto constituía un riesgo. Como la presidenta esperaba de él un juicio imparcial, debía ser capaz de recomendar cursos de acción que Ellie no deseara, incluso de propiciar que se rechazaran medidas propuestas por ella. En cierto sentido, el hecho de enamorarse de Ellie comprometería su eficacia.

Para ella, la situación era más complicada. Antes de adquirir la respetabilidad que le confería el cargo de directora de un importante observatorio, había tenido varias parejas. Si bien llegó a sentirse enamorada, jamás la tentó la idea del matrimonio. Recordaba vagamente un cuarteto —¿era de William Butler Yeats?— que en otra época utilizaba para consolar a sus desdichados amantes porque, como siempre, era ella quien decidía poner fin a la relación.

> *Dices que no hay amor, mi amor,*
> *a menos que dure para siempre.*
> *Tonterías; hay episodios*
> *mucho mejores que la obra entera.*

No se olvidaba de lo encantador que era John Staughton cuando cortejaba a su madre y lo rápido que había abandonado esa pose al convertirse en su padrastro. Después de casarse con un hombre, este podía sacar a la luz una personalidad monstruosa, hasta entonces oculta. Pensó que sus propias inclinaciones románticas la volvían vulnerable. Estaba decidida a no cometer el mismo error de su madre. También sentía un profundo miedo de enamorarse sin reservas, de entregarse por entero a alguien que luego le fuese arrebatado, o que simplemente la abandonara. Por eso, no enamorándose de un hombre jamás tendría que echarlo de menos. (Trató de no reflexionar mucho sobre ese sentimiento, puesto que no le parecía muy cierto.) Además, si nunca se encariñaba de veras con un hombre, jamás podría traicionarlo;

en lo más íntimo de su ser sentía que su madre había traicionado a su padre, a quien todavía extrañaba mucho.

Con Ken, las cosas parecían distintas. ¿O acaso ella habría ido modificando sus propias expectativas con el correr de los años? A diferencia de otros hombres, en situaciones de tensión Ken se mostraba más cariñoso y compasivo. Su tendencia a hacer concesiones y su gran capacidad para la política científica eran condiciones necesarias para su trabajo, pero bajo esa capa ella creía intuir algo sólido. Lo respetaba por la forma en que había incorporado la ciencia a la totalidad de su vida y por el decidido apoyo a la ciencia que trataba de inculcar a los funcionarios de dos gobiernos.

Con la mayor discreción posible, vivían juntos en el pequeño departamento de Ellie. Sus diálogos eran una delicia, un ágil intercambio de ideas. A veces respondían preguntas aún incompletas, como si de antemano conocieran perfectamente lo que el otro iba a decir. Ken era un amante tierno e inventivo.

Ellie solía asombrarse de las cosas que era capaz de hacer en presencia de él, debido al amor que compartían. Se sentía más conforme consigo misma gracias al amor de Ken. Y como era obvio que él experimentaba lo mismo, su relación se asentaba sobre una base de sólido amor y respeto. Al menos, eso pensaba ella. En compañía de muchos de sus amigos sentía una profunda soledad, que desaparecía cuando estaba con Ken.

Le gustaba contarle sus recuerdos, fragmentos del pasado, y él no solo manifestaba interés sino que parecía fascinado. La interrogaba durante horas sobre su infancia, siempre con preguntas directas pero cariñosas. Ellie empezó a entender por qué los enamorados suelen hablarse con lenguaje infantil: no hay ninguna otra circunstancia socialmente aceptable que permita aflorar al niño que uno lleva dentro. Si el niño de un año, de cinco, de doce, o el joven de veinte encuentran personalidades compatibles en el ser amado, existe una posibilidad real de alcanzar la felicidad. El amor pone fin a la soledad. Quizá la profundidad del cariño puede medirse por el número de identidades que se movilizan en una relación afectiva. Ellie tenía la sensación de que, con sus anteriores compañeros, solo una identidad había hallado su contraparte compatible, mientras que las demás se habían vuelto parásitas.

El fin de semana anterior a la reunión con Palmer Joss, estaban tendidos en la cama mientras el sol de la tarde, que entraba por entre las persianas, dibujaba formas sobre sus cuerpos enlazados.

—En la conversación cotidiana —decía Ellie— puedo hablar de mi padre sin sentir más que una leve punzada de dolor. Pero si realmente me pongo a evocarlo (digamos, a rememorar su sentido del humor y su pasión por la honradez), se me viene abajo la fachada y me dan ganas de llorar por su muerte.

—Sin duda, el lenguaje nos libera del sentimiento, o casi —sostuvo Der Heer, acariciándole un hombro—. A lo mejor, una de sus funciones es que podamos comprender el mundo sin dejarnos abatir totalmente por él.

—En tal caso, la invención del lenguaje sería más que una bendición. Mira, yo daría cualquier cosa con tal de pasar unos minutos con mi padre.

Se imaginaba un cielo lleno de bondadosos papás y mamás que volaban entre las nubes. Debía ser un sitio muy amplio para dar cabida a los miles de millones de personas que habían vivido y muerto desde el surgimiento de la especie humana. Seguramente estaría colmado, pensó, a menos que el cielo de la religión estuviese construido en la misma escala que el de la astronomía. Entonces habría espacio de sobra.

—Debe de haber algún número para poder medir la población total de seres inteligentes que habitan la Vía Láctea. ¿Cuántos supones que hay? Si hubiera un millón de civilizaciones, cada una con mil millones de individuos, sería... diez a la decimoquinta potencia. Pero si la mayoría fueran más avanzados que nosotros, quizá la idea de individuos fuera inadecuada, y solo se trate de un caso más de chovinismo terráqueo.

—Claro. Así podrías calcular también la tasa galáctica de producción de cigarrillos, coches y radios. Después pasarías a calcular el producto bruto galáctico, y una vez que lo averiguaras buscarías el producto bruto cósmico...

—Te burlas de mí —dijo ella con una sonrisa—. Pero piensa en esas cifras. Todos esos planetas con tantos seres más adelantados que nosotros... ¿No te impresiona?

Como se dio cuenta de que él pensaba en otra cosa, se apresuró a continuar.

—Mira esto —dijo—. Estuve leyendo un poco para la entrevista con Joss.

Estiró un brazo y tomó de la mesilla de noche el volumen 16 de una vieja *Enciclopedia Británica*, lo abrió por una página que había marcado con un papelito y le mostró un artículo titulado «Sagrado o santo».

—Los teólogos parecen haber reconocido un aspecto especial, no racional (no me atrevería a llamarlo irracional), de lo sagrado o sacrosanto, y le dieron por nombre lo «sobrenatural». El primero en emplear el término fue un tal Rudolph Otto, en su libro *La idea de lo sagrado*. Según él, todo hombre tiene la predisposición a descubrir y venerar lo sobrenatural, el *misterium tremendum*.

»En presencia del *misterium tremendum*, el hombre se siente insignificante, pero no aislado en forma personal. Para Otto, lo sobrenatural es una cosa "totalmente otra", y la reacción humana ante ella, el "asombro absoluto". Si los creyentes se refieren a eso cuando hablan de lo sagrado o sacrosanto, estoy de acuerdo con ello. Yo siento algo parecido con solo prestar atención para escuchar una señal, aunque después no la reciba. Pienso que toda la ciencia experimenta el mismo sobrecogimiento:

»Ahora escucha esto. —Y leyó del texto—: "Durante el último siglo, muchos filósofos han mencionado la desaparición de lo sagrado, vaticinando la muerte de la religión. Un análisis sobre la historia de los cultos demuestra que las formas religiosas cambian, y que nunca ha habido unanimidad respecto de la naturaleza y la expresión de la religión. Es de vital importancia..."

Los partidarios del sexo también escriben artículos religiosos, por supuesto —comentó, y luego prosiguió con la lectura—: "Es de vital importancia saber si el hombre se halla ahora en una nueva situación como para desarrollar estructuras de valores fundamentales radicalmente distintos de los que le proporcionaba la conciencia tradicional que tenía de lo sagrado."

—¿Y?

—Creo que las religiones tradicionales tratan de institucionalizar en uno la percepción de lo sobrenatural en vez de darle los medios para que pueda percibir directamente lo sobrenatural... como si uno mirara por un telescopio de seis pulgadas. Si lo más significativo de la religión es poder percibir lo sobrenatural, ¿quién te parece más religioso? ¿El partidario de las religiones tradicionales o el que se aboca al estudio de las ciencias?

—A ver si lo he entendido —repuso Ken, usando una frase que solía emplear ella—. Es sábado por la tarde y hay una pareja desnuda, tendida en una cama, leyendo la *Enciclopedia Británica*, discutiendo sobre si la galaxia Andrómeda es más «sobrenatural» que la resurrección. ¿Saben ellos cómo pasar un buen momento, o no?

SEGUNDA PARTE

LA MÁQUINA

Al exhibir los principios de la ciencia en la estructura del universo, el Todopoderoso invita al hombre al estudio y la imitación. Es como si les hubiera dicho a los habitantes de este mundo que llamamos nuestro: «He hecho una tierra para que allí viva el hombre, he vuelto visibles los cielos estrellados para enseñarle la ciencia y las artes. Ahora él deberá procurar su propio bienestar, aprender de mi munificencia para con todos y practicar el bien con el prójimo.»

THOMAS PAINE,
La Edad de la Razón (1794)

10

La precesión de los equinoccios

Al sostener que existen los dioses, ¿no será que nos enga-
ñamos con mentiras y sueños irreales, siendo que solo el azar
y el cambio mismo controlan el mundo?

EURÍPIDES,
Hécuba

Todo salió distinto. Ellie supuso que Palmer Joss se presentaría en las instalaciones de Argos, que iba a observar la señal
que recogían los radiotelescopios y la enorme sala llena de cintas y discos magnéticos donde se almacenaban los datos de varios meses. Seguramente haría varias preguntas científicas y luego
examinaría algunos de los innumerables impresos de computadoras en que, con abundancia de ceros y unos, se exhibía el aún
incomprensible Mensaje. Nunca pensó que habría de pasarse horas discutiendo sobre filosofía o teología. Sin embargo, Joss se
negó a viajar a Argos ya que lo que le interesaba analizar no eran
cintas magnéticas, dijo, sino la personalidad humana. Peter Valerian habría sido perfecto para ese debate por tratarse de un
hombre sencillo, con facilidad para la comunicación y avalado
por una profunda fe cristiana. Sin embargo, la presidenta había
rechazado tal idea puesto que deseaba una pequeña reunión,
con la expresa asistencia de Ellie.

Joss insistió en que el encuentro se realizara en el Centro de

Estudios Bíblicos de Modesto (California), donde se hallaban en estos momentos. Ellie posó sus ojos en Der Heer y luego en el tabique acristalado que separaba la biblioteca de la sala de exposiciones. Allí vio una impresión en piedra arenisca de las pisadas de un dinosaurio del río Rojo entremezcladas con huellas de peatones en sandalias, lo cual demostraba, según se aseguraba en una plaquita, que el dinosaurio y el hombre eran contemporáneos, al menos en Texas. También parecían estar incluidos los fabricantes de zapatos del mesozoico. El cartel apuntaba a una conclusión: que la teoría de la evolución era un engaño. No se mencionaba, según notó Ellie, la opinión de muchos paleontólogos en el sentido de que la impresión en piedra arenisca era falsa. Las huellas entremezcladas formaban parte de una amplia exposición que llevaba por título «El error de Darwin». A la izquierda había un péndulo de Foucault que probaba la aseveración científica —esta, al parecer, no discutida— de que la Tierra gira. A la derecha, Ellie alcanzaba a ver parte de una pieza de holografía matsuyita en el podio de un pequeño anfiteatro, desde donde las imágenes holográficas de los más eminentes predicadores podían comunicarse con los fieles.

En ese instante, el que se comunicaba con ella en forma mucho más directa era el reverendo Billy Jo Rankin. Ellie no supo hasta el último momento que Joss había invitado a Rankin, lo cual la sorprendió. Ambos tenían una antigua controversia teológica acerca de si se aproximaba un Advenimiento, si este necesariamente llegaría acompañado por el Juicio Final y respecto al papel que desempeñaban los milagros en la predicación, entre otras cosas. No obstante, en épocas recientes se habían avenido a una muy publicitada reconciliación, según ellos, por el bien de la comunidad fundamentalista de Norteamérica. Los indicios de un acercamiento entre Estados Unidos y la Unión Soviética producían efectos mundiales en cuanto al arbitraje de disputas. El hecho de realizar la reunión en ese sitio probablemente fuera el precio que Joss había tenido que pagar en aras de la reconciliación. Cabía suponer que, para Rankin, los objetos en exhibición servirían de apoyo para su posición si se llegaban a tratar temas científicos. Al cabo de dos horas de debate, sin embargo, Rankin alternaba entre un tono reprobatorio y otro de súplica. Llevaba un traje de perfecto corte, las uñas arregladas, y su amplia sonrisa contrastaba con el aspecto desaliñado de Joss. Este, con apenas una media sonrisa en su rostro, tenía los ojos entornados y la cabeza gacha, en aparente actitud de oración. Hasta ese momento, casi no había intervenido en la conversación. Los conceptos vertidos por Rankin no diferían demasiado, en cuanto a doctrina, de las disertaciones televisivas de Joss.

—Ustedes los científicos son muy ambiguos —decía en ese instante Rankin—. Al leer el título de sus artículos, uno nunca se entera del contenido. El primer trabajo de Einstein sobre la teoría de la relatividad se llamaba «La electrodinámica de los cuerpos en movimiento». No: «$E = mc^2$.» No, señor. «La electrodinámica de los cuerpos en movimiento.» Yo supongo que si Dios se apareciera ante un grupo de científicos, quizás en uno de esos multitudinarios congresos, publicarían una nota titulada «Sobre la combustión dendriforme espontánea en el aire». Seguramente aportarían gran cantidad de ecuaciones y hablarían sobre la «economía de hipótesis», pero jamás mencionarían una palabra acerca de Dios.

»Porque ustedes los científicos son demasiado escépticos. —A juzgar por la manera en que ladeó la cabeza, Ellie supuso que esa afirmación también incluía a Der Heer—. Dudan de todo, o al menos lo intentan. Siempre quieren verificar si las cosas son "verdades". Pero por verdadero entienden solo lo empírico, lo que se puede ver y tocar. En su mundo, no queda lugar para la inspiración ni la revelación. Desde el comienzo, descartan todo lo que pueda tener que ver con la religión. Yo desconfío de los científicos, porque ellos a su vez desconfían de todo.

A su pesar a Ellie le pareció que Rankin había expuesto bien su posición. Y pensar que a él se le consideraba el más tonto de los modernos evangelistas televisivos... «No, no es el tonto —se corrigió—: es el que toma por tontos a sus feligreses.» ¿Debía responderle? Tanto Der Heer como los anfitriones del museo estaban grabando la sesión y, si bien ambos grupos habían acordado que no se daría un uso público de las grabaciones, Ellie no sabía si debía expresar sus opiniones por miedo a incomodar a la presidenta. Sin embargo, las palabras de Rankin se habían vuelto ultrajantes, y no había el menor indicio de reacción por parte de Joss ni de Der Heer.

—Supongo que usted pretende una réplica —dijo Ellie—. No existe una postura científica «oficial» respecto a ninguna de estas cuestiones, y no puedo permitirme hablar por todos los científicos, ni siquiera por los que intervienen en el proyecto Argos. Sí puedo hacer algunos comentarios, si lo desea.

Rankin asintió enérgicamente, con una sonrisa de aliento. Joss se limitó a aguardar.

—Quiero que comprenda que no estoy atacando las creencias de nadie. En lo que a mí respecta, usted tiene todo el derecho de apoyar la doctrina de su agrado, por más que se pueda demostrar su falacia. Muchas de las cosas que sostienen usted y el reverendo Joss (vi su charla por televisión hace unas semanas) no pueden descartarse de un plumazo; al contrario, va a costarme un poco rebatirlas. Pero permítame explicar por qué las considero improbables. —«Hasta ahora», pensó Ellie, «soy un modelo de mesura»—. Usted se siente incómodo con el escepticismo científico. Sin embargo, el escepticismo nace porque el mundo es complicado, sutil. La primera idea que se le ocurre a una persona no es necesariamente correcta. La gente es capaz de autoengañarse. Los científicos también. Científicos de renombre han afirmado, en distintas épocas, todo tipo de doctrinas socialmente aborrecibles. Desde luego, también lo han hecho los políticos y prestigiosos líderes religiosos. Me refiero, por ejemplo, a la esclavitud o al racismo de los nazis. Los científicos cometen errores, al igual que los teólogos y que todo el mundo, porque eso es parte de la naturaleza humana. Ustedes mismos lo dicen: «Errar también lo es.» Por consiguiente, el escepticismo constituye una forma de evitar los errores, o al menos de disminuir las posibilidades de cometerlos. Se ponen a prueba las ideas, se las verifica empleando rigurosos métodos de comprobación. Yo no creo en la existencia de una única verdad, pero cuando se permite la discusión de las distintas opiniones, cuando cualquier escéptico puede practicar un experimento para verificar una teoría, allí tiende a surgir la verdad. Esto lo ha experimentado la ciencia en toda su historia. No es un método perfecto, pero sí el único que parece dar resultado.

»Ahora bien. Al observar la religión, me encuentro con multitud de opiniones contrapuestas. Por ejemplo, para los cristianos el mundo tiene un número limitado de años de vida. Según se puede apreciar en la exposición de esa sala, algunos cristianos (también judíos y musulmanes) consideran que el universo cuenta con solo seis mil años de antigüedad. Los hindúes, por el contrario (y hay muchísimos hindúes en el mundo), piensan que el universo es infinitamente antiguo, con infinito número de creaciones y destrucciones sucesivas. No puede ser que ambas posturas tengan razón. O el mundo tiene una cierta cantidad de años, o bien es infinitamente antiguo. Sus amigos de ahí —señaló con un gesto a los empleados del museo que se hallaban cerca de «El error de Darwin»— deberían estudiar a los hindúes. Dios parece haberles revelado a ellos algo distinto que a ustedes. Pero ustedes solo hablan consigo mismos. —«¿No se me estará yendo la mano?», se preguntó—. Las principales religiones se contradicen unas a otras, y no todas pueden ser correctas. ¿Y si estuvieran todas equivocadas? Es una posibilidad. Su obligación es preocuparse por la verdad, ¿no? Bueno, la forma de analizar ideas tan dispares es ser escéptico. Yo no me considero más escéptica acerca de sus principios religiosos que con respecto a cada nueva idea científica. Pero en mi profesión se las denomina hipótesis, ni revelación ni inspiración.

Joss se movió inquieto en su asiento, pero fue Rankin quien respondió.

—Son innumerables, las revelaciones, las predicciones que hace Dios en el Antiguo y el Nuevo Testamento, que resultaron confirmadas. La venida del Salvador se anticipa en Isaías, capítulo cincuenta y tres, y en Zacarías, capítulo catorce. En Miqueas, capítulo cinco, se vaticina el nacimiento de Cristo en Belén. Que

Él procedería de la familia de David se anuncia en Mateo, capítulo uno, y...

—En Lucas también, pero eso tendría que ser una vergüenza para usted, por tratarse de una profecía no cumplida. Mateo y Lucas le asignan a Jesús genealogías distintas, y lo peor es que remontan el linaje de David a José, no de David a María. ¿O acaso usted no cree en Dios Padre?

Rankin prosiguió serenamente. ¿Sería que no la había entendido?

—... la predicación y el padecimiento de Jesús se predicen en Isaías, capítulos cincuenta y dos y cincuenta y tres, y en el Salmo veintidós. En Zacarías, capítulo once, se dice que el Señor iba a ser traicionado por treinta monedas de plata. Si usted es sincera, no puede negar las pruebas de tantas profecías cumplidas.

»Además, la Biblia también habla para nuestro tiempo. Israel y los árabes, Rusia y Estados Unidos, la guerra nuclear... todo figura en la Biblia. Cualquier persona sensata lo ve sin necesidad de ser profesor universitario.

—Lo que pasa —replicó Ellie— es que ustedes tienen un problema de imaginación. Casi todas esas predicciones son vagas, ambiguas, imprecisas, abiertas al engaño. Pueden interpretarse de muchas maneras. Ustedes esquivan hasta las más directas, por ejemplo, la promesa de Jesús de que el Reino de Dios vendría durante la vida de algunas personas que integraban su auditorio. Y no me diga que el Reino de Dios está dentro de mí. Esa gente tomaba sus palabras de modo literal. Ustedes solo citan los pasajes que creen ver cumplidos, y descartan el resto. Además, no olvide que había una tremenda necesidad de ver realizadas las profecías.

»Trate de imaginar que su dios (omnipotente, omnisciente, bondadoso) realmente quisiera dejar una señal para las futuras generaciones, para que pudieran confirmar su existencia... digamos, los remotos descendientes de Moisés. Sería muy fácil. Bastarían unas pocas frases enigmáticas y la estricta orden de que se transmitieran sin modificación...

Joss se inclinó levemente hacia delante.

—¿Como por ejemplo?

—Por ejemplo, «el Sol es una estrella», o «Marte es un lugar descolorido, con desiertos y volcanes, igual que el Sinaí», o «un cuerpo en movimiento tiende a permanecer en movimiento». O... —rápidamente escribió unos números en un bloc de notas— «la Tierra pesa un millón de millones de millones de millones de veces lo que pesa un niño»... Veo que ustedes dos tienen problemas con la relatividad espacial, que todos los días se ve confirmada por los aceleradores de partículas y los rayos cósmicos... También podría ser «no viajarás más rápido que la velocidad de la luz». Cualquier cosa que no pudieran haber sabido hace mil años.

—¿Algún otro ejemplo? —preguntó Joss.

—Bueno, hay infinidad... al menos, uno por cada principio de la física. Veamos... «hasta en la piedra más pequeña se esconde luz y calor». O si no, algo referente a la biología. —Señaló con la cabeza a Der Heer, quien parecía estar cumpliendo una promesa de no abrir la boca—: ¿Qué opina de «dos hebras entrelazadas constituyen el secreto de la vida»?

—Esa es interesante —dijo Joss—. Se refiere al ADN ¿Conoce el símbolo de la medicina? Se llama «caduceo». Los médicos militares suelen llevarlo en la solapa: son dos serpientes entrelazadas. Una perfecta hélice doble. Desde la antigüedad, ha sido siempre el símbolo de la preservación de la vida. ¿No es esa precisamente la clase de conexión que me sugiere?

—Bueno, a mí siempre me pareció una espiral, no una hélice, pero si hay suficientes símbolos, profecías, mitos y folclore, alguno de ellos va a coincidir en algún momento con alguna teoría científica. Reconozco que no estoy segura. A lo mejor usted tiene razón y el caduceo es un mensaje de Dios. Por supuesto, no se trata de un emblema cristiano ni de ninguna otra religión importante de la actualidad. Supongo que no querrá sostener que los dioses hablaban solo a los antiguos griegos. Lo que yo digo es que, si Dios quería enviarnos un mensaje y la única forma que se le ocurría era mediante los escritos de la antigüedad, podría haberlo hecho mejor. Además, no tenía necesidad de limitarse a esos escritos. ¿Por qué no hay un crucifijo gigantesco que gire alrededor de la Tierra? ¿Por qué la superficie de la Luna no está cubierta con los diez mandamientos? ¿Por qué Dios tiene que ser tan claro en la Biblia y tan oscuro en el mundo?

Joss estaba listo para responder, con una expresión de genuino placer en el rostro, pero era tal el entusiasmo que manifestaba Ellie que quizá le pareció una descortesía interrumpirla.

—¿Y por qué suponen que Dios nos ha abandonado? Solía conversar muy seguido con patriarcas y profetas, según dicen. Si es un ser omnipotente y omnisciente, no debería costarle nada recordarnos en forma directa, inequívoca, sus deseos al menos varias veces en cada generación. ¿Cuál es el motivo de su no presencia? ¿Por qué no lo vemos con diáfana claridad?

—Nosotros lo vemos —aseguró Rankin, convencido—. Está alrededor de nosotros, responde a nuestras plegarias. Decenas de millones de personas de este país han renacido, han sido testigos de la gloriosa gracia de Dios. La Biblia nos habla con la misma claridad hoy en día que en tiempos de Moisés y Jesús.

—Vamos, vamos. Usted sabe a qué me refiero. ¿Dónde está la gruesa voz que brama «Yo soy el que soy» desde los cielos? ¿Por qué Dios se manifiesta de maneras tan sutiles y discutibles en vez de hacer que su presencia sea irrefutable?

—Eso es precisamente lo que usted ha oído: una voz desde los cielos. —Joss hizo ese comentario al pasar, cuando Ellie se detuvo para respirar.

—Exacto —sentenció Rankin—. Justo lo que iba a decir yo. Abraham y Moisés no tenían radios ni telescopios. No pudieron haber oído al Todopoderoso en frecuencia modulada. A lo mejor Dios en la actualidad nos habla por distintos medios que nos permiten llegar a una nueva comprensión. O quizá no sea Dios...

—Sí, Satanás. Ya he oído algo sobre eso, y me parece una locura. Dejemos este tema para más adelante, si me lo permiten. Ustedes sostienen que el Mensaje es la voz de Dios, de su dios. Denme un ejemplo de su religión en el cual Dios conteste una plegaria repitiendo esa misma plegaria.

—Yo no llamaría plegaria a una película de los nazis —opinó Joss—. La explicación suya es que se trata de un modo de llamar nuestra atención.

—¿Por qué, si no, Dios eligió hablarles a los científicos? ¿Por qué no a los predicadores como ustedes?

—A mí Dios me habla constantemente —replicó Rankin, golpeándose el pecho con la mano—. También al reverendo Joss. Dios me ha hecho saber que existe la revelación. Cuando el fin del mundo esté próximo, sobrevendrá en nosotros el éxtasis, tendrá lugar el juicio a los pecadores, la ascensión al cielo de los elegidos...

—¿No le dijo si iba a hacer el anuncio en el espectro radioeléctrico? ¿Quedó registrada en alguna parte su conversación con Dios para que podamos comprobar si realmente existió? ¿O solo debemos atenernos a lo que usted nos cuenta? ¿Por qué Dios prefiere anunciarlo a los radioastrónomos y no a los clérigos? ¿No le parece un poco extraño que el primer mensaje de Dios en dos mil años sean unos números primos y la imagen de Hitler en las Olimpíadas de 1936? Su Dios debe de tener mucho sentido del humor.

Mi dios puede tener cualquier sentido que desee.

Der Heer estaba alarmado ante los primeros indicios de verdadero rencor.

—Tal vez valdría la pena que recordáramos cuál era el propósito de esta reunión —intervino.

«Ya está Ken con sus ganas de apaciguar los ánimos —pensó Ellie—. En ocasiones es valiente, sobre todo cuando no tiene responsabilidades. Tiene mucho coraje para hablar en privado. Pero en lo relativo a la política científica, especialmente cuando actúa en representación de la presidenta, es conciliador. Sería capaz de llegar a un arreglo hasta con el mismo diablo.»

—Ese es otro tema —repuso Ellie, interrumpiendo sus pensamientos—. Si esa señal procede de Dios, ¿por qué parte de un solo punto de la bóveda celeste, en las proximidades de una estrella cercana particularmente brillante? ¿Por qué no se origina en todo el cielo al mismo tiempo, con una suerte de radiación de fondo de cuerpo negro? Si proviene de una sola estrella, parece una señal de otra civilización. Si proviniera de todas partes, se asemejaría más a un mensaje de Dios.

—Dios puede enviar la señal desde la boca de la Osa Menor, si lo desea. —Rankin tenía el rostro enrojecido—. Perdone, pero ha conseguido exasperarme. Dios puede hacer cualquier cosa.

—Cualquier cosa que usted no entiende, señor Rankin, se la atribuye a Dios, y así justifica todos los misterios del mundo, todo lo que constituye un desafío a su inteligencia. Usted se limita a cerrar su mente y asegurar que es obra de Dios.

—Señorita, no he venido aquí a que me insulten...

—¿Venido? Creía que usted vivía aquí.

—Señorita... —Rankin estaba a punto de decir algo, pero se contuvo. Respiró hondo y continuó—: Este es un país cristiano y los cristianos poseen el conocimiento verdadero sobre este tema, la sagrada responsabilidad de verificar que la palabra santa de Dios sea comprendida...

—Yo soy cristiana y usted no habla por mí. Lamentablemente ha quedado atrapado en una especie de manía religiosa estilo medieval. Luego vinieron el Renacimiento y el Iluminismo. ¿Dónde estaba usted?

Tanto Joss como Der Heer se hallaban ya con medio cuerpo fuera de sus asientos.

—Por favor —imploró Ken mirando a Ellie—. Si no nos atenemos a los temas previstos no podremos cumplir con lo que nos ha encomendado la presidenta.

—Bueno, no fui yo quien propuso «un franco intercambio de opiniones».

—Ya es casi mediodía —observó Joss—. ¿Por qué no interrumpimos para almorzar?

Después de abandonar la biblioteca, apoyados sobre la barandilla que rodeaba el péndulo de Foucault, Ellie se puso a hablar en susurros con Der Heer.

—Tengo ganas de liarme a tortas con ese pedante engreído...

—¿Por qué, Ellie, por qué? ¿Acaso la ignorancia y el error no son suficientemente dolorosos?

—Si al menos se callara la boca, pero está corrompiendo a millones de personas.

—Querida, lo mismo piensa él de ti.

Cuando Der Heer y ella regresaron de almorzar, Ellie advirtió que Rankin parecía aplacado, mientras que Joss, que fue el primero en hablar, daba la impresión de estar alegre, más de lo que exigía la simple cortesía.

—Doctora —empezó—, supongo que estará impaciente por mostrarnos sus hallazgos y que no ha viajado hasta aquí solo para discutir sobre teología. Sin embargo, le ruego que nos tolere un poco más. Tiene usted un lenguaje muy incisivo. Hacía mucho tiempo que no veía al hermano Rankin tan alterado por cuestiones de fe. —Miró brevemente a su colega, que hacía garabatos en un bloc de notas amarillo, con el cuello de la camisa desprendido y el nudo de la corbata flojo—. Me han llamado la atención algunas cosas que dijo esta mañana. Usted afirma ser cristiana. ¿Puedo preguntarle en qué sentido se considera cristiana?

—Esto no formaba parte de la descripción de tareas que me adjuntaron cuando acepté la dirección del proyecto Argos —dijo ella con calma—. Soy cristiana en el sentido de que considero a Cristo una admirable figura histórica. Creo que el Sermón de la Montaña constituye una de las más notables aseveraciones éticas y una de las mejores alocuciones de la historia. Pienso que la idea de «amar al enemigo» podría ser, a largo plazo, quizás una solución para el problema de la guerra atómica; ojalá Jesús estuviera vivo hoy en día, su presencia redundaría en beneficio para todo el orbe. Lamentablemente, creo que Cristo no fue más que un hombre, valiente eso sí, que supo percibir muchas verdades que no gozaban de popularidad. Pero no creo que haya sido Dios, ni hijo de Dios, ni sobrino nieto de Dios.

—Usted no quiere creer en Dios —sostuvo Joss—. Supone que se puede ser cristiano sin creer en Dios. Permítame preguntárselo directamente: ¿cree usted en Dios?

—La pregunta tiene su truco. Si contesto que no, ¿lo que digo es que estoy convencida de que Dios no existe, o que no estoy convencida de que Dios sí existe?

—Pienso que no hay tanta diferencia, doctora Arroway. ¿Puedo llamarla doctora? Usted cree, como Occam, que el fundamento del saber se halla en la ciencia ¿verdad? Si se le presentan dos explicaciones igualmente buenas, pero distintas, de una misma experiencia, escoge la más sencilla. Diría incluso que la historia de la ciencia avala su proceder. Ahora bien, si tiene serias dudas acerca de la existencia de Dios (las suficientes como para no querer comprometerse con la fe), entonces trate de imaginar un mundo sin Dios, un mundo que se creó sin intervención de Dios, un mundo en el que transcurre la vida cotidiana sin Dios, un mundo donde la gente muere sin Dios. Donde no hay castigo ni recompensa. No le quedaría más remedio que creer que todos los santos y profetas, todos los hombres de fe que alguna vez vivieron, fueron unos tontos que se autoengañaron. No habría ninguna buena razón, ningún sentido trascendente que justificara nuestro paso por la Tierra. Todo sería apenas una compleja colisión de átomos, ¿correcto? Incluso los átomos que conforman los seres humanos.

»Para mí, sería un mundo aborrecible e inhumano, donde no quisiera vivir. Pero si usted es capaz de imaginar un mundo semejante, ¿por qué vacila? ¿Por qué adopta una posición intermedia? Si ya cree todo eso, ¿no es más simple asegurar que Dios no existe? ¿Cómo es posible que una científica escrupulosa se considere una agnóstica si puede imaginar un mundo sin Dios? ¿No tendría que ser manifiestamente atea?

—Pensé que iba a decir que Dios es la hipótesis más fácil —respondió Ellie—, pero este enfoque es más interesante. Si se tratara de una discusión científica, coincidiría con usted, reverendo. La ciencia se ocupa principalmente de examinar y corregir hipótesis. Si las leyes de la naturaleza explican todos los hechos sin la intervención sobrenatural, por el momento me consideraría atea. Después, si se descubriera una mínima prueba que no concordara, renegaría de mi ateísmo. Tenemos la capacidad de registrar cualquier fallo en las leyes de la naturaleza. El motivo por el cual no me considero atea es que esto no constituye una cuestión científica. Se trata de un tema religioso y político, y el carácter provisional de la hipótesis no se extiende hasta estos campos. Usted no se refiere a Dios como una hipótesis. Como cree haber encontrado la verdad, yo me permito señalarle que quizá no ha tomado en cuenta una o dos cosas. Pero si me lo pregunta, le contesto con honestidad: no estoy segura de tener razón.

—Siempre pensé que un agnóstico es un ateo sin el coraje de sus convicciones.

—También podría decir que un agnóstico es una persona profundamente religiosa, con un conocimiento al menos rudimentario de la falibilidad humana. Cuando afirmo ser agnóstica me refiero a que no hay pruebas contundentes de que Dios existe. Dado que más de la mitad de los habitantes de la Tierra no son judíos, cristianos ni musulmanes, pienso que no hay argumentos de fuerza que sustenten la existencia de su dios. De lo contrario, toda la humanidad se habría convertido. Le repito, si su dios pretendía convencernos, podría haberlo hecho mucho mejor.

»Mire qué claro y auténtico es el Mensaje, tanto que se recibe en el mundo entero. Zumban los radiotelescopios de países con historias, lenguas y religiones distintas. Todos registran los mismos datos provenientes del mismo punto del espacio, en las mismas frecuencias, con la misma modulación de polarización. Hindúes, musulmanes, cristianos y ateos reciben el mismo mensaje. Cualquier escéptico puede instalar un radiotelescopio no muy grande para obtener datos idénticos.

—¿No estará sugiriendo que el mensaje de radio procede de Dios? —aventuró Rankin.

—En absoluto. Solo pienso que la civilización de Vega, con poderes infinitamente menores que los que se le atribuyen a Dios, fue capaz de enviarnos información precisa. Si su dios deseaba hablarnos por medios tan inciertos como la transmisión oral y las antiguas escrituras a lo largo de miles de años, podría haberlo hecho de forma tal que no diese lugar a que se dudase de su existencia.

Hizo una pausa, pero como ninguno de los dos pastores habló, trató de desviar la conversación hacia el tema de los datos.

—¿Por qué no esperamos un poco para emitir un juicio, hasta que hayamos adelantado en la decodificación del Mensaje? ¿No quieren ver algunos de los datos?

Esa vez aceptaron de buen grado. Sin embargo, Ellie solo pudo mostrarles una infinita cantidad de ceros y unos, que no transmitían una impresión demasiado alentadora. Con cuidado, explicó la supuesta división del Mensaje en páginas, y la esperanza de llegar a recibir algunas instrucciones. Por acuerdo tácito, ni ella ni Der Heer mencionaron la opinión soviética en el sentido de que se trataba del diseño de una máquina. Era apenas una conjetura y aún no había sido dada a conocer por los soviéticos. Luego Ellie ofreció una descripción sobre Vega: su masa, su temperatura de superficie, color, distancia de la Tierra, antigüedad y el anillo de deyecciones que gira en torno de ella, descubierto en 1983 por un satélite astronómico de rayos infrarrojos.

—Además de ser una de las estrellas más luminosas del firmamento, ¿tiene algún otro rasgo especial? —quiso saber Joss—. ¿Algo que la vincule directamente con la Tierra?

—Bueno, no se me ocurre nada relativo a las propiedades estelares, pero sí hay un dato casual: Vega era el norte hace dos milenios, y volverá a serlo aproximadamente dentro de catorce mil años.

—Yo creía que el norte lo marcaba la estrella polar —comentó Rankin, aún haciendo garabatos en su libreta.

—Lo marcará durante varios miles de años, pero no eternamente. La Tierra es como un trompo cuyo eje tiene un lento movimiento de precesión en círculo. —Lo demostró utilizando un lápiz como eje del planeta—. Este fenómeno se llama precesión de los equinoccios.

—Descubierta por Hiparco de Rodas —añadió Joss—. Siglo dos antes de Cristo. —A Ellie le pareció asombroso que pudiera citar semejante información.

—Exacto. En este momento —prosiguió ella—, una flecha desde el centro de la Tierra hacia el Polo Norte señala la estrella polar, de la constelación de la Osa Menor. Creo que usted se refería a esta constelación cuando hablábamos antes del almuerzo. A medida que el eje de la Tierra se desplaza lentamente, va apuntando hacia otra dirección, no hacia la estrella polar. Esto da lugar a que, en un período de unos veintiséis mil años, cada polo celeste describa un cono con centro en el polo de la eclíptica. En la actualidad, el Polo Norte apunta muy cerca de la estrella polar, lo suficiente para resultar útil a la navegación. Hace doce mil años apuntaba hacia Vega. Sin embargo, no existe una relación física. La forma en que las estrellas están distribuidas por la Vía Láctea no tiene nada que ver con el hecho de que el eje de rotación de la Tierra tenga una inclinación de veintitrés grados y medio.

—Diez mil años antes de Cristo es más o menos la época en que se inició la civilización, ¿no? —preguntó Joss.

—A menos que usted crea que la Tierra se creó en el 4004 antes de Cristo.

—No, no creemos eso, ¿verdad, hermano Rankin? Pero también pensamos que no se sabe la edad del planeta con tanta certeza como suponen los científicos. En este tema somos lo que se podría denominar agnósticos —declaró con una sonrisa simpática.

—¿De modo que a los que navegaban hace diez mil años por el Mediterráneo o el golfo Pérsico, Vega les servía de guía?

Aún transcurría el período glacial, o sea que era demasiado pronto para la navegación. Estaban los cazadores que entraban en América del Norte por el estrecho de Bering. Para ellos debió de ser providencial que una estrella tan brillante se encontrara justo en el norte. Seguramente muchos le deben la vida a semejante coincidencia.

—Eso sí que es interesante.

—No quisiera que tomara mi uso de la palabra «providencial» como algo más que una simple metáfora.

—Jamás se me ocurriría, hija.

Joss daba muestras de pensar que la reunión tocaba a su fin y no se advertía en él el menor desagrado. Sin embargo, al parecer quedaban varios temas en la agenda de Rankin.

—Me llama la atención que no considere que fue por la providencia divina que Vega haya sido la estrella polar. Mi fe es tan profunda que no necesito pruebas; y cada vez que aparece un hecho nuevo, no hace más que confirmar mi fe.

—Me da la impresión de que usted no escuchó atentamente lo que dije esta mañana. Rechazo la idea de que estemos en una suerte de concurso sobre la fe y que usted sea el ganador incuestionable. Que yo sepa, usted ha puesto a prueba su fe. ¿Está dispuesto a arriesgar la vida por ella? Yo sería capaz de hacerlo por la mía. Acérquese y mire ese enorme péndulo de Foucault, cuyo peso debe de superar los setecientos kilos. Mi fe me dice que la amplitud de un péndulo libre (la distancia que puede alejarse de su posición en reposo) no puede aumentar, sino solo disminuir. Estoy dispuesta a ir ahí fuera, colocarme la pesa delante de la nariz, soltarla y dejar que oscile de vuelta hacia mí. Si mis creencias están equivocadas, un péndulo de setecientos kilos me golpeará la cara. Vamos, ¿quiere poner a prueba mi fe?

—No es necesario; la creo —respondió Joss. Rankin, sin embargo, parecía interesado. Quizá se estaría imaginando, pensó ella, cómo le quedaría la cara.

—Pero ¿se atreverían ustedes a pararse treinta centímetros más cerca del péndulo y rogarle a Dios que acortara el recorrido de oscilación? ¿Y si resulta que han entendido todo mal, que lo que están enseñando no es la voluntad de Dios? A lo mejor es obra del demonio... o tal vez pura invención humana. ¿Cómo pueden estar tan seguros?

—Por la fe, la inspiración, la revelación, el temor de Dios —respondió Rankin—. No juzgue a los demás por su propia limitada experiencia. El hecho de que usted rechace al Señor no impide que otras personas puedan reconocer su gloria.

—Mire, todos tenemos ansias de asombro, una característica muy humana. La ciencia y la religión se basan en el asombro, pero pienso que no es necesario inventar historias; no hay por qué exagerar. El mundo real nos proporciona suficientes motivos de admiración y sobrecogimiento. La naturaleza tiene mucha más capacidad que nosotros para inventar prodigios.

—Quizá seamos todos peregrinos en el camino que conduce a la verdad —sugirió Joss.

Al oír esas palabras de esperanza, Der Heer aprovechó para intervenir y todos decidieron dar por terminada la reunión. Ellie se preguntó si habrían logrado algún resultado positivo. Valerian habría sido más convincente y menos provocativo. Ellie deseó haber sabido contenerse.

—Un encuentro muy interesante, doctora, y se lo agradezco.

Joss parecía algo distraído una vez más, aunque cortés. Cuando se dirigían al vehículo oficial que los aguardaba, pasaron frente a una exhibición tridimensional titulada «La falacia del Universo en expansión», junto a la cual un cartel rezaba: «Nuestro Dios está vivo y goza de buena salud. Lo sentimos por el suyo.»

—Lamento haberte hecho tan difícil la tarea —le dijo Ellie a Der Heer.

—Qué va. Has estado muy bien.

—Palmer Joss es un tipo interesante. No creo que haya logrado convencerlo, pero te digo una cosa: él casi me convierte a mí.

Bromeaba, desde luego.

11

El Consorcio Mundial
para el Mensaje

La mayor parte del mundo está parcelada y constantemente se divide, conquista y coloniza lo poco que queda de él. Y pensar que hay estrellas por la noche, anchos mundos que jamás podremos alcanzar. Me gustaría anexionar los planetas si me fuera posible; a menudo pienso en eso porque me entristece verlos con tanta nitidez y, sin embargo, tan lejanos.

CECIL RHODES,
Última voluntad y testamento (1902)

Desde la mesa que ocupaban junto al ventanal, veían caer la lluvia en la calle. Un peatón pasó corriendo. El dueño del local había descorrido el toldo a rayas que protegía los barriles de ostras que, clasificadas según su tamaño y calidad, constituían algo así como una publicidad callejera de la especialidad de la casa. Ellie se sentía muy cómoda en aquel restaurante, el famoso Chez Dieux. Como estaba anunciado buen tiempo, había salido sin paraguas ni impermeable.

Vaygay introdujo un nuevo tema.

—Mi amiga Meera es bailarina de *striptease* —dijo—. En cada viaje a este país, realiza presentaciones para grupos de profesionales, en simposios y convenciones. Según ella, cuando se desviste ante un público de trabajadores (en reuniones sindicales, por ejemplo), los hombres enloquecen, le gritan groserías, intentan subirse al escenario. Pero cuando repite el mismo espectáculo para médicos y abogados, estos permanecen inmóviles. Según dice, algunos se relamen los labios. Mi pregunta es: ¿los abogados son más sanos que los obreros de las acerías?

Que Vaygay tenía diversas amistades femeninas era más que sabido. Abordaba a las mujeres de una manera tan directa y extravagante —salvo a ella, actitud que por algún motivo le causaba agrado y fastidio a la vez—, que ellas siempre podían negarse sin problema. Muchas le decían que sí, pero la noticia sobre Meera le resultó algo inesperada.

Habían pasado la mañana comparando apuntes e interpretando datos. La emisión continua del Mensaje había llegado a una importante nueva etapa. Vega transmitía diagramas con un sistema semejante a las radiofotos que publican los diarios. Cada imagen estaba formada por infinidad de puntitos negros y blancos, y cada uno de estos se obtenía a partir de dos números primos. Se había registrado una gran cantidad de tales diagramas, uno a continuación del otro, pero no intercalados en el texto. Parecía un cuadernillo de ilustraciones que se agrega al final de un libro. Al concluir la transmisión de la larga secuencia de diseños, se reanudó la emisión del ininteligible texto. Dichos diagramas parecían confirmar la opinión de Vaygay y Arjangelsky: el Mensaje incluía instrucciones, los planos para la fabricación de una máquina cuyo uso práctico se desconocía. En la reunión plenaria del Consorcio Mundial para el Mensaje, que se celebraría al día siguiente en el Palacio del Elíseo, Ellie y Vaygay presentarían por primera vez algunos de los detalles ante los delegados de los países miembros. No obstante, ya corrían rumores respecto a la improbable máquina.

Durante el almuerzo, Ellie resumió su conversación con Joss y Rankin. Vaygay la escuchó con atención, pero no hizo preguntas. Fue como si ella hubiera confesado algún indecoroso secreto personal.

—¿Tienes una amiga de nombre Meera que es bailarina de *striptease*, autorizada a trabajar a nivel internacional?

—Desde que Wolfgang Pauli descubrió el Principio de la Exclusión con ocasión de haber asistido al Folies-Bergère, he considerado mi deber profesional como físico visitar París cuantas veces me fuera posible; es una especie de homenaje a Pauli. Sin embargo, nunca logro convencer a los funcionarios de mi país para que autoricen mis viajes con este único motivo. Por lo general, me encargan realizar alguna labor trivial sobre física. Pero en dichos locales (allí fue donde conocí a Meera) me convierto en un estudioso de la naturaleza. —Bruscamente su voz perdió el tono de jovialidad para adquirir un matiz serio—. Según Meera, los profesionales norteamericanos son sexualmente reprimidos, atormentados por profundas dudas y sensación de culpa.

—¿Ah, sí? ¿Y qué opina acerca de los profesionales rusos?

—Ah, solo me conoce a mí, así que, por supuesto, su opinión no podría ser mejor. Tengo ganas de estar con ella mañana.

—Pero tus amigos asistirán a la reunión del Consorcio.

—Sí; me alegro de que vayas a estar tú —replicó él, con fastidio.

—¿Qué te preocupa, Vaygay?

Se tomó su tiempo para responder, y comenzó a hablar con cierta vacilación impropia de él.

—No sé si me preocupa o si solo me produce algo de inquietud... ¿Y si el Mensaje realmente fuera el plano de una máquina? ¿Deberíamos fabricarla? ¿Quién debería hacerlo? ¿Todos juntos? ¿El Consorcio? ¿Las Naciones Unidas? ¿Unos pocos países en competencia? Y si el coste fuese desmesurado, ¿quién lo financiaría? ¿Y si después no funciona? ¿Su construcción podría acarrear problemas económicos a algunas naciones? ¿Podría haber algún otro tipo de perjuicio? —Sin interrumpir el aluvión de preguntas, Lunacharsky volvió a llenar las copas, vaciando la botella de vino—. Aun si el Mensaje se repitiera y consiguiéramos descifrarlo en su totalidad, ¿sería buena la traducción? ¿Sabes lo que dijo una vez Cervantes? Que leer una traducción es como examinar el reverso de un tapiz. A lo mejor es imposible obtener una traducción perfecta y, por tanto, no podríamos construir la máquina correctamente. ¿Cómo podemos saber si hemos recibido todos los datos? Tal vez cierta información primordial se transmita por otra frecuencia que aún no hemos descubierto.

»Mira, Ellie, yo pensaba que todos iban a ser prudentes respecto a la fabricación de la máquina, pero vas a ver que mañana muchos propondrán la construcción inmediata, apenas hayamos recibido y decodificado las instrucciones, si es que al final nos llegan. ¿Qué va a proponer la delegación norteamericana?

—No lo sé. —No obstante, Ellie recordaba que, en cuanto se comenzaron a recibir los diagramas, Der Heer se puso a averiguar si los medios económicos y tecnológicos disponibles servirían para la fabricación de la máquina. Poco pudo ella aportarle en ese sentido. También se acordaba de lo preocupado y nervioso que lo había visto las últimas semanas—. ¿Der Heer y el señor Kitz se alojan en el mismo hotel que tú?

—No. Ellos están en el Embassy.

Siempre sucedía lo mismo. Debido a las particularidades de la economía soviética y a su imperiosa necesidad de adquirir tecnología militar en vez de bienes de consumo con su escasa moneda circulante, los rusos que viajaban a Occidente nunca disponían de mucho dinero en efectivo. No les quedaba más remedio que alojarse en hoteles de segunda o tercera categoría, a veces incluso en pensiones, mientras sus colegas occidentales vivían comparativamente con lujo. La situación ponía incómodos a los científicos de ambos países. Pagar la cuenta de esa comida no le hubiera costado nada a Ellie, pero sí a Vaygay, pese a ocupar un cargo relativamente alto en la jerarquía científica soviética.

—Vaygay, sé franco conmigo. ¿Qué tratas de insinuar? ¿Que Ken y Kitz están precipitando el asunto?

—Exacto. Me da la impresión de que en los próximos días vamos a presenciar discusiones prematuras sobre construir algo para lo que no estamos capacitados. Los políticos piensan que lo sabemos todo, pero de hecho no sabemos casi nada. Tal situación podría llegar a ser peligrosa.

Ellie empezó a comprender que Vaygay había asumido en

forma personal la responsabilidad de descifrar el Mensaje. Si el contenido provocaba una catástrofe, le afligía que todo fuese culpa suya. También lo animaban motivos menos personales, por supuesto.

—¿Quieres que hable con Ken?

—Si te parece oportuno. ¿Tienes muchas oportunidades de conversar con él? —preguntó en tono indiferente.

—Vaygay, no me digas que estás celoso. Creo que advertiste mis sentimientos por Ken incluso antes que yo, cuando estuviste en Argos. Hace un par de meses que Ken y yo estamos juntos. ¿Tienes alguna objeción?

—No, Ellie, por favor. No soy tu padre ni tu amante. Solo te deseo una gran felicidad, pero es que advierto tantas posibilidades desagradables... —Sin embargo, no se explayó.

Reanudaron la interpretación de algunos diagramas, con los que prácticamente cubrieron la mesa. También discutieron sobre política y, como de costumbre, se divirtieron criticando cada uno la política exterior del país del otro. Eso les resultaba más interesante que protestar contra la política del país de uno. Durante la polémica de rigor acerca de si debían compartir los gastos de la cena, Ellie advirtió que la lluvia se había convertido en una discreta llovizna.

La noticia del Mensaje de Vega había llegado hasta el último rincón del planeta. Gente que no sabía nada de radiotelescopios ni de números primos se enteraba de una peculiar historia de una voz proveniente de las estrellas, de seres extraños —que no eran hombres pero tampoco dioses— que, según se había descubierto, habitaban en el cielo nocturno. No eran de la Tierra sino de una estrella que podía divisarse a simple vista. En medio del delirio de opiniones sectarias, también se percibía en todo el mundo una sensación de asombro, casi de recogimiento. Se estaba produciendo algo milagroso, una transformación. Se notaba un ambiente cargado de posibilidades, la sensación de un nuevo comienzo.

«La humanidad ha sido promovida a la escuela secundaria», escribió el editorialista de un diario norteamericano.

Había otros seres inteligentes en el universo y podíamos comunicarnos con ellos. Probablemente fueran mayores que nosotros y más sabios. Nos enviaban bibliotecas de complejas informaciones. Todos presentían inminentes revelaciones cruciales, de modo que los especialistas en cada materia empezaron a inquietarse. A los matemáticos les preocupaba que se les hubieran pasado por alto ciertos descubrimientos elementales. A los líderes religiosos les preocupaba que los valores imperantes en Vega, por raros que fueran, pudiesen encontrar simpatizantes, sobre todo en jóvenes sin educación. A los astrónomos les preocupaba la posibilidad de haber cometido errores en el estudio de las estrellas cercanas. A los políticos y funcionarios estatales les preocupaba que una civilización superior pudiera demostrar admiración por sistemas de gobierno distintos de los aceptados. El conocimiento que pudieran tener los veguenses no había recibido la influencia de las instituciones, la historia o la biología humanas. ¿Y si lo que consideramos como verdadero resultaba ser un malentendido, un caso raro, un equívoco? La ansiedad llevó a los expertos a reevaluar el fundamento de sus materias.

Más allá de ese desasosiego vocacional, la gente percibía también una nueva aventura de la especie humana, una sensación de estar a punto de irrumpir en una nueva era, un simbolismo magnificado por la cercanía del tercer milenio. Aún existían conflictos de orden político, algunos de los cuales —por ejemplo, la crisis sudafricana— eran muy graves. No obstante, también se notaba en varios puntos del orbe un menor predicamento de la retórica belicista y del nacionalismo pueril. Había conciencia de ser todos humanos, millones de seres diminutos diseminados por el mundo, quienes de pronto debían enfrentar una oportunidad sin precedentes, incluso un grave riesgo colectivo. A muchos les parecía absurdo que los países beligerantes prosiguieran con sus mortales batallas cuando había que vérselas con una civilización no humana, de una idoneidad tremendamente superior. Hubo quienes no comprendieron el hálito de esperanza que flotaba en el ambiente y lo tomaron por otra cosa. Confusión, quizás, o cobardía.

A partir de 1945 había ido creciendo el arsenal de armas nucleares estratégicas. Cambiaban los gobernantes, variaban las estrategias y los sistemas defensivos, pero la cantidad de armas atómicas iba siempre en aumento. Llegó un momento en que hubo más de veinticinco mil en el planeta, diez por cada gran ciudad. Solo un peligro tan monumental logró revertir tamaña insensatez, apoyada por tantos dirigentes de tantas naciones y durante tanto tiempo. Pero finalmente el mundo recobró la cordura, al menos en cierta medida, y pudo suscribirse un convenio entre Estados Unidos, la Unión Soviética, Gran Bretaña, Francia y China. El objetivo no era la utopía de eliminar de plano todas las armas nucleares, pero se logró que tanto norteamericanos como rusos redujeran a mil las armas que cada uno habría de conservar. Se estudiaron cuidadosamente los detalles para que ninguna superpotencia quedara en clara desventaja en algún momento del proceso de desmantelamiento. Inglaterra, Francia y China acordaron comenzar a reducir sus arsenales cuando las superpotencias estuvieran por debajo de las tres mil doscientas armas. Para regocijo del mundo entero, se firmó el Acuerdo de Hiroshima, junto a la famosa placa que conmemoraba a las víctimas de la primera ciudad aniquilada por un arma nuclear: «Descansen en paz; nunca volverá a suceder.»

Todos los días se enviaban disparadores de fisión de igual número de ojivas norteamericanas y soviéticas a un lugar especial, dirigido por técnicos de ambos países. Se extraía el plutonio, se lo sellaba y transportaba a plantas nucleares, donde lo convertían en electricidad. Ese proyecto conocido como Plan Gayler por el nombre de un almirante norteamericano, fue aclamado por haber conseguido transformar las espadas en arados. Dado que los países conservaban aún un aterrador potencial de represalia, hasta los estamentos militares dieron buena acogida a la idea. Nadie, ni siquiera los generales, desea la muerte de sus hijos, y la guerra atómica es la negación de las tradicionales virtudes del militar: nada tiene de valeroso apretar un botón letal. La televisión registró en directo la primera ceremonia de despojo. En la pantalla aparecieron cuatro técnicos norteamericanos y soviéticos, vestidos de blanco, que empujaban sobre ruedas dos enormes objetos metálicos color gris opaco, cada uno de ellos adornado con franjas, estrellas, hoces y martillos. Una enorme parte de la población mundial pudo presenciar el acontecimiento. En los noticiarios de la noche se hicieron recuentos de cuántas armas estratégicas había desmantelado cada una de las potencias, y cuántas quedaban aún. En poco más de dos décadas, también esa noticia llegaría a Vega.

En los años siguientes continuó el desmantelamiento, casi sin pausa. Al principio no se notó un gran cambio de doctrina estratégica, pero poco a poco fue sintiéndose el efecto a medida que se iban eliminando los sistemas de armamento más mortíferos. En el último año y medio fue notable el grado de desarme alcanzado por Rusia y Estados Unidos. Muy pronto se observó la presencia de equipos de inspección de cada país en territorio del otro, pese a las voces de protesta que elevaban los militares de ambas potencias. Las Naciones Unidas de pronto advirtieron que podían mediar eficazmente en litigios internacionales, a tal punto que se resolvieron los conflictos de Nueva Guinea y los problemas fronterizos entre Argentina y Chile. Incluso se llegó a hablar con fundamento de un tratado de no agresión entre la OTAN y el Pacto de Varsovia.

Los delegados a la primera sesión plenaria del Consorcio Mundial para el Mensaje llegaron con una predisposición hacia la cordialidad sin precedentes en otros tiempos.

Estaban representados los países que tenían que ver con el Mensaje, incluso aquellos que contaban apenas con una mínima información. Todos habían enviado delegados científicos y políticos, y asombrosamente algunos incluyeron también agregados militares. Algunas delegaciones nacionales estaban encabezadas por sus ministros de Asuntos Exteriores y hasta por jefes de Estado. Uno de los miembros de la delegación británica era el vizconde Boxforth, el Sello Real de la corona, título honorífico que a Ellie le resultaba muy divertido. Abujimov, director de la Academia Soviética de Ciencias, presidía la representación de su país, acompañado por Gotsridze, ministro de Industrias Semi-pesadas, y Arjangelsky. La presidenta americana designó jefe de la delegación a Der Heer, aunque también asistieron el subse-cretario de Estado, Elmo Honicutt, y Michael Kitz, entre otros, por el Departamento de Defensa.

Se instaló en el recinto un enorme mapa en el que se mostra-ba la ubicación de todos los radiotelescopios del planeta, así como de las naves rastreadoras soviéticas. Ellie paseó la vista por el amplio salón recientemente construido, contiguo a la residen-cia del presidente francés. Una multitud de rostros, banderas y atuendos nacionales se reflejaba en las largas mesas de caoba y en los espejos de las paredes. Reconoció a muy pocos políticos y militares, pero en cada delegación encontró la cara conocida de por lo menos un científico o ingeniero: Annunziata e Ian Bro-derick, de Australia; Fedirka, de Checoslovaquia; Braude, Cre-billon y Boileau, de Francia; Kumar Chandrapurana y Devi Sujavati, de la India; Hironaga y Matsui, de Japón... Le llamó la atención que en la mayoría de las delegaciones predominaran personas con formación tecnológica, más que radioastronómi-ca, sobre todo en la de Japón. La posibilidad de que en la reu-nión se tratara la construcción de una inmensa máquina motivó cambios de último momento en la composición de las delega-ciones.

También reconoció a Malatesta, de Italia; Bedengaugh —un físico que se dedicaba a la política—, Clegg y el venerable sir Ar-thur Chatos, de Gran Bretaña; Jaime Ortiz, de España; Prebula, de Suiza, lo cual la intrigó puesto que Suiza ni siquiera contaba con un radiotelescopio; Bao, que había desarrollado una brillan-te labor en la instalación de la red de radiotelescopios de China; Wintergaden, de Suecia. Había delegaciones llamativamente nu-merosas de países como Arabia Saudí, Pakistán e Irak. Y, por supuesto, los soviéticos, entre los cuales Nadya Rozhdestvenskaya y Genrij Arjangelsky compartían en ese instante un momento de genuina hilaridad.

Buscó con la mirada a Lunacharsky hasta que por fin lo ubicó con la representación china. Estaba estrechando la mano de Yu Renqiong, director del Radioobservatorio de Pekín. Recordó que se habían hecho amigos durante el período de cooperación chino-soviética. Sin embargo, la hostilidad entre ambas naciones había puesto fin a todo contacto entre ellos, y las trabas que ponían los chinos a sus científicos para viajar al exterior eran aún tan severas como las que imperaban en la Unión Soviética. Reflexionó que esa era la primera vez que se reunían en un cuarto de siglo.

—¿Quién es ese chino viejo que le da la mano a Vaygay? —Viniendo de Kitz, la pregunta podía tomarse como un intento de cordialidad.

—Yu, director del Observatorio de Pekín.

—Yo pensaba que esos tipos se odiaban.

—Michael —repuso Ellie—, el mundo está al mismo tiempo mejor y peor de lo que usted imagina.

—Me desconcierta con eso de «mejor», pero le aseguro que no se equivoca en cuanto a lo de «peor».

Después de la bienvenida a cargo del presidente de Francia (quien, para sorpresa de todos, se quedó a escuchar los discursos de presentación), después de que Der Heer y Abujimov expusieran la mecánica a seguir en la conferencia, Ellie y Vaygay ofrecieron un resumen de la información obtenida hasta el momento. La suya fue una disertación no demasiado técnica —en consideración a los políticos y militares presentes— sobre la forma en que operan los radiotelescopios; la distribución de las estrellas en el espacio y la historia del palimpsesto. El discurso conjunto concluyó con un estudio —que cada delegación observaba en monitores propios— del material diagramático recientemente recibido. Ellie se ocupó de explicar que la polarización modulada se convertía en una secuencia de ceros y unos, que estos números se combinaban para delinear imágenes y que, a pesar de todo, no tenían idea de lo que representaba la figura.

Los puntos de la información se reagrupaban en los monitores. Ellie veía rostros iluminados con un tinte blanco, ámbar y verde proveniente de las pantallas, en el salón parcialmente oscurecido. Los diagramas mostraban complejas redes ramificadas; toscas formas casi indecentemente biológicas; un dodecaedro regular casi perfecto. Se agrupó una gran cantidad de páginas que conformaban una construcción tridimensional, la que a su vez giraba lentamente. Cada enigmático objeto contaba con un epígrafe ininteligible.

Vaygay hizo hincapié en las incertidumbres con más vehemencia que Ellie. No obstante, manifestó que, en su opinión, indudablemente el Mensaje era un manual para la construcción de una máquina. Como no mencionó que la idea había sido originariamente suya y de Arjangelsky, Ellie aprovechó la oportunidad para subsanar la omisión.

Por la experiencia recogida en los últimos meses, Ellie sabía que tanto a los científicos como a los legos les fascinaban los detalles sobre la decodificación del Mensaje, pero que les inquietaba el concepto, aún no demostrado, de que se trataba de una serie de instrucciones. Sin embargo, no estaba preparada para la reacción de ese público supuestamente formal. Vaygay y ella se habían alternado en el uso de la palabra. Cuando concluyeron, se produjo una sonora ovación. Las delegaciones soviéticas y de Europa del Este aplaudieron al unísono y con fervor. Los norteamericanos y muchos otros lo hicieron en forma separada, de modo que sus palmoteos no sincronizados originaron una suerte de ruido blanco. Embargada por una extraña sensación de felicidad, Ellie no pudo dejar de pensar en las diferentes idiosincracias según la nacionalidad: los norteamericanos, individualistas; los soviéticos, propensos a las manifestaciones colectivas. También le llamó la atención que, en grupos multitudinarios, sus compatriotas tendían a poner distancia con sus compañeros, mientras que los rusos estrechaban filas lo más posible. Ambos estilos de aplausos —aunque predominaba el norteamericano— le encantaban. En ese momento se permitió pensar en su padrastro. Y en su padre.

Después del almuerzo continuaron las exposiciones acerca del registro e interpretación de los datos. David Drumlin presentó un encomiable análisis estadístico de todas las páginas del Mensaje que hacían referencia a nuevos diagramas numerados. Sostuvo que el texto incluía no solo un plano para la fabricación de una máquina, sino también la descripción de los diseños y métodos de construcción de sus componentes. En algunos casos, añadió, se describían industrias aún desconocidas en nuestro planeta. Ellie se quedó boquiabierta y le preguntó con gestos a Valerian si él estaba enterado de eso. Valerian hizo ademán de no saber nada. Ellie buscó alguna expresión de asombro en los otros delegados, pero lo único que advirtió fueron signos de agotamiento. Al terminar la disertación, fue a felicitar a Drumlin y, de paso, le preguntó cómo era que ella no estaba al tanto de esa interpretación suya.

—No me pareció tan importante como para comentársela. Fue apenas algo que se me ocurrió mientras usted consultaba a esos fanáticos religiosos.

Ellie pensó que si Drumlin hubiese sido su director de tesis, todavía no habría obtenido el doctorado. Él nunca la aceptó, jamás pudieron tener una relación académica amistosa. Suspirando, se preguntó si Ken se habría enterado del trabajo de Drumlin con anterioridad. Sin embargo, como presidente de la reunión juntamente con su colega soviético, Ken estaba sentado en el escenario, frente a las butacas de los delegados, dispuestas en semicírculo a su alrededor. Hacía varias semanas que lo encontraba inaccesible. Drumlin no tenía obligación de comunicarle a ella sus descubrimientos, desde luego. Pero ¿por qué siempre que hablaba con él surgían controversias? En parte, tenía la sensación de que su doctorado y su futura carrera científica aún dependían de Drumlin.

En la mañana del segundo día, hizo uso de la palabra un miembro de la delegación soviética a quien ella no conocía. «Stefan Alexeivich Baruda —leyó en su monitor—, director del Instituto de Estudios para la Paz, Academia Soviética de Ciencias, Moscú; Miembro del Comité Central del Partido Comunista de la URSS.»

—Ahora van a saltar chispas —oyó que le comentaba Michael Kitz a Elmo Honicutt, del Departamento de Estado.

Baruda era un hombre atildado, vestía un elegante traje occidental, quizá de corte italiano, y hablaba el inglés a la perfección. Había nacido en una de las repúblicas bálticas, era joven para dirigir un organismo tan importante —concebido para analizar los efectos a largo plazo de la estrategia de desarme nuclear— y constituía un ejemplo de la «nueva ola» de dirigentes soviéticos.

—Nos están enviando un Mensaje desde los confines del espacio —decía Baruda en ese momento—. La mayor parte de la información fue recogida por la Unión Soviética y Estados Unidos, aunque también otros países han obtenido datos importantes. Todas estas naciones se hallan representadas en esta conferencia. Cualquiera de ellas podría haber aguardado hasta que se repitiera el Mensaje varias veces, como esperamos que ocurra, y de ese modo completar los tramos que faltan. Pero esa tarea llevaría años, décadas tal vez, y como estamos un poco impacientes, hemos compartido la información.

»Un país como el mío podría colocar en órbita alrededor de la Tierra grandes radiotelescopios con receptores sensibles que operaran en las frecuencias del Mensaje. También podrían hacerlo los norteamericanos, o incluso Japón, Francia o la Agencia Europea del Espacio. De este modo, ese país o esa agencia recibiría la totalidad de los datos, puesto que un radiotelescopio en órbita puede apuntar todo el tiempo hacia Vega. No obstante, eso podría ser tomado como un acto de hostilidad. No es ningún secreto que Estados Unidos o la Unión Soviética estarían en condiciones de derribar dichos satélites, y tal vez por esta razón también, hemos compartido la información.

»Es mejor colaborar. Nuestros científicos desean intercambiar no solo los datos recogidos, sino también sus teorías y conjeturas, sus... sueños. En ese sentido, ustedes, los hombres de ciencia, son todos iguales. Yo no soy científico; mi especialidad es la administración de Estado, y por eso sé que los países también son semejantes. Cada país es cauteloso, desconfiado. Nadie quiere dar ventajas al adversario si puede evitarlo. En consecuencia, se advierten dos opiniones (quizá más, pero por lo menos dos): una que aconseja el intercambio de toda la información, y otra que propone que cada nación se aproveche de las demás.

»Los científicos ganaron esta controversia, y fue así como la mayor parte de los datos obtenidos por Estados Unidos y la Unión Soviética se intercambiaron. Lo mismo ha ocurrido con los datos que recogieron los demás países. Estamos satisfechos de haber tomado esta decisión.

Ellie le susurró a Kitz:

—No veo muchas chispas.

—Siga escuchando —murmuró él.

—Pero hay otra clase de peligros que quisiéramos plantear a la consideración de esta reunión. —El tono de Baruda era el mismo que tenía Vaygay cuando almorzaron juntos. ¿Qué se traerían los rusos entre manos?—. El académico Lunacharsky, la doctora Arroway y otros científicos coinciden en suponer que estamos recibiendo instrucciones para la fabricación de una máquina compleja. Supongamos que el Mensaje termina, que vuelve al comienzo y que nos llega la introducción imprescindible para comprender el resto. Supongamos también que seguimos colaborando todos con la mayor buena voluntad, que intercambiamos los datos, las fantasías, los sueños.

»Ahora bien, los habitantes de Vega no nos envían esas instrucciones solo para divertirse; lo que pretenden es que construyamos una máquina. A lo mejor nos dicen para qué sirve dicha máquina, o tal vez no. Pero aun si nos lo dijeran, ¿por qué tenemos que creerles? ¿Y si este aparato fuera un Caballo de Troya? Afrontamos el enorme coste de construir la máquina, la encendemos y de pronto brota de ella un ejército invasor. ¿Y si provocara el fin del mundo? La fabricamos, la ponemos en funcionamiento y explota el planeta. Quizá sea esa su forma de erradicar las civilizaciones nuevas del cosmos. No les costaría mucho; solo un mensaje, y la civilización receptora, obediente, se autodestruiría.

»Lo que voy a proponer es solo una sugerencia, un tema a debatir, que pongo a consideración de ustedes. Todos habitamos el mismo planeta y por ende nuestros intereses son comunes. Mi pregunta es esta: ¿no sería mejor quemar todos los datos y destruir los radiotelescopios?

Se produjo un creciente rumor. Varias delegaciones solicitaron simultáneamente el uso de la palabra. En cambio, los dos presidentes de la reunión solo creyeron necesario recordar a los asistentes que estaba prohibido grabar o filmar las sesiones, así como conceder entrevistas a los medios. Todos los días se emitiría un comunicado de prensa redactado por ambos presidentes y suscrito por los jefes de las diferentes delegaciones. No podían trascender los pormenores del debate.

Varios delegados pidieron aclaraciones a la presidencia.

—Si Baruda tiene razón en su hipótesis del Caballo de Troya o del fin del mundo, ¿no sería nuestra obligación informar al público? —exclamó el representante holandés, pero como no se le había concedido la palabra tampoco se le conectó el micrófono.

Ellie pulsó la tecla correspondiente de su ordenador para solicitar turno en la lista de oradores, y comprobó que la ponían en segundo lugar, después de Sujavati y antes que uno de los delegados chinos.

Ella conocía apenas a Devi Sujavati. Se trataba de una mujer imponente, de cuarenta y tantos años, peinada al estilo occidental, con sandalias de tacón y ataviada con un hermoso sari de seda. Era médica de profesión y se había convertido en una de las mayores expertas indias en biología molecular, y trabajaba alternativamente en el King's College, de Cambridge, y en el Instituto Tata, de Bombay. Era una de las pocas personas de su país que integraban la Royal Society de Londres, y se decía que tenía un buen respaldo político. Se habían conocido años antes, en un simposio internacional celebrado en Tokio, antes de que la recepción del Mensaje eliminara los signos de interrogación que solían incluir en los títulos de sus monografías científicas. Ellie percibía una afinidad mutua entre ambas, lo que en parte se debía a ser unas de las pocas mujeres que participaban en reuniones científicas donde se trataba la posibilidad de la vida extraterrestre.

—Reconozco que el académico Baruda ha planteado una cuestión importante y sensata —comenzó Sujavati—, y no se puede descartar irreflexivamente la posibilidad del Caballo de Troya. Teniendo en cuenta la historia de estos últimos tiempos, la idea me parece natural, y me sorprende que no haya surgido antes. No obstante, quisiera elevar una advertencia ante dichos temores. Es sumamente improbable que los habitantes de un planeta de Vega estén en el mismo nivel tecnológico que nosotros. Incluso en nuestro planeta, las culturas no avanzan todas a la par. No obstante, sabemos que ciertas culturas pueden ponerse a la par de otras, al menos en lo tecnológico. Cuando existían civilizaciones avanzadas en la India, China, Irak y Egipto, había nómadas de la Edad de Hierro en Europa y Rusia, y culturas de la Edad de Piedra en América.

»Sin embargo, la diferencia de tecnologías es mucho mayor en este caso. Resulta muy probable que los extraterrestres nos lleven cientos, miles, incluso millones de años de ventaja. Les pido que comparen eso con el ritmo del avance tecnológico humano durante el último siglo.

»Yo me crie en un pueblecito de la India. En tiempos de mi abuela, la máquina de coser a pedal era una maravilla tecnológica. ¿Qué podrían ser capaces de realizar seres que estén miles o millones de años adelantados con respecto a nosotros? Para ellos, no podemos representar ninguna amenaza, situación que se mantendrá durante largo tiempo. No es esta una confrontación entre griegos y troyanos, que estaban en igualdad de condiciones. Tampoco es una película de ficción en la que seres de diferentes planetas luchan con armas similares. Si lo que pretenden es destruirnos, podrían hacerlo con o sin nuestra cooperación...

—Pero ¿a qué coste? —terció alguien desde la platea—. ¿No se da cuenta? Baruda sostiene que nuestra emisión televisiva al espacio les sirve a ellos de pauta para saber que ha llegado el momento de aniquilarnos, y lo harán mediante este Mensaje. Las expediciones punitivas son costosas; un mensaje es barato.

Ellie no distinguió quién hablaba, aunque le pareció que era un miembro de la delegación británica. Sus comentarios no salieron por los altavoces ya que, una vez más, la persona no había recibido autorización para hacer uso de la palabra. Sin embargo, la excelente acústica del recinto permitió que se oyera perfectamente. Der Heer procuró restablecer el orden. Abujimov se inclinó para susurrarle algo a un asistente.

—Usted sostiene que fabricar la máquina puede ser peligroso —le respondió Sujavati—. Yo opino que lo peligroso sería no construirla. Sentiría una profunda vergüenza por nuestro planeta si le diéramos la espalda al futuro. Sus antepasados —increpó a su interlocutor, blandiendo un dedo— no fueron tan tímidos cuando pusieron proa a la India o América.

La reunión se estaba convirtiendo en un pozo de sorpresas, pensó Ellie, pero no creía que las figuras de los exploradores Clive o Raleigh fueran los mejores modelos que necesitaran en ese momento para tomar una decisión. Sujavati quizá solo pretendía reprochar a los británicos sus antiguos agravios colonialistas. Esperó que se encendiera la luz verde en su consola, indicándole que le conectaban el micrófono.

—Señor presidente —dijo, adoptando un tono formal para dirigirse a Der Heer, con quien escasamente había podido estar en el curso de los últimos días. Habían quedado en reunirse al día siguiente, en un intervalo del congreso, y sentía cierta ansiedad al pensar en el encuentro. «No debo pensar en eso ahora», se dijo—. Señor presidente, creo que podríamos aclarar ciertos aspectos de ambos puntos en debate: el del Caballo de Troya y el de la máquina del fin del mundo. Mi intención era hablar mañana sobre estos temas, pero pienso que debo hacerlo ahora, visto y considerando que se han puesto sobre el tapete.

Marcó en su teclado los códigos correspondientes a varias diapositivas. El gran salón espejado se oscureció.

—El doctor Lunacharsky y yo creemos que estas son distintas proyecciones de la misma figura tridimensional. Ayer mostramos la imagen entera en rotación computarizada. Creemos, aunque no podríamos asegurarlo, que lo que nos están enviando es la representación del interior de la máquina. No existe aún una indicación precisa de escala, o sea que podría medir kilómetros de largo o apenas unos milímetros. Sin embargo, fíjense en estos cinco objetos distribuidos en forma regular alrededor de la periferia de la principal cámara interior dentro del dodecaedro. Aquí vemos una ampliación de uno de ellos. Son las únicas cosas que presentan un aspecto reconocible.

»Esto parecería un mullido sillón, perfectamente adaptado a la anatomía humana. Lo que llama la atención es que seres extraterrestres, que evolucionaron en un mundo totalmente distinto, se asemejen tanto a nosotros como para tener los mismos gustos en lo relativo a mobiliario de sala. Miren esta otra toma. Me recuerda los sillones de mi infancia, en casa de mi madre.

En efecto, hasta parecía tener un tapizado floreado. Ellie experimentó una sensación de culpa. No se había despedido de su madre antes de viajar a Europa, y la había llamado escasamente una o dos veces desde que comenzó a recibirse el Mensaje. «Qué mal», se recriminó.

Volvió a mirar los gráficos del ordenador. La simetría del dodecaedro se reflejaba en los cinco sillones del interior, cada uno ubicado frente a una superficie pentagonal.

—El doctor Lunacharsky y yo consideramos que estos cinco asientos están destinados a nosotros, a cinco personas —continuó—. De ser así, el interior de la cámara mediría unos pocos metros, y la parte externa, entre diez y veinte metros. Indudablemente la tecnología es formidable, pero no creemos que lo que haya que construir sea del tamaño de una ciudad, ni tan complejo como un portaaviones. Es muy probable que seamos capaces de hacerlo si trabajamos en conjunto.

»Lo que trato de decir es que, como uno no pone sillones

dentro de una bomba, no pienso que esto sea una máquina para provocar el fin del mundo ni un Caballo de Troya. Concuerdo con lo que ha dicho o sugerido la doctora Sujavati: que la idea de que esto sea un Caballo de Troya constituye una indicación de cuánto camino nos falta aún por recorrer.

Hubo otra sonora reacción, pero esta vez Der Heer no trató de apaciguarla, sino que, al contrario, encendió el micrófono de quien se había quejado en la ocasión anterior, el británico Philip Bedebvaugh, ministro laborista en la débil coalición gobernante.

—... sencillamente no entiende cuál es nuestra preocupación. Si se trata literalmente de un caballo de madera, no nos sentiríamos tentados de introducirlo por las puertas de la ciudad. Sin embargo, disfrazado con otra apariencia, se disiparían nuestras suspicacias. ¿Por qué? Porque nos están engatusando... o sobornando. Aquí hay implícita una aventura histórica, la promesa de nuevas tecnologías. Hay indicios de aceptación por parte de... ¿cómo decirlo...? de seres superiores. Sostengo que, por sublimes que sean las fantasías que abriguen los radioastrónomos, si existe la más remota posibilidad de que la máquina sea un medio de destrucción, no habría que fabricarla. Más aún, concuerdo con lo propuesto por el delegado soviético: es menester quemar las cintas con los datos y prohibir la instalación de nuevos radiotelescopios.

Reinaba un creciente desorden. Muchos delegados accionaban el dispositivo electrónico para pedir el uso de la palabra. El rumor de tantas voces se convirtió en un ruido sordo que a Ellie le recordó los años que había pasado escuchando los sonidos del cosmos. Era obvio que no iba a ser fácil llegar a un consenso, y ambos presidentes de la asamblea daban muestras de no poder contener a los delegados.

Cuando el representante chino se puso en pie para hablar, Ellie advirtió que sus datos personales no aparecían en la pantalla de su monitor. Al no saber quién era ese hombre, se volvió para preguntar. Fue un funcionario del Consejo Nacional de Seguridad quien la informó:

—Es Xi Qiaomu, un tipo importante. Nació durante la Larga Marcha. De adolescente fue voluntario en Corea. Funcionario político del gobierno. Ahora pertenece al Comité Central. Es muy influyente. Últimamente se le ha mencionado mucho en las noticias. También dirige las excavaciones arqueológicas chinas.

Xi Qiaomu era un hombre alto, de hombros anchos, y aproximadamente de sesenta años. Las arrugas de su rostro lo avejentaban, pero su postura y todo su físico le conferían una apariencia casi juvenil. Vestía la chaqueta abotonada hasta el cuello, tan habitual en los dirigentes políticos chinos como el traje con chaleco para los funcionarios norteamericanos.

—Si nos dejamos dominar por el miedo, no haremos nada, pero con eso solo conseguiremos retrasarlos un poco. No hay que olvidar que ellos ya saben que estamos aquí. Nuestra televisión llega hasta su planeta, o sea que todos los días recuerdan nuestra existencia. Dada la calidad de nuestros programas de televisión, seguramente no podrán olvidarnos. Si no hacemos nada y ellos se preocupan por nosotros, con máquina o sin máquina, vendrán aquí. No podemos escondernos de ellos. Si no hubiéramos hecho nada por progresar, no nos veríamos con este problema. Si tuviéramos solo televisión por cable pero ningún potente radar militar, quizá no supieran que existimos. Pero ya es tarde. No podemos volver atrás. Nuestro rumbo está marcado.

»Si realmente les preocupa que esta máquina pueda destruir la Tierra, no la construyan en nuestro planeta sino fuera. Así, si provoca el fin del mundo, no será el nuestro. Pero claro, eso sería demasiado caro. Si no estuviéramos tan asustados, podríamos fabricarla en algún desierto remoto. Podría haber una terrible explosión en Takopi, en la provincia de Xinjing, y no habría víctimas. Y si no tuviéramos ningún temor, podríamos construirla en Washington, en Moscú, en Pekín, incluso en esta hermosa ciudad.

»En la China antigua, a Vega y dos estrellas cercanas se las denominaba Chih Neu, que significa "la joven con la rueca". Se trataba de un símbolo auspicioso, un artilugio para hacer ropa nueva para la gente.

»Hemos recibido una invitación muy singular. Quizá sea para asistir a un banquete. Nunca se ha invitado a la Tierra a concurrir a un banquete. Rechazar la invitación sería una descortesía.

12

El isómero delta prima

Mirar las estrellas siempre me hace soñar, como sueño al contemplar los puntitos negros que representan pueblos y ciudades en un mapa. ¿Por qué, me pregunto, los puntos brillantes del firmamento no son tan accesibles como los puntitos negros del mapa de Francia?

VINCENT VAN GOGH

Era una tarde espléndida, tan cálida pese a ser otoño que Devi Sujavati había salido sin su abrigo. Ella y Ellie caminaban por los concurridos Champs Élysées hacia la Place de la Concorde. La diversidad étnica que se advertía solo podía emularla la de Londres, Nueva York y otras pocas ciudades del planeta. Una mujer de falda y suéter que paseaba con otra vestida de sari no llamaban en absoluto la atención.

En las puertas de una cigarrería había una políglota cola de personas atraídas por ser la primera semana que se vendían de forma legal cigarrillos de cannabis curado americanos. La ley francesa prohibía la adquisición y consumo de dichos cigarrillos a los menores de dieciocho años, razón por la cual casi todos los que esperaban en fila eran de mediana edad, o mayores. En California y Oregón se cultivaban diversas variedades de cannabis para exportación. En esta tienda parisina se vendía una clase nueva y especial, cultivada con rayos ultravioletas que convertían a los cannabáceos inertes en el isómero 1A, al que habían denominado «Beso de Sol». El paquete, promocionado en el escaparate con un gran cartel, llevaba el eslogan: «Esto le será deducido de la participación que le corresponda en el Paraíso.»

Los escaparates del bulevar eran una orgía de color. Las dos mujeres compraron sabrosas castañas en un puesto callejero. Más adelante se maravillaron con L'Obélisque, el monumento del antiguo Egipto robado por Napoléon para convertirlo en moderno monumento militar.

Der Heer había faltado a su cita. Esa mañana la había llamado para disculparse, sin que se le notara demasiado afligido. El pretexto fueron los numerosos asuntos de orden político surgidos en la sesión plenaria. El secretario de Estado llegaría al día siguiente, interrumpiendo su visita a Cuba. Ken adujo estar muy ocupado y pidió comprensión. Ellie lo comprendió y, para no tener que pasar sola la tarde, llamó a Devi Sujavati.

—Una de las palabras del sánscrito para decir «victorioso» es *abhijit*, y así se llamaba a Vega en la India antigua. Fue bajo la influencia de Vega que las divinidades hindúes, los héroes de nuestra cultura, derrotaron a los asuras, los dioses del mal. Ellie, ¿me estás escuchando? Ahora bien, lo curioso es que los persas también tenían asuras, pero para ellos eran dioses del bien. Después surgieron religiones en las que el dios principal, el dios de la luz, el dios Sol, recibió el nombre de Ahura Mazda. Por ejemplo, los seguidores de Zoroastro y de Mitra. Ahura y Asura son el mismo nombre. Hoy en día todavía existen los zoroastrianos, y los mitraístas les dieron a los primeros cristianos un buen susto. Esas divinidades hindúes (que por cierto eran todas mujeres) se llamaban devis, y de ahí proviene mi propio nombre. En la India, las devis son las diosas del bien; pero en Persia se transformaron en diosas del mal. Algunos eruditos sostienen que de allí procede la palabra inglesa *devil* («demonio»). La simetría es total. Probablemente todo esto sea una historia vagamente recordada sobre la invasión aria que desplazó a los dravidianos, mis antepasados, hacia el sur. Por eso, según en qué lado de los montes Kirthar viva uno, Vega apoya a Dios o al diablo.

El motivo de haber relatado la simpática historia fue que Devi se había enterado de la discusión teológica que mantuvo su amiga unas semanas antes, en California. Ellie se sintió agradecida, pero al mismo tiempo recordó que no le había mencionado a Joss la posibilidad de que el Mensaje fuese el plano de una máquina de uso desconocido. Seguramente pronto lo sabría todo gracias a los medios. Debería llamarlo, se dijo, para hablar con él y explicarle las novedades, pero se comentaba que Joss se hallaba en un retiro. No había realizado ninguna manifestación pública después de la reunión en Modesto. Rankin, por su parte, anunció en una conferencia de prensa que, si bien podían existir ciertos riesgos, no se oponía a la idea de que los científicos recibieran la totalidad del Mensaje. Sin embargo, respecto a la traducción sostuvo que era imprescindible una revisión periódica por parte de todos los sectores de la sociedad, especialmente de aquellos cuya misión es salvaguardar los valores morales y espirituales.

Se iban acercando a los jardines de las Tullerías, con su despliegue de matices otoñales. Adornando las negras verjas de hierro forjado había globos multicolores en venta. En el centro de un estanque había una estatua de mármol de Anfítrite y alrededor disputaban regatas barquitos de vela, alentados por una jubilosa multitud de niños. De pronto emergió un pez a la superficie, hundiendo al velero que iba en cabeza, y los chicos se quedaron pasmados por la inesperada aparición. El sol se ocultaba y Ellie sintió un leve escalofrío.

Le fascinaba la apariencia de Sujavati: sus grandes ojos negros, su porte erguido, su magnífico sari. «Yo no soy nada elegante», se dijo Ellie. Por lo general, podía mantener una conversación y al mismo tiempo pensar en otras cosas. Sin embargo, ese día le costaba. Mientras debatían sobre el fundamento de las diversas opiniones respecto a si debía fabricarse o no la máquina, mentalmente se representaba la imagen de la invasión aria a la India, acaecida tres mil quinientos años antes. Una guerra entre dos pueblos, cada uno de los cuales se proclamaba victorioso y exageraba patrióticamente los relatos históricos. En última instancia, todo se convierte en una batalla entre dioses. «Nuestro» lado siempre es el bueno, mientras que el malo es el otro. Imaginaba que el demonio de los occidentales, de barbita y tridente, podía haber derivado, a través de una lenta evolución, de algún antecedente hindú que, por lo que ella sabía, tenía cabeza de elefante y aparecía pintado de azul.

—Quizá la idea del Caballo de Troya que planteó Baruda no sea tan descabellada —atinó a decir Ellie—, pero, tal como sugiere Xi, no nos quedan muchas alternativas. Si ellos se lo proponen, podrían presentarse aquí dentro de veintitantos años.

Llegaron a un arco romano coronado por una estatua heroica de Napoleón conduciendo un carro de guerra. Desde una perspectiva extraterrestre, qué patética resultaría esa pose. Se sentaron a descansar en un banco cercano; sus largas sombras se proyectaban sobre un parterre con flores de los mismos colores de la República Francesa.

Ellie ansiaba poder comentar su situación afectiva, pero temía que pudiese insinuarse un cariz político. En el mejor de los casos, sería una indiscreción. Como además tampoco conocía demasiado a Sujavati, alentó a su compañera para que hablara sobre su vida, a lo que Devi accedió de buen grado.

Pertenecía a una familia de modestos brahmanes, con tendencia al matriarcado, del estado sureño de Tamil Nadu. El matriarcado imperaba aún en todo el sur de la India. Devi había ingresado en la Universidad Hindú de Benarés. Más tarde, cuando cursaba medicina en Inglaterra, se enamoró perdidamente de Surindar Ghosh, un compañero de estudios. Lamentablemente, Surindar era un *harijan*, un intocable, perteneciente a una casta tan odiada que, para los brahmanes ortodoxos, con solo mirarlos uno se contaminaba. Los antepasados de Surindar se vieron obligados a llevar una vida nocturna, como las lechuzas y los murciélagos. La familia de ella amenazó con desheredarla si contraían matrimonio. El padre le advirtió que, si se casaba, llevaría luto como si ella hubiese muerto. De todas formas, se casaron. «No me quedaba otra salida; estábamos demasiado enamorados», contó. Ese mismo año él murió de septicemia, que contrajo al practicar una autopsia sin la adecuada supervisión.

En vez de reconciliarla con su familia, la muerte de Surindar consiguió lo contrario. Devi se doctoró en Medicina y decidió permanecer en Inglaterra. Descubrió su gusto por la biología molecular y muy pronto se dio cuenta de que poseía verdadero talento para tan rigurosa disciplina. La reproducción del ácido nucleico la alentó a investigar el origen de la vida y eso, a su vez, la indujo a considerar la vida en otros planetas.

—Podríamos decir que mi carrera científica ha sido una secuencia de asociaciones libres; una cosa me fue llevando a la otra.

Últimamente se había dedicado a la caracterización de materia orgánica procedente de Marte. Si bien nunca volvió a casarse, al parecer varios hombres la pretendían. Desde hacía un tiempo salía con un científico de Bombay, experto en computación.

Siguieron caminando hasta el patio interior del Louvre. En el centro, la recientemente construida —y muy criticada— entrada piramidal; alrededor del patio, en altos nichos, había esculturas de los héroes de la civilización francesa. Debajo de cada prohombre —había muy pocas de mujeres— figuraba el apellido. Algunas inscripciones estaban gastadas por la erosión natural o por la mano de desaprensivos. En un par de estatuas costaba mucho adivinar quién era el personaje ilustre. En una de ellas, el gamberrismo apenas había dejado tres letras.

A pesar de que se estaba poniendo el sol y el Louvre permanecía abierto casi hasta la noche, prefirieron continuar caminando junto al Sena. Así, dieron la vuelta y, siguiendo el curso del río, se dirigieron hacia el Quai d'Orsay. Los célebres puestos de venta de libros estaban ya por cerrar. Prosiguieron el paseo tomadas del brazo, a la usanza europea.

Delante de ellas iba una familia francesa; los padres llevaban de la mano a su hija, una niña de unos cuatro años que, de vez en cuando, daba un brinco en el aire. Daba la impresión de que, en su momentánea suspensión en gravedad cero, la criatura experimentaba algo parecido al éxtasis. Los padres hacían comentarios sobre el Consorcio Mundial para el Mensaje, lo cual no era de extrañar puesto que era el tema dominante en los medios. El hombre aprobaba la idea de fabricar la máquina, ya que ello implicaría utilizar nuevas tecnologías y crear más empleos en Francia. La mujer era más cautelosa, por motivos que no sabía exponer con claridad. La niña, con sus trenzas al viento, no demostraba ninguna preocupación por los planos que llegaban de las estrellas.

Der Heer, Kitz y Honicutt convocaron una reunión en la embajada norteamericana al día siguiente por la mañana, a fin de prepararse para la llegada del secretario de Estado. El cónclave sería secreto y se celebraría en la sala Negra, un recinto aislado del mundo exterior mediante mecanismos electromagnéticos que imposibilitaban el espionaje, incluso con sofisticados dispositivos electrónicos. O al menos eso se suponía.

Tras pasar la tarde con Devi Sujavati, Ellie recibió el mensaje en su hotel y trató de hablar con Ken, pero solo pudo comunicarse con Kitz. Se oponía a que la reunión fuese secreta por una cuestión de principios, ya que el Mensaje venía destinado a todo el planeta. Kitz le respondió que no se ocultaban datos al resto del mundo, al menos los norteamericanos no lo hacían, y que el objeto del encuentro era solo proponer ideas al gobierno para afrontar las difíciles negociaciones que se avecinaban. Apeló al patriotismo de Ellie, a la neutralidad de la ciencia, y por último invocó la Resolución Hadden.

—Supongo que ese documento se halla aún guardado en su caja fuerte. Le aconsejo que lo lea.

Ella intentó, otra vez sin éxito, hablar con Der Heer. «Primero se instala en Argos y me lo encuentro a cada instante. Después se muda a mi apartamento y cuando ya estoy convencida de haberme enamorado, no puedo conseguir siquiera que conteste mis llamadas.» Resolvió asistir a la reunión, aunque solo fuera para verlo.

Kitz se manifestaba a favor de construir la máquina; Drumlin apoyaba la idea con reservas; Der Heer y Honicutt no expresaban opinión, al menos públicamente, y Peter Valerian se debatía en un suplicio de indecisión. Kitz y Drumlin hablaban incluso acerca de dónde podría fabricarse. El solo coste del transporte volvería prohibitiva la fabricación, incluso el montaje, en la Luna, como había sugerido Xi.

—Si empleáramos frenos aerodinámicos, sería más barato enviar un kilo de peso a Fobo o Deimos que a la cara oculta de la Luna —expresó un científico.

—¿Dónde diablos quedan Fobo y Deimos? —quiso saber Kitz.

—Son los satélites de Marte. Me refería a frenos aerodinámicos en la atmósfera marciana.

—¿Y cuánto se tarda en llegar hasta allí? —preguntó Drumlin.

—Un año, quizá, pero una vez que tengamos una flota de vehículos interplanetarios y...

—¿Comparado con tres días para llegar a la Luna? —objetó Drumlin—. Por favor.

—Fue solo una sugerencia, una idea para pensar.

Der Heer parecía impaciente, distraído. Era obvio que pasaba por momentos de gran tensión. A Ellie le dio la sensación de que esquivaba sus ojos, y al siguiente instante le transmitía una callada súplica con la mirada, que ella tomó como un signo alentador.

—Si lo que les preocupa es que se trate de una máquina que provoque el fin del mundo —decía Drumlin—, hay que considerar las fuentes de energía. Si la máquina no cuenta con una enorme fuente energética, no podrá producir el fin del mundo. Por ende, si las instrucciones no hablan de un reactor nuclear de gigavatios, no creo que haya que afligirse por tal eventualidad.

—¿Por qué tanta prisa en comenzar la fabricación? —preguntó Ellie a Kitz y Drumlin.

Kitz miró a Honicutt y luego a Der Heer antes de contestar.

—Esta reunión es de máxima seguridad. Suponemos que no va a contar a sus amigos rusos nada de lo que aquí se hable. El tema es así: desconocemos para qué sirve la máquina, pero según el análisis realizado por Dave Drumlin, es evidente que nos obligará a crear una nueva tecnología, nuevas industrias quizás. El hecho de construir la máquina tendrá un valor económico, ya que aprenderíamos mucho. También podría tener valor militar, o al menos eso suponen los rusos. Mire, los soviéticos están en una encrucijada. Este proyecto implica que deberán mantenerse a la par de Estados Unidos en un campo totalmente nuevo de la tecnología. Puede ser que el Mensaje contenga instrucciones para la elaboración de un arma decisiva, o que redunde en un beneficio económico. Ellos no saben qué, pero tendrán que empeñar toda su economía en el intento. Si desapareciera todo lo relativo al Mensaje (si se quemaran los datos y destruyeran los telescopios), los rusos podrían mantener el mismo nivel de paridad con nosotros. Por eso son tan cautos. Y por eso, desde luego, a nosotros nos entusiasma la idea.

En el aspecto personal, Kitz era insensible, pensó Ellie, pero nada tonto. Cuando adoptaba una actitud fría y reservada, la gente reaccionaba con desagrado, lo cual lo llevaba a asumir una fachada de cortés amabilidad.

—Ahora quiero hacerle una pregunta —continuó Kitz—. Baruda deslizó la idea de que se ocultaran datos. ¿Es cierto, o no, que faltan datos?

—Solo de las primeras semanas —repuso Ellie—. Quedaron algunas lagunas en el registro practicado por los chinos, y existe una ínfima cantidad de información que nadie ha compartido, pero no veo indicios serios de ocultamiento. De todos modos, lo que falta lo completaremos cuando se reinicie la emisión del Mensaje.

—Si ocurre... —receló Drumlin.

Der Heer dirigió el debate sobre los planes de contingencia: qué hacer cuando se recibieran las instrucciones; a qué industrias norteamericanas, alemanas y japonesas debía notificarse pronto; cómo elegir a los principales científicos e ingenieros que se ocuparan de la fabricación de la máquina, si se resolvía construirla; y, en resumen, la necesidad de fomentar el entusiasmo del pueblo norteamericano y del Congreso para prestar apoyo al proyecto. Der Heer se apresuró a agregar que se trataba solo de planes de contingencia, que no se estaba tomando decisión alguna y que, sin duda, la preocupación de los soviéticos acerca del Caballo de Troya tenía su parte de razón.

Kitz planteó cómo se integraría «la tripulación».

—Nos piden que sentemos a cinco personas en sillones tapizados. ¿Qué personas? ¿Con qué criterio las elegimos? Probablemente tenga que ser un grupo internacional. ¿Cuántos norteamericanos? ¿Cuántos rusos? ¿Alguien más? No sabemos qué les va a suceder cuando los situemos allí, pero queremos seleccionar a los mejores.

Ellie no mordió el anzuelo y él prosiguió:

—Otra cuestión fundamental es determinar quién financia esto, quién fabrica qué cosa, quién va a estar a cargo de la supervisión general. Creo que en este sentido podemos negociar que haya mayoría de compatriotas en la tripulación.

—Sigue en pie la idea de enviar a los mejores —acotó Der Heer.

—Claro —respondió Kitz—. Pero ¿qué significa «los mejores»? ¿Los científicos? ¿Personas que hayan trabajado en organismos militares de inteligencia? ¿Hablamos de resistencia física, de patriotismo? Además —miró a Ellie—, está el tema del sexo. De los sexos, quiero decir. ¿Mandamos solo a hombres? Si incluyéramos a hombres y mujeres, tendría que haber más de un sexo que del otro puesto que las plazas son cinco, un número impar. ¿Todos los miembros de la tripulación serán capaces de trabajar en armonía? Si seguimos adelante con este proyecto, habrá arduas negociaciones.

—A mí no me parece bien —intervino Ellie—. Esto no es como comprar un cargo de embajador contribuyendo para una campaña política. Esto es un asunto serio. ¿Pretende acaso enviar a cualquier idiota, a un veinteañero que desconoce cómo funciona el mundo y lo único que sabe es obedecer órdenes, a un político viejo?

—Claro que no —admitió Kitz con una sonrisa—. Seguro que encontraremos candidatos que den la talla.

Der Heer, con ojeras que le daban un aspecto demacrado, dio por finalizada la reunión. Dirigió una leve sonrisa a Ellie, sin demasiada emoción. Las limusinas de la embajada los aguardaban para llevarlos de regreso al Palacio del Elíseo.

—Te digo que sería mejor enviar rusos —explicaba en ese momento Vaygay—. Cuando vosotros, los norteamericanos, conquistabais vuestros territorios (pioneros, cazadores de pieles, exploradores indios y todo eso) nadie os opuso resistencia en el mismo plano tecnológico. Fue así como atravesasteis el continente, desde el Atlántico hasta el Pacífico. Posteriormente disteis por sentado que todo os sería fácil. Nuestro caso fue distinto. A nosotros nos conquistaron los mongoles, con una tecnología ecuestre muy superior a la nuestra. Cuando nos expandimos hacia el este, tuvimos que ser muy cautos. Nunca cruzamos desiertos ni supusimos que las cosas serían sencillas. Nos hemos habituado a la adversidad más que vosotros. Aparte, los norteamericanos estáis más acostumbrados a llevar la delantera en el plano tecnológico y nosotros, forzosamente, tenemos que ponernos a la par. En estos momentos, todos los habitantes del planeta se hallan en las mismas condiciones históricas que los rusos, es decir, que este proyecto requiere la participación de más soviéticos que norteamericanos.

El solo hecho de reunirse a solas con ella implicaba un riesgo para Vaygay, tanto como para Ellie, como Kitz se había empeñado en advertirle. A veces, con ocasión de alguna reunión científica en Estados Unidos o Europa, le permitían a Vaygay salir una tarde con ella. Lo más frecuente era que lo acompañara algún colega o un hombre del KGB, quien se hacía pasar por intérprete, pese a que su dominio del inglés era inferior al de Vaygay; también solía presentarse con un científico del secretariado de tal o cual comisión académica, pero el conocimiento que esa persona demostraba sobre cuestiones profesionales a menudo era superficial. Cuando a Vaygay le preguntaban por esas personas, se limitaba a menear la cabeza, pero, en general, aceptaba a sus «carabinas» como una regla del juego: el precio para que le permitieran viajar a Occidente, aunque más de una vez a Ellie le pareció advertir en Vaygay cierta empatía afectuosa cuando hablaba con su «niñero». No debía de ser fácil ir a un país extranjero y fingirse un experto en un tema que uno no conoce en profundidad. Quizás, en el fondo de su corazón, los «niñeros» detestaban su tarea tanto como Vaygay.

Estaban en la mesa de siempre, junto a la ventana, en Chez Dieux. Soplaba un aire fresco, premonición del invierno. Un muchacho joven cuya única concesión al frío era una bufanda azul anudada al cuello, pasó entre los barriles de ostras que se exhibían en la acera. Ellie dedujo, por los cautelosos y atípicos comentarios de Lunacharsky, que las opiniones de los delegados soviéticos estaban divididas. Era obvio que les preocupaba la posibilidad de que la máquina redundara en una ventaja estratégica para Estados Unidos. Vaygay había quedado muy impresionado por la propuesta de Baruda de quemar la información y destruir los radiotelescopios. Los soviéticos habían desempeñado un papel crucial en el registro de datos —era el país que cubría una mayor longitud—, y, además, eran los únicos que tenían buques equipados con radiotelescopios. Por lo tanto, esperaban que su actuación fuese preponderante cualquiera que fuese el próximo paso a dar. Ellie le aseguró que, en lo que de ella dependiera, se les asignaría dicho rol.

—Mira, Vaygay, por nuestras transmisiones televisivas, ellos saben que la Tierra gira y que existen muchas naciones. Deben de haberlo deducido con solo mirar las imágenes de esas Olimpíadas, y seguramente lo confirmaron al recibir las imágenes procedentes de otros países. En consecuencia, si son tan avanzados como suponemos, podrían haber enviado la emisión de modo que la recibiera un solo país. Sin embargo, no lo hicieron porque su deseo es que el Mensaje llegue a todos los habitantes del planeta y que todos participen en la construcción de la máquina. Esto no puede ser un proyecto enteramente norteamericano ni ruso.

No obstante, se vio en la necesidad de aclarar que no sabía qué papel jugaría ella en las decisiones respecto a la fabricación de la máquina o la selección de los tripulantes. Al día siguiente regresaba a Estados Unidos para analizar la cantidad de datos recibidos en esas últimas semanas. La sesión plenaria del Consorcio parecía interminable y no se había fijado aún la fecha de cierre. A Vaygay los propios soviéticos le habían pedido que permaneciera unos días más, pues acababa de arribar el ministro de Relaciones Exteriores, quien asumiría la presidencia de la delegación soviética.

—Mucho me temo que todo esto termine mal —vaticinó él—. Son tantas las cosas que pueden fallar... Fallos de orden tecnológico, político, humano. Y aun si superáramos todos los obstáculos, si la máquina no nos llevara a una guerra, si la fabricáramos correctamente y no estalláramos por los aires, la situación igualmente me aflige.

—¿Por qué? ¿A qué te refieres?

—En el mejor de los casos, quedaremos como unos tontos.

—¿Quiénes?

—¿Es que no lo entiendes, Arroway? —Se le hinchó una vena del cuello—. Me sorprende que no lo percibas. La Tierra es un gueto. Sí, un gueto donde estamos atrapados todos los seres humanos. Tenemos la vaga idea de que existen grandes ciudades fuera de nuestro gueto, con anchos bulevares por donde pasean carruajes y mujeres envueltas en pieles. Pero esas ciudades maravillosas están demasiado lejos y somos tan pobres que ni siquiera podemos llegar allí, ni aun los más ricos de nosotros. Además, sabemos que ellos no nos quieren; es por eso por lo que nos abandonaron en este sitio patético, en primer lugar.

»Y ahora nos llega una invitación, muy elegante, como dijo Xi. Una tarjeta con adornos y un carruaje vacío. Nosotros debemos elegir a cinco aldeanos para que el carruaje los lleve a ese lugar rutilante. Por supuesto, a algunos los tienta la idea de ir. Siempre habrá gente que se sienta halagada por una invitación, o que la tome como un medio para escapar de esta decrépita aldea.

»¿Y qué crees que va a ocurrir cuando lleguemos allí? ¿Acaso supones que el gran duque nos invitará a cenar, que el presidente de la Academia nos formulará interesantes preguntas acerca de la vida cotidiana en esta inmunda comarca? ¿Crees que su Iglesia nos hará participar de un ilustre debate sobre temas religiosos?

»No, Arroway. Miraremos arrobados la gran ciudad, y ellos se reirán de nosotros. Nos exhibirán como objetos curiosos. Cuanto más atrasados seamos, más se regocijarán.

»Es un sistema de cupos. Cada tantos siglos, cinco de nosotros pasarán un fin de semana en Vega. Los seres rústicos se merecen compasión, pero es preciso demostrarles quiénes son los mejores.

13

Babilonia

Con los seres más despreciados por compañía, recorrí las
calles de Babilonia...

SAN AGUSTÍN,
Confesiones, II, 3

Se programó la principal computadora de Argos para que com-
parara diariamente la multitud de datos recibidos de Vega con los
primeros registros del nivel 3 del palimpsesto. En realidad, se co-
tejaba de forma automática una larga e incomprensible secuencia de ceros y unos con otra secuencia similar anterior. Eso formaba parte de una imponente tarea de cotejo estadístico de varios
tramos del texto aún no descifrado. Había varios períodos breves de ceros y unos —que los analistas denominaban «palabras»—
que se repetían una y otra vez. Muchas secuencias aparecían solo
una vez en miles de páginas. Ellie conocía desde sus años de secundaria el enfoque estadístico para la decodificación de mensajes, pero las subrutinas que proveían los expertos de la Agencia
Nacional de Seguridad eran brillantes. Dichas subrutinas se obtenían exclusivamente por una orden de la presidenta, y aun así
estaban programadas para autodestruirse si se las examinaba muy
en detalle.

Qué prodigiosos recursos de la inventiva humana, reflexionaba Ellie, se destinaban a poder leer la correspondencia de los
demás. El enfrentamiento entre Estados Unidos y la Unión So-

viética —no tan candente en los últimos tiempos— seguía devorando al mundo. Y no pensaba solo en los recursos que se designaban a gastos militares en todos los países, cifra que se aproximaba a los dos billones de dólares por año, desproporcionada teniendo en cuenta otras necesidades humanas más urgentes. Lo peor, en su opinión, era el esfuerzo intelectual que se volcaba en la carrera armamentista.

Se calculaba que casi la mitad de los científicos del planeta trabajaba en alguno de los casi doscientos organismos militares del mundo. Y no eran la resaca de los programas doctorales en física y matemáticas. Muchos colegas de Ellie se consolaban pensando eso cuando no sabían qué decirle a alguien que hubiera obtenido su título de doctor y recibiese ofertas laborales, por ejemplo, de los laboratorios destinados a armamentos. «Si se tratara de un profesional mínimamente idóneo, lo menos que le ofrecerían sería una ayudantía de cátedra en la Universidad de Stanford», comentó Drumlin cierta vez. No; había que tener cierto temperamento, cierta disposición mental para que a uno le gustara la aplicación de la ciencia y las matemáticas en el campo militar; seguramente eran personas a las que les atraían las grandes explosiones; podían ser aquellos que no sentían predilección por la lucha personal pero que, para vengarse de alguna injusticia padecida en tiempos de estudiante, aspiraban al mando militar; o bien podía tratarse de esos individuos con tendencia a resolver acertijos, que ansían descifrar los mensajes más complicados. En ocasiones, el aliciente era de tipo político; tenía que ver con litigios internacionales, con políticas de inmigración, con los horrores de la guerra, con la brutalidad de la policía o con la propaganda que una u otra nación pudiera haber hecho en décadas anteriores. Ellie sabía que muchos de esos científicos estaban muy capacitados, por más reservas que tuviera ella sobre las motivaciones que los animaban.

Deseaba tener alguna amiga en Argos con quien poder comentar lo dolida que se sentía por la conducta de Ken. Pero no la tenía, y tampoco era muy afecta a utilizar el teléfono, ni siquiera con ese propósito. Consiguió pasar un fin de semana en Austin con Becky Ellenbogen, una antigua compañera de estudios, pero Becky, cuyo concepto sobre los hombres solía ser acerbo, esa vez se mostró sorprendentemente discreta en sus críticas.

—No le exijas tanto, Ellie —le aconsejó—. Después de todo, él es asesor de la presidenta, y este descubrimiento es el más asombroso en la historia del mundo. Dale tiempo, y vas a ver que recapacita.

Pero Becky era una de las tantas que encontraban «encantador» a Ken, además de sentir una marcada complacencia por el poder. Si Ken hubiese tratado a Ellie con semejante indiferencia cuando era apenas un profesor de biología molecular, Becky habría estado tentada de vapulearlo.

Después de regresar de París, Der Heer inició una discreta campaña de petición de disculpas y manifestaciones de cariño. Adujo un exceso de tensiones y demasiadas responsabilidades, incluso problemas políticos inéditos y difíciles de resolver. No habría podido desempeñar correctamente su doble tarea de jefe de la delegación norteamericana y copresidente de la sesión plenaria si se hubiera hecho público el vínculo que lo unía a Ellie. Kitz había estado insoportable. Además, durante muchas noches solo había podido dormir unas pocas horas. «Son demasiadas explicaciones», pensó Ellie, pero permitió que continuara la relación.

Una vez más, fue Willie, en el turno de noche, el primero en advertirlo. Con posterioridad, el técnico atribuiría la rapidez del descubrimiento no tanto a la computadora supersensible ni a los programas de la NASA, sino más bien a los nuevos circuitos integrados Hadden de reconocimiento de contexto. Vega se hallaba en una posición baja en la bóveda celeste una hora antes del amanecer cuando la computadora emitió una alarma. Con cierto fastidio, Willie dejó el libro que estaba leyendo y reparó en las palabras que aparecían en la pantalla:

REPET. TEXTO PÁGS. 41.617-41.619: DESAJUSTE DE BITS 0/2271. COEFICIENTE DE CORRELACIÓN 0,99+

Enseguida el 41.619 se convirtió en 41.620, y luego en 41.621. Los dígitos posteriores a la barra oblicua iban en aumento. Tanto el número de páginas como el coeficiente de correlación iban también creciendo, lo cual daba la pauta de cuán improbable era que la correlación se debiese al azar. Dejó pasar otras dos páginas antes de comunicarse por línea directa con el departamento de Ellie.

Como ella estaba profundamente dormida, durante un instante se desorientó, pero en el acto encendió la luz de la mesita de noche y ordenó que se convocara al personal superior de Argos. Ella misma se encargaría de localizar a Der Heer, dijo, que se hallaba en algún sector del edificio. No le costó demasiado: bastó con que le tocara el hombro.

—Ken, despierta. Me avisan que se ha repetido.

—¿Qué?

—El Mensaje volvió al principio. Yo voy para allá. Tú espera unos diez minutos, para que no se den cuenta de que estábamos juntos.

Cuando ya abría la puerta para salir, Ken le dijo:

—¿Cómo es posible volver al comienzo si todavía no hemos recibido las primeras instrucciones?

En las pantallas se dibujaba una secuencia duplicada de ceros y unos, una comparación en tiempo real de los datos que se recibían en ese instante y los pertenecientes a una página anterior, registrada en Argos un año antes. El programa estaba en condiciones de advertir cualquier diferencia, pero, como hasta el momento no había ninguna, sabían que no se trataba de aparentes errores de transmisión y que eran escasas las oportunidades de que alguna densa nube interestelar se interpusiera entre Vega y la Tierra. Argos contaba ya con una comunicación de tiempo real con decenas de otros telescopios que integraban el Consorcio Mundial para el Mensaje, y fue así como la noticia del reciclaje se propaló a las siguientes estaciones de observación hacia el oeste, a California, Hawái, al *Marshal Nedelin* que surcaba en esos momentos el Pacífico Sur, y a Sídney. Si el descubrimiento se hubiera realizado cuando Vega se hallaba sobre alguno de los demás telescopios de la red, Argos habría recibido la información al instante.

La ausencia de un manual de instrucciones era una angustiosa contrariedad, pero tampoco constituía la única sorpresa. La numeración de las páginas saltaba en forma discontinua desde la 40.000 a la 10.000, donde se había advertido la repetición. Evidentemente, Argos había captado la transmisión de Vega desde el primer momento de su llegada a la Tierra. La señal era muy potente, capaz de haber sido registrada hasta por pequeños telescopios omnidireccionales. Sin embargo, llamaba la atención la coincidencia de que la emisión arribara a la Tierra justo cuando Argos exploraba Vega. Además, ¿por qué el texto comenzaba en la página 10.000? ¿No sería una costumbre anticuada de los terráqueos numerar los libros desde la página 1? ¿O acaso esas cifras no correspondían a números de páginas sino a otra cosa? Y lo que más preocupaba a Ellie: ¿existiría alguna diferencia fundamental entre la manera de pensar de los humanos y los extraterrestres? De ser así, el Consorcio se vería en un aprieto para descifrar el Mensaje, llegara o no el manual de instrucciones.

El Mensaje se repitió exactamente, se completaron las lagunas y todos siguieron sin entender nada. No parecía probable que a la civilización emisora, puntillosa en todos los detalles, le hubiera pasado por alto la necesidad de remitir instrucciones. El interior de la Máquina daba la impresión de haber sido diseñado expresamente para seres humanos. Era muy raro que se hubiesen tomado semejante trabajo de elaborar y transmitir el Mensaje y luego no suministrar los datos imprescindibles para que los humanos pudiesen leerlo. En consecuencia, algo debían de haber omitido los humanos, quizás un cuarto nivel del palimpsesto. Pero ¿dónde?

Los diagramas se publicaron en un libro de ocho tomos que muy pronto se reimprimieron. En todo el planeta la gente procuraba descifrar la imagen del dodecaedro y las formas cuasibiológicas. El público presentó numerosas interpretaciones lúcidas, que luego analizaban los expertos de Argos. Se crearon industrias totalmente nuevas —seguramente no previstas por los inventores del Mensaje— dedicadas a utilizar diagramas para engañar a la población. Se anunció la formación de la Orden Mística del Dodecaedro. La Máquina, a la cual ya se nombraba con mayúscula, era un ovni. Un ángel reveló el significado del mensaje y de los diseños a un industrial de Brasil, quien se encargó de difundir por todo el orbe sus interpretaciones. Al haber tantos diagramas enigmáticos que descifrar, fue inevitable que muchas religiones reconocieran una parte de su iconografía en el Mensaje de las estrellas. Un corte longitudinal de la Máquina le daba un aspecto semejante a un crisantemo, hecho que despertó un enorme entusiasmo en Japón. De haber aparecido la figura de un rostro humano entre los diagramas, el fervor mesiánico habría alcanzado mayores proporciones aún.

Una cantidad asombrosa de personas arreglaban su situación, preparándose para el Advenimiento. Muchos repartieron todos sus bienes entre los pobres, pero después, como el fin del mundo se demoraba, se vieron obligados a pedir ayudas a las entidades benéficas. Dado que los donativos de ese tipo constituían gran parte de los recursos de tales entidades benéficas, algunos filántropos terminaron siendo mantenidos por sus propios donativos.

Algunos aseguraban que no existía ningún manual de instrucciones, que el Mensaje solo tenía por objeto inculcarnos la humildad, o llevarnos a la locura. Ciertos editoriales de la prensa decían que no somos tan inteligentes como nos creemos; otros destilaban rencor por los científicos, quienes, después de todo el apoyo recibido de los gobiernos, nos fallaban en un momento crucial. O quizá los humanos éramos mucho más tontos de lo que suponían los veguenses. A lo mejor había algo que habían podido captar todas las civilizaciones con que anteriormente se habían puesto en contacto, algo que a nadie en la Galaxia le había pasado por alto. Varios comentaristas apoyaron con entusiasmo esa teoría de la humillación cósmica, asegurando que era la prueba de lo que ellos siempre habían opinado sobre la gente. Pasado cierto tiempo, Ellie sintió la necesidad de buscar ayuda.

Entraron subrepticiamente por la Puerta de Enlil, acompañados por un guardaespaldas enviado por el propietario. Los guardias estaban irritados por esa protección adicional.

A pesar de que aún había claridad, las calles estaban iluminadas por braseros, lámparas de aceite y alguna que otra antorcha. Dos ánforas, lo bastante grandes para contener a un adulto, flanqueaban la entrada de la tienda donde se expendía aceite de oliva. El cartel mostraba caracteres cuneiformes. En un edificio público contiguo había un magnífico bajorrelieve de una cacería de leones del reino de Asurbanipal. Cuando se aproximaban al Templo de Asur, advirtieron una riña entre la multitud, por lo que el guardaespaldas siguió un desvío para esquivar al gentío. Ellie pudo así apreciar el Zigurat, al fondo de una ancha avenida iluminada con teas. El espectáculo le resultó más imponente que en las fotos. Se oían sones marciales interpretados por un instrumento de viento; un carruaje pasó a su lado. La cima del Zigurat se veía envuelta en nubes bajas, como en las ilustraciones medievales de alguna parábola del Génesis. Entraron en el Zigurat por la calle lateral. Ya en el ascensor privado, su acompañante pulsó el botón correspondiente al último piso: «Cuarenta», rezaba. Ningún número, solo la palabra. Y después, como para disipar cualquier duda, se encendió un panel luminoso donde se leía «Los Dioses».

El señor Hadden la recibiría enseguida. Le ofrecieron algo de beber mientras aguardaba, pero ella rehusó. Ante sus ojos se desplegaba Babilonia, la estupenda recreación de la ciudad de antaño. Durante el día llegaban autocares enviados por los museos, algunas escuelas y turistas en general que accedían por la Puerta de Ishtar, se colocaban el atuendo de rigor y se sumergían en el pasado. Astutamente, Hadden donaba toda la recaudación de taquilla a obras benéficas de Nueva York y Long Island. Las visitas durante el día eran muy populares, en parte porque constituían una oportunidad de conocer el lugar para quienes jamás se atreverían a recorrer Babilonia de noche.

Al caer el sol, Babilonia se convertía en una feria de diversiones para adultos. Su opulencia y esplendor superaban ampliamente el Reeperbahn de Hamburgo. Se trataba, con mucho, de la mayor atracción turística del área metropolitana de Nueva York, y la que producía mayores ingresos. Era por todos sabida la forma en que Hadden había convencido a las autoridades de Babilonia (Nueva York), y cómo había conseguido también que se «aligerara la severidad» de las leyes locales y nacionales sobre prostitución. El viaje en tren desde el centro de Manhattan llevaba una media hora; Ellie quiso tomar ese tren pese a la oposición de sus guardaespaldas, y allí notó que una tercera parte de los viajeros eran mujeres. No había inscripciones en las paredes ni peligro de ser asaltada, pero el convoy producía un ruido blanco de menos intensidad que los metros.

Si bien Hadden integraba la Academia Nacional de Ingeniería, Ellie creía que jamás había asistido a una de sus reuniones y nunca lo había visto en persona. Años antes, sin embargo, millones de norteamericanos conocieron el rostro de Hadden debido a una campaña publicitaria lanzada contra él. «El Antinorteamericano», rezaba el epígrafe debajo de una foto suya, nada favorecedora. Así y todo, se sobresaltó cuando interrumpió sus pensamientos un hombrecito bajo y gordo, que le hacía señas de que se acercara.

—Ah, perdóneme. No entiendo cómo la gente puede llegar a tenerme miedo.

Su voz era sorprendentemente melodiosa. No creyó necesario presentarse, y una vez más ladeó la cabeza, indicando la puerta que había dejado entreabierta. A Ellie le costaba creer que pudiese ser objeto de algún abuso, dadas las circunstancias, y por eso entró con él en la habitación.

La condujo hasta una mesa donde había una bellísima maqueta de una ciudad antigua, de aspecto menos pretencioso que Babilonia.

—Pompeya —dijo a modo de explicación—. Aquí lo principal es el estadio. Con tantas restricciones que hay sobre el boxeo, ya no quedan saludables deportes sangrientos en Estados Unidos. Son muy importantes para limpiar de toxinas el torrente sanguíneo nacional. Se hace toda la planificación, se consiguen los permisos, y ahora esto.

—¿«Esto»?

—Me acaban de avisar desde Sacramento que se prohíben los juegos de gladiadores. La legislatura de California tiene en estudio un proyecto para suprimir tales juegos por considerarlos demasiado violentos. Autorizan un nuevo rascacielos sabiendo de antemano que morirán dos o tres obreros de la construcción, cosa que también lo saben los sindicatos, y el propósito no es más que edificar oficinas para compañías petroleras o para abogados de Beverly Hills. Claro que perderíamos algunos luchadores, pero nos interesan más el tridente y la red que la espada corta. Esos legisladores no tienen idea de las prioridades.

Sonriendo, le ofreció algo de beber, y ella volvió a rehusar.

—Así que quiere hablar conmigo por el asunto de la Máquina, y yo también quiero hablar con usted sobre lo mismo. Supongo que le interesa saber dónde está el manual de instrucciones.

—Hemos decidido solicitar ayuda a personas importantes que puedan darnos alguna idea. Como usted es famoso por sus inventos, y dado que pudimos descubrir la repetición del Mensaje gracias al circuito integrado de reconocimiento de contexto, de creación suya, le pedimos que se ponga en el lugar de los veguenses y piense, desde esa perspectiva, dónde incluiría usted el manual. Sabemos que está muy ocupado, pero...

—No, no tiene importancia. Sí, estoy muy ocupado. Me he propuesto regularizar mis cosas porque voy a tener un gran cambio en mi vida...

—¿Se está preparando para el milenio? —Trató de imaginarlo donando la compañía S. R. Hadden; la financiera Wall Street Ingeniería Genética S.A.; Cibernética Hadden, y Babilonia a los pobres.

—No exactamente, no. Para mí es un honor que se me consulte. Estuve observando los diagramas. —Señaló con un ademán los ocho tomos de la edición comercial, desparramados sobre una mesa—. Encontré muchas cosas que son una maravilla, pero no creo que las instrucciones estén ocultas allí, en los diagramas. No sé por qué suponen que deben hallarse dentro del Mensaje. A lo mejor las dejaron en Marte o Plutón, y las descubriremos dentro de unos siglos. Por el momento, tenemos esta Máquina fabulosa, sus correspondientes planos y treinta mil páginas de texto explicatorio. Lo que no sabemos es si vamos a ser capaces de construirla; por eso, esperemos unos siglos y perfeccionemos nuestra tecnología, seguros de que, tarde o temprano, podremos construirla. El hecho de no contar con las instrucciones nos comprometerá con las generaciones futuras. El hombre ha recibido un problema que demorará siglos en resolver, y no creo que eso sea tan malo. Quizá sea un error buscar las instrucciones, incluso sería mejor no encontrarlas.

—No; yo quisiera tenerlas ya mismo. No sabemos si van a esperarnos eternamente. Si cortan la comunicación porque nadie les responde sería peor que si jamás se hubiesen puesto en contacto.

—Tal vez en eso tenga razón. Bueno, he tratado de analizar las posibilidades que se me ocurrieron, algunas bastante triviales y otras no. La trivial número uno: el Mensaje contiene el manual, pero en una velocidad de transferencia de datos muy distinta. Si hubiera otro mensaje allí, a un bit por hora, ¿ustedes podrían registrarlo?

—Por supuesto. Controlamos continuamente el desplazamiento del receptor. Pero, además, a un ritmo de un bit por hora, solo tendríamos diez o veinte mil bits antes del nuevo comienzo del Mensaje.

—Eso tendría sentido solo si las instrucciones fueran mucho más fáciles que el Mensaje. Usted piensa que no lo son, y yo también. ¿Y si la velocidad de transferencia fuese más elevada? ¿Cómo sabe si debajo de cada bit del Mensaje no hay millones de otros bits correspondientes a las instrucciones?

—Porque habría anchos de banda monstruosos. Nos daríamos cuenta al instante.

—De acuerdo. Tenemos entonces una emisión rápida de datos intermitente. Piénselo como si fuera un microfilm. Hay un minúsculo puntito de microfilm que se aloja en partes repetitivas del Mensaje. Me lo imagino como una cajita que pusiera «Yo soy el manual de instrucciones». Y a continuación viene un punto, y ese punto son cien millones de bits, muy veloces. Usted debería intentar ver si detecta alguna cajita.

—Créame que lo hubiéramos notado.

—Está bien. ¿Qué me dice de la modulación de fase? Nosotros la usamos en telemetría de radar y naves espaciales, y no desordena el espectro en absoluto. ¿No incorporó un dispositivo de correlación de fase?

—No. Esa es una idea útil, la estudiaré.

—Ahora le planteo el tema no trivial: si alguna vez se fabrica la Máquina y varias personas se sientan dentro, alguien va a oprimir un botón y esos cinco tripulantes se irán a alguna parte. No importa adónde. Tampoco sabemos si podrán regresar o no. ¿Y si la Máquina hubiera sido inventada por ladrones de cadáveres? Podrían ser estudiantes de medicina, de Vega, antropólogos o cualquier cosa. Necesitan varios cuerpos humanos, pero es muy complicado venir a buscarlos a la Tierra... hacen falta permisos, pases emitidos por la autoridad de transporte... no vale la pena molestarse por tan poco. Les resultaría mucho más sencillo enviar un Mensaje a nuestro planeta para que los terrícolas hicieran todo el esfuerzo y les remitieran los cinco cuerpos.

»Por cierto, esto me recuerda mi pasión por la filatelia. Yo de niño coleccionaba sellos. Mandábamos cartas a direcciones del extranjero, y la mayoría de veces nos contestaban. En realidad, no nos interesaba lo que nos dijeran, lo único que queríamos era el sello. Trazando un paralelo, suponga que hay varios filatelistas en Vega. Cuando tienen ganas, envían cartas, y luego reciben cuerpos que les llegan desde todo el espacio.

Esbozó una sonrisa, para luego continuar:

—Bueno. ¿Y qué tiene que ver esto con la posibilidad de encontrar el manual? Nada. Si mi planteamiento fuera erróneo, si los cinco viajeros retornaran a la Tierra, entonces sería un gran avance que hubiéramos inventado los vuelos espaciales. No obstante, y por inteligentes que ellos sean, va a ser muy difícil hacer aterrizar la Máquina. Solo Dios sabe qué sistema de propulsión empleará. Cuando la Máquina regrese, va a llegar a un punto del espacio próximo a la Tierra, pero no sobre ella. Por eso ellos tienen que estar seguros de que contemos con naves espaciales para rescatar a los tripulantes. Tienen prisa y no pueden cruzarse de brazos a esperar que les lleguen nuestros noticiarios del año 1957. Entonces ¿qué hacen? Deciden que una parte del Mensaje solo podrá ser detectada desde el espacio. Y ¿qué parte es? Pues el manual de instrucciones. Si las captamos y después contamos con naves espaciales, podremos regresar sanos y salvos. Por consiguiente, me imagino que el manual lo envían en la frecuencia de la absorción del oxígeno en el espectro de microondas, o en el cercano infrarrojo, en alguna parte del espectro que no puede detectarse hasta haber sobrepasado ampliamente la atmósfera de la Tierra...

—Hemos destinado el telescopio de Hubble a estudiar Vega en todo el espectro ultravioleta, el de luz visible, el infrarrojo, y no encontramos nada —repuso Ellie—. Los rusos repararon su instrumento de ondas milimétricas. No han explorado otra cosa que Vega, y tampoco averiguaron nada, pero seguiremos observando. ¿Alguna otra posibilidad?

—¿Seguro que no quiere algo de beber? —Ella declinó una vez más la invitación—. No, ninguna más. Ahora quisiera pedirle yo algo a usted, aunque nunca tuve mucha habilidad para pedir cosas. La imagen que tiene la gente de mí es la de un hombre rico, de aspecto extraño, inescrupuloso, una persona atenta para encontrar los puntos débiles del sistema y así enriquecerse rápidamente. Y no me diga que usted misma no cree algo de todo eso. Quizá ya se haya enterado de lo que voy a decirle, pero deme diez minutos para contarle cómo empezó esto. Quiero que sepa algo sobre mí.

Ellie se acomodó en su asiento, intrigada por saber qué quería de ella.

Años atrás, Hadden había inventado un módulo que, conectado a un televisor, automáticamente apagaba el sonido cuando aparecían los anuncios. No se trataba de un dispositivo de reconocimiento de contexto, sino que simplemente controlaba la amplitud de la onda portadora. Los anunciantes de televisión solían emitir su publicidad a mayor volumen que los programas mismos. La noticia del módulo de Hadden corrió de boca en boca y la gente experimentó una sensación de alivio, eufórica por no tener que ver la publicidad durante las seis u ocho horas diarias que el norteamericano medio pasaba frente al televisor. Antes de que la industria de la publicidad lograra coordinar una reacción, Publicinex se había vuelto ya tremendamente popular. El nuevo producto obligó a anunciantes y cadenas de televisión a adoptar otras estrategias, a cada una de las cuales Hadden respondía con un nuevo dispositivo. A veces inventaba circuitos para superar trucos que sus adversarios aún no habían descubierto. Sostenía que les ahorraba el trabajo de realizar inventos, muy costosos para los accionistas de sus empresas, y que por otra parte estaban condenados al fracaso. A medida que incrementaba sus ventas, iba reduciendo sus precios. Se trataba de una especie de guerra electrónica, y él ganaba.

Lo demandaron ante la justicia acusándolo de conspiración por poner obstáculos al comercio. Contaban con suficiente respaldo político para que el juez no rechazara la causa por improcedente, pero no con la suficiente influencia para ganar el litigio. Con motivo del juicio, Hadden tuvo que estudiar las leyes aplicables. Acto seguido, encargó a una conocida empresa de la avenida Madison, de la cual era socio comanditario, que publicitara su producto en la televisión privada. Al cabo de varias semanas de polémicas, no le aceptaron los anuncios. Entonces demandó a las tres cadenas televisivas, y en ese juicio pudo demostrar la existencia de una conspiración para obstaculizar el libre comercio. Recibió una abultada indemnización que fue todo un récord para este tipo de demandas y contribuyó, modestamente, al ocaso de esas cadenas.

Desde luego, siempre hubo gente a la que le gustaban los anuncios, y ellos no necesitaban usar Publicinex. Sin embargo, se trataba de una minoría en extinción. Hadden amasó una gran fortuna al desenmascarar la publicidad comercial. También se granjeó muchos enemigos.

Cuando logró la comercialización masiva de los circuitos integrados de reconocimiento de contexto, ya tenía listo Predicanex, un submódulo que podía acoplarse a Publicinex, que tenía por fin cambiar de canal si, por casualidad, uno sintonizaba un programa de adoctrinamiento religioso. Bastaba con elegir de antemano palabras tales como «Advenimiento» o «Éxtasis» para que el televisor seleccionara otro programa. Predicanex recibió una calurosa acogida por parte de una sufrida pero importante minoría de televidentes. Se comentaba, a veces en broma, que el siguiente submódulo de Hadden se denominaría «Pamplinex» y funcionaría soslayando las alocuciones públicas de presidentes y primeros ministros.

A medida que avanzaba en el desarrollo de sus circuitos integrados de reconocimiento de contexto, Hadden comenzó a percatarse de que podían aplicarse a usos más amplios, por ejemplo, en el campo de la educación, la ciencia, la medicina, la inteligencia militar y el espionaje industrial. Fue debido a una cuestión de estas que le iniciaron el famoso juicio «El pueblo de Estados Unidos contra Cibernética Hadden». A raíz de que uno de los circuitos integrados de Hadden fue considerado demasiado bueno para que los civiles adoptaran su uso, y siguiendo la recomendación de la Agencia Nacional de Seguridad, el gobierno se hizo cargo de las instalaciones y del personal especializado que se dedicaba a la producción de los más avanzados circuitos de reconocimiento de contexto. La posibilidad de leer la correspondencia de los rusos era demasiado importante. Solo Dios sabía, pretendieron justificarse, qué pasaría si los rusos lograran leer la nuestra.

Hadden se negó a colaborar y prometió diversificar la producción para abarcar áreas que no tuvieran ninguna repercusión sobre la seguridad nacional. Protestó porque el gobierno nacionalizaba la industria. «Ellos afirman ser capitalistas —decía—, pero si se ven en aprietos, muestran su perfil comunista.» Había sabido detectar el descontento del público, y se valía de nuevas tecnologías legales para satisfacer sus deseos. Su actitud era la del capitalismo clásico. Sin embargo, muchos capitalistas

sensatos opinaban que Hadden se había pasado ya con Publicinex, y que constituía una amenaza contra el estilo de vida
norteamericano. Un artículo de *Pravda* firmado por V. Petrov
calificó el hecho como un ejemplo de las contradicciones del
capitalismo. El *Wall Street Journal* le salió al cruce, quizás en
forma algo tangencial, acusando a *Pravda* —que en ruso significa «verdad»— de ser un ejemplo de las contradicciones del co-
munismo.

Hadden sospechaba que la incautación de su empresa había
sido un mero pretexto, que lo que realmente había ofendido era
su osadía de haber atacado la publicidad y el evangelismo televisivo. Publicinex y Predicanex, no cesaba de argumentar, constituían la esencia de la economía capitalista. La idea central del capitalismo era proporcionar alternativas al consumidor.

—Bueno, la ausencia de publicidad es una alternativa, les dije.
Solo se destinan abultados presupuestos para publicidad cuando
no hay diferencia entre los productos. Si los productos fueran
realmente distintos, la gente compraría el mejor. La propaganda
le enseña al hombre a no confiar en su propio criterio, a comportarse como un estúpido. Un país poderoso requiere personas inteligentes; por lo tanto, Publicinex es patriótico. Los fabricantes podrían derivar una parte de su presupuesto publicitario
para mejorar sus productos, y así saldría beneficiado el consumidor. Las revistas, los diarios y las ventas directas por correo
prosperarían, aliviando de ese modo la labor de las agencias de
publicidad. Por eso no entiendo cuál es el problema.

El cierre de las cadenas televisivas privadas fue ocasionado
directamente por Publicinex, mucho más que por los numerosos juicios por calumnias que Hadden inició contra ellas. Durante un tiempo comenzó a deambular un pequeño ejército de
publicistas sin empleo, directivos de televisión venidos a menos
y religiosos empobrecidos, que juraron vengarse de Hadden.
También existía un número cada vez mayor de adversarios for-
midables. Sin duda, pensó Ellie, Hadden era un personaje interesante.

—Por eso creo que ha llegado el momento de hacer algo. Tengo más dinero del que jamás podría gastar, mi mujer me odia y me he granjeado enemigos por todas partes. Quiero hacer algo digno de encomio, algo de valor, como para que, dentro de unos siglos, la gente recuerde que existí.

—¿Desea...?

—Construir la Máquina, porque estoy plenamente capacitado para hacerlo. Cuento con lo más avanzado en el campo de la cibernética, mejores elementos de los que hay en MIT, en Stanford, en Santa Bárbara. Y si hay algo fundamental para la concreción de estos planes, es que no se trata de la labor de un fabricante mediocre. Hará falta recurrir a la ingeniería genética, y no va a encontrar a nadie más dedicado que yo en ese campo. Además, lo haría a precio de coste.

—Señor Hadden, la decisión acerca de a quién se le encomendará la construcción, si es que se llega a ese punto, no depende de mí. Se trata de una decisión internacional que supondrá arduas negociaciones políticas. Toda clase de políticos están involucrados. Aún se sigue discutiendo en París sobre si debería fabricarse o no la Máquina, en caso de que logremos decodificar el Mensaje.

—¿Acaso cree que no lo sé? También estoy tendiendo mis redes por los habituales canales de la influencia y la corrupción, pero pienso que no vendría mal que los ángeles me dieran una recomendación, por los motivos adecuados. Y hablando de los ángeles, usted se las ingenió muy bien para hacer flaquear a Palmer Joss y Billy Jo Rankin. Nunca los había visto tan agitados. Que Rankin haya llegado a afirmar que hubo mala fe al citar sus palabras acerca de la idea de apoyar la construcción de la Máquina... Dios mío.

Sacudió la cabeza con fingido aire de consternación. Era muy probable que existiera una enemistad personal de varios años entre esos proselitistas y el inventor de Predicanex, y por alguna razón Ellie sintió la necesidad de defenderlos.

—Son más inteligentes de lo que usted cree. Y Palmer Joss... me dio una profunda impresión de sinceridad. No es un farsante.

—¿Está segura? Perdóneme, pero es fundamental que la gente sepa la opinión que a ellos les merece este tema. Yo conozco a esos payasos. Cuando se sienten arrinconados, son verdaderos chacales. A mucha gente la religión le resulta atractiva en el plano personal, incluso sexual. Tendría que ver las cosas que suceden en el Templo de Ishtar.

Ellie contuvo un leve estremecimiento.

—Creo que ahora sí aceptaré una copa.

Desde el sitio elevado donde se encontraban, Ellie alcanzó a divisar las escalinatas del Zigurat, adornadas con flores naturales y artificiales, según la estación. Se trataba de la reconstrucción de los Jardines Colgantes de Babilonia, una de las Siete Maravillas de la Antigüedad. Se había conseguido que la decoración no se asemejara a un moderno hotel. Al pie del monumento, observó una procesión con antorchas que partía del Zigurat en dirección a la Puerta de Enlil. Encabezaba la marcha una especie de silla de manos transportada por cuatro hombres fornidos, con el torso descubierto. No pudo distinguir qué, o quién, iba en la silla.

—Es una ceremonia en honor de Gilgamesh, uno de los héroes de la cultura sumeria.

—Sí, lo he oído mencionar.

—La inmortalidad era su ocupación. —Esto lo dijo como si tal cosa, a modo de explicación, y luego miró la hora—. Los reyes solían subir a la cima del Zigurat para recibir instrucciones de los dioses, especialmente de Anu, el dios del cielo. A propósito, investigué lo que ellos denominaban Vega, y así supe que era Tirana, la «Vida de los Cielos». Curiosa manera de llamarla.

—¿Y no recibió usted instrucción alguna? —preguntó Ellie.

—No; esas se las envían a usted, no a mí. A las nueve va a haber otra procesión de Gilgamesh.

—No podré quedarme hasta esa hora. Pero quisiera hacerle una pregunta: ¿por qué eligió Babilonia y Pompeya? Es usted una de las personas con mayor inventiva que conozco. Fundó varias empresas de gran envergadura; derrotó a la industria publicitaria en su propio terreno. Podría haber hecho muchas otras cosas. ¿Por qué... esto?

A lo lejos, la procesión había llegado al Templo de Asur.

—¿Por qué no algo más mundano? —repuso él—. Solo trato de satisfacer necesidades de la sociedad, que el gobierno pasa por alto sin prestarles atención. Esto es capitalismo y es legal. Hace feliz a mucha gente, y creo que constituye una válvula de escape para algunos de los locos que esta sociedad no deja de producir.

»Sin embargo, en un primer momento no analicé a fondo toda esta cuestión. Es muy sencillo. Recuerdo exactamente cuándo se me cruzó la idea de Babilonia. Me hallaba en Disneylandia, navegando por el Misisipi con mi nieto Jason, quien por entonces tenía cuatro o cinco años. Yo pensaba qué astutos habían sido los organizadores de Disneylandia al no vender más entradas individuales para cada paseo, y en cambio ofrecer un tique de un día entero para disfrutar de todo lo que uno quisiera. Así se ahorraban sueldos; por ejemplo, los de los empleados encargados de recoger las entradas. Pero lo más importante fue comprender que a la gente no le apetece tomar parte en todos los paseos. Le parecía muy bien pagar un precio adicional para tener derecho a todo, pero después se conformaba con mucho menos.

»Junto a nosotros iba un chico de unos ocho o nueve años, con expresión ausente. Su padre le hacía preguntas y él contestaba con monosílabos. El niño acariciaba un rifle de juguete que había sobre su asiento. Lo único que quería era que lo dejaran en paz con su rifle. Detrás de él se elevaban las torres y capiteles del Reino Mágico. Entonces lo comprendí todo, ¿me explico?

Se sirvió una bebida dietética y entrechocó su vaso con el de Ellie.

—¡Por una gran confusión para sus enemigos! —brindó—. Diré que la acompañen a la salida por la Puerta de Ishtar, ya que la de Enlil va a estar bloqueada por la procesión.

Aparecieron los guardaespaldas como por arte de magia. Era obvio que Hadden la estaba despidiendo; y ella tampoco sentía deseos de permanecer allí.

—No se olvide de la modulación de fase y de analizar las líneas de oxígeno. Y aun si me equivocara respecto de dónde se halla el manual de instrucciones, recuerde que soy el único que puede construir la Máquina.

Potentes reflectores iluminaban la Puerta de Ishtar, adornada con dibujos, en cerámica, de unos animales azules. Los arqueólogos los llamaban dragones.

14

El oscilador armónico

El escepticismo es la castidad del intelecto, y es una vergüenza entregarlo demasiado pronto o al primero que se nos
presenta; es un acto noble conservarlo con orgullo a través de
la larga juventud, hasta que por fin, al alcanzar la madurez del
instinto y la discreción, uno pueda entregarlo sin riesgos para
obtener a cambio fidelidad y facilidad.

GEORGE SANTAYANA,
Escepticismo y fe animal, IX

Se había producido una situación de insurgencia, en la que el
enemigo era muy superior en efectivos y en capacidad de ataque.
Podía incluso derrocar al gobierno y utilizar los propios recursos del adversario para sus fines...

La presidenta estornudó y buscó un pañuelo de papel en el
bolsillo de su bata. No llevaba maquillaje y se le notaba una crema suavizante en los labios agrietados.

—El médico me ordenó quedarme en cama por el peligro de
contraer una neumonía viral. Le pedí que me recetara algo, pero,
según él, no existen antibióticos contra los virus. Entonces ¿cómo
sabe que tengo un virus?

Der Heer abrió la boca para responder, pero ella prosiguió:

—No, no me conteste, porque seguro que va a hablarme del
ADN, y necesito recurrir a las pocas fuerzas que me quedan para

escuchar su historia. Si no tiene miedo de contagiarse, acérquese una silla.

—Gracias. Se trata del informe que tengo aquí, vinculado con el manual de instrucciones, que incluye un largo apéndice de neto corte técnico. Pensé que podía interesarle. En pocas palabras, estamos leyendo y comprendiendo el Mensaje casi sin dificultad. Es un programa de aprendizaje sumamente ingenioso, y ya hemos reunido un vocabulario de unos tres mil vocablos.

—No entiendo cómo es posible. Comprendo que puedan enseñarnos el significado de sus números. Se marca un punto y debajo se escriben las letras UNO, y así sucesivamente. Podría ser que enviaran un dibujo de una estrella, y debajo escribieran ESTRELLA, pero no veo cómo se dan maña para usar verbos, tiempos pretéritos, los condicionales.

—Utilizan películas, porque las películas son perfectas para ilustrar verbos. Y a veces lo hacen con números, porque con ellos se pueden comunicar hasta ideas abstractas. Le explico cómo: primero nos envían los números y luego introducen algunas palabras, que nosotros entendemos. Mire, voy a indicarle las palabras con letras. Nos llega algo así (las letras representan los símbolos que insertan los veguenses).

Escribió:

1A1B2Z
1A2B3Z
1A7B8Z

—¿Qué le parece que es?

—¿Mi boletín de notas del instituto? ¿Lo que me está diciendo es que A simboliza una combinación de puntos y rayas, y que B simboliza otra combinación distinta?

—Exacto. Sabemos lo que son uno y dos, pero desconocemos qué significan A y B. ¿No le dice nada una secuencia de este tipo?

—Que A significa «más» y B, «es igual a».

—Muy bien. Sin embargo, seguimos sin saber qué es la Z. Supongamos que nos llega una transmisión así:

—¿Se da cuenta?

—Deme otro ejemplo que termine en Y.

2000A4000B0Y

—Ya lo entiendo. Z significa «verdadero»; Y, «falso».

—Perfecto. Muy bien para una presidenta afectada por un virus y una crisis en Sudáfrica. Así, en unos pocos renglones de texto, nos enseñaron dos palabras: «verdadero» y «falso». Dos vocablos muy útiles, dicho sea de paso. Después nos enseñan la división; dividen uno por cero y nos dan la palabra «infinito», o quizá «indeterminado». O nos dicen: «La suma de los ángulos interiores de un triángulo es igual a dos ángulos rectos», y comentan que esa afirmación es verdadera solo si el espacio es plano, pero falsa si es curvo. De esa forma hemos aprendido el condicional «si»...

—Nunca supe que el espacio pudiera ser curvo. ¿Cómo es posible que lo sea? No me conteste, porque seguramente no tiene nada que ver con el problema que debemos encarar.

—En realidad...

—Me dijo Sol Hadden que la idea de dónde podía estar el manual partió de él. No me mire así, Der Heer. Yo hablo con toda clase de personas.

—No fue mi intención... Tengo entendido que Hadden presentó varias sugerencias, todas ya planteadas por los científicos. La doctora Arroway las puso a prueba, y tuvo éxito con una de ellas: la modulación de fase.

—Sí. A ver si he entendido bien, Ken. El manual está diseminado dentro del Mensaje, ¿verdad? Hay muchas repeticiones. Y hubo un primer manual poco después de que Arroway captara la señal por primera vez.

—Fue enseguida de haber registrado el tercer nivel del palimpsesto, el diseño de la Máquina.

—¿Y es cierto que varios países cuentan con la tecnología necesaria para leer las instrucciones?

—Bueno, precisan un dispositivo llamado correlator de fase. Pero sí, los países importantes pueden leerlas.

—Quiere decir que los rusos, o los chinos o los japoneses, pueden haber descifrado el manual hace un año, ¿no? ¿Cómo sabe usted si no han empezado ya a fabricar la Máquina?

—Yo también me lo pregunté, pero Marvin Yang asegura que es imposible. Las fotografías tomadas por satélites, los aparatos electrónicos de inteligencia, todo parece confirmar que no hay indicios de ningún proyecto de construcción como el que se necesitaría para fabricar la Máquina. Ahora bien, a todos nos pasó por alto. Nos dejamos seducir por la idea de que las instrucciones tenían que venir al principio y no insertas en medio del Mensaje. Solo cuando se reinició este y vimos que allí no estaban, empezamos a considerar otras posibilidades. Este trabajo se realizó en estrecha colaboración con los rusos y los demás. Pienso que nadie nos lleva la delantera, pero al mismo tiempo todos disponen ahora de las instrucciones. Me inclino a pensar que no podemos seguir un curso de acción unilateral.

—Yo no quiero un curso de acción unilateral, pero sí saber con certeza que nadie más lo tiene. Bien, volvamos al tema del manual. Ya hemos aprendido a decir «verdadero», «falso», «si...», «el espacio es curvo». ¿Cómo se hace para fabricar una Máquina con tan pocos datos?

—Bueno, partamos de este punto. Por ejemplo, nos envían una tabla periódica de los elementos, y así mencionan todos los elementos químicos, la idea del átomo, la idea de un núcleo de electrones, protones y neutrones. Repasan algo de la mecánica cuántica solo para cerciorarse de que les estamos prestando atención. Luego se concentran específicamente en los materiales necesarios para la construcción. Por ejemplo, como van a hacer falta dos toneladas de erbio, describen una estupenda técnica para extraerlo de rocas comunes. —Levantó una mano, adelantándose a una probable interrupción—. No me pregunte por qué precisaremos dos toneladas de erbio, porque nadie lo sabe.

—No iba a preguntar eso, sino cómo hicieron para especificar cuánto es una tonelada.

—La contaron en masas planckianas. La masa planckiana es...

—No me lo explique, eso es cosa de los físicos. Vayamos a lo fundamental. ¿Entendemos las instrucciones lo suficiente como para comenzar a descifrar el Mensaje? ¿Seremos capaces de construir esa Máquina o no?

—Todo indicaría que sí. Hace apenas una semana que tenemos el manual y ya hemos comprendido capítulos enteros del Mensaje, con sus esmerados diseños y su sobreabundancia de explicaciones. Seguramente podremos entregarle una maqueta tridimensional de la Máquina antes de la reunión del jueves para la elección de los tripulantes. Hasta ahora no sabemos cómo funciona la Máquina ni para qué sirve. Se mencionan algunos compuestos químicos orgánicos que parecerían no tener sentido en una máquina. No obstante, casi todos opinan que será posible fabricarla.

—¿Quién piensa que no?

—Bueno, Lunacharsky y los rusos. Y Billy Jo Rankin, desde luego. Todavía hay gente para quien la Máquina hará estallar el mundo o inclinar el eje de la Tierra... Pero lo que impresiona a la mayoría de los científicos es lo precisas que son las instrucciones, y cuántos enfoques distintos sugieren la misma cosa.

—¿Y qué opina Eleanor Arroway?

—Ella piensa que, si quisieran liquidarnos, se presentarían aquí dentro de unos veinticinco años, y nada podríamos hacer para protegernos porque son muy superiores a nosotros. Por eso dice que hay que construir la Máquina, pero si nos preocupa algún posible daño al medio ambiente, habría que fabricarla en un sitio apartado. El profesor Drumlin sostiene que puede construirse en el centro mismo de California. Más aún, promete estar presente todo el tiempo que demande la fabricación, de modo que sería el primero en morir si llegara a estallar.

—Drumlin es el hombre que dedujo que se trataba del diseño de una máquina, ¿no?

—No exactamente...

—Ya, voy a leer todos los antecedentes antes de la reunión del jueves. ¿Tiene algo más que comentarme?

—¿En serio va a permitir que Hadden se encargue de la construcción?

—Bueno, eso no depende solo de mí. El tratado que están redactando en París nos asignaría un cuarto del poder de decisión. Los rusos tendrían otro cuarto; los chinos y japoneses, en conjunto, otro cuarto, y el último cuarto para el resto del mundo. Muchos países desean construir la Máquina, o al menos algunas partes. Está el incentivo del prestigio, de las nuevas industrias, de conocimientos inéditos. A mí me parece perfecto, siempre y cuando nadie nos lleve la delantera. Es posible que a Hadden se le encomiende una parte. ¿Qué pasa? ¿Acaso no lo cree técnicamente idóneo?

—Sí, claro que sí, pero...

—Si no hay más temas que tratar, nos vemos el jueves, Ken, virus mediante.

Cuando Der Heer cerraba la puerta y entraba en la habitación contigua, se produjo un sonoro estornudo presidencial. Sentado muy erguido en un sofá, el oficial de turno se sobresaltó. Der Heer lo tranquilizó con un gesto y el hombre sonrió.

—¿Eso es Vega? ¿Y por eso hacen tanto alboroto? —preguntó la presidenta con cierto desencanto. Sus ojos se habían acostumbrado ya a la oscuridad, después de la arremetida de flashes y focos de televisión con que los periodistas registraron su presencia unos momentos antes. Las fotos de la presidenta en el acto de mirar por el telescopio del Observatorio Naval, que aparecerían en los diarios del día siguiente, no serían del todo auténticas puesto que ella no pudo ver nada hasta que se retiraron los fotógrafos, restableciéndose la oscuridad del recinto.

—¿Por qué se mueve?

—Hay turbulencia en el aire, señora —le explicó Der Heer—. Algunas burbujas de aire tibio pasan por allí y distorsionan la imagen.

—Es como mirar a mi marido en la mesa del desayuno, cuando se interpone una tostadora entre nosotros —bromeó ella, levantando la voz para que la oyera su esposo, que se encontraba cerca, conversando con el director del observatorio.

—Sí, pero últimamente ya no hay tostadora en la mesa del desayuno —acotó él, de buen humor.

Antes de jubilarse, Seymour Lasker ocupaba un alto cargo en el sindicato textil. Había conocido a su mujer años atrás, cuando ella representaba a una empresa de indumentaria femenina, de Nueva York, y se enamoraron en el curso de la negociación de un convenio laboral. Llamaba la atención la excelente relación del matrimonio, teniendo en cuenta sus ocupaciones tan disímiles.

—Yo puedo prescindir de una tostadora, pero demasiadas son las veces en que no me es posible desayunar con él. —La presidenta enarcó las cejas en dirección a su marido, y luego prosiguió mirando por el ocular del telescopio—. Me recuerda a una ameba azul... toda gelatinosa. —Después de la ardua sesión para elegir a los tripulantes, la mandataria se hallaba de muy buen humor, y el constipado se le había curado casi del todo—. Y si no hubiera turbulencia, Ken, ¿qué vería?

—Solo un punto brillante, fijo, sin titilar.

—¿Nada más que Vega? ¿Ningún planeta, ningún anillo?

—No, señora. Todo eso es demasiado pequeño y tenue como para que lo capte incluso un telescopio de grandes dimensiones.

—Bueno, espero que los científicos sepan lo que hacen —susurró—. Estamos arriesgándonos muchísimo por algo que nunca hemos visto.

Der Heer se desconcertó.

—Sin embargo, hemos visto treinta y una mil páginas de texto, figuras, palabras, y un manual de instrucciones.

—Según lo entiendo, eso no es exactamente verlo sino llegar a una deducción. No me diga que los científicos del mundo entero están recibiendo la misma información, porque ya lo sé. También sé que los planos de la Máquina son claros y precisos, y que si nos echamos atrás, algún otro va a pretender construirla. Todo eso lo sé, pero no por eso dejo de estar nerviosa.

El grupo recorrió las instalaciones del Observatorio Naval para regresar a la residencia del vicepresidente. Durante las últimas semanas se habían fijado en París las pautas para la elección de los tripulantes. Estados Unidos y la Unión Soviética exigían dos plazas cada uno; en esas cuestiones actuaban como perfectos aliados. Sin embargo, les costaba imponer su criterio a los demás países del Consorcio. A ambas superpotencias ya no les resultaba tan fácil dominar a las demás naciones.

A la empresa se la consideraba una actividad de toda la especie humana. El nombre «Consorcio Mundial para el Mensaje» habría de cambiarse por «Consorcio Mundial para la Máquina». Los países que poseían ciertos tramos del Mensaje pretendían hacer valer su derecho a designar un tripulante. Los chinos sostenían que, a mediados del siguiente siglo, su población ascendería a mil quinientos millones, pero muchos de ellos serían hijos únicos debido a las leyes dictadas por su gobierno para reducir la tasa de natalidad. Una vez crecidos, esos niños serían más inteligentes y más estables en el plano emocional que los niños de otros países, donde imperaban normas menos estrictas para la procreación. Dado que, en el término de cincuenta años, jugarían un papel más preponderante en los asuntos mundiales, merecían que se les asignara por lo menos una de las cinco plazas de la Máquina.

Europa y Japón renunciaron a exigir una plaza a cambio de que se les encomendara la fabricación de importantes componentes del artefacto, lo cual, en su opinión, les traería aparejado un gran beneficio económico. Al final, se reservó un lugar para Estados Unidos, la Unión Soviética, China y la India, y el quinto quedó sin decidir. Respecto de esta última plaza hubo arduas negociaciones multilaterales basadas en el número de habitantes, el poderío económico, industrial y bélico, la alineación política de los países e incluso ciertas consideraciones sobre la historia de la especie humana.

Brasil e Indonesia aspiraban a ese quinto asiento fundándose en su índice de población y en el equilibrio geográfico. Suecia se ofreció para actuar de árbitro en caso de que hubiera litigios de orden político. Egipto, Irak, Pakistán y Arabia Saudí planteaban cuestiones de equidad religiosa. Otros sugerían que, para la elección del quinto tripulante, se tuvieran en cuenta los méritos personales más que la nacionalidad. Por el momento, la decisión quedó en suspenso.

En los cuatro países seleccionados, los científicos y dirigentes políticos se abocaron a la tarea de elegir su candidato. Una especie de debate nacional sobrevino en Estados Unidos. En los sondeos de opinión se propusieron muchos nombres con distintos grados de adhesión; entre ellos, estrellas del deporte, autoridades de las diversas religiones, astronautas, científicos, artistas de cine, la esposa de un ex presidente, comentaristas de televisión, legisladores, millonarios con ambiciones políticas, cantantes de folk y de rock, rectores de universidades y la Miss América de turno.

Según una larga tradición, desde que se trasladara la residencia del vicepresidente a los terrenos del Observatorio Naval, los sirvientes de la casa eran suboficiales filipinos incorporados a la Marina norteamericana. Vestidos con un elegante blazer azul, con un escudo bordado que ponía «Vicepresidencia de Estados Unidos», los ayudantes en ese momento servían café. No se había invitado a esa reunión informal a la mayoría de las personas que participaron en la agotadora sesión para escoger a los tripulantes.

Quiso el destino que Seymour Lasker fuese el primer caballero de Estados Unidos. Sobrellevaba su carga —los chistes, las caricaturas— con tan buen humor que por fin el país lo perdonó por haberse casado con una mujer lo suficientemente audaz como para llegar a liderar la mitad del mundo. En ese momento, Lasker hacía reír a carcajadas a la esposa y al hijo del vicepresidente, mientras la presidenta invitaba a Der Heer a hablar en una biblioteca contigua.

—Muy bien —comenzó ella—. Hoy no se va a tomar ninguna decisión y tampoco se hará un anuncio público sobre las deliberaciones. A ver si puedo resumir la situación. No sabemos para qué sirve esa maldita Máquina, pero suponemos, con cierto fundamento, que será para viajar a Vega. Recuérdeme a qué distancia queda Vega.

—Veintiséis años luz, señora.

—Entonces, si esta Máquina fuese una especie de nave espacial capaz de desplazarse a la velocidad de la luz (no me interrumpa; ya sé que eso es imposible, que solo se puede alcanzar una velocidad cercana a la de la luz), tardaría veintiséis años en llegar a destino, según la forma en que medimos el tiempo aquí en la Tierra. ¿Correcto?

—Exacto. Aparte, habría que sumarle otro año para acceder a la velocidad de la luz y otro más para la desaceleración al llegar al sistema de Vega. Pero desde el punto de vista de los tripulantes, se tardaría mucho menos tiempo; quizás, apenas un par de años, según cuánto puedan aproximarse a la velocidad de la luz.

—Para ser biólogo, Der Heer, veo que ha aprendido mucho de astronomía.

—Gracias, señora. He tratado de documentarme sobre el tema.

Ella lo observó pensativa antes de proseguir.

—Por lo cual, si la Máquina puede acercarse a la velocidad de la luz, tal vez no importe demasiado la edad de los tripulantes. Pero si el viaje tarda diez o veinte años (usted mismo dice que es posible), habría que elegir a una persona joven. Ahora bien; los rusos no aceptan esta hipótesis, ya que van a optar entre Arjangelsky y Lunacharsky, ambos mayores de sesenta años.

Leyó los nombres con cierta vacilación, en una ficha que tenía delante.

—Los chinos casi con seguridad van a enviar a Xi, también mayor de sesenta. Por consiguiente, si ellos saben lo que hacen, también debería designar a alguien de sesenta.

Der Heer sabía que Drumlin tenía, exactamente, sesenta años.

—Bien, pero...

—Sí, ya sé —continuó la presidenta—. La doctora india tiene cuarenta y tantos... En cierto sentido, esto es una reverenda estupidez. Estamos eligiendo a alguien para las Olimpíadas sin saber qué deportes competirán. No sé por qué pensamos en enviar hombres de ciencia. Deberíamos escoger a Gandhi o, para el caso, al mismo Jesucristo, y no me diga que eso es imposible, Der Heer, porque ya lo sé.

—Cuando no se sabe qué deportes intervendrán, se envía a un campeón de decatlón.

—Claro; y después nos enteramos de que la competencia era de ajedrez, de oratoria o escultura, y nuestro atleta sale en el último lugar. Bueno, usted opina que deberíamos decidirnos por un experto en vida extraterrestre, que haya tenido una participación directa en la recepción y descifrado del Mensaje.

—Una persona con esos antecedentes tendrá idea de cómo piensan los veguenses, o al menos, de cómo esperan ellos que pensemos nosotros.

—Y si hablamos de gente del máximo nivel, las opciones serían solo tres. —Una vez más, la presidenta consultó sus notas—. Arroway, Drumlin y... ese que se considera un general romano.

—El doctor Valerian, señora. Pero no creo que él se considere un general romano; es su apellido, solo eso.

—Valerian no se dignó siquiera responder el cuestionario del Comité de Selección. Lo descartó de plano porque no quiere separarse de su esposa, ¿verdad?, y conste que no estoy criticándolo. ¿No será que la mujer está enferma o algo así?

—No. Que yo sepa, goza de perfecta salud.

—Bien. Me alegro por ellos. Envíele a la señora una nota de mi parte... dígale algo así como que debe de ser una gran mujer para que un astrónomo renuncie al universo por ella. Pero esmérese con el lenguaje, Der Heer. Usted conoce el estilo que me gusta. Agregue también alguna cita, algo de poesía quizá, pero elegante. Todos podríamos aprender mucho de los Valerian. ¿Por qué no los invitamos un día a cenar? Dentro de dos semanas viene el rey del Nepal... sería la oportunidad perfecta.

Der Heer anotaba rápidamente. Tendría que llamar al encargado de ceremonial de la Casa Blanca, y le quedaba otra llamada más urgente aún. Hacía horas que no podía acercarse siquiera a un teléfono.

—Entonces la opción sería entre Arroway y Drumlin. Ella

es unos veinte años más joven, pero él tiene un estado físico envidiable. Practica deportes arriesgados, es un científico brillante, tuvo un notable desempeño en la decodificación del Mensaje y hará un muy buen papel cuando tenga que discutir con los otros viejos. Nunca trabajó con armas nucleares, ¿verdad? No quiero mandar a nadie que se haya dedicado a armas nucleares.

»Bueno, Arroway también es excelente como científica. Ha estado al frente del proyecto Argos, conoce todos los pormenores del Mensaje y posee una marcada tendencia a la indagación. Es muy completa en todo sentido, y presentaría una imagen más juvenil de nuestro país. —La presidenta hizo una pausa—. Y a usted le gusta, Ken, lo cual no tiene nada de malo. También a mí me cae muy bien, pero a veces es un poco impertinente. ¿Escuchó la forma en que respondió al interrogatorio?

—Creo que sé a qué parte se refiere. Sin embargo, el Comité de Selección había estado casi ocho horas haciéndole preguntas, y ella suele enervarse con las preguntas que considera tontas. Drumlin es igual. Quizás ella incluso lo haya aprendido de él, puesto que fue discípula suya durante un tiempo.

—Sí; él también contestó varias tonterías. Aquí tenemos la grabación de ambas entrevistas; primero la de Arroway, y luego la de Drumlin. Pulse la tecla de encendido, Ken.

En la pantalla de un monitor apareció Ellie, a quien entrevistaban en su despacho de Argos. Hasta se alcanzaba a distinguir el papel amarillento con la cita de Kafka. Tal vez, en un sentido amplio, Ellie habría sido más feliz si solo hubiera recibido silencio desde las estrellas. Tenía arrugas en las comisuras de la boca y marcadas ojeras, y dos arrugas nuevas en el entrecejo. Al ver su cara de agotamiento en el vídeo, Ken se sintió culpable.

«¿Qué opino yo sobre "la crisis mundial de población"? —decía Ellie en ese momento—. ¿Me preguntan si estoy a favor o en contra de ella? ¿Suponen que es una pregunta fundamental que van a hacerme en Vega y quieren estar seguros de que voy a dar una respuesta adecuada? Bien. El exceso de población es el motivo por el cual estoy a favor de la homosexualidad y el celibato del clero. La idea del celibato de los clérigos me parece especialmente buena porque tiende a eliminar cualquier propensión hereditaria al fanatismo.»

Aguardó, inmutable, la siguiente pregunta. La presidenta pulsó el botón de pausa.

—Reconozco que algunas preguntas pueden no haber sido del todo acertadas —dijo—, pero una persona que ocupa un cargo tan prominente, en un proyecto con implicaciones en el plano internacional, no puede tener actitudes intransigentes. Necesitamos contar con la adhesión del mundo en vías de desarrollo. Por eso tenía sentido formular una pregunta como esa. ¿No le parece que su respuesta deja en evidencia cierta... falta de tacto? Esa doctora tiene algo de insolente. Ahora veamos a Drumlin.

El científico presentaba muy buen aspecto, se le veía bronceado y llevaba una corbata de lazo, a lunares azules.

«Sí, sé que todos tenemos emociones —decía—, pero hay que tener presente qué son las emociones. Son motivaciones que llevan hacia una conducta de adaptación, adquiridas cuando aún éramos demasiado tontos para entender las cosas. Pero si yo veo que una manada de hienas viene hacia mí mostrando los colmillos, sé que estoy en una situación crítica. No necesito segregar unos centímetros cúbicos de adrenalina para comprender el peligro. Hasta puedo entender que quizá sea importante que yo haga cierta contribución genética a la siguiente generación, pero para eso no preciso testosterona en el torrente sanguíneo. ¿Están seguros de que un ser extraterrestre, mucho más avanzado que nosotros, soporta también la carga de las emociones? Sé que muchos me consideran demasiado frío y reservado, pero si honestamente pretenden comprender a esos seres, deben enviarme a mí, puesto que yo me parezco a ellos más que nadie.»

—¡Qué sencilla opción! —exclamó la presidenta—. Una es atea, y el otro, ya se considera de Vega. ¿Por qué tenemos que enviar científicos? ¿Por qué no elegir a alguien... normal? Es una pregunta retórica —se apresuró a agregar—. Sé que es inevitable escoger científicos. El Mensaje tiene que ver con la ciencia y está escrito en lenguaje científico. Además, la ciencia es lo que compartimos con los habitantes de Vega.

—Ella no es atea sino agnóstica. Tiene una mente abierta, no obstaculizada por el dogma. Es inteligente, perseverante y una profesional muy idónea. Creo que es la persona que nos hace falta en esta situación.

—Ken, me complace que defienda la integridad de este proyecto, pero tenga presente los temores que sienten los que están del otro lado. Más de la mitad de las personas con las que hablo consideran que no tenemos por qué construir la Máquina. Si ya no podemos echarnos atrás, quieren que enviemos a alguien que sea absolutamente prudente. Arroway será todo lo que usted dice, pero muy prudente no es. No hago más que recibir presiones por parte del Congreso, de mis propios asesores, de las Iglesias. Tengo la sensación de que Arroway logró impresionar a Palmer Joss en la reunión que mantuvieron en California, pero dejó indignado a Billy Jo Rankin. Ayer me llamó y me dijo: «Esa Máquina va a volar directamente hacia Dios o hacia el diablo. En cualquier caso, le conviene enviar a un verdadero cristiano.» Trató incluso de valerse de su amistad con Palmer Joss para impresionarme. Es obvio que apunta a que se lo nombre a él. Para una persona como Rankin, Drumlin será un candidato más presentable que Arroway. Cierto es que Drumlin es un poco frío, pero también es fiable, de sentimientos patrióticos, un hombre íntegro. Sus antecedentes científicos son impecables y, además, quiere ir. Sí, tiene que ser él, y que Arroway quede como segunda alternativa.

—¿Puedo informárselo a ella?

—Primero habría que hablar con Drumlin. Yo le aviso a usted apenas se haya tomado la decisión final y se la hayamos comunicado a Drumlin... Vamos, levante ese ánimo, Ken. ¿Acaso no quiere retenerla aquí, en la Tierra?

Eran más de las seis cuando Ellie terminó de informar a los miembros del Departamento de Estado que participaban en las negociaciones de París. Der Heer había prometido llamarla apenas concluyera la reunión para la selección de los tripulantes ya que quería ser él quien le comunicara si la habían elegido. Ellie sabía que no había sido muy cortés al responder a sus entrevistadores, y quizá no la escogieran por ese motivo, entre muchos otros. No obstante, suponía tener alguna posibilidad.

En el hotel encontró un mensaje manuscrito: «La espero esta noche, a las ocho, en el Museo Nacional de Ciencia y Tecnología. Palmer Joss.»

«Ni "hola" ni explicaciones, ni "atentamente" ni nada», pensó Ellie. Era realmente un hombre de fe. El papel de la nota era del propio hotel, y no ponía dirección del remitente. Era probable que Joss se hubiese enterado de la presencia de Ellie en la ciudad por el secretario de Estado mismo, y que hubiese ido al hotel esperando encontrarla allí. Ella había tenido un día agotador, y lo único que deseaba era poder dedicar todo su tiempo libre a la interpretación del Mensaje. Así que, a regañadientes, se dio una ducha, se cambió, y a los cuarenta y cinco minutos tomaba un taxi.

Aunque aún faltaba un rato para la hora de cierre, el museo estaba casi vacío. En todos los rincones del amplio vestíbulo de entrada había enormes máquinas, el orgullo de la industria del calzado, la textil y la del carbón, del siglo XIX. Un órgano de vapor, de la Exposición de 1876, interpretaba una alegre melodía —originariamente compuesta para vientos, le pareció— para un grupo de turistas africanos. No vio a Joss por ninguna parte, y tuvo que contenerse para no dar media vuelta y marcharse.

«Si tengo que reunirme con Palmer Joss en este museo —pensó—, y de lo único que hemos hablado es de religión y del Mensaje, ¿dónde sería lo más lógico encontrarlo? Es como el problema de elegir frecuencias en la búsqueda de inteligencia extraterrestre: no hemos recibido aún un mensaje de una civilización avanzada y tenemos que decidir en qué frecuencia esos seres (sobre los cuales no sabemos nada, ni siquiera si existen) han resuelto transmitir. En eso se juega algo que sabemos tanto ellos como nosotros. Ambos sabemos cuál es el átomo más abundante en el universo, la única frecuencia de radio en la cual este se absorbe y emite. Esa fue la lógica que se empleó en las primeras investigaciones de SETI cuando se adoptó la línea de 1.420 megahercios de hidrógeno atómico neutral. ¿Qué sería lo equivalente en ese lugar? ¿El teléfono de Alexander Graham Bell? ¿El telégrafo? Pero...»

—¿Hay un péndulo de Foucault en este museo? —le preguntó al guardia.

Sus pasos resonaron en el suelo de mármol mientras se acercaba a la rotonda. Joss estaba inclinado sobre la barandilla, contemplando el diseño de los puntos cardinales realizado en mosaicos. Unos pequeños palitos verticales indicaban las horas, algunos parados, otros derribados por la esfera a medida que iba pasando el día. Alrededor de las siete de la tarde, alguien lo había detenido, y en ese momento pendía inmóvil. Estaban solos. Joss la había oído llegar hacía más de un minuto, pero no le dijo nada.

—¿Cree que con una plegaria puede detener el péndulo? —le preguntó Ellie, sonriendo.

—Eso sería abusar de la fe.

—No veo por qué. Al contrario, conseguiría muchísimos adeptos. A Dios no le costaría nada hacerlo, y si mal no recuerdo, usted habla habitualmente con Él... El motivo no es ese, ¿eh? ¿De veras quiere poner a prueba mi fe en la física que sustenta los osciladores armónicos? De acuerdo.

En cierto modo, le sorprendía que Joss quisiera someterla a esa prueba, pero no pensaba acobardarse. Dejó caer del hombro la correa de su bolso y se quitó los zapatos. Joss pasó al otro lado de la barandilla de bronce, y luego la ayudó a ella. Caminaron resbalándose a medias sobre el declive de mosaicos y se pararon al lado de la esfera del péndulo. Al notar su coloración negro mate, Ellie se preguntó si sería de acero o plomo.

—Tendrá que darme una mano. —Ellie abrazó la esfera, y juntos la sacaron de su posición vertical hasta quedar pegada al rostro de Ellie. Joss la miraba fijamente. No le preguntó si estaba segura, no le advirtió que tuviera cuidado de no caerse hacia delante ni le dijo que tratara de no incorporar un componente horizontal de velocidad al soltar la esfera. Detrás de ella había un buen metro, o metro y medio de suelo plano, que luego comenzaba a subir para formar una pared en círculo. «Si no pierdo la calma —se dijo Ellie—, esto va a ser muy sencillo.»

Aflojó la presión y la esfera se alejó de ella.

El período de un péndulo simple, recordó, es 2 π, raíz cuadrada de L sobre g, donde L es el largo del péndulo y g es la aceleración producida por la gravedad. Debido a la fricción en el punto de sostén, el péndulo nunca puede oscilar de regreso a una distancia mayor de su posición original. «Lo único que tengo que hacer es no inclinarme hacia delante», se dijo.

Casi al llegar a la barandilla opuesta redujo su impulso y se detuvo; luego comenzó a recorrer el trayecto inverso mucho más deprisa de lo que ella había supuesto. A medida que se acercaba hacia ella parecía adquirir temibles proporciones. Era enorme y ya la tenía prácticamente encima. Ellie contuvo el aliento.

—Ha vacilado —admitió desilusionada, cuando la esfera se alejaba.

—Apenas lo mínimo.

—No, no solo lo mínimo.

—Usted cree en la ciencia. Solo le queda una pequeñísima duda.

—No, no es así. Eso es el resultado de un millón de años de cerebros luchando contra miles de millones de años de instinto. Por eso su trabajo es más fácil que el mío.

—En este tema, nuestras profesiones son iguales. Ahora me toca el turno a mí —dijo Joss, y sujetó la esfera en el punto más alto de su recorrido.

—Pero no estamos poniendo a prueba su fe en la conservación de la energía.

Joss sonrió y se plantó con firmeza.

—¿Qué hacen ahí? —preguntó una voz—. ¿Están locos? —Un guardia del museo, con orden de avisar a los visitantes que se acercaba la hora de cierre, se topó con el inverosímil espectáculo de un hombre, una mujer y un péndulo en un desierto rincón del cavernoso edificio.

—No se preocupe, señor —repuso Joss, en tono alegre—. Solo estamos poniendo a prueba nuestra fe.

—Esto es un museo y aquí no se pueden hacer esas cosas.

En medio de risas, Ellie y Joss consiguieron colocar la esfera en posición casi estacionaria, y treparon por la pendiente del mosaico.

—Tendría que estar permitido por la Primera Enmienda —observó Ellie.

—O por el primer mandamiento —acotó él.

Ella se puso los zapatos, se colgó el bolso al hombro y, con el mentón en alto, abandonó la rotonda con Joss y el guardia. Sin identificarse y sin que los reconocieran, lograron persuadir al hombre de que no los denunciara. No obstante, los obligaron a salir del edificio acompañados por varios guardias uniformados, quienes seguramente temían que a Joss y Ellie les diera por encaramarse al órgano de vapor en pos de un ilusorio Dios.

Caminaron en silencio por la calle. Como la noche era clara, Ellie pudo distinguir a Lira sobre el horizonte.

—Esa más brillante, que se ve allá, es Vega —dijo.

Joss la contempló.

—El descifrado del Mensaje fue toda una hazaña —comentó.

—No; fue una tontería. Es el mensaje más fácil que se le pudo haber ocurrido a una civilización avanzada. Hubiera sido una vergüenza no poder decodificarlo.

—Veo que le cuesta aceptar los cumplidos. No; este es uno de los descubrimientos que cambiarán el futuro, o al menos las expectativas que abrigamos sobre él, como lo fueron en su momento el fuego, la escritura, la agricultura... o la Anunciación. —Volvió a posar sus ojos en Vega—. Si le asignaran un lugar en la Máquina, si pudiera viajar a la otra civilización, ¿qué cree usted que vería?

—La evolución es un proceso estocástico, o sea que no hay tantas posibilidades de predecir con acierto cómo puede ser la vida en otro lugar. Si usted hubiera visto la Tierra antes del origen de la vida, ¿habría podido predecir una langosta o una jirafa?

—Conozco la respuesta a su pregunta. Usted pensará que esta historia la inventamos, que la sacamos de algún libro o que nos la cuentan en los templos, pero no es así. Yo tengo un conocimiento cierto, producto de mi propia experiencia directa. No puedo expresarlo de otra manera: he visto a Dios cara a cara.

—Cuénteme cómo fue.

Así lo hizo Joss.

—Muy bien —dijo ella por fin—. Usted estuvo clínicamente muerto, luego revivió y recuerda haberse elevado de entre tinieblas para sumergirse en una luz brillante. Vio un resplandor con forma humana y supuso que era Dios, pero no hubo nada que le dijera que ese resplandor había creado el universo o establecido una ley moral. Fue solo una experiencia que lo conmovió hondamente. Sin embargo, existen otras explicaciones posibles.

—¿Por ejemplo?

—Bueno, por ejemplo el nacimiento. Al nacer atravesamos un largo túnel oscuro para ingresar luego en la luz. No se olvide de lo brillante que es para el bebé, después de pasar nueve meses en la oscuridad. El nacimiento constituye el primer encuentro con la luz. Imagínese el asombro que se debe de sentir ante el primer contacto con el color, la luz, la sombra o el rostro humano, para los cuales seguramente estamos preprogramados para reconocer. A lo mejor, si uno casi se muere, el cuentakilómetros vuelve de nuevo a cero por un momento. Que quede claro que no insisto en esta explicación, que es solo una de muchas posibles, pero sí pienso que tal vez interpretó mal su experiencia.

—Usted no vio lo que yo vi. —Contempló nuevamente la titilante luz azul de Vega y luego miró a Ellie—. ¿Nunca se siente... perdida en su universo? ¿Cómo sabe lo que tiene que hacer, cómo debe comportarse, si no existe Dios? ¿Se limita a cumplir la ley para no sufrir castigos?

—A usted no le preocupa sentirse perdido, Palmer. Lo que le preocupa es no ser el centro, la razón de que se haya creado el universo. En mi universo hay muchísimo orden. La gravedad, el electromagnetismo, la mecánica cuántica, todo gira en torno a leyes. Y en cuanto al comportamiento, ¿por qué no podemos determinar qué es lo que mejor sirve a nuestro interés... como especie?

—Esa es una visión muy noble del mundo, y yo sería el último en negar que existe bondad en el corazón del hombre, pero ¿cuánta crueldad se ha manifestado cuando no había amor a Dios?

—¿Y cuánta cuando sí lo había? Savonarola y Torquemada amaban a Dios, o al menos eso afirmaban. Su religión toma a las personas como niños a los que hay que asustar con un coco para que se porten bien. Quieren que la gente crea en Dios para que obedezca los preceptos. Entonces lo único que se les ocurre es crear una estricta fuerza represiva y amenazar con que un dios omnisciente va a castigar cualquier transgresión que la policía haya pasado por alto. Palmer, usted supone que al no haber vivido yo su experiencia religiosa, no puedo apreciar la grandeza de su dios, pero es todo lo contrario. Lo escucho hablar y pienso: ¡Su dios es demasiado pequeño! Un despreciable planeta, de unos escasos millones de años de antigüedad, no merece la atención ni siquiera de una deidad menor, y mucho menos del creador del universo.

—Me está confundiendo con otro predicador. Yo estoy preparado para un universo de millones de años, pero lo que digo es que los científicos todavía no lo han demostrado.

—Y yo sostengo que usted no ha comprendido la prueba. ¿En qué puede salir beneficiada la gente si la sabiduría convencional, las «verdades» religiosas son mentiras? Cuando ustedes tomen plena conciencia de que el hombre es un ser adulto, adoptarán otro estilo de predicación.

Se produjo un breve silencio, subrayado por el sonido de sus pasos.

—Perdóneme por ser demasiado vehemente.

—Le doy mi palabra, doctora, de que voy a reflexionar sobre lo que me ha dicho. Me ha planteado usted interrogantes para los cuales debería tener respuestas. No obstante, con el mismo espíritu, permítame hacerle yo unas preguntas. ¿De acuerdo?

Ella asintió.

—Piense en la sensación que le produce, en este mismo instante, el hecho de tener conciencia. ¿Acaso siente los miles de millones de átomos en movimiento? Y más allá de la maquinaria biológica, ¿dónde puede aprender un niño lo que es el amor?

En ese momento sonó el busca de Ellie. Seguramente la llamaba Ken para darle la noticia que estaba esperando. Se fijó en los números que se formaban en el indicador: era, en efecto, el teléfono de la oficina de Ken. No había teléfonos públicos en las inmediaciones, pero al cabo de un minuto encontraron un taxi.

—Lamento tener que marcharme tan deprisa —se disculpó—. Fue un gusto conversar con usted y voy a pensar muy en serio en sus preguntas. ¿Quería hacerme alguna otra?

—Sí. ¿Qué precepto de la ciencia impide que los científicos actúen con maldad?

15

Clavijas de erbio

La tierra, eso es suficiente;
no quiero que las constelaciones estén más cerca;
sé que están bien donde están;
sé que satisfacen a aquellos que pertenecen
a ellas.

WALT WHITMAN,
Hojas de hierba,
«Canto del camino abierto» (1855)

Tardaron años; fue un sueño de la tecnología y una pesadilla para la diplomacia, pero finalmente se logró construir la Máquina. Se propusieron varios neologismos para designar el proyecto, y nombres evocativos de antiguos mitos, pero como desde el principio se la conocía como «la Máquina», esa fue la denominación que le quedó. Las complejas y delicadas negociaciones internacionales constituían, para los editorialistas occidentales, la «política de la Máquina».

Cuando se obtuvo el primer cálculo fiable del coste total de la obra, hasta los titanes de la industria aeroespacial se asustaron. La cifra rondaría los quinientos mil millones de dólares anuales durante varios años, casi la tercera parte del presupuesto militar total —incluyendo armas nucleares y convencionales— del planeta. Se temía que la fabricación acarreara la ruina de la economía mundial. Si se los analizaba con imparcialidad, los titulares del *New York Times* eran aún más extravagantes de lo que habían sido los del extinto *National Enquirer* una década antes.

La historia será testigo de que ningún profeta ni vidente, ningún adivino ni nadie que afirmara tener poderes precognoscitivos, ningún astrólogo ni numerólogo, había anticipado el Mensaje ni la Máquina, y mucho menos Vega, los números primos, las Olimpíadas de Hitler y todo lo demás. Muchos sostenían haberlo pronosticado, especialmente personas que previeron los acontecimientos, pero se olvidaron de consignar sus vaticinios por escrito. Las predicciones de hechos sorprendentes siempre son más exactas si no se las escribe de antemano: solo se trata de esos extraños casos de la vida cotidiana. Algunas religiones correspondían a una categoría levemente distinta pues, se argumentaba, mediante una lectura atenta de sus sagradas escrituras podía anticiparse claramente, que habrían de suceder tales prodigios.

Para otros, la Máquina traería aparejado un período de bonanza en la industria aeroespacial, que atravesaba una etapa de preocupante descenso desde que se implantaron los Acuerdos de Hiroshima. Se estaban desarrollando muy pocos sistemas nuevos de armamento estratégico. Si bien se notaba un incremento en el negocio de los hábitats en el espacio, eso de ninguna manera compensaba la pérdida de estaciones orbitales de láser y otros inventos del sistema estratégico de defensa con que soñara un gobierno anterior. Así, los que se preocupaban por la seguridad del planeta si alguna vez llegaba a fabricarse la Máquina, se tragaron sus escrúpulos al tomar en cuenta los beneficios, que se traducirían en un mayor número de empleos, más ganancias y un gran adelanto profesional.

Unos pocos personajes influyentes sostenían que no había panorama más alentador para las industrias de alta tecnología que una amenaza proveniente del espacio. Sería preciso contar con sistemas de defensa, poderosísimos radares de exploración y eventuales puestos de avanzada en Plutón. Esos visionarios no se acobardaban ni siquiera ante las objeciones respecto de la disparidad militar entre terrícolas y extraterrestres. «Aun si no pudiéramos defendernos de ellos, ¿por qué no quieren que los veamos venir?», preguntaban. Se habían invertido billones de dólares en la construcción de la Máquina, pero eso sería solo el comienzo si sabían jugar sus cartas.

Se formó una insólita alianza política para propiciar la reelección de la presidenta Lasker, lo que en efecto se transformó en un referéndum sobre si debía fabricarse la Máquina. Su adversario hablaba de Caballos de Troya y del fin del mundo, y del seguro desaliento de los norteamericanos al tener que vérselas con seres que ya habían «inventado todo». La presidenta expresó su confianza en que la tecnología nacional sabría enfrentar el desafío, y dejó implícito que el ingenio norteamericano alcanzaría el mismo nivel que el de Vega. Resultó reelecta por un respetable, aunque no abrumador, margen de sufragios.

Un factor decisivo fueron las instrucciones mismas. Tanto en el manual vinculado con el lenguaje y la tecnología básica, como en el Mensaje específico sobre la fabricación de la Máquina, no quedó ningún punto sin esclarecer. En ocasiones, se explicitaban tediosos detalles de pasos intermedios que parecían obvios, por ejemplo, cuando, en los fundamentos de la aritmética, se demuestra que si dos por tres es igual a seis, luego tres por dos también da el mismo resultado. Se estipulaba la verificación de cada etapa de la fabricación: el erbio producido por ese proceso debía poseer un 96 por ciento de pureza. Cuando se completara el componente 31 y se lo introdujera en una solución de ácido fluorhídrico, los restantes elementos estructurales debían presentar el aspecto que indicaba el diagrama de la ilustración adjunta. Cuando se montara el componente 408, la aplicación de un campo transversal magnético de dos megagauss debería hacer girar el rotor a tantas revoluciones por segundo antes de regresar por sí solo a un estado de inmovilidad. Si alguna prueba fracasaba, se rehacía el proceso entero.

Al cabo de un tiempo, uno se habituaba a las pruebas y esperaba poder superarlas. Muchos componentes secundarios, construidos por fábricas especiales —diseñadas según las instrucciones del manual—, constituían un desafío para el entendimiento humano. No se comprendía muy bien cómo podían funcionar, pero lo cierto era que funcionaban. Aun en tales casos, podían contemplarse los posibles usos prácticos de las nuevas tecnologías. De vez en cuando aparecían nuevos conceptos, sobre todo en el campo de la metalurgia y los semiconductores orgánicos. En ocasiones se proponían varias tecnologías alternativas para producir un mismo componente; al parecer, los extraterrestres no sabían con certeza qué sistema resultaría más sencillo para la tecnología de la Tierra.

Cuando se terminaron de erigir las primeras fábricas y se produjeron los primeros prototipos, disminuyó el pesimismo acerca de la capacidad del hombre para imitar una tecnología extraña, codificada en un lenguaje desconocido. La sensación general era la de presentarse a un examen escolar sin haberse preparado, y encontrarse con que podían resolverse los problemas aplicando conocimientos previos y sentido común. Como sucede con las pruebas bien estructuradas, el solo hecho de darlas constituía de por sí una experiencia de aprendizaje. Se aprobaron todos los exámenes: la pureza del erbio era la requerida; se obtuvo la superestructura adecuada después de eliminar el material inorgánico con ácido fluorhídrico; el rotor giraba a las debidas revoluciones. Los críticos sostenían que científicos e ingenieros se dejaban adular por el Mensaje y que, al estar tan atrapados por la tecnología, perdían de vista los posibles riesgos.

Para la construcción de un componente, se pedía una serie de reacciones químicas orgánicas particularmente complejas. El producto resultante fue introducido en un recipiente del tamaño de una piscina, que contenía una mezcla de aldehído fórmico y amoníaco. La masa creció, se diferenció y luego permaneció en ese estado. Poseía una complicada red de delgados tubos huecos, a través de los cuales seguramente habría de circular algún líquido. Era coloidal, pulposa y de una tonalidad roja oscura. No se reproducía, pero era lo suficientemente biológica como para atemorizar a muchos. Al repetirse el proceso, se obtuvo un producto aparentemente idéntico. El hecho de que el producto terminado fuese mucho más complicado que las instrucciones seguidas para su elaboración, era todo un misterio. La masa orgánica no se movió de su sitio, sino que permaneció estática. Su ubicación ulterior sería dentro del dodecaedro, en el sector contiguo superior e inferior a la cabina de la tripulación.

Se estaban elaborando máquinas idénticas en Estados Unidos y la Unión Soviética. Ambos países prefirieron realizar la construcción en sitios apartados, no tanto para proteger a la población contra posibles efectos perniciosos, sino más bien para controlar el acceso del periodismo, de los curiosos y los que se oponían a la construcción. Estados Unidos eligió fabricar la Máquina en Wyoming, y la Unión Soviética, en una zona próxima a los Cáucasos, en la república de Uzbekistán. Se instalaron nuevos establecimientos fabriles en las cercanías de los lugares de montaje. Cuando los componentes podían elaborarse en fábricas ya existentes, la producción se dispersaba en gran medida. Un subcontratista de artículos ópticos de Jena, por ejemplo, producía y ponía a prueba ciertos componentes destinados tanto a la Máquina norteamericana como a la soviética.

Se temía que el hecho de someter un componente a un ensayo no autorizado por el Mensaje pudiera destruir alguna simbiosis sutil de la totalidad de los componentes al ponerse en funcionamiento la Máquina. Una importante subestructura eran tres cápsulas esféricas concéntricas, exteriores, que debían girar a alta velocidad. Si a una de dichas cápsulas se la sometía a una prueba no autorizada, ¿funcionaría luego correctamente al ser ensamblada en la máquina? Y por el contrario, si no se la ponía a prueba, ¿funcionaría después a la perfección?

El principal contratista norteamericano para la construcción de la Máquina era Hadden. Su dueño prohibió que se practicara ninguna prueba no autorizada y ordenó que se cumplieran al pie de la letra las instrucciones del Mensaje. A sus empleados les sugería que obraran como los nigromantes del medievo, que interpretaban con precisión las palabras de un hechizo mágico: «No se atrevan siquiera a pronunciar mal una sílaba», les advertía.

Faltaban, según la doctrina calendaria o escatológica que uno prefiriera, dos años para el milenio. Era tanta la gente que se «retiraba», preparándose para el Fin del Mundo o el Advenimiento —o ambas cosas—, que en algunas industrias se notaba la falta de mano de obra cualificada. Una de las claves del éxito obtenido por los norteamericanos hasta ese momento residía en la firme decisión de Hadden de reestructurar su plantilla de operarios para que la fabricación de la Máquina alcanzara un óptimo nivel.

Sin embargo, también Hadden se había «retirado», toda una sorpresa teniendo en cuenta las conocidas opiniones del inventor de Predicanex. «Los milenaristas me han vuelto ateo», afirmó. Sus empleados aseguraban que las decisiones fundamentales seguía tomándolas él. Sin embargo, la comunicación con Hadden se realizaba mediante una telerred asincrónica: sus subordinados dejaban los informes sobre el progreso de la construcción, los pedidos de autorización y preguntas de cualquier índole en una caja cerrada de un popular servicio de telerred científica, y recibían las respuestas en otra caja similar. El sistema era insólito, pero daba resultado. A medida que se iban resolviendo las etapas más complejas y la Máquina comenzaba a cobrar forma, cada vez se tenían menos noticias de Hadden. Los ejecutivos del Consorcio empezaron a preocuparse, pero después de una larga charla con Hadden, mantenida en un sitio no revelado, regresaron más tranquilos. Nadie más conocía el paradero del industrial.

El arsenal mundial descendió a menos de 3.200 armas nucleares por primera vez desde mediados de la década de 1950. Se notaba un adelanto en las conversaciones multilaterales vinculadas con los aspectos más difíciles del desarme. Aparte, al utilizar nuevos sistemas automáticos para verificar el cumplimiento del tratado, había perspectivas alentadoras de una mayor reducción de armamentos. El proceso había generado una suerte de impulso propio en la mente tanto de los expertos como del público. Como ocurre en toda carrera armamentista, cada potencia procuraba marchar al mismo ritmo que la otra, pero en este caso la diferencia estaba en que se trataba de disminuir la cantidad de armas. En términos prácticos militares, no habían renunciado a mucho ya que conservaban la capacidad de destruir la civilización planetaria. No obstante, el optimismo con que se miraba el futuro y las esperanzas puestas en la nueva generación ya eran todo un logro. Quizá debido a los inminentes festejos mundiales del milenio, tanto seculares como canónicos, también había decaído enormemente la cantidad de conflictos bélicos anuales entre los países. «La Paz de Dios», la denominó el cardenal arzobispo de Ciudad de México.

En Wyoming y Uzbekistán se crearon nuevas industrias, al tiempo que surgían ciudades enteras. Desde luego, el coste recaía en forma desproporcionada sobre los hombros de los países industrializados, pero el coste prorrateado por cada habitante del planeta era de aproximadamente cien dólares por año. Para un cuarto de la población mundial, cien dólares representaban una parte considerable de su ingreso anual. Aunque la inversión de dinero en la Máquina no producía bienes ni servicios directos, se la consideraba un excelente negocio puesto que daba impulso a nuevas tecnologías.

En opinión de muchos, se avanzaba con demasiada prisa y proponían comprender acabadamente cada paso antes de iniciar el siguiente. ¿Qué importaba, decían, que la fabricación de la Máquina se realizara en el curso de varias generaciones? La posibilidad de repartir los costes en varias décadas aliviaría, según ellos, los problemas económicos que acarreaba a los países la construcción. Se trataba, desde cualquier punto de vista, de un consejo prudente pero difícil de llevar a la práctica. ¿Acaso podía elaborarse un solo componente de la Máquina? En todo el mundo, científicos e ingenieros pretendían que se les diera carta blanca para encarar aspectos de la fabricación para los cuales estaban capacitados.

Algunos temían que, si no se obraba con rapidez, jamás se acabaría la construcción. La presidenta de Estados Unidos y el premier soviético se habían comprometido a llevar a cabo la tarea, pero nadie podía garantizar que sus sucesores respetaran el convenio. Además, por motivos personales muy comprensibles, los que estaban a cargo del proyecto deseaban verlo terminado mientras ellos conservaran aún cargos de responsabilidad. Había quienes percibían cierta urgencia intrínseca en un Mensaje propalado en tantas frecuencias, durante tanto tiempo. No se nos pedía que fabricáramos una máquina cuando estuviéramos listos, sino en ese preciso momento.

Como todos los subsistemas de la etapa inicial se basaban en tecnologías elementales que se describían en la primera parte del manual, pudieron aprobarse los ensayos prefijados. Sin embargo, al ponerse a prueba los subsistemas posteriores, más complejos, se advirtieron algunos fallos. Si bien eso sucedió en ambos países, fue más frecuente en la Unión Soviética. Dado que nadie sabía cómo funcionaban los componentes, por lo general resultaba imposible identificar el fallo en el proceso de elaboración. En algunos casos, eran dos fabricantes los que construían en forma paralela los componentes, compitiendo por una mayor velocidad y precisión. Si había dos componentes, y ambos habían aprobado las necesarias pruebas, cada país se inclinaba por elegir el producto nacional. Por lo tanto, las máquinas que se construían en los dos países no eran absolutamente idénticas.

Por último, en Wyoming llegó el momento de comenzar a integrar los sistemas, a ensamblar los componentes individuales. Quizá fuera el tramo más sencillo del proceso de fabricación. Se consideraba probable completar la obra en el lapso de uno o dos años. Algunos suponían que, al poner en funcionamiento la Máquina, sobrevendría el fin del mundo.

Los conejos de Wyoming eran mucho más astutos. O menos, tal vez. En más de una ocasión los faros del Thunderbird alumbraban a algún que otro animal cerca de la ruta. Sin embargo, la costumbre de alinearse en fila no se había transmitido de Nuevo México a Wyoming. Ellie no notó mucha diferencia con Argos. También allí había un importante centro científico, rodeado por miles de kilómetros de un campo bellísimo, casi despoblado. Ella no estaba al frente de las tareas, ni pertenecía siquiera al plantel, pero se hallaba allí trabajando en una de las empresas más grandiosas jamás imaginadas. Con independencia de lo que sucediera después de que se activase la Máquina, el descubrimiento de Argos pasaría a ser considerado un punto crucial en la historia del hombre.

«Justo cuando se advierte la necesidad de una fuerza unificadora, nos cae este rayo del cielo, desde una distancia de veintiséis años luz, equivalentes a doscientos treinta mil millones de kilómetros —pensó Ellie—. Cuesta seguir aferrados a la idea de ser escoceses, checos o eslovenos cuando recibimos una llamada dirigida a todos, proveniente de una civilización milenios más avanzada.» La brecha que separaba a los países industrializados de los menos desarrollados era, por cierto, mucho más pequeña que la que separaba a los países industrializados de la civilización de Vega.

Las distinciones de toda índole —raciales, religiosas, étnicas, lingüísticas, económicas y culturales— a las que antes se asignaba tanta importancia, de pronto parecían menos marcadas.

«Somos todos humanos», era una frase que se oía habitualmente en esos días. Lo notable era con qué poca frecuencia se había expresado esa clase de sentimientos, sobre todo en los medios de comunicación. «Compartimos el mismo planeta —se decía—, la misma civilización.» Si a los representantes de alguna facción ideológica se les ocurría reclamar prioridad en posibles conversaciones, nadie suponía que los extraterrestres fueran a tomarlos en serio. Pese a su enigmática función, el Mensaje contribuía a unir al mundo, hecho que podía comprobarse cotidianamente.

La primera pregunta que hizo la madre al enterarse de que no habían elegido a Ellie, fue: «¿Lloraste?» Sí, lloró, una reacción muy natural. Claro que le hubiese gustado ser uno de los tripulantes, pero Drumlin era perfecto para ocupar ese lugar, le contestó a la madre.

Los soviéticos no se habían decidido aún entre Lunacharsky y Arjangelsky; ambos se «capacitarían» para la misión. No se sabía qué significaba para ellos capacitarse, salvo tratar de comprender la Máquina lo más posible. Algunos norteamericanos aducían que esa era simplemente una táctica de los soviéticos para tener dos expertos principales, pero a Ellie le parecía una crítica mezquina, ya que tanto Lunacharsky como Arjangelsky eran profesionales de reconocida competencia. Le intrigaba saber cómo harían los soviéticos para decidirse por uno u otro. Lunacharsky se encontraba en esos momentos en Estados Unidos, pero no en Wyoming. Había viajado a Washington con una importante delegación de su país para reunirse con el secretario de Estado y Michael Kitz, recientemente ascendido a subsecretario de Defensa. Arjangelsky se hallaba en Uzbekistán.

La nueva urbanización que crecía en la inmensidad de Wyoming se llamaba Máquina. Su contraparte soviética recibió el nombre ruso equivalente, Majina. Cada una de ellas era un complejo de casas, edificios, barrios comerciales y residenciales, y fundamentalmente fábricas, algunas de las cuales presentaban un aspecto sencillo, al menos por fuera. Otras, sin embargo, impresionaban por lo exóticas, con cúpulas, alminares y kilómetros de intrincadas cañerías exteriores. Solo las fábricas consideradas potencialmente peligrosas —por ejemplo, las que producían los componentes orgánicos— se encontraban en Wyoming. Las tecnologías de más fácil comprensión se habían distribuido por todo el mundo. Una vez terminados los componentes, se los enviaba al Centro de Integración de Sistemas, erigido en las proximidades de lo que antes fuera Wagonwheel (Wyoming). En ocasiones, Ellie veía llegar un componente y tomaba conciencia de que ella había sido el primer ser humano que vio su diseño. Cuando arribaba cada elemento nuevo y se lo sacaba de su embalaje, Ellie corría a inspeccionarlo. A medida que se realizaba el montaje de un componente sobre otro y que los subsistemas pasaban los controles de calidad, experimentaba una felicidad que, intuía, debía de asemejarse al orgullo de ser madre.

Ellie, Drumlin y Valerian arribaron a una reunión de rutina vinculada al habitual monitoreo de la señal procedente de Vega. Al llegar se encontraron con que todos comentaban el incendio de Babilonia, ocurrido al amanecer, quizá la hora en que el sitio era frecuentado por sus más sórdidos visitantes. Un comando agresor, equipado con morteros y bombas incendiarias, había lanzado un ataque simultáneamente por las puertas de Enlil y de Ishtar. El Zigurat fue consumido por las llamas. En una foto aparecía un grupo de visitantes con escaso ropaje, en el momento en que huían del Templo de Asur. Felizmente no hubo víctimas mortales, aunque sí numerosos heridos.

Un momento antes del hecho, una llamada anónima avisó al *New York Sun* que se estaba perpetrando el atentado. Se trataba de una represalia de inspiración divina —adujo el informante—, realizada en nombre de la decencia y la moralidad, por personas hartas ya de tanta corrupción. El presidente de Babilonia S.A. repudió el acto y deploró una supuesta conspiración criminal, pero de momento nada había declarado S. R. Hadden, dondequiera que se encontrara.

Como se sabía que Ellie había visitado a Hadden en Babilonia, varios integrantes del proyecto le pidieron su parecer. Hasta Drumlin se mostró interesado en oír su opinión aunque, a juzgar por su obvio conocimiento sobre la cartografía de Babilonia, era posible que hubiese estado allí más de una vez. Sin embargo, también podía ser que lo conociera solo por las fotos y mapas del lugar que habían publicado las revistas.

Pasado el momento de los comentarios, se dispusieron a trabajar. El Mensaje continuaba emitiéndose en las mismas frecuencias, pasos de banda y constantes de tiempo, y tampoco se había variado la modulación de fase ni de polarización. El diseño de la Máquina y el manual seguían debajo de los números primos y la transmisión de las Olimpíadas. Los extraterrestres daban la impresión de ser muy detallistas, o quizá se hubiesen olvidado de apagar el transmisor.

Valerian tenía una expresión abstraída.

—Peter, ¿por qué siempre mira el techo cuando piensa?

Muchos creían que Drumlin se había suavizado con el paso de los años, pero cuando hablaba como lo acababa de hacer, demostraba que no se había reformado del todo. El hecho de haber sido elegido por la presidenta norteamericana para representar al país ante los veguenses era para él un gran honor. El viaje —les comentó a sus amigos— sería el punto culminante de su carrera. Su mujer, momentáneamente trasladada a Wyoming, y aún obstinadamente fiel, tenía que soportar que Drumlin pasara las mismas diapositivas ante un nuevo público: los científicos y técnicos que construían la Máquina. Dado que el emplazamiento fabril quedaba cerca de su Montana natal, Drumlin viajaba allí en ocasiones. En una de ellas, Ellie misma lo llevó en coche hasta Missoula, y por primera vez Drumlin se mostró cordial con ella durante varias horas seguidas.

—¡Shhh! Estoy pensando —respondió Valerian—. Aplico una técnica de silenciado. Procuro eliminar las distracciones de mi campo visual, y viene usted a interferir en mi espectro de audio. Si me pregunta por qué no me basta con mirar un papel en blanco, le contesto que el papel es demasiado pequeño, que seguiría percibiendo las cosas con mi visión periférica. De todos modos, lo que me planteaba era esto: ¿por qué seguimos recibiendo el mensaje de Hitler y sus Olimpíadas? Han pasado años. A esta altura ya deberían haber recibido la transmisión de la coronación británica. ¿Por qué no hemos visto primeros planos del cetro real, y una voz que anuncie que se ha «coronado a Jorge VI por la gracia de Dios, rey de Inglaterra e Irlanda del Norte y emperador de la India»?

—¿Estás seguro de que Vega se hallaba sobre Inglaterra cuando se efectuó la transmisión de la coronación? —preguntó Ellie.

—Sí; eso lo verificamos al poco tiempo de recibir la emisión de las Olimpíadas. Y la intensidad fue muy superior a la del episodio de Hitler. No me cabe duda de que se podría haber captado en Vega.

—¿Temes que ellos no quieran que sepamos cuánto saben sobre nosotros?

—Están apresurados. —Valerian solía a veces emitir expresiones ambiguas.

—Lo más probable —conjeturó Ellie— es que quieran recordarnos que saben sobre la existencia de Hitler.

—Eso no es muy distinto de lo que he dicho yo —sostuvo Valerian.

—Bueno, no perdamos el tiempo con fantasías —protestó Drumlin, a quien impacientaban las especulaciones respecto a los posibles móviles de los extraterrestres. Para él, de nada valía esbozar teorías puesto que pronto habrían de conocer la verdad. Propuso que todos se dedicaran de lleno al Mensaje, con sus datos precisos, abundantes, expuestos con maestría—. A ustedes dos les vendría bien tomar un poco de contacto con la realidad. ¿Por qué no vamos a la zona de montaje? Creo que ya ha empezado la integración de los sistemas con las clavijas de erbio.

El diseño geométrico de la Máquina era sencillo, pero los detalles eran sumamente complejos. Las cinco butacas para los tripulantes se hallaban en el sector medio del dodecaedro. No había un lugar especial para comer, dormir, ni para las necesidades fisiológicas, pero sí se indicaba expresamente el máximo peso permitido para la tripulación y sus pertenencias. En la práctica, dicha limitación beneficiaba a las personas de baja estatura. Eso quería decir, en opinión de algunos, que cuando fuera activada, la Máquina remontaría vuelo para ir a reunirse con algún vehículo espacial interestelar, en las proximidades de la Tierra. El único problema era que, mediante una minuciosa exploración óptica y con radar, no se hallaba el menor indicio de dicha nave. No parecía muy posible que a los extraterrestres les hubiera pasado por alto algo tan humano como las necesidades fisiológicas. A lo mejor la Máquina no iría a ninguna parte, sino que les haría algo a los tripulantes. En la cabina central no había instrumento alguno, nada con que guiar el artefacto, ni siquiera una llave de encendido; solo los cinco sillones orientados hacia dentro, para que cada tripulante pudiera observar a los demás.

Encima y debajo de la cabina, en la parte más angosta del

dodecaedro, estaban los elementos orgánicos, con su intrincada y desconcertante arquitectura. En el interior de ese sector, aparentemente ubicadas al azar, se encontraban las clavijas de erbio, y por fuera se hallaban tres cápsulas esféricas concéntricas, cada una de las cuales representaba una de las tres dimensiones físicas. Se suponía que las cápsulas colgaban por suspensión magnética puesto que el manual incluía un potente generador de campo magnético, y el espacio entre las cápsulas y el dodecaedro debía ser un riguroso vacío.

En el Mensaje no se nombraba ningún componente. Al erbio se lo identificaba como el átomo con 68 protones y 99 neutrones. También se describían en forma numérica las diversas partes de la Máquina; por ejemplo, el componente 31. Fue así como a las cápsulas esféricas comenzó a denominárselas «benzels», por Gustav Benzel, un técnico checoslovaco que, en 1870, había inventado la calesita.

El diseño y la función de la Máquina eran incomprensibles; fue necesario apelar a nuevas tecnologías para fabricarla, pero estaba hecha de materia, la estructura podía representarse con diagramas, y ya era posible visualizar su formato final. Debido a todo eso, reinaba un notable optimismo en el plano tecnológico.

Drumlin, Valerian y Arroway cumplieron con los pasos de rutina para identificarse —exhibir credenciales, dejar huellas digitales y de voz—, y pudieron acceder a la amplia playa de montaje. En ese momento, unas imponentes grúas colocaban las clavijas de erbio dentro de la matriz orgánica. De unas guías elevadas colgaban varios paneles pentagonales para revestir el dodecaedro. Si bien los soviéticos habían tenido algunas complicaciones, los subsistemas norteamericanos aprobaron todos los controles de calidad, y poco a poco se iba configurando la Máquina. «Esto va cobrando forma», pensó Ellie. Miró hacia el sitio donde se trabajaba con los benzels. Cuando estuviera terminada, la Máquina presentaría un aspecto exterior semejante al de las esferas armilares de los astrónomos renacentistas. ¿Qué hubiera pensado Johannes Kepler de todo eso?

Técnicos, funcionarios del gobierno y representantes del Consorcio Mundial se apiñaban en las vías circulares, instaladas a diversas alturas, en el edificio de montaje. Mientras observaban el panorama, Valerian comentó que su mujer había recibido varias cartas de la presidenta en persona, pero que no quería contarle de qué trataban.

Ya casi habían terminado de colocar las clavijas, y por primera vez se haría una prueba de la integración de los sistemas. Algunos opinaban que el dispositivo de monitoreo era un telescopio de gravedad. Cuando estaba por comenzar la prueba, se situaron al otro lado de una columna para ver mejor.

De pronto, Drumlin salió volando por los aires. Todo parecía volar, como por efecto de un tornado. Al igual que en una película de cámara lenta, Drumlin se abalanzó sobre Ellie con los brazos abiertos y la derribó. «Después de tantos años —pensó ella—, ¿esta es la forma que elige para una proposición sexual?» Drumlin todavía tenía mucho que aprender.

Nunca se pudo determinar quién lo hizo. Numerosas organizaciones se adjudicaron públicamente la autoría del atentado, entre ellas la Facción del Ejército Rojo, la Yihad islámica, la Fundación para la Fusión de la Energía —que había pasado a la clandestinidad—, los separatistas sijs, el Jemer Verde, el Renacimiento Afgano, el ala radicalizada de las Madres Contra la Máquina, la Iglesia de la Reunificación, Omega Siete, los Milenaristas del Juicio Final (aunque Billy Jo Rankin negó toda relación con el hecho, aduciendo que se culpaba a las diversas religiones en un intento de desacreditar a Dios), el Catorce de Febrero, el Ejército Secreto del Kuomintang, la Liga Sionista, el Partido de Dios y el recientemente resucitado Ejército Simbiótico de Liberación. La mayoría de esas organizaciones no contaban con los medios para haber perpetrado el sabotaje; pero lo largo de la lista daba la pauta de cómo se había extendido la oposición a la Máquina.

El Ku Klux Klan, el Partido Nazi Norteamericano, el Partido Nacionalsocialista Democrático y varios organismos de similares tendencias se abstuvieron de realizar declaraciones, y no se atribuyeron la responsabilidad. Una influyente minoría de sus integrantes tenía la convicción de que el Mensaje había sido enviado por Hitler mismo. Según una versión, Hitler había sido sustraído de la Tierra en mayo de 1945, y en los años siguientes los nazis habían avanzado enormemente en el campo tecnológico.

Una comisión investigadora llegó a la conclusión de que una explosión fraccionó una de las clavijas de erbio; ambos fragmentos cayeron desde veinte metros de altura y salieron impulsados lateralmente con violencia. El impacto hizo desplomar una pared interior. Hubo once víctimas mortales y cuarenta y ocho heridos. Gran cantidad de importantes componentes resultaron destruidos y, como el Mensaje no mencionaba una explosión entre los métodos de prueba, se temía que pudieran estar dañados otros componentes que, en apariencia, no habían sido afectados. Al no tener idea de cómo funcionaba la Máquina, era necesario ser muy riguroso en su fabricación.

Pese a la cantidad de organizaciones que se atribuyeron la autoría del atentado, de inmediato las sospechas recayeron sobre dos de los pocos grupos que no reivindicaban su responsabilidad: los extraterrestres y los rusos. Una vez más se volvió a hablar de máquinas para provocar el fin del mundo. Los extraterrestres habían planificado que la Máquina debía estallar, pero felizmente habíamos sido poco cuidadosos en el montaje, y gracias a eso solo estalló una pequeña carga. Los detractores encarecían que se suspendiera la construcción antes de que fuera demasiado tarde, y que se enterraran los componentes restantes en remotos salitrales.

Sin embargo, la comisión investigadora llegó a la conclusión de que la Catástrofe de la Máquina —como comenzó a llamársela— había tenido un origen más terrenal. Las clavijas poseían una cavidad central elipsoidal, de objeto desconocido, y su pared interior estaba revestida con una maraña de cables de gadolinio. En esa cavidad se hallaron explosivos plásticos y un reloj, materiales no incluidos en las instrucciones del Mensaje. Se torneó la clavija, se recubrió la cavidad, y el producto terminado fue puesto a prueba en una planta que Cibernética Hadden tenía en Terre Haute (Indiana). Dada la imposibilidad de confeccionar a mano los cables de gadolinio, fue menester emplear servomecanismos robot, y estos a su vez se manufacturaron en un importante establecimiento fabril que fue necesario levantar. El coste total de la edificación fue sufragado por Cibernética Hadden.

Al inspeccionarse las otras tres clavijas de erbio, se comprobó que no tenían explosivos. (Los fabricantes soviéticos y japoneses efectuaron varios experimentos de teledetección antes de osar inspeccionar las suyas.) Alguien había introducido en la cavidad la carga y el reloj casi al final del proceso de construcción, en Terre Haute. Una vez que esa clavija —y las de otros lotes— abandonaron la fábrica, se las transportó a Wyoming en un tren especial, con custodia militar. El momento elegido para la detonación y el carácter del sabotaje daban a entender que el autor tenía pleno conocimiento de la Máquina, o sea que era alguien de dentro.

No obstante, las pesquisas no avanzaban. Eran muchos —entre ellos, técnicos, analistas de control de calidad, inspectores encargados de sellar el componente— los que habían tenido la oportunidad, si no los medios y la motivación, de cometer el sabotaje. Los que no aprobaron las pruebas poligráficas, contaban con firmes coartadas. Ninguno de los sospechosos dejó escapar un comentario indiscreto en algún bar de las inmediaciones. No se supo de nadie que hubiera comenzado a gastar cifras desproporcionadas de dinero. Nadie se doblegó en los interrogatorios. Pese a los denodados esfuerzos de los organismos de investigación, jamás se esclareció el misterio.

Los que acusaban a los soviéticos aducían que la intención de los rusos era impedir que Estados Unidos activara primero la Máquina. Los soviéticos tenían capacidad técnica para el sabotaje, y también conocían a fondo los pormenores sobre la fabricación. Apenas ocurrido el desastre, Anatoly Goldmann, antiguo discípulo de Lunacharsky, que se desempeñaba como representante de su país en Wyoming, realizó una llamada urgente a Moscú para aconsejar a sus compatriotas que retiraran todas las clavijas. Esa conversación —registrada por los servicios de inteligencia norteamericanos— parecía demostrar la inocencia de los rusos, pero hubo quienes sugirieron que se trataba de un ardid para disipar sospechas. Ese argumento fue esgrimido por los mismos sectores que se oponían a la reducción de tensiones entre las dos superpotencias nucleares. Como era de prever, los jerarcas de Moscú se indignaron ante la insinuación.

En realidad, los soviéticos se enfrentaban en esos momentos a serios problemas de fabricación. Siguiendo las instrucciones del Mensaje, el Ministerio de Industria Semipesada obtuvo grandes logros en lo relativo a la extracción de minerales, la metalurgia y las máquinas-herramienta. Sin embargo, la nueva microelectrónica y la cibernética les resultaron más difíciles, razón por la cual tuvieron que encargar a contratistas europeos y japoneses la mayor parte de los componentes de la Máquina. Más inconvenientes aún le acarreó a la industria local soviética la química orgánica, para la cual era preciso utilizar técnicas propias de la biología molecular.

En la década de 1930 se asestó un golpe casi fatal a los estudios genéticos en la Unión Soviética, cuando Stalin censuró la moderna genética mendeliana por razones ideológicas, y consagró como científicamente ortodoxa la estrafalaria genética de un agrónomo llamado Trofim Lysenko. Dos generaciones de brillantes alumnos soviéticos quedaron sin aprender nada sobre las leyes fundamentales de la herencia. Fue así como, sesenta años después, en ese país no había avanzado la biología molecular ni la ingeniería genética, y muy pocos descubrimientos sobre el tema habían realizado los científicos soviéticos. Algo similar sucedió —aunque en menor escala— en Estados Unidos cuando, amparándose en razones teológicas, se intentó prohibir en las escuelas públicas la enseñanza de la evolución, la idea central de la biología moderna. Muchos sostenían que una interpretación fundamentalista de la Biblia contradecía la teoría de la evolución.

Afortunadamente, los fundamentalistas no eran tan influyentes en Estados Unidos como había sido Stalin en Rusia.

En el informe especial preparado para la presidenta se aseguraba que no había indicios para suponer que los soviéticos fuesen los autores del sabotaje. Por el contrario, ya que a los dos países se les había asignado el mismo número de tripulantes, había un enorme incentivo para apoyar la terminación de la Máquina norteamericana. «Si nuestra tecnología está en un nivel tres —explicaba el director de Inteligencia Central—, y el enemigo ya se encuentra en el nivel cuatro, uno se alegra cuando, de pronto, surge la tecnología de nivel quince, siempre y cuando tengamos igual acceso a ella, y recursos adecuados.» Muy pocos funcionarios estadounidenses culpaban a los rusos por el sabotaje, tal como lo expresó públicamente la presidenta en más de una ocasión. Pero los viejos hábitos son difíciles de erradicar.

«Ningún grupo de insensatos, por organizados que estén, podrá desviar a la humanidad de su histórico derrotero», declaró la mandataria. En la práctica, sin embargo, era muy difícil llegar a un consenso nacional ya que, a raíz del sabotaje, volvían a ponerse sobre el tapete todas las objeciones surgidas anteriormente. La perspectiva de que los rusos terminaran antes su Máquina fue lo único que alentó a los norteamericanos a proseguir.

La viuda de Drumlin quería una ceremonia sencilla para las exequias de su marido, pero en esa cuestión, como en muchas otras, no pudo llevar a cabo sus deseos. Gran número de físicos, funcionarios de Estado, radioastrónomos, buzos aficionados, entusiastas del acuaplano y la comunidad mundial de SETI, quisieron estar presentes. Primero se pensó realizar un funeral en la catedral de San Juan el Divino, de Nueva York, por ser la única iglesia del país de tamaño adecuado, pero la mujer de Drumlin obtuvo una pequeña victoria al lograr que se efectuara al aire libre en Missoula (Montana), ciudad natal de su marido. Las autoridades aceptaron la decisión porque Missoula les simplificaba los problemas referidos a la seguridad.

A pesar de que Valerian no resultó herido grave, los médicos le aconsejaron no asistir al funeral; no obstante, desde un sillón de ruedas pronunció uno de los discursos de despedida. El genio de Drumlin, dijo Valerian, residía en saber qué preguntas debía formular. Había encarado escépticamente el problema de SETI, porque el escepticismo yacía en el corazón de la ciencia. Una vez que quedó claro que se estaba recibiendo un mensaje, no hubo nadie más dedicado ni más imaginativo que él para emprender la decodificación. En representación de la presidenta, el subsecretario de Defensa, Michael Kitz, puso de relieve las cualidades de Drumlin, su calidez, la importancia que daba a los sentimientos de los demás, su inteligencia, sus notables dotes deportivas. De no haber mediado ese cobarde y trágico atentado, Drumlin habría pasado a la historia como el primer norteamericano que llegó a otra estrella.

Ellie no quería ser uno de los oradores, le advirtió a Der Heer. Nada de entrevistas. Quizás algunas fotos, porque sabía lo importantes que eran las fotografías. No se tenía confianza como para decir lo que correspondía. Si bien durante años había oficiado de vocero de SETI, de Argos y luego del Mensaje y la Máquina, esto era distinto. Necesitaba tiempo para poner sus pensamientos en orden.

Estaba convencida de que Drumlin había muerto para salvarle la vida. Él advirtió la explosión antes que los demás, vio los cientos de kilos de erbio que se abalanzaban sobre ellos y, con sus rápidos reflejos, dio un salto para empujarla detrás de la columna.

Cuando Ellie le mencionó esa posibilidad a Der Heer, este respondió:

—Lo más probable es que Drumlin haya saltado para salvar su propia vida, y tú estabas en el camino. —El comentario le resultó desafortunado. Al apercibir su desagrado, Ken agregó—: Lo que lo lanzó por el aire quizás haya sido la sacudida al chocar el erbio contra el andamiaje.

Sin embargo, ella estaba absolutamente segura, pues vio la preocupación de Drumlin por salvarle la vida. Y lo consiguió.

Gracias a él, solo tuvo magulladuras. A Valerian, que se hallaba en un sitio más resguardado, le cayó encima una pared que le partió ambas piernas. Ellie había tenido suerte en más de un sentido, puesto que ni siquiera perdió el conocimiento.

Apenas comprendió lo que había pasado, su primer pensamiento no fue dirigido a su antiguo profesor Drumlin, que acababa de sufrir una muerte horrible ante sus ojos; tampoco sintió asombro por el hecho de que él hubiese ofrendado su vida para salvarla ni pensó en los daños ocasionados a la Máquina. No. Con una marcada nitidez, lo que le pasó por la mente fue: «Voy a ir, van a tener que mandarme a mí, no puede ir nadie más que yo.»

Al instante se arrepintió, pero ya era tarde. Se despreciaba a sí misma por el egoísmo mostrado en tan lamentable situación. No importaba que Drumlin hubiese tenido en vida el mismo defecto, le consternaba haberlo encontrado en ella, aunque solo fuera por un momento. Cómo pudo planificar el futuro sin tomar en cuenta a nadie más que a su propia persona, se reprochó.

Cuando arribaron los investigadores al lugar del hecho, Ellie no se mostró muy comunicativa.

—Perdónenme, pero no es mucho lo que puedo aportar. Íbamos caminando los tres por el andamiaje cuando de pronto se produjo la explosión y todo salió volando. Siento no poder ayudarlos más.

A sus colegas les advirtió que no deseaba hablar del tema, y se recluyó en su apartamento durante tanto tiempo que fue preciso enviar a alguien a averiguar si le pasaba algo. Ellie trató de recordar hasta el mínimo detalle del incidente. Procuró reconstruir la conversación que mantuvieron antes de ingresar en la zona de montaje, de qué habían hablado Drumlin y ella en aquel viaje a Missoula, qué impresión le había causado Drumlin cuando lo conoció al comenzar sus estudios superiores. Poco a poco se dio cuenta de que una parte de ella le había deseado la muerte, aun antes de que compitieran por el puesto de tripulante de la Máquina. Lo detestaba por haberla ridiculizado delante de sus compañeros de clase, por oponerse a Argos, por lo que le dijo apenas se reconstruyó la película de Hitler. Deseó que se muriera, y ahora estaba muerto. Según cierto razonamiento —que de inmediato le pareció rebuscado y falso—, podía considerarse culpable.

¿Habría estado él allí de no haber sido por ella? Por supuesto, se dijo. Cualquiera habría descubierto el Mensaje, y Drumlin, por decirlo de alguna manera, se habría metido igual. Pero quizá por su propia negligencia científica, ¿no lo había provocado ella para que se comprometiera más con el proyecto de la Máquina? Fue analizando punto por punto todas las posibilidades, dedicándoles más atención a las más desagradables. Pensó en todos los hombres a quienes, por una razón u otra, había admirado. Drumlin, Valerian, Der Heer, Hadden... Joss, Jesse... ¿Staughton...? Su padre.

—¿La doctora Arroway?

Ellie no tomó a mal que interrumpiera su meditación una mujer rubia y corpulenta, con un vestido azul floreado. La cara le resultaba familiar. Sobre su voluminoso busto, una tarjeta de identificación ponía: «H. Bork - Goteborg.»

—Doctora, lamento el dolor que debe de sentir usted... y yo también. David me habló mucho de usted.

¡Pero claro! La legendaria Helga Bork, la compañera de buceo de Drumlin en aquellas insoportables sesiones de diapositivas. ¿Quién, se preguntó por vez primera, había tomado esas fotos? ¿O acaso los acompañaba siempre un fotógrafo en sus citas románticas subacuáticas?

—Me comentó el afecto que se tenían.

«¿Qué me está diciendo esta mujer? ¿Drumlin no le habrá insinuado...?» Se le llenaron los ojos de lágrimas.

—Discúlpeme, doctora Bork, pero no me siento bien.

Se alejó deprisa, con la cabeza gacha.

Le hubiera gustado estar con muchos de los asistentes al funeral: Vaygay, Arjangelsky, Gotsridze, Baruda, Yu, Xi, Devi. También con Abonneba Eda, cuyo nombre se mencionaba con insistencia como posible quinto tripulante. Sin embargo, no tenía ánimo para el trato social, y tampoco podría soportar reuniones largas. Además, no se tenía confianza. Si se atrevía a hablar, ¿en qué medida sus palabras servirían para beneficio del proyecto o para satisfacer sus propias necesidades? Todos la comprendieron. Al fin y al cabo, era ella la que había estado más cerca de Drumlin cuando la clavija de erbio le ocasionó la muerte.

16

Los antepasados del ozono

El dios que reconoce la ciencia debe ser un dios de leyes universales exclusivamente, un dios que se dedique a un negocio mayorista, no al por menor. Él no puede adaptar sus procesos a la conveniencia de cada individuo.

WILLIAM JAMES,
Las variedades de la
experiencia religiosa (1902)

Desde una altitud de pocos cientos de kilómetros, la Tierra ocupa la mitad de nuestro cielo, y la franja azul que se extiende desde Mindanao hasta Bombay, que nuestros ojos pueden abarcar de una sola mirada, conmueve por su infinita belleza. Ese es mi mundo, piensa uno. Es el lugar de donde provengo, donde se encuentran todas las personas que conozco; allí es donde me crie, bajo ese exquisito e inexorable azul.

Podemos desplazarnos hacia el este, de horizonte a horizonte, de amanecer a amanecer, y rodear el planeta en una hora y media. Al cabo de un tiempo llegaríamos a conocerlo plenamente, con todos sus rasgos típicos y sus anomalías. Es mucho lo que puede observarse a simple vista. Pronto aparecerá de nuevo Florida. La tormenta tropical que vimos abalanzarse sobre el Caribe, ¿habrá llegado a Fort Lauderdale? Alguna de las montañas del Hindu-Kush, ¿estará sin nieve este verano? Son dignos de admiración los acantilados color aguamarina del mar de Coral. Contemplamos los hielos flotantes del Antártico Sur y nos preguntamos si, en caso de desplomarse, llegarían a inundar todas las ciudades costeras del planeta.

De día, sin embargo, cuesta advertir signos de la presencia humana; pero por la noche —salvo la aurora polar—, todo lo que se ve es obra del hombre. Esa faja de luz es la zona este de Norteamérica, un brillo continuo desde Boston hasta Washington, una megalópolis de hecho ya que no de nombre. Más allá se advierte la quema de gas natural, en Libia. Las relucientes luces de los buques japoneses para la pesca del camarón se han trasladado al mar de China Meridional. En cada órbita, la Tierra nos cuenta nuevas historias. Es posible ver una erupción volcánica en Kamchatka, una tormenta de arena del Sahara que se aproxima a Brasil, un clima incomprensiblemente gélido en Nueva Zelanda. Entonces, empezamos a considerar a la Tierra como un organismo, un ser viviente. Nos preocupamos por él, le tenemos cariño, le deseamos lo mejor. Las fronteras nacionales son tan invisibles como los meridianos de longitud, como el trópico de Cáncer o el de Capricornio. Las fronteras son arbitrarias; el planeta es real.

El vuelo espacial, por ende, es subversivo. La mayoría de los que tienen la suerte de encontrarse en la órbita de la Tierra, al cabo de cierta meditación, comparte los mismos pensamientos. Los países promotores de la carrera espacial, en gran medida lo hicieron por razones nacionalistas; sin embargo, se daba la ironía de que casi todos los que ingresaban en el espacio adquirían una sorprendente perspectiva transnacional de la Tierra como un único mundo.

Era factible imaginar el día en que llegaría a predominar la lealtad a ese mundo azul, o incluso a ese racimo de mundos que rodean la estrella amarilla a la que los humanos, por no saber que cada estrella es un sol, le confirieron el artículo definido: el Sol. En ese momento, a raíz de que mucha gente se internaba por largos períodos en el espacio y podía entonces disponer de tiempo para la reflexión, comenzaba a sentirse la fuerza de la perspectiva planetaria. Resultó ser que gran cantidad de los ocupantes de esa órbita baja del planeta eran personas de influencia en la propia Tierra.

Desde antes de que el hombre llegara al espacio, ya se habían enviado allá animales. Fue así como numerosas amebas, moscas de las grutas, ratas, perros y simios se convirtieron en audaces exploradores del espacio. A medida que fue posible extender cada vez más la duración de los vuelos espaciales, se descubrió el insólito hecho de que no se producía el menor efecto sobre los microorganismos, y muy poco sobre las moscas de la fruta. Sin embargo, al parecer la gravedad cero prolongaba la vida de los mamíferos entre un diez y un veinte por ciento. Al vivir en gravedad cero, se decía, el cuerpo gasta menos energía en luchar contra la fuerza de gravedad, las células demoran más en oxidarse, y en consecuencia uno vive más tiempo. Algunos físicos sostenían que los efectos serían más pronunciados en los humanos que en las ratas. Se percibía en el aire un tenue aroma a inmortalidad.

El promedio de casos de cáncer se redujo a un ochenta por ciento entre los animales orbitales, comparados con un grupo de control en la Tierra. Los casos de leucemia y carcinomas linfáticos disminuyeron en un noventa por ciento. Se advertían indicios —quizás aún no importantes en términos estadísticos— de que la remisión espontánea de enfermedades neoplásicas era mucho mayor en gravedad cero. Medio siglo antes, el químico alemán Otto Warburg había declarado que muchos tipos de cáncer se debían a la oxidación. Gente que en décadas anteriores peregrinaba en busca de curación, suplicaba en ese momento por un billete al espacio, pero el precio era exorbitante. Ya se tratase de medicina clínica o preventiva, los vuelos espaciales eran para unos pocos.

De pronto comenzaron a aparecer enormes sumas de dinero —antes inaccesibles— para invertir en estaciones espaciales civiles. Al finalizar el segundo milenio, ya había rudimentarios hoteles de retiro a pocos cientos de kilómetros de altitud. Aparte del gasto, había también una grave desventaja, desde luego: el progresivo daño osteológico y vascular nos imposibilitaría volver al campo gravitacional de la superficie terráquea. No obstante, eso no constituía un gran impedimento para muchos ancianos acaudalados, quienes, con tal de ganar otra década de vida, se mostraban muy felices de retirarse al cielo y, llegado el caso, morir allí.

Algunos lo consideraban una inversión imprudente de los escasos recursos de la Tierra; los pobres y desvalidos padecían demasiadas necesidades apremiantes como para derrochar dinero en mimar a los ricos y poderosos. Era una tontería, afirmaban, permitir que una élite emigrara al espacio, mientras las masas debían permanecer en la Tierra, un planeta dominado de hecho por esos propietarios ausentes. Otros tomaron la situación como un regalo de Dios: los dueños del planeta se marchaban; seguramente allá arriba no podrían hacer tanto daño como aquí.

Nadie previó la principal consecuencia: que deberían adquirir una perspectiva planetaria las personas con más capacidad para hacer el bien. Al cabo de unos años, quedaban muy pocos nacionalistas en la órbita de la Tierra. La amenaza de una guerra atómica mundial plantea problemas a quienes sienten cierta inclinación por la inmortalidad.

Había industriales japoneses, magnates navieros griegos, príncipes saudíes, un ex presidente, un ex secretario general del Partido, un barón chino ladrón y un traficante de heroína jubilado. En Occidente, aparte de algunas pocas invitaciones promocionales, se optó por un solo criterio para poder residir en la órbita terrestre: poder pagar. El albergue soviético era distinto; se lo denominaba estación espacial, y se rumoreaba que estaba allí el antiguo secretario general del Partido para una «investigación gerontológica». En general, las multitudes no lo tomaron a mal. Algún día, pensaban, ellos también irían allí.

Los residentes de la órbita tenían un comportamiento circunspecto, medido. Constituían el centro de atención de otras personas ricas y poderosas que aún se hallaban en la Tierra. No emitían declaraciones públicas, pero poco a poco sus opiniones comenzaron a influir sobre los gobernantes del mundo entero. Los venerables en órbita propiciaban, por ejemplo, que las cinco potencias nucleares continuaran con el progresivo desarme. Sin estridencias apoyaron la construcción de la Máquina por su capacidad para contribuir a la unificación del mundo. En ocasiones, alguna organización nacionalista publicaba algo acerca de una vasta conspiración en la órbita de la Tierra, de viejos achacosos que simulaban ser benefactores y regalaban su suelo natal. Circulaban panfletos, con la supuesta versión taquigráfica de una reunión a bordo del *Matusalén*, a la que concurrieron representantes de otras cinco estaciones espaciales privadas. Se transcribía una nómina de «medidas a tomar», pensadas con el objeto de aterrorizar hasta al más tibio patriota. *Timesweek* publicó que los panfletos eran falsos, y los denominó «los Protocolos de los Antepasados del Ozono».

Los días previos al lanzamiento, Ellie pasó largos ratos —a menudo las horas del amanecer— en la playa Cocoa. Le habían prestado un apartamento que daba sobre el Atlántico. Solía llevar mendrugos de pan para arrojarles a las gaviotas y ver cómo los atrapaban en el aire. Había momentos en que veinte o treinta gaviotas revoloteaban a apenas un metro de su cabeza. Agitaban enérgicamente las alas para mantenerse en su sitio, con el pico abierto, preparándose para la milagrosa aparición de la comida. Pasaban rozándose unas a otras en movimientos al parecer fortuitos, pero el efecto del conjunto era el de una bellísima formación.

Al regresar, reparó en una hoja de palmera, pequeña y perfecta, en la orilla de la playa. La recogió, le quitó la arena con cuidado y la llevó al apartamento.

Hadden la había invitado para que fuera a visitarlo a su «casa lejos del hogar», su mansión del espacio a la que había puesto por nombre *Matusalén*. Ellie no debía contar lo de la invitación a nadie que no fuese del gobierno, debido al deseo de Hadden de mantenerse oculto. De hecho, eran pocos los que sabían que se había retirado a vivir en el espacio. Ellie consultó con varios funcionarios estatales, y todos le sugirieron que fuera. «El cambio de ambiente te hará bien», fue el consejo de Der Heer. La presidenta se manifestó decididamente a favor del viaje, puesto que quedaba una sola plaza libre para el siguiente vuelo en el vetusto transbordador *Intrépido*. Quienes decidían irse a vivir en una residencia en órbita solían viajar en los vehículos de una empresa privada. Otro vehículo, de mayores dimensiones, también estaba por ser habilitado para tales vuelos. Sin embargo, la vieja flota de transbordadores era el medio más utilizado para los viajes al espacio, tanto por civiles como por militares.

No se exigía ningún requisito especial para volar, salvo gozar de buena salud. Los vuelos comerciales partían completos y retornaban casi vacíos. La semana anterior, el *Intrépido* había atracado en *Matusalén* para recoger a dos pasajeros que regresaban a la Tierra. Ellie reconoció los nombres; uno era diseñador de sistemas de propulsión y el otro, un criobiólogo. Se preguntó qué habrían ido a hacer a *Matusalén*.

Apiñada en la cabina con el piloto, dos especialistas de la misión, un militar muy callado y un inspector de Hacienda, Ellie disfrutó enormemente del despegue perfecto. Era su primera experiencia en gravedad cero por un período más prolongado que un viaje en el ascensor de alta desaceleración del edificio neoyorquino World Trade Center. Una órbita y media después, llegaron a *Matusalén*. El transporte comercial *Narnia* la traería de regreso a la Tierra dos días más tarde.

La Mansión —Hadden insistía en llamarla así— giraba lentamente, una revolución cada noventa minutos, de modo que siempre quedaba el mismo lado orientado hacia la Tierra. El panorama que se apreciaba desde el escritorio de Hadden era una maravilla; no se trataba de una pantalla de televisión sino de una ventana transparente. Los fotones que Ellie veía acababan de reflejarse desde los nevados Andes apenas una fracción de segundo antes. Salvo en el sector periférico del ventanal, no se advertía casi ni la menor distorsión.

Se encontró con muchas personas conocidas —incluso varias que se consideraban religiosas—, a quienes les daba cierto pudor expresar su sobrecogimiento. Pero uno tenía que ser de madera, pensó ella, para pararse frente a esa ventana y no experimentar esa sensación. Habría que mandar allí a jóvenes poetas y compositores, se dijo, a pintores y cineastas, a todo individuo con profundas convicciones religiosas que no estuviera comprometido con las burocracias sectarias. Sería muy fácil transmitir esa experiencia al habitante medio de la Tierra. La sensación era... sobrenatural.

—Uno se acostumbra —reconoció Hadden—, pero no se cansa de esto. De vez en cuando todavía me hace sentir inspirado.

Hadden bebía una gaseosa dietética y ella había rehusado una copa. La tasa de recargo sobre el alcohol etílico debía de ser alta en la órbita, pensó.

—Claro que hay cosas que se echan en falta, como las largas caminatas, poder nadar en el mar, los amigos que caen de visita sin avisar. No obstante, son cosas que yo tampoco hacía a menudo en la Tierra, y, como ve, los amigos pueden venir a verme cuando quieran.

—El precio es carísimo.

—A Yamagishi, mi vecino, una mujer viene a verlo, llueva o truene, el segundo martes de cada mes. Después se lo presentaré; es todo un personaje. Se trata de un famoso criminal de guerra que fue sometido a proceso, pero nunca llegó a ser condenado.

—¿Qué le atrae de esto? Usted no piensa que esté por terminarse el mundo. Entonces, ¿qué hace aquí?

—Me encanta la vista. Además, hay incentivos de orden jurídico. Una persona como yo, que ha propiciado nuevos inventos, industrias inéditas, está siempre expuesta a transgredir alguna ley. Esto suele ocurrir porque las leyes viejas no se han puesto a la par de la tecnología moderna. Se pierde mucho tiempo con los juicios, y eso disminuye el rendimiento. Pero todo esto —con un amplio ademán abarcó la Mansión y la Tierra— no pertenece a ningún país. Los propietarios de la Mansión somos mi amigo Yamagishi, yo y algunos otros. No puede ser ilegal surtirme de alimentos y satisfacer mis necesidades materiales, pero, para estar más seguros, nos hemos propuesto trabajar sobre circuitos ecológicos cerrados. No existe tratado de extradición entre la Mansión y ningún país. A mí me resulta más... rentable residir aquí.

»No vaya a pensar que he cometido delito alguno, pero como nos dedicamos a tantos temas novedosos, preferimos no correr riesgos. Por ejemplo, algunos creen que fui yo quien saboteó la Máquina, y no toman en cuenta que invertí cifras descabelladas para intentar construirla. Y usted vio lo que hicieron en Babilonia. Mis investigadores de seguros consideran que los atentados quizás hayan sido obra de la misma gente. No sé por qué tengo tantos enemigos; no lo entiendo, habiendo hecho tanto bien a la humanidad. Por todo esto, supongo que lo mejor es que viva aquí.

»Ahora bien; era sobre la Máquina que quería hablar con usted. La catástrofe de la clavija de erbio fue terrible. Realmente siento muchísimo la muerte de Drumlin, un hombre tan luchador. Para usted debe de haber sido una conmoción. ¿Seguro que no quiere beber algo?

A Ellie le bastaba con mirar la Tierra y escuchar.

—Si yo no me desanimé con lo de la Máquina —prosiguió Hadden—, no veo por qué tendría que desalentarse usted. Tal vez le inquiete la posibilidad de que nunca se termine la Máquina norteamericana, de que haya tantas personas empeñadas en su fracaso. La presidenta comparte la misma preocupación. Además, esas fábricas que levantamos no son meras plantas de montaje. Hemos estado elaborando productos artesanales y va a ser muy costoso reponer todo lo que se perdió. A lo mejor piensa que quizás haya sido una mala idea desde el principio, que fuimos unos tontos en apresurarnos y que convendría efectuar un análisis global. Y aunque no se plantee todo esto, sé que la presidenta sí lo piensa.

»Por otra parte, si no lo hacemos pronto, me temo que jamás podamos llevarlo a cabo. No creo que la invitación quede en pie eternamente.

—Me sorprende que lo diga, porque precisamente de eso hablábamos con Valerian y Drumlim en el momento previo al accidente. Al sabotaje —se corrigió—. Continúe, por favor.

—Casi todas las personas religiosas suponen que este planeta es un experimento; en eso se resumen sus creencias. Siempre hay algún dios que fisgonea, que se mete con las esposas de los mercaderes, que entrega tablas de la ley en una montaña, que nos ordena mutilar a nuestros hijos, que nos indica qué palabras podemos decir y cuáles no, que nos hace sentir culpa por el hecho de experimentar un placer. ¿Por qué no nos dejan en paz? Tal grado de intervención proviene de una gran incompetencia. Si Dios no quería que la mujer de Lot se volviera, ¿por qué no la hizo obediente, para que le hiciera caso al marido? O tal vez si no hubiera hecho a Lot tan idiota, quizá la esposa lo habría respetado más. Si Dios es omnipotente y omnisciente, ¿por qué no creó el mundo tal como quería que fuese? ¿Por qué siempre lo está arreglando y quejándose? Si hay algo que la Biblia deja en claro es la chapucería de Dios como fabricante. No sirve para el diseño ni para la ejecución de una obra. Si tuviera que competir con otros, se arruinaría de inmediato.

»Por eso no creo que seamos un experimento. A lo mejor hay otros planetas experimentales en el universo, sitios donde los aprendices de dioses pueden poner a prueba sus aptitudes. Qué lástima que Rankin y Joss no hayan nacido en uno de esos planetas. Pero en este —una vez más señaló hacia la ventana— no hay ninguna intervención divina. Los dioses no vienen a componer las cosas que nos salieron mal. Fíjese en la historia del hombre, y se dará cuenta de que siempre estuvimos solos.

—Hasta ahora —dijo Ellie—. *Deus ex machina*? ¿Eso es lo que cree? ¿Piensa que por fin los dioses se compadecieron de nosotros y por eso nos mandaron la Máquina?

—Yo más bien pienso *machina ex deo*, o como se diga en latín. No, no creo que seamos un experimento, por el contrario, este es el planeta que a nadie le interesaba, el sitio donde nadie quiso intervenir. Un ejemplo de todo lo que puede suceder si ellos no toman cartas en el asunto, una clase modelo para los aprendices de dioses. «Si no hacen las cosas bien», se les dijo, «les va a salir un planeta como la Tierra». Pero desde luego, como sería un desperdicio destruir un mundo útil, de vez en cuando nos controlan, por si acaso. La última vez que nos observaron, retozábamos en las praderas, tratando de emular a los antílopes. «Bueno, está bien», dijeron. «Esa gente nunca nos traerá problemas. Vamos a controlarlos dentro de diez millones de años, pero para estar más seguros, convendría supervisarlos mediante frecuencias de radio.»

»De pronto un día suena una alarma. Mensaje de la Tierra. "¿Cómo? ¿Ya tienen televisión? A ver qué es lo que han hecho." Estadio olímpico, banderas nacionales, ave de rapiña, Adolf Hitler, multitudes entusiastas. "Ajá", dicen. Ellos conocen las señales de peligro. Rápidos como la luz, nos advierten: "Basta ya, muchachos. El planeta en que viven es perfecto. ¿Por qué no se ponen a construir esta Máquina?" Se preocupan al vernos bajar por una pendiente y piensan que algo hay que hacer para que no nos desbarranquemos. Por eso yo también considero que debemos fabricar la Máquina.

Ellie sabía lo que hubiera pensado Drumlin de argumentos semejantes. Pese a que mucho de lo expresado por Hadden coincidía con sus propias ideas, estaba cansada de oír engañosas especulaciones sobre qué podían pensar los veguenses. Deseaba que continuara el proyecto, que se terminara la Máquina y se la pusiera en funcionamiento, que comenzara una nueva etapa en la historia de la humanidad. Todavía desconfiaba de las motivaciones que la animaban, y pensaba con cautela aun cuando se la mencionara como posible candidata a integrar la tripulación de la Máquina. Por ende, las demoras en reanudar la construcción le daban tiempo para poner en orden sus ideas.

—Vamos a cenar con Yamagishi. Ya verá usted que le cae muy bien. Pero estamos un poco preocupados por él, de noche mantiene muy baja su presión parcial de oxígeno.

—¿Eso qué significa?

—Bueno, cuanto menor sea el contenido de oxígeno en el aire, más se prolonga la vida, o al menos eso afirman los médicos. Por eso controlamos la cantidad de oxígeno en las habitaciones. Durante el día no puede ser inferior al veinte por ciento, porque uno queda como atontado, se deteriora el funcionamiento mental. Sin embargo, de noche podemos disminuir la presión parcial del oxígeno, aunque siempre existe el riesgo de bajarla demasiado. Últimamente, Yamagishi la reduce al catorce por ciento porque quiere vivir eternamente, y en consecuencia no lo notamos lúcido hasta el mediodía.

—Yo he vivido siempre así, con un veinte por ciento de oxígeno —comentó Ellie, con una sonrisa.

—Él ahora está probando con drogas nootrópicas para eliminar el embotamiento y mejorar su memoria. No sé si también sirven para volvernos más inteligentes, pero al menos eso dicen. El hecho es que Yamagishi ingiere una gran cantidad de nootrópicos y no respira suficiente oxígeno por la noche.

—¿Su conducta es excéntrica?

—No sabría decirle, puesto que no conozco muchos criminales de guerra de noventa y dos años para compararlo.

—Precisamente por eso sería necesario verificar el experimento.

Hadden sonrió.

Pese a su avanzada edad, Yamagishi ostentaba el porte erguido adquirido durante sus largos años al servicio del Ejército Imperial. Era un hombre diminuto, completamente calvo, de fino bigote blanco y una plácida expresión en el rostro.

—Yo vine aquí por las caderas —explicó—. No me importa tanto la cura del cáncer, ni la prolongación de la vida, pero sí me preocupan las caderas. A mi edad, los huesos se quiebran con mucha facilidad. El barón Tsukuma se cayó de la cama, se fracturó y murió. En gravedad cero, las caderas no se quiebran.

El argumento parecía razonable.

Aunque hubo que hacer algunas concesiones de orden gastronómico, la cena fue de una asombrosa elegancia. Se había desarrollado toda una tecnología especializada para obtener comida ingrávida.

Las fuentes tenían cubierta; las copas de vino tenían tapa y pajita. Los alimentos tales como las nueces o los copos de maíz estaban prohibidos.

Yamagishi insistió en que probara el caviar. Se trataba de una de las pocas comidas occidentales que era más barato enviar al espacio que comprar en la Tierra. Era una suerte que hubiera tal cohesión entre las huevas de caviar, pensó Ellie. Trató de imaginar miles de huevas en caída libre, entorpeciendo el desplazamiento de esa residencia orbital. De pronto recordó que también su madre estaba internada en una residencia, aunque mucho más modesta que esta. De hecho, orientándose por los Grandes Lagos —que en ese momento se veían a través del ventanal—, podía precisar el sitio exacto donde se encontraba ella. Se reprochó haberse dado el lujo de dedicar dos días a hablar con traviesos multimillonarios en la órbita terrestre, pero no encontrar nunca quince minutos libres para charlar su madre. Se prometió llamarla apenas regresara a la playa Cocoa. Enviarle un comunicado desde la órbita, se dijo, quizá sería demasiado novedoso para los ancianos que residían en el instituto geriátrico de Janesville (Wisconsin).

Yamagishi interrumpió sus pensamientos para informarla de que él era el hombre de más edad que había estado en el espacio. Hasta el ex vicepremier chino era menor. Se quitó la chaqueta, se arremangó, flexionó el bíceps y le pidió que le tocara un músculo. Enseguida pasó a enumerar con detalle todas las obras de beneficencia a las que había contribuido.

Ellie procuró establecer una conversación cordial.

—Todo es muy tranquilo y plácido aquí arriba. Usted seguramente disfruta del retiro.

Si bien el comentario iba dirigido a Yamagishi, fue Hadden quien respondió.

—No vaya a creer que aquí no pasa nada. De vez en cuando se presenta alguna crisis que nos exige obrar deprisa.

—El resplandor del sol es muy pernicioso porque provoca esterilidad —comentó Yamagishi.

—En efecto. Si se produce un importante resplandor solar,

disponemos de unos tres días antes de que las partículas cargadas lleguen a la Mansión. Por eso, los residentes permanentes, como Yamagishi-san y yo, nos vamos al refugio contra tormentas. Todo muy espartano, muy cerrado, pero allí hay suficiente blindaje para contrarrestar la radiación. Por supuesto, también hay cierto grado de radiación secundaria. Pero claro, el personal no permanente y los visitantes tienen que partir en ese lapso de tres días. Ese tipo de emergencia constituye un obstáculo para la flota comercial. En ocasiones, hemos tenido que llamar a la NASA o a los soviéticos para que vengan a rescatar a alguien. No se imagina a las personas que tenemos que despachar durante esos episodios de resplandor solar: mafiosos, jefes de servicios de inteligencia, mujeres hermosas...

—Me da la sensación de que el sexo ocupa uno de los primeros puestos entre los productos que se importan de la Tierra —comentó Ellie, sin mucho agrado.

—Sí, así es, y debido a múltiples razones; entre ellas, la clientela, la belleza de este lugar... Sin embargo, el principal motivo es la gravedad cero, que le permite a uno hacer a los ochenta años cosas que ni siquiera creía posibles a los veinte. Tendría que venir a pasar unas vacaciones aquí... con su novio. Tómelo como una invitación formal de mi parte.

—Noventa —sentenció Yamagishi.

—¿Cómo?

—Que se pueden hacer a los noventa años cosas que ni se soñaban a los veinte; eso es lo que dice Yamagishi. Por eso todos quieren instalarse aquí.

Cuando llegó el café, Hadden volvió a tratar el tema de la Máquina.

—Yamagishi-san y yo nos hemos asociado con otras personas. Él es presidente honorario del directorio de Industrias Yamagishi, que, como usted sabe, es el principal contratista para la puesta a prueba de la Máquina, en Hokkaido. Ahora bien; para que se imagine nuestro problema le voy a dar un ejemplo. Pensemos en las tres cápsulas concéntricas. Están hechas de una aleación de niobio y obviamente la intención es que giren en tres direcciones ortogonales, a alta velocidad, en un vacío. Benzels, se las llama. Todo esto usted ya lo sabe, desde luego. ¿Qué pasa? Los más prestigiosos físicos aseguran que no ocurrirá nada, pero claro, nadie ha hecho el experimento, de modo que no puede saberse. Supongamos que algo sucede cuando se ponga en funcionamiento la Máquina. ¿De qué dependerá? ¿De la velocidad de rotación? ¿De la composición de los benzels? ¿Será una cuestión de escala? Nosotros hemos fabricado estas cosas, a escala y a tamaño real. Queremos hacer girar nuestra propia versión de los benzels grandes, los que se acoplarán a los demás componentes de la Máquina. Supongamos que lo hacemos y no ocurre nada raro. Después, vamos a querer ir agregándole los componentes de uno en uno, en un trabajo de integración de sistemas. Imagínese si, en el momento de incorporar uno de los componentes (no el último), la Máquina reacciona de manera sorprendente. El único interés que nos anima es poder entender cómo funciona la Máquina. ¿Ve adónde quiero llegar?

—¿Dice usted que están montando en secreto una réplica fiel de la Máquina en Japón?

—Bueno, no es exactamente un secreto. Estamos probando cada componente, pero nadie dijo que hubiera que hacerlo de uno a uno por vez. Le cuento lo que Yamagishi-san y yo proponemos: cambiar las fechas fijadas para los experimentos de Hokkaido, hacer una integración total de sistemas. Si no pasa nada, comenzaríamos después la verificación de cada componente en particular. De todos modos, el dinero ya está invertido.

»Tenemos la convicción de que van a pasar meses (años quizás) antes de que los norteamericanos recuperen lo perdido, y no creemos que los rusos logren adelantarse en dicho período. Japón es el único que tiene posibilidades. No habría por qué anunciarlo en este momento, ni tomar ahora la decisión de activar la Máquina, puesto que solo comenzaremos a probar los componentes.

—¿Ustedes dos pueden tomar semejante decisión sin consultarlo?

—Esto estaría dentro de nuestras responsabilidades expresas.

Calculamos que en seis meses podríamos llegar a la etapa que había alcanzado la Máquina de Wyoming. Desde luego, deberíamos tener más cuidado para prevenir los actos de sabotaje. Pero si los componentes no tienen fallos, no habrá problemas con la Máquina. Además, piense que Hokkaido es un sitio de muy difícil acceso. Después, cuando todo haya sido verificado, le preguntaremos al Consorcio Mundial si quieren intentar ponerlo en funcionamiento. Si la tripulación está dispuesta, el Consorcio no va a negarse. ¿Qué opina usted, Yamagishi-san?

El anciano no oyó la pregunta. Entonaba en voz baja «Caída libre», una canción muy en boga, llena de gráficos detalles acerca de sucumbir a la tentación en la órbita de la Tierra. Él no sabía toda la letra, explicó cuando le repitieron la pregunta.

Impertérrito, Hadden prosiguió:

—En ese entonces, a algunos componentes se los habrá hecho girar, o lo que fuere, pero de todas formas habrán pasado las pruebas de rigor. No creo que esto baste para desalentarla... me refiero a usted.

—¿Y por qué supone que voy a formar parte de la tripulación? Nadie me lo ha pedido, y, además, ahora se agregan otros factores.

—Creo que hay enormes posibilidades de que el Comité de Selección se incline por usted, y la presidenta avalará la decisión con entusiasmo. Vamos —dijo sonriendo—, no va a decirme que quiere pasar el resto de su existencia en la aldea.

Había nubes sobre Escandinavia y el mar del Norte, y el canal de la Mancha se veía cubierto por un velo de niebla.

—Sí, usted va. —Yamagishi estaba de pie, con las manos caídas a los costados. Le hizo una profunda reverencia—. En nombre de los veintidós millones de empleados de la empresa que dirijo, ha sido un placer conocerla.

Dormitó intermitentemente en la cabina que le asignaron. El minúsculo dormitorio estaba sujeto a dos paredes para que, al girar en gravedad cero, Ellie no se desplazara y pudiese chocar contra algo. Se despertó cuando todos al parecer dormían aún, y avanzó sosteniéndose de unas asas hasta llegar al enorme ventanal. La Tierra se veía a oscuras, salvo unos toques de luz aquí y allá, valeroso esfuerzo de los humanos para compensar la opacidad del planeta cuando su hemisferio quedaba de espaldas al sol. Veinte minutos más tarde resolvió que, si se lo pedían, diría que sí.

Hadden se le acercó por detrás.

—La vista es estupenda, lo reconozco. Pese a que hace años que estoy aquí, todavía me impresiona. Pero ¿no le molesta pensar que está dentro de una nave espacial? Una experiencia que nadie ha hecho sería andar con un traje espacial, sin cables, sin nave, quizá con el sol a la espalda, rodeado de estrellas. Podría estar la Tierra debajo de uno, o tal vez otro planeta. Yo, por ejemplo, me imagino a Saturno. Y nosotros volando en el espacio, como si realmente estuviésemos integrados en el cosmos. Hoy en día los trajes espaciales vienen con lo necesario como para durar unas horas. La nave que nos dejara allí quizá volvería a buscarnos al cabo de una hora. O no.

»Lo mejor sería que no regresara, y así poder vivir nuestras últimas horas en el espacio, circundados por estrellas y mundos. Si uno padeciera un mal incurable, o si solo quisiera darse un último gusto, ¿acaso habría algo mejor que esto?

—¿Lo dice en serio? ¿De veras piensa comercializar este... proyecto?

—Bueno, tal vez sea pronto para comercializarlo. Digamos que estoy pensando en un estudio de factibilidad.

Ellie resolvió no contarle la decisión que había tomado unos minutos antes, y él tampoco se la preguntó. Más tarde, cuando el *Naarnia* comenzaba a atracar en *Matusalén*, Hadden la llevó a un lado.

—Comentábamos que Yamagishi es el más anciano aquí. Bueno, si hablamos de los que residimos en forma permanente (o sea, excluyendo a los astronautas, las coristas, etcétera) yo soy el más joven. Sé que tengo un interés particular en la respuesta, pero existe la posibilidad médica concreta de que la gravedad cero me mantenga vivo durante siglos. Como ve, he emprendido un experimento sobre la inmortalidad.

»No lo menciono para fanfarronear sino por una razón práctica. Si nosotros estamos estudiando el modo de prolongar la vida, piense en lo que seguramente han hecho los seres de Vega. Probablemente sean inmortales, o casi inmortales. Yo, que soy quien se ha dedicado más tiempo y con mayor seriedad al análisis de esta cuestión, puedo asegurarle una cosa de los inmortales: esos seres son muy cautos, no dejan nada librado al azar. Yo no sé qué aspecto tienen ni qué pretenden de nosotros, pero en caso de que llegue a verlos, lo único que puedo aconsejarle es esto: lo que para usted sea algo seguro y digno de confianza, para ellos constituirá un riesgo inaceptable. Si tuviera que realizar cualquier negociación allá arriba, no se olvide de lo que le digo.

17

El sueño de las hormigas

El lenguaje humano es como una olla vieja sobre la cual marcamos toscos ritmos para que bailen los osos, mientras al mismo tiempo anhelamos producir una música que derrita las estrellas.

GUSTAVE FLAUBERT,
Madame Bovary (1857)

La teología popular es una enorme incoherencia que procede de la ignorancia... Los dioses existen porque la naturaleza misma ha impreso el concepto de ellos en la mente del hombre.

CICERÓN,
De Natura Deorum, I, 16

Ellie se hallaba empaquetando cintas magnetofónicas, apuntes y una hoja de palmera para enviar a Japón cuando la avisaron de que su madre había sufrido un ataque repentino. Un mensajero del proyecto le entregó una carta de John Staughton, sin ningún encabezamiento de cortesía:

Tu madre y yo solíamos hablar sobre tus defectos. Siempre fue un tema difícil de conversación. Cuando yo te defendía (aunque no lo creas, lo hacía a menudo), me decía que yo era como arcilla en tus manos. Cuando te criticaba, me mandaba a paseo.

Has de saber que tu renuncia a visitarla estos últimos años, desde que empezó el tema de Vega, ha sido un continuo motivo de dolor para ella. A las compañeras de esa horrible residencia donde quiso recluirse les comentaba que ibas a ir pronto. Eso se lo dijo durante años. «Pronto.» Ya tenía pensado cómo iba a mostrar a su hija famosa, en qué orden te presentaría a esas decrépitas mujeres.

Probablemente no desees escuchar esto, y te lo cuento con pesar, pero lo hago por tu bien. Tu conducta es lo que más sufrimiento le acarreó en la vida, incluso más que la muerte de tu padre. Ahora serás todo un personaje en el mundo, que se codea con políticos y gente importante, pero como ser humano no has aprendido nada desde tus años de instituto...

Con los ojos arrasados en lágrimas, empezó a hacer una bola con la carta, pero notó algo duro en el sobre. Descubrió entonces que dentro había un holograma parcial con una vieja foto bidimensional. Se trataba de una foto que nunca había visto. En ella aparecía su madre, una mujer joven y bonita, que sonreía a la cámara, y con un brazo rodeaba los hombros del padre de Ellie. Él daba la impresión de llevar un día sin afeitarse, y a ambos se los veía radiantes de felicidad. Con una mezcla de angustia, culpa, enojo con Staughton y cierto grado de autocompasión, no le quedó más remedio que aceptar que jamás habría de volver a ver a ninguna de las personas de esa foto.

Su madre yacía inmóvil sobre la cama, con una expresión extraña, que no era de alegría ni de tristeza, como de... espera. Su único movimiento era, de vez en cuando, un parpadeo. Imposible saber si oía o entendía lo que le decían. Ellie no pudo dejar de pensar en los esquemas de comunicación; un parpadeo podía significar «sí»; dos, «no». También, si traían un encefalógrafo con un tubo de rayos catódicos que su madre pudiera ver, quizá fuera posible enseñarle a modular sus ondas beta. Pero esa era su madre, no una constelación, y lo que allí hacía falta no eran algoritmos de descifrado sino sentimiento.

Tomó la mano de la anciana y le habló largamente. Evocó su infancia, recuerdos de sus padres. Recordó un episodio de cuando era pequeñita y jugueteaba entre las sábanas, cuando de pronto la alzaron en brazos. Mencionó a John Staughton. Pidió disculpas por muchas cosas. También derramó algunas lágrimas.

Como su madre estaba desaliñada, buscó un cepillo y la peinó. Observó su rostro surcado por arrugas, y reconoció el propio. Los ojos húmedos tenían la mirada fija en ella, y de vez en cuando pestañeaban, distantes.

—Ya sé de dónde provengo —musitó Ellie.

La madre meneó la cabeza imperceptiblemente, como si se lamentara por tantos años de separación. Ellie le dio un suave apretón en la mano, y le pareció sentir que ella le respondía.

Le habían dicho que la vida de su madre no corría peligro. De producirse algún cambio en su estado, la avisarían a Wyoming. Al cabo de unos días podrían llevarla de regreso a la residencia donde, le aseguraron, estaban en condiciones de atenderla como correspondía.

Staughton parecía derrotado, y manifestaba un profundo sentimiento por su madre, que Ellie jamás había sospechado. Lo llamaría a menudo, le prometió.

En el austero salón resaltaba —quizá con cierta incongruencia— una estatua real —no una holografía— de una mujer desnuda al estilo de Praxíteles. Subieron en un ascensor OtisHitachi, en el cual el segundo idioma era inglés y no braille, y atravesaron un amplio salón donde había gente reunida alrededor de varias procesadoras de palabras. Se tecleaba una palabra en hirgana —el alfabeto fonético japonés, de cincuenta y una letras— y en una pantalla aparecía el ideograma chino equivalente, en kanji. Había decenas de miles de tales ideogramas, o caracteres, almacenados en la memoria de las computadoras, pese a que en general bastaban tres o cuatro mil para leer un periódico. Dado que muchos caracteres de significado totalmente distinto se expresaban con la misma palabra, se imprimían en orden de probabilidad todas las posibles traducciones en idioma kanji. La procesadora poseía una subrutina contextual en la que los caracteres también se mencionaban según la apreciación que la máquina hiciera acerca del significado que correspondía. Rara vez se equivocaba. En un idioma que, hasta hacía poco, nunca había tenido una máquina de escribir, la procesadora de palabras estaba produciendo una revolución en las comunicaciones no del todo admirada por los tradicionalistas.

En el auditorio se sentaron en sillas bajas —una concesión a los gustos occidentales— alrededor de una mesa baja también, y se les sirvió té. Desde donde se hallaba, Ellie veía una ventana por la cual se divisaba Tokio. «Últimamente paso mucho tiempo frente a las ventanas», pensó. El diario era el *Asahi Shimbun* —las «Noticias del Sol Naciente»—, y a ella le resultó interesante comprobar que una mujer integraba el plantel de periodistas políticos, toda una rareza en los medios de información norteamericanos y soviéticos. Japón se había propuesto revalorizar el papel de la mujer. Lentamente iban quedando atrás los tradicionales privilegios masculinos. Casualmente, el día anterior, el presidente de una empresa denominada Nanoelectronics le había comentado que ya no quedaba en Tokio ni una «chica» que supiera atar un obi, la ancha faja de los quimonos. Tal como sucedió antes con las corbatas de lazo abrochables, había ganado el mercado una imitación perfecta del obi, muy fácil de colocar. Las mujeres japonesas tenían cosas más importantes que hacer que pasarse media hora diaria ciñéndose un obi. La periodista vestía un traje sastre cuya falda le cubría las rodillas.

Por razones de seguridad, en Hokkaido no se permitía el acceso de la prensa a la planta de fabricación de la Máquina. En cambio, cuando los directivos del proyecto o miembros del personal viajaban a la isla de Honshu, concedían entrevistas a los medios japoneses y extranjeros. A Ellie, como de costumbre, las preguntas le resultaron familiares. Salvo alguna variación según la procedencia del periodista, la construcción de la Máquina plan-teaba los mismos interrogantes en el mundo entero. Después de la «desilusión» que sufrieron norteamericanos y soviéticos, ¿es-taba contenta de que pudiese fabricarse una Máquina en Japón? ¿No se sentía aislada en la remota isla de Hokkaido? ¿Le preo-cupaba que los componentes empleados en Hokkaido hubiesen sido puestos a prueba más allá de lo que especificaban las estric-tas indicaciones del Mensaje?

Con anterioridad a 1945, ese sector de la ciudad había perte-necido a la Armada Imperial. Por eso, en las inmediaciones se veía el techo del Observatorio Naval con sus dos cúpulas platea-das que albergaban telescopios que aún se utilizaban para llevar un cómputo de la hora.

¿Por qué la Máquina incluía un dodecaedro y tres cápsulas concéntricas llamadas benzels? Sí, comprendían que ella no lo supiera. Pero ¿qué opinaba? Ellie respondió que, en esas cues-tiones, no convenía emitir una opinión, ante la falta de pruebas. Como ellos insistieron, defendió las virtudes de una actitud de tolerancia frente a la ambigüedad. En caso de que existiera un verdadero peligro, ¿no sería mejor enviar robots en vez de per-sonas, tal como sugirió un experto japonés en inteligencia artifi-cial? ¿Llevaría ella algún efecto personal, fotos de familia, mi-croordenadores, una navaja multiuso suiza?

Ellie divisó dos siluetas humanas que accedían al techo del cercano observatorio. Tenían el rostro en sombras a consecuen-cia de unas viseras que llevaban y vestían armaduras acolchadas, típicas del Japón medieval. Blandiendo garrotes de madera más altos que ellos, se saludaron con una reverencia y procedieron luego a darse golpes, y a tratar de esquivarlos, durante media hora. Tan fascinada se sentía por el espectáculo —que nadie pa-recía advertir—, que sus respuestas se volvieron algo pomposas. Los garrotes debían de ser pesados pues el ritmo del combate era lento, como si se tratara de guerreros en el fondo del mar.

¿Conocía a los doctores Lunacharsky y Sujavati desde mu-chos años antes de recibirse el Mensaje? ¿Y a los doctores Eda y Xi? ¿Qué concepto le merecían? ¿Se llevaban bien los cinco? De hecho, en su fuero interno ella se maravillaba de poder integrar tan selecto grupo.

¿Qué impresión tenía sobre la calidad de los componentes japoneses? ¿Qué podía decir acerca de la reunión que los cinco mantuvieran con el emperador Akihito? Las conversaciones con autoridades del budismo y el sintoísmo, ¿tenían por objeto recabar la opinión del sector religioso antes de que se activara la Máquina, o solo se trataba de un gesto de cortesía hacia Japón por ser el país que los había invitado? ¿Consideraba que el artefacto podía ser en definitiva una especie de Caballo de Troya, o una máquina que habría de provocar el fin del mundo? Procuró que sus respuestas fuesen amables, sucintas y no polémicas. El jefe de relaciones públicas del proyecto, que la había acompañado, se mostraba complacido.

De pronto se dio por terminada la reunión. El jefe de redacción les deseó a ella y a sus colegas el mayor de los éxitos, y manifestó la esperanza de volver a entrevistarla a su regreso.

Sus anfitriones sonreían y le hacían reverencias. Los gladiadores ya se habían bajado del techo. Ellie notó que sus guardaespaldas lanzaban rápidas miradas en dirección a la puerta, ya abierta, del salón. Al salir, Ellie le preguntó a una mujer periodista qué había sido ese espectáculo medieval.

—Ah, son astrónomos de la Guardia Costera, que practican kendo todos los días durante su hora de almuerzo. Puede poner su reloj en hora con ellos.

Xi había nacido en la Larga Marcha y había luchado contra el Kuomingtang de joven, durante la revolución. Prestó servicios como oficial de inteligencia de Corea y ocupó luego un alto cargo vinculado con la tecnología estratégica china. No obstante, la Revolución Cultural lo humilló públicamente, condenándolo al exilio dentro de su país, aunque posteriormente había sido rehabilitado con honores.

Uno de los delitos de que acusaron a Xi era la admiración que profesaba por ciertas antiguas virtudes confucianas, en especial un fragmento de *Lun Yü*, obra que, durante siglos, incluso los chinos de educación más elemental conocían muy bien. Sun Yat-sen declaró que sobre ese pasaje se había basado su propio movimiento nacionalista revolucionario a comienzos del siglo XX.

Los antepasados que pretendían encarnar la ilustre virtud en todo el reino, primero se dedicaron a ordenar sus propios estados. Como deseaban ordenar sus propios estados, primero arreglaron sus familias. Como deseaban arreglar sus familias, primero procuraron cultivarse ellos. Como deseaban cultivarse, primero enmendaron sus corazones. Como deseaban enmendar sus corazones, primero trataron de ser sinceros de pensamiento. Como deseaban ser sinceros de pensamiento, primero ampliaron al máximo sus conocimientos. Dicha ampliación del conocimiento reside en la investigación de las cosas.

Por lo tanto, Xi consideraba la búsqueda del saber como el pivote central para el bienestar de China. Sin embargo, los guardias rojos no pensaban lo mismo.

Durante la Revolución Cultural, Xi fue confinado en una paupérrima granja colectiva de la provincia de Ningxia, cercana a la Gran Muralla, zona rica en tradiciones musulmanas. Allí, mientras araba unos campos pobres, desenterró un casco de bronce bellamente decorado, perteneciente a la dinastía Han. Cuando le restituyeron su jerarquía, abandonó las armas estratégicas para dedicarse a la arqueología. La Revolución Cultural había intentado romper con cinco mil años de una tradición cultural continua. La reacción de Xi fue tender puentes para vincularse con el pasado de la nación, y fue así como emprendió cada vez con mayor ahínco la excavación de la ciudad subterránea de Xian.

Fue precisamente allí donde se realizó el gran descubrimiento del ejército de terracota del emperador que dio su nombre a China. Su nombre oficial era Qin Shi Huangdi, pero a consecuencia de los caprichos de la transcripción, en Occidente se le conoció siempre por Tsin. En el siglo III a. C., Tsin unificó el país, levantó la Gran Muralla y, compasivo, decretó que después de su muerte se hiciesen muñecos de terracota, de tamaño natural, para reemplazar a todos aquellos miembros de su séquito —soldados, siervos y nobles— que, según las antiguas tradiciones, tendrían que haber sido enterrados vivos junto con su cadáver. El ejército de terracota estaba compuesto por siete mil quinientos soldados, aproximadamente una división. Como cada uno poseía distintos rasgos faciales, se advertía que estaban representados todos los pueblos de China. El emperador había logrado unificar diversas provincias enemigas para formar una sola nación. En una sepultura cercana se encontró el cuerpo, en perfecto estado de conservación, de la marquesa de Tai, funcionaria de poco rango en la corte imperial. La técnica para la preservación de los cadáveres —se advertía claramente la adusta expresión de la marquesa, producto quizá de largos años de reprender a la servidumbre— era muy superior a la del antiguo Egipto.

Tsin simplificó la escritura, codificó las leyes, construyó caminos, terminó la Gran Muralla y unió el país. También confiscó armas. Pese a que se lo acusaba de haber dado muerte a los eruditos que criticaban sus medidas, y de quemar libros por no estar de acuerdo con su contenido, él se vanagloriaba de haber eliminado la corrupción endémica y haber implantado la paz y el orden. Xi recordó la Revolución Cultural. Imaginaba cómo podían conciliarse tendencias tan conflictivas en el corazón de una sola persona. La arrogancia de Tsin había alcanzado mayúsculas proporciones; tanto fue así que, para castigar a una montaña que lo había ofendido, ordenó desnudarla de su vegetación y pintarla de rojo, el color de los criminales condenados. Tsin fue grandioso, pero también un loco. ¿Acaso podía unificarse un grupo de países beligerantes sin estar mal de la cabeza? Había que ser un demente para intentarlo, le comentó Xi a Ellie, y soltó una carcajada.

Cada vez más fascinado, Xi organizó masivas excavaciones en Xian. Poco a poco fue convenciéndose de que allí también yacía el propio emperador Tsin, perfectamente conservado, en algún sepulcro próximo al ejército de terracota ya descubierto.

Según los escritos antiguos, en las inmediaciones, debajo de un alto monte, se hallaba una maqueta de lo que era la nación china en el 210 a. C., con una representación precisa hasta el último templo y pagoda. Los ríos, se decía, estaban hechos de mercurio, para que la nave imperial en miniatura navegara eternamente por los dominios subterráneos de Tsin. Cuando se comprobó que en Xian el terreno estaba contaminado con mercurio, la emoción de Xi fue en aumento.

Xi había desenterrado un manuscrito de la época, en el que se describía la majestuosa cúpula que el emperador había mandado construir sobre el minúsculo reino, denominado —al igual que el verdadero— Reino Celestial. Dado que la escritura china apenas había cambiado en dos mil doscientos años, pudo leer por sí solo el relato, sin ayuda de un lingüista. Un narrador de la época de Tsin le hablaba directamente a Xi. Muchas noches Xi se dormía tratando de imaginar la magnífica Vía Láctea que dividía la bóveda del cielo en el sepulcro del gran emperador, y la noche iluminada por los cometas que habían aparecido en el instante de su muerte para honrar su memoria.

La búsqueda de la tumba de Tsin y su maqueta del universo había tenido ocupado a Xi durante la última década. Pese a no haberla encontrado aún, había logrado despertar la imaginación del pueblo chino. De él se decía: «Hay miles de millones de seres en China, pero como Xi, ninguno.» En un país que poco a poco moderaba las restricciones impuestas a la individualidad, se consideraba que su labor constituía una influencia constructiva.

Era obvio que a Tsin le obsesionaba el tema de la inmortalidad. No era raro suponer que el soberano que le dio su nombre al país más populoso del orbe, el que construyó la edificación más grande del planeta, temía ser olvidado. Por eso, ordenó erigir más edificaciones monumentales; preservó, o reprodujo para generaciones futuras, el cuerpo y el rostro de cada uno de sus cortesanos; construyó su sepultura y su maqueta del mundo, aún no halladas, y envió sucesivas expediciones al mar en busca del elixir de la vida. Se quejaba amargamente por los gastos que implicaba cada excursión. Una de esas misiones se formó con innumerables embarcaciones de junco, y una tripulación de tres mil hombres y mujeres jóvenes, cuya suerte se desconoce. Nunca pudo encontrarse el agua de la inmortalidad.

Apenas cincuenta años más tarde surgió en Japón la agricultura del arroz y la metalurgia del hierro, adelantos que modificaron profundamente la economía del país y dieron origen a una clase de aristócratas guerreros. Xi argumentaba que el propio nombre japonés de Japón reflejaba a las claras el origen chino de la cultura nipona: la Tierra del Sol Naciente. ¿Adónde habría que haber estado situado, preguntaba, para que el sol saliera sobre Japón? Por eso, el mismo nombre del diario que Ellie acababa de recorrer evocaba, en opinión de Xi, la vida y la época del emperador Tsin. Ellie no pudo dejar de pensar que, en comparación, Tsin hacía parecer a Alejandro Magno un fanfarrón de colegio. Bueno, casi.

Si a Tsin le obsesionaba la inmortalidad, a Xi le obsesionaba Tsin. Ellie le relató el viaje realizado a la órbita de la Tierra para visitar a Sol Hadden, y ambos llegaron a la conclusión de que, de haber estado vivo el emperador Tsin en las postrimerías del siglo XX, seguramente habría residido en esa estación orbital. Presentó a Xi y Hadden mediante videófono, y luego los dejó conversar a solas. El excelente inglés que hablaba Xi se había pulido durante su reciente intervención en el traspaso de la colonia de Hong Kong a la República Popular China. Seguían charlando cuando el *Matusalén* se posó, y tuvieron que continuar a través de la red de satélites de comunicaciones en órbita geosincrónica. Debieron de haber congeniado sobremanera. Poco después, Hadden solicitó que se sincronizara la puesta en marcha de la Máquina de modo que él pudiera encontrarse en lo alto en ese instante. Quería tener a Hokkaido en el foco de su telescopio cuando llegara el momento.

—¿Los budistas creen en Dios? —preguntó Ellie, cuando iban a cenar con el abad.

—Según parece, ellos afirman —repuso Vaygay con cierta

aspereza— que Dios es tan grande que ni siquiera tiene necesidad de existir.

A medida que avanzaban por el campo, conversaron sobre Utsumi, abad del famoso monasterio budista de Japón. Unos años antes, con ocasión de conmemorarse el quincuagésimo aniversario de la destrucción de Hiroshima, Utsumi pronunció un discurso que concitó la atención del mundo entero. Tenía buenos contactos con los dirigentes políticos de su país y actuaba como una especie de asesor espiritual del partido gobernante, pero pasaba la mayor parte de su tiempo dedicado a sus ritos monásticos.

—Su padre también fue abad de un monasterio —mencionó Sujavati.

Ellie enarcó las cejas.

—No te sorprendas tanto, porque tenían permitido contraer matrimonio, como los sacerdotes ortodoxos rusos. ¿No es así, Vaygay?

—Eso fue antes de mi época —respondió él, distraído.

El restaurante estaba enclavado en un bosquecillo de bambúes y se llamaba Ungetsu, la «Luna Oculta»; de hecho, en ese momento unas nubes ocultaban la luna en el cielo nocturno. Los anfitriones japoneses no habían invitado a otras personas. Ellie y sus compañeros se descalzaron y entraron en el comedor.

El abad tenía la cabeza rasurada y vestía una túnica negra y plateada. Los saludó en un perfecto inglés coloquial, y su dominio del chino —según le comentó Xi a Ellie— era discreto. El ambiente era apacible; la conversación, amable. Cada plato que se sirvió era una pequeña obra de arte, una joya comestible. Ellie comprendía que la *nouvelle cuisine* había tenido su origen en la tradición cultural nipona. Si la costumbre fuera ingerir los alimentos con los ojos vendados, Ellie no se habría sentido molesta. Si, por el contrario, esas exquisiteces fueran solo para admirar y no llevárselas a la boca, también hubiera quedado satisfecha. El hecho de poder mirarlas, y además comerlas, le resultaba un regalo del cielo.

Ellie estaba ubicada frente al abad, al lado de Lunacharsky.

Entre un bocado y otro, la charla terminó centrándose en la misión.

—Pero ¿por qué nos comunicamos? —preguntó el abad.

—Para intercambiar información —respondió Lunacharsky, centrado en los rebeldes palillos chinos—. Porque nos alimentamos de ella. La información es imprescindible para nuestra supervivencia; si no la tuviéramos, moriríamos.

Lunacharsky estaba concentrado en una nuez que se le deslizaba de los palillos cada vez que intentaba llevársela a la boca. Bajó la cabeza para atrapar la nuez a mitad de camino.

—Yo creo —prosiguió el abad— que nos comunicamos por amor o compasión. —Tomó con los dedos una nuez y, sin más, se la llevó a la boca.

—¿Quiere decir que para usted la Máquina es un instrumento de compasión? —quiso saber Ellie—. ¿Acaso considera que no existe riesgo alguno?

—Yo puedo comunicarme con una flor —continuó él— y hablar con una piedra. No tendría por qué resultar difícil comprender a los seres de otro mundo.

—Acepto que la piedra pueda comunicarse con usted —intervino Lunacharsky, masticando su nuez. Había decidido seguir el ejemplo del abad—. Sin embargo, pongo en duda que usted pueda hacerlo con la piedra. ¿Cómo haría para convencernos de que es capaz de comunicarse con ella? El mundo está lleno de errores. ¿Cómo sabe que no se engaña a sí mismo?

—Ah, el escepticismo científico. —En el rostro del abad se insinuó una sonrisa que a Ellie le pareció encantadora; inocente, casi infantil—. Para comunicarse con una piedra, es menester despojarse de muchas... preocupaciones, no pensar ni hablar tanto. Y cuando digo comunicarme con una piedra, no me refiero a palabras. Los cristianos dicen: «En el principio era el Verbo.» Yo hablo de una comunicación anterior, mucho más fundamental que esa.

—El evangelio según san Juan es el único que habla del Verbo —comentó Ellie con cierta actitud pedante, apenas pensó las palabras que salieron de su boca—. Los primeros evangelios sinópticos no incluyen la menor referencia al Verbo. En realidad, se trata de un agregado de la filosofía griega. ¿A qué clase de comunicación preverbal se refiere usted?

—Su pregunta está formulada con palabras. Me pide que describa con palabras algo que no tiene relación con ellas. Hay un viejo cuento japonés, «El sueño de las hormigas», que se desarrolla en el reino de las hormigas. Su moraleja es: para comprender el lenguaje de las hormigas es preciso convertirse en hormiga.

—El lenguaje de las hormigas —sostuvo Lunacharsky, mirando al abad— es, de hecho, un lenguaje químico. Ellas van dejando huellas moleculares específicas que indican el camino elegido para ir en busca de alimento. Para entender su lenguaje, solo se requiere un cromatógrafo de gas o un espectrómetro de masas.

—Probablemente ese sea el único modo que conoce usted —replicó el abad—. Dígame una cosa, ¿por qué hay gente que estudia las huellas que dejan las hormigas?

—Bueno —respondió Ellie—, supongo que un entomólogo diría que lo hace para comprender a las hormigas y su sociedad. Para los científicos es un placer entender las cosas.

—Es otra forma de decir que aman a las hormigas.

—Sí, pero quienes financian a los entomólogos dicen algo distinto. Según ellos, el objeto es controlar la conducta de las hormigas, lograr que abandonen una casa que han infestado, por ejemplo, o señalar las características biológicas del suelo para la agricultura. Podría ser una alternativa interesante para evitar el uso de pesticidas. Sí, tal vez haya en eso algo de amor por las hormigas —reflexionó Ellie.

—Pero además va en ello nuestro propio interés —aseguró Lunacharsky—. Los pesticidas son venenosos también para nosotros.

—¿Por qué hablan de pesticidas en medio de una comida como esta? —intervino Sujavati desde el otro lado de la mesa.

—Soñaremos el sueño de las hormigas en otra ocasión —dijo el abad, obsequiando a Ellie una vez más con su atractiva sonrisa.

Volvieron a ponerse los zapatos con la ayuda de largos calzadores. Luego enfilaron hacia los coches. Ellie y Xi observaron al abad subir a un lujoso automóvil con algunos de los anfitriones japoneses.

—Le pregunté si, ya que podía hablar con las piedras, también podía comunicarse con los muertos —dijo Xi.

—¿Y qué respondió?

—Que con los muertos era fácil. Con quienes tiene problemas es con los vivos.

18

La superunificación

¡Un mar encrespado!
Extendida sobre Sado
la Vía Láctea.

MATSUO BASHO,
(1644-1694)
Haiku

Quizá se eligió Hokkaido por sus características tan especiales. El clima requería técnicas de construcción no convencionales según las normas japonesas; en esa isla residían además los ainus, hirsutos aborígenes que aún eran objeto de desprecio para muchos nipones. Los inviernos eran allí tan crudos como en Minnesota o Wyoming. Hokkaido presentaba ciertos inconvenientes logísticos, pero su ubicación apartada era conveniente en caso de una catástrofe, ya que estaba separada físicamente de las demás islas del Japón. Sin embargo, no quedaba aislada debido a que se había terminado de construir el túnel de 51 kilómetros que la unía con Honshu. Se trataba del túnel submarino más largo del mundo.

Se pensó que Hokkaido era un sitio seguro para poner a prueba los componentes individuales de la Máquina; sin embargo, había cierta preocupación respecto de la posibilidad de montarla allí. Se trataba de una región surgida de recientes movimientos volcánicos, y para ello servían de elocuente testimonio los montes que rodeaban la planta industrial. Una de las montañas crecía a un promedio de un metro por día. Hasta los soviéticos habían puesto de manifiesto su inquietud a ese respecto, si bien sabían que, aun si la Máquina se fabricaba en el sector más remoto de la Luna, igualmente podía hacer estallar la Tierra cuando se la activase. La decisión de construirla constituía un factor crucial en la evaluación de los riesgos; dónde se fabricaría era una cuestión del todo secundaria.

A principios de julio, la Máquina ya volvía a tener forma. En Estados Unidos, el tema era aún objeto de controversias políticas y sectarias. Al parecer, también se presentaban graves problemas técnicos en la Máquina soviética. Sin embargo, en Hokkaido, en una planta industrial mucho más modesta que la de Wyoming, ya se habían montado las clavijas y completado el montaje del dodecaedro, sin que se efectuara anuncio público alguno. Los antiguos pitagóricos, descubridores del dodecaedro, habían declarado secreta su existencia, estableciendo severas penas para quien la diera a conocer. Tal vez por eso era adecuado que ese moderno dodecaedro, del tamaño de una casa, y después de transcurridos 2.600 años, fuese conocido solo por unos pocos.

El director del proyecto japonés decretó varios días de asueto para todo el mundo. La ciudad más próxima era Obihiro, un hermoso lugar en la confluencia de los ríos Yubetsu y Tokachi. Algunos fueron al monte Asahi para esquiar en la nieve que aún no se había derretido; otros partieron en busca de aguas termales, para calentarse con los restos de elementos radiactivos calcinados en alguna explosión de supenova acaecida hacía millones de años. Varios miembros del proyecto optaron por las carreras de Bamba, en las que competían carros tirados por grandes caballos. Sin embargo, en busca de un verdadero festejo, los cincos tripulantes se trasladaron en helicóptero a Sapporo, la ciudad más grande de Hokkaido, a menos de doscientos kilómetros de distancia.

Llegaron a tiempo para asistir al festival de Tanabata. Cabía suponer que no existía demasiado riesgo para su seguridad, puesto que el éxito del proyecto no dependía tanto de ellos como de la misma Máquina. Ninguno de los cinco había recibido un entrenamiento especial, más allá de estudiar en detalle el Mensaje, la Máquina y los pequeños instrumentos que llevarían consigo. En un mundo sensato, pensó Ellie, sería fácil reemplazar a cualquiera de ellos, aunque no dejaba de reconocer los obstáculos de orden político que se habían esgrimido cuando hubo que elegir cinco personas aceptadas por todos los integrantes del Consorcio Mundial para la Máquina.

Xi y Vaygay tenían «asuntos pendientes», dijeron, que no podían terminar si no era bebiendo *sake*. Por consiguiente, Ellie, Devi Sujavati y Abonneba Eda salieron con sus anfitriones japoneses a recorrer el paseo Odori, con su profusa exhibición de guirnaldas y farolillos de papel, imágenes de ogros y tortugas, y atractivas representaciones en cartón de jóvenes con atuendo medieval. Entre dos edificios colgaba el dibujo de un pavo real, pintado sobre tela.

Ellie miró brevemente a Eda, con su túnica de hilo bordada y su gorra alta, y luego a Sujavati, que vestía un hermosísimo sari de seda, y se sintió feliz de estar acompañada por ellos. Hasta ese momento, la Máquina japonesa había superado los ensayos de rigor, y había sido posible elegir una tripulación no solo representativa de la población del planeta, sino también compuesta por individuos probos, no rechazados por la clase influyente de los cinco países. Cada uno de ellos era, en cierto sentido, un rebelde.

Eda, por ejemplo, era un gran físico, y había descubierto lo que se conocía como «superunificación», elegante teoría física que abarcaba una amplia gama de temas, desde la ley de gravedad hasta los cuásares. La importancia de su trabajo era semejante a la de Newton o Einstein, y de hecho a Eda se lo comparaba con ambos. Se trataba de un musulmán oriundo de Nigeria que apoyaba a una facción islámica no ortodoxa denominada Ahmadiyah, a la que también pertenecían los sufíes. Los sufíes, explicó Eda la noche de la cena con el abad Utsumi, eran para el islam lo que el Zen para el budismo. Ahmadiyah abogaba por una «yihad de la pluma, no de la espada».

Pese a ser un hombre sereno, de temperamento humilde, era también un feroz opositor al concepto musulmán más convencional de «yihad» —o guerra santa—, y en cambio propiciaba el libre intercambio de ideas. Debido a esa posición suya, era combatido por el sector musulmán más conservador, tanto que varios países islámicos objetaron su designación como tripulante de la Máquina. Tampoco fueron los únicos. El hecho de que fuera negro, laureado con el Premio Nobel y considerado por algunos como el ser más inteligente del mundo, ya fue demasiado para aquellos que disimulaban su racismo bajo una fachada de aceptación social. Cuando, cuatro años antes, Eda visitó en prisión a ciertos activistas, se produjo un marcado resurgimiento del orgullo entre los negros norteamericanos. Eda tenía la virtud de dejar en evidencia lo peor de los racistas y lo mejor de los demás.

—Dedicarle tiempo a la física es un lujo —le comentó a Ellie—. Mucha gente podría hacer lo mismo si contara con iguales oportunidades, pero si tenemos que recorrer las calles en busca de comida, no nos quedará tiempo para la física. Mi obligación, por lo tanto, es mejorar las condiciones para los jóvenes científicos de mi país.

A medida que ascendía a la categoría de héroe nacional en Nigeria, comenzó a hacer oír su voz para denunciar la corrupción, para acentuar la importancia de la honestidad en la ciencia y en todos los campos, para convencer a su pueblo de que Nigeria podía convertirse en un gran país. Tenía la misma población que Estados Unidos en 1920, decía. Era una nación rica en recursos, y sus diversas culturas constituían su fuerza. Si Nigeria lograba superar sus problemas, sostenía, podía ser un ejemplo para el resto del mundo. Si bien buscaba el retiro y la soledad en todo lo demás, defendía esas cuestiones a viva voz. Muchos hombres y mujeres de Nigeria —musulmanes, cristianos y animistas— tomaban muy en serio sus opiniones.

Uno de los rasgos más notables de Eda era su modestia. Respondía de forma lacónica cada vez que se le formulaban preguntas directas. Solo en sus escritos —o en su lenguaje oral cuando uno ya lo conocía mucho— podía vislumbrarse la profundidad de su saber. En medio de tantas teorías que se tejieron en torno del Mensaje y preguntándose la gente qué sucedería al ponerse en funcionamiento la Máquina, Eda hizo un solo comentario: «En Mozambique se dice que los monos no hablan porque saben que, si llegan a articular una sola palabra, el hombre los pondrá a trabajar.»

En una tripulación de personas locuaces, resultaba extraño tener a alguien tan reservado como Eda. Al igual que los demás, Ellie prestaba atención a todo lo que él decía, incluso a sus palabras más triviales. Eda describía como un «tonto error» su primera versión de la superunificación, que obtuvo apenas un éxito parcial. El hombre contaba poco más de treinta años y, según Ellie y Devi, era sumamente atractivo. Tenía una sola esposa, quien, junto con sus hijos, se hallaba de momento en Lagos.

Vieron una plataforma de cañas de bambú levantada para la ocasión, adornada con miles de tiritas de papeles multicolores. Numerosos muchachos y chicas se dedicaban a aumentar tan extraño follaje. El festival de Tanabata es único en Japón porque se realiza en conmemoración del amor. Se veían por doquier representaciones del tema central, en grandes carteles y en un improvisado escenario: dos estrellas enamoradas, separadas por la Vía Láctea. Solo una vez al año, el séptimo día del séptimo mes del calendario lunar, podían reunirse los enamorados, siempre y cuando no lloviera. Ellie alzó los ojos para contemplar el cielo azul cristalino, y pensó en buenos deseos para los enamorados. El joven, decía la leyenda, era una especie de vaquero japonés, representado por la estrella enana Altair. La muchacha era una tejedora, simbolizada por Vega. A Ellie le llamó la atención que Vega fuese el centro de un festival japonés pocos meses antes de la puesta en marcha de la Máquina. No obstante, si estudiamos muchas culturas, probablemente encontremos interesantes leyendas vinculadas con cada estrella del firmamento. La fábula era de origen chino, y también había sido mencionada por Xi años antes, en la primera reunión del Consorcio Mundial, en París.

El festival de Tanabata estaba en decadencia en casi todas las grandes ciudades. Los matrimonios convenidos ya no eran habituales, y el sufrimiento de los amantes separados tampoco provocaba ya una reacción tan emotiva. Sin embargo, en varios lugares —Sapporo, Sendai y algunos más— el festival se volvía cada año más popular. En Sapporo era especialmente doloroso debido a la indignación que aún provocaban los matrimonios entre japoneses y ainus. Se había creado en la isla toda una industria de detectives privados que investigaban los antecedentes familiares de los pretendientes matrimoniales. El hecho de tener antepasados ainus todavía era considerado motivo para un rechazo tajante. Al recordar a su marido de antaño, Devi fue muy cáustica en sus críticas. Eda seguramente habría oído alguna historia por el estilo, pero no hizo comentario alguno.

El festival de Tanabata de Sendai se había convertido en un sucedáneo televisivo para la gente que no podía contemplar las verdaderas estrellas Altair y Vega. Ellie se preguntó si los veguenses seguirían transmitiendo eternamente el Mensaje. En parte debido a que se estaba concluyendo la fabricación de la Máquina japonesa, se la mencionó asiduamente en el festival de ese año. No obstante, no se invitó a los Cinco —como solía llamárselos— a participar en ningún programa de televisión, y muy poca gente estaba al tanto de su presencia en Sapporo con motivo del festival. Sin embargo, muchos reconocieron a Ellie, Eda y Sujavati, quienes regresaron luego al paseo Obori en medio de los gentiles aplausos de los transeúntes. Algunos también les hacían reverencias. Los altavoces de una tienda de discos emitían una atronadora música de rock. Tendido al sol, un perro viejo de ojos legañosos sacudió débilmente la cola al verlos pasar.

Los comentaristas japoneses hablaban de «maquiefecto» y «el camino de la máquina», es decir, la idea de la Tierra como planeta habitado por seres que compartían un mismo interés en el futuro. Algo semejante habían proclamado algunas religiones, aunque no todas. Era comprensible que los fieles de esas congregaciones se negaran a aceptar la visión, la perspectiva que se le atribuía a una máquina inédita. «Si para admitir un nuevo enfoque del lugar que ocupamos en el universo —reflexionó Ellie—

hace falta una conversión religiosa, entonces estamos frente a una revolución teológica en el mundo entero.» La idea del maquiefecto influía hasta en los milenaristas norteamericanos y europeos. Pero si la Máquina no funcionaba y desaparecía el Mensaje, ¿cuánto tiempo habría de durar dicho planteamiento? «Aun si cometimos algún error en la interpretación o la fabricación —pensó—, aun si no llegáramos a descifrar nada más sobre los veguenses, el Mensaje de por sí constituye una prueba fehaciente de que existen otros seres en el universo, y que son más avanzados que nosotros. Esto debería bastar para mantener unido el planeta durante un tiempo.»

Le preguntó a Eda si nunca había tenido una experiencia religiosa que lo transformara.

—Sí —respondió él.

—¿Cuándo? —A veces era necesario alentarlo para que hablara.

—La primera vez que tomé contacto con Euclides. También, cuando comprendí la gravitación newtoniana, las ecuaciones de Maxwell, la teoría de la relatividad, y cuando trabajé en el tema de la superunificación. He sido muy afortunado en tener muchas experiencias religiosas.

—No; ya sabes a qué me refiero, a algo ajeno al plano de la ciencia.

—Jamás —repuso él—. Siempre dentro de la ciencia.

Eda le contó ciertos datos sobre su religión. Él no se consideraba sujeto a todos sus dogmas, afirmó, pero se sentía cómodo con ella y pensaba que podía hacer mucho bien. Se trataba de una secta relativamente nueva —contemporánea de la Ciencia Cristiana y los Testigos de Jehová—, fundada por Mirza Ghulam Ahmad, en el Punjab. Devi la conocía cono una secta proselitista que había arraigado en África Occidental. Los orígenes de la religión estaban ocultos en la escatología. Ahmad se proclamó Mahdi, la figura que los musulmanes confiaban en ver aparecer cuando ocurriera el fin del mundo. También dijo ser el nuevo Cristo, una reencarnación de Krishna y un *buruz*, o la reaparición de Mahoma. El ahmadiyah sufrió la influencia de los milenaristas cristianos, y muchos de sus fieles juzgaban inminente la reaparición de su líder. El año 2008 —centenario de la muerte de Ahmad— sería la fecha de su retorno final, como Mahdi. En términos generales, el fervor mesiánico parecía ir en aumento en el mundo entero, y Ellie se mostró preocupada por las irracionales predilecciones de la especie humana.

—En un festival del amor —sentenció Devi—, no deberías ser tan pesimista.

Después de una intensa nevada, en Sapporo se modernizó la costumbre local de esculpir en hielo y nieve figuras mitológicas y de animales. Se talló, con lujo de detalles, un inmenso dodecaedro, que fue posteriormente exhibido como una especie de icono en los noticieros de televisión. Después de varios días de inesperado calor, los escultores tuvieron que salir a reparar los daños de su obra.

La posibilidad de que, al activarse la Máquina, llegara a desatarse un apocalipsis universal, era tema de frecuente discusión. Los proyectistas de la Máquina respondieron con expresiones de confianza dirigidas al público y manifestaciones de tranquilidad dirigidas a los gobiernos, y con decretos en los que se ordenaba mantener en secreto la fecha de la puesta en funcionamiento. Algunos científicos propusieron que se activara el 17 de noviembre, día en que se produciría la lluvia meteórica más espectacular del siglo. Un simbolismo muy elocuente, decían. No obstante, Valerian sostuvo que sería un riesgo innecesario obligar a la Máquina a despegar en medio de una nube de cometas y meteoritos. Por lo tanto, la puesta en marcha se postergó unas semanas, para finales de diciembre. Si bien esa fecha no era literalmente el final del milenio sino un año antes, ya habían planificado grandes festejos todos los que no entendían de convencionalismos de calendario, y los que deseaban celebrar la llegada del milenio en dos meses de diciembre consecutivos.

Aunque los extraterrestres no podían saber cuánto pesaba cada tripulante, indicaron con suma precisión la masa de cada componente y el total de masa permitido, con lo cual quedaba un margen muy estrecho para equipos de diseño terrestre. Durante varios años se esgrimió ese argumento para conseguir que los cinco tripulantes fuesen mujeres, de modo de poder incluir un instrumental más pesado, pero posteriormente se rechazó la sugerencia por frívola.

No había lugar para trajes espaciales. Era de suponer que los veguenses tendrían en cuenta la necesidad humana de respirar oxígeno. Dado que no llevaban ningún equipo especial, que había diferencias culturales y se desconocía el destino final, era obvio que la misión podía traer aparejado un grave riesgo. La prensa mundial a menudo se explayaba sobre esto; los Cinco, nunca.

Había quienes instaban a la tripulación a llevar consigo una variedad de cámaras, espectrómetros, superordenadores y bibliotecas de microfilm en miniatura, lo cual no dejaba de tener cierto sentido. No había a bordo de la Máquina instalaciones de baño ni de cocina. Solo habrían de llevar un mínimo de provisiones, algunas de ellas guardadas en los bolsillos de sus monos. Devi se decidió por un rudimentario botiquín médico. Ellie, por su parte, apenas si pretendía llevar un cepillo de dientes y una muda de ropa interior. «Si son capaces de transportarme hasta Vega en un sillón —pensaba—, seguramente podrán suministrarme todo lo que me haga falta.» Si necesitara una cámara de fotos, explicó a los directivos del proyecto, se la pediría a los veguenses.

Ciertas opiniones, al parecer serias, pretendían que los Cinco fuesen desnudos, dado que las instrucciones no mencionaban la ropa, y esta quizás obstaculizara de alguna manera el funcionamiento de la Máquina. A Ellie y Devi —entre muchos otros— la idea les resultó divertida, y señalaron que no había ninguna proscripción al hecho de vestirse, costumbre muy popular de los humanos, según se apreciaba en la filmación de las Olimpíadas. Los veguenses sabían que usábamos ropa, protestaron Xi y Vaygay. Las únicas restricciones se referían a la masa total. ¿Acaso tendríamos que quitarnos también las prótesis dentales y no llevar gafas? Finalmente triunfó ese último parecer debido, en parte, a la renuncia de muchos países a que se los vinculara con un proyecto que culminase de tan indecorosa manera. Sin embargo, la discusión sacó a relucir rasgos de humor entre los periodistas, los técnicos y los Cinco.

—Si es por eso —sostuvo Lunacharsky—, tampoco se determinó que tengan que ser humanos los que vayan. A lo mejor, cinco chimpancés les resultan tanto o más aceptables.

Querían convencerla de lo valioso que sería poder contar aunque solo fuera con una foto bidimensional de una máquina extraña, por no hablar de una imagen de los extraterrestres mismos. ¿Por qué no reconsideraba su posición y aceptaba portar una cámara? Der Heer, que se hallaba en ese momento en Hokkaido con una nutrida delegación norteamericana, le pidió que se tomara las cosas en serio. Era mucho lo que estaba en juego, dijo, como para... Pero ella lo cortó con una mirada que le impidió proseguir. Ellie sabía cómo habría terminado la frase: «como para que tengas actitudes infantiles». Lo llamativo era que Der Heer se comportaba como si fuera el ofendido de la pareja. Ellie se lo comentó a Devi y esta no hizo causa común con ella. Der Heer, dijo, era «un encanto». Por último, Ellie aceptó llevar consigo una cámara de vídeo en miniatura.

En la lista de «efectos personales» que le exigieron presentar, Ellie consignó: «Hoja de palmera, 0,811 kilogramos.»

Se le encomendó a Der Heer conseguir que cambiara de parecer.

—Sabes que podrías llevar un estupendo sistema de infrarrojo para la transmisión de imágenes, que pesa apenas unos trescientos gramos. ¿Por qué te obstinas en incluir una rama de árbol?

—Es una hoja de palmera. Pese a que te criaste en Nueva York, debes de saber lo que es una palmera. Habrás oído nombrarlas en *Ivanhoe*. ¿Acaso no leíste el libro en el colegio? En la época de las Cruzadas, los peregrinos que realizaban el largo viaje a Tierra Santa traían de regreso una hoja de palmera para demostrar que habían estado allí. La necesito para que me levante el ánimo, y no me interesa lo avanzados que sean esos seres. Esta es mi Tierra Santa, y voy a llevarles la hoja de palmera para mostrarles de dónde vengo.

Der Heer solo atinó a menear la cabeza. No obstante, cuando Ellie le relató el episodio a Vaygay, este dijo:

—Lo entiendo perfectamente.

Ellie recordó la preocupación de Vaygay y la historia que le había contado en París acerca del carruaje enviado a una aldea paupérrima. Ella no compartía la misma inquietud. La hoja de palmera tenía otro fin: la necesitaba para tener siempre presente la Tierra, porque temía ceder a la tentación de no regresar jamás.

El día antes de que se pusiera en marcha la Máquina, Ellie recibió una pequeña encomienda que le entregaron en mano. No traía remitente, y en el interior no había tarjeta ni firma alguna. Al abrirla encontró una cadenilla con un medallón, que supuestamente podía usarse como péndulo. En ambas caras del medallón, una inscripción grabada en letras pequeñísimas.

De un lado ponía:

> *Hera, la reina majestuosa*
> *de espléndido atavío,*
> *dirigía a Argos,*
> *cuya mirada atenta*
> *vigilaba el mundo.*

En el reverso:

Esta es la respuesta de los defensores de Esparta al comandante del ejército romano: «Si eres un dios, no harás daño a quienes jamás te lo han hecho. Si eres un hombre, avanza, porque antes o después toparás con hombres de tu misma talla.» Y mujeres.

Sabía quién se lo había enviado.

El mismo día en que se activaría la Máquina, se realizó una encuesta entre el personal superior del proyecto para saber qué creían ellos que iba a ocurrir. La mayoría daba por sentado que no pasaría nada, que la Máquina no iba a funcionar. Un grupo más reducido opinaba que los Cinco serían transportados velozmente al sistema de Vega, pese a la relatividad en contra. Hubo también sugerencias diversas: que la Máquina era un vehículo para explorar el sistema solar, la más costosa broma de mal gusto de la historia, un aula, una máquina del tiempo o una cabina telefónica galáctica. Un científico escribió: «Lentamente se corporizarán en los sillones cinco horrendos sustitutos con escamas en el cuerpo y dientes afilados.» Esa respuesta fue la que más se aproximó a la idea del Caballo de Troya. Hubo otra, solo una, que solo ponía: «Máquina para provocar el fin del mundo.»

Se organizó una especie de ceremonia. Se pronunciaron discursos y se sirvió un refrigerio. La gente se abrazaba, algunos incluso lloraban. Solo unos pocos se mostraban abiertamente escépticos.

Ellie consiguió llamar a la residencia para despedirse de su madre. Sin embargo, ella no pudo responderle; según le informó la enfermera, estaba empezando a recuperar las funciones motrices y quizá pronto lograra articular algunas palabras. Después de colgar, Ellie comenzó a sentirse casi feliz.

Los técnicos japoneses lucían *hachimaki*, cintas que se ponían en la cabeza cuando se preparaban para algún esfuerzo mental, físico o espiritual, especialmente el combate. Las cintas llevaban una proyección convencional del mapamundi, en la que no predominaba ningún país en particular.

No había habido reuniones preparatorias de carácter nacional. Que Ellie supiera, tampoco se había convocado a nadie a congregarse al pie de un mástil. Los jefes de Estado enviaron breves declaraciones en vídeo. El que remitió la presidenta de Estados Unidos le pareció espléndido:

«El motivo de estas palabras no es impartir instrucciones ni darles una despedida, sino decirles simplemente un hasta luego. Cada uno de ustedes emprende el viaje en nombre de millones de almas, representa a todos los pueblos del planeta. Si van a ser transportados a otro sitio, vean por todos nosotros, pero no solo lo vinculado con la ciencia sino todo lo que puedan aprender. Representan ustedes a la especie humana en su totalidad, la pasada, la presente y la del porvenir. Sea cual fuere el resultado, ya se han ganado un lugar en la historia, son héroes de nuestro planeta. Les ruego que hablen por nosotros. Sean prudentes, y regresen.»

Pocas horas más tarde entraron de uno en uno y por primera vez en la Máquina. Se encendieron entonces unas tenues luces interiores. Aun después de concluida la construcción del aparato, habiéndose aprobado todos los controles de rigor, se temía que fuera prematuro obligar a los Cinco a ocupar sus asientos. Había quienes suponían que el mero hecho de sentarse podía accionar la Máquina, aunque los benzels permanecieran inmóviles. Sin embargo, ahí estaban, y hasta ese momento nada extraordinario sucedía. Ellie se permitió echarse hacia atrás con cierta cautela y apoyarse en el tapizado plástico acolchado. Ella hubiera preferido ponerles fundas de algodón a los sillones, pero hasta ese mínimo detalle era una cuestión de orgullo nacional. El plástico les pareció más moderno, más científico, más serio.

Como se conocía el apego de Vaygay al tabaco, se prohibió llevar cigarrillos a bordo. Lunacharsky reaccionó con elocuentes maldiciones en diez idiomas. Por eso, antes de entrar con sus compañeros, fumó un último Lucky Strike. Con la respiración algo jadeante, tomó asiento al lado de Ellie. El diseño extraído del Mensaje no hacía mención de cinturones de seguridad, razón por la cual no había ninguno en la Máquina. Algunos técnicos, sin embargo, afirmaban que era una tontería no haberlos colocado.

«La Máquina va a alguna parte —pensó—. Es un medio de transporte, una apertura hacia otro lugar... u otro tiempo. Un tren de carga que avanzará raudamente en medio de la noche. Subiéndonos a él, podremos dejar atrás los sofocantes pueblos provincianos de nuestra infancia, y emprender rumbo a las grandes ciudades de cristal.» Era un descubrimiento, una huida, el fin de la soledad. Las demoras logísticas que hubo en la fabricación, las discusiones acerca de la interpretación correcta de las instrucciones, la habían sumido en la desesperanza. No era la gloria lo que ambicionaba, sino una especie de liberación.

El asombro actuaba como una droga en ella. Mentalmente todavía se consideraba una pastora tribal llena de estupor ante la Puerta de Ishtar de la antigua Babilonia; como Dorotea al vislumbrar por primera vez la Ciudad de las Esmeraldas; como un niño de los arrabales de Brooklyn al transitar por el Corredor de las Naciones, en la Feria mundial de 1939; como la princesa india Pocahontas al navegar por el estuario del Támesis y contemplar Londres.

Su corazón palpitaba por la expectativa. Seguramente iba a descubrir qué otras cosas son posibles, qué pudieron lograr otros seres, quienes, al parecer, habían estado viajando por el universo mientras los antepasados del hombre saltaban aún de rama en rama en medio del bosque.

Al igual que muchas personas que había conocido en su vida, Drumlin la había llamado «una romántica incurable». Una vez más, se preguntó por qué muchos consideraban esa peculiaridad como un defecto vergonzante.

Para Ellie, el romanticismo había sido la fuerza motriz de su vida, fuente de innumerables placeres. Defensora y practicante del romance, partió a reunirse con el hechicero.

Se les hizo llegar por radio un informe de la situación. Al parecer, no había fallas de funcionamiento que pudieran detectar los instrumentos instalados en el exterior de la Máquina. El motivo de la espera era la necesidad de evacuar el espacio existente entre los benzels. Un sistema de extraordinaria eficacia extraía el aire con el fin de obtener el mayor vacío que jamás se hubiera logrado sobre la Tierra. Ellie revisó la colocación de su microcámara de vídeo y dio una palmadita a la hoja de palmera. Fuera del dodecaedro se habían encendido poderosos reflectores.

Dos de las cápsulas concéntricas giraban ya, tal como indicaba el Mensaje, a velocidad crítica; tanto, que los espectadores ya las veían borrosas. La tercera se activaría un minuto después. Se estaba acumulando una potente carga eléctrica. Cuando las tres cápsulas concéntricas alcanzaran la necesaria velocidad, la Máquina se pondría en funcionamiento. Al menos, eso decía el Mensaje.

El rostro de Xi trasuntaba una gran firmeza, pensó Ellie. Lunacharsky se esforzaba por transmitir serenidad; Sujavati tenía los ojos desmesuradamente abiertos; Eda solo dejaba traslucir una gran concentración. Devi la miró y le sonrió.

Deseó haber tenido un hijo. Ese fue su último pensamiento antes de que las puertas oscilaran y se volvieran transparentes y —esa sensación tuvo— antes de que la Tierra se abriera para tragarla.

TERCERA PARTE

LA GALAXIA

Recorro libremente las mesetas
y comprendo que quedan esperanzas
de que aquello que Tú modelaste con el polvo
pueda armonizar con las cosas eternas.

Los Manuscritos del Mar Muerto

19

Singularidad desnuda

> ... llegar al paraíso
> por la escalera de la sorpresa.
>
> RALPH WALDO EMERSON,
> «Merlín», *Poemas* (1847)

> No es imposible que para algún ser
> infinitamente superior, todo el universo
> sea como una sola llanura, que la distancia
> entre los planetas sea apenas como
> los poros de un grano de arena, y que
> los espacios entre un sistema y otro no
> sean mayores que los intervalos entre
> un grano y el contiguo.
>
> SAMUEL TAYLOR COLERIDGE,
> *Omniania*

Estaban cayendo. Los paneles pentagonales del dodecaedro se habían vuelto transparentes, al igual que el techo y el suelo. Arriba y abajo, Ellie divisó las clavijas de erbio, que al parecer se movían. Los tres benzels habían desaparecido. El dodecaedro se zambullía por un largo túnel oscuro, apenas del ancho suficiente para permitir su paso. Debido a la aceleración, Ellie, que miraba al frente, se comprimía contra el respaldo del asiento, mientras que Devi —sentada frente a ella—, se inclinaba levemente desde la cintura. Quizás hubieran tenido que poner cinturones de seguridad.

Era difícil no pensar que habían penetrado en la corteza de la Tierra, que iban rumbo a su núcleo. O tal vez marcharan directos a... Trató de imaginar ese insólito vehículo como si fuese un *ferry* que atravesaba la mitológica Estigia.

Por la irregular textura del túnel podía percibirse la velocidad. Las paredes no eran notables por su apariencia, sino solo por su función. Apenas unos pocos kilómetros bajo la superficie terráquea existen rocas ígneas, que no era precisamente lo que ellos veían en ese momento.

De vez en cuando, uno de los vértices del dodecaedro rozaba la pared, de la cual se desprendían escamas de un material desconocido. Muy pronto una nube de finas partículas iba siguiéndolos. Cada vez que tocaban la pared, Ellie sentía una ondulación, como si algo suave amortiguara el impacto. La tenue iluminación era difusa, uniforme. En ocasiones, el túnel describía una curva suave, y el dodecaedro se veía obligado a mantener la curvatura. Hasta el momento, Ellie no divisaba ningún objeto que se dirigiese hacia ellos. A semejante velocidad, hasta el choque con un pajarito podía ocasionar un desastre. ¿Y si solo fuese una caída sin fin en un abismo insondable? La ansiedad le provocó un nudo en el estómago. Así y todo, procuró no desanimarse.

«Es un agujero negro —pensó—. Nos estamos despeñando por un agujero negro, aunque a lo mejor enfilamos directo hacia una singularidad desnuda, como la llaman los físicos. En las proximidades de una singularidad, se violan las leyes de la causalidad, los efectos pueden preceder a las causas, el tiempo se retrotrae, muy difícilmente uno puede sobrevivir, y mucho menos recordar la experiencia.» Frente a un agujero negro en rotación, recordó haber estudiado años antes, había que evitar una singularidad de anillo, o algo aún más complejo. Los agujeros negros eran siniestros. «Si nos descuidamos y caemos en ellos, las poderosas fuerzas gravitacionales nos estirarán hasta convertirnos en un hilo largo y delgado. También nos aplastarían en sentido lateral.» Felizmente, no se advertían indicios de tales peligros. A través de las superficies transparentes del techo y el suelo, notó que la matriz organosilícea en algunas partes se hundía sobre sí misma, mientras que en otras, se desplegaba. Las clavijas de erbio embutidas giraban y saltaban. Dentro de la Máquina, todo —incluso ella y sus compañeros— presentaba un aspecto normal. Bueno, estaban un poquito nerviosos, pero todavía no se habían transformado en hilos largos.

Sabía que esas cavilaciones eran ociosas. La física de los agujeros negros no pertenecía a su campo. Además, no veía por qué eso podría tener algo que ver con los agujeros negros, los cuales eran primordiales —producidos en el origen del universo—, o bien formados en épocas ulteriores, debido al colapso de una estrella mayor que el Sol. En tal caso, sería tan fuerte la gravedad —salvo los efectos cuánticos— que ni siquiera la luz podría escapar, aunque el campo gravitacional ciertamente permanecería. De ahí que se los denominara «agujeros negros». No obstante, allí no había colapso de estrellas, como tampoco creía que se hubiesen adentrado en un agujero negro primordial. De todas maneras, nadie sabía dónde podía ocultarse el agujero negro primordial más cercano. Solo se habían limitado a fabricar la Máquina y poner en funcionamiento los benzels.

Miró a Eda y vio que estaba realizando unos cálculos con un pequeño ordenador. Mediante la conducción ósea, Ellie podía sentir, además de oír, un rugido cada vez que el dodecaedro rozaba contra la pared. Levantó la voz para hacerse oír:

—¿Tienes idea de lo que sucede?

—¡Ni la más mínima! —respondió él a gritos—. Casi podría demostrar que no está ocurriendo nada. ¿Conoces las coordenadas de Boyer-Lindquist?

—No.

—Después te las explico.

Se alegró de que, para él, fuese a haber un «después».

Ellie percibió la desaceleración antes de verla, como si acabaran de bajar una pendiente de una montaña rusa e iniciado el lento ascenso de otra loma. En el momento previo a la desaceleración, el túnel había realizado una serie de zigzagueos. No se percibía cambio alguno en la tonalidad ni el brillo de la luz que los rodeaba. Ellie tomó la cámara, acomodó la lente para una distancia focal larga, lo más lejos que pudo, pese a lo cual solo divisó la curva siguiente del sinuoso camino. Ampliada, la textura de la pared le pareció compleja, irregular y, por un momento, vagamente fluorescente.

El dodecaedro redujo considerablemente la velocidad; aún no se vislumbraba el final del túnel. Ellie puso en duda que lograran llegar a destino. ¿No habría habido un error de cálculo en el diseño? Tal vez la Máquina se había construido con una minúscula imperfección, y aquello que en Hokkaido parecía un defecto tecnológico aceptable podría condenar la misión al fracaso allí en... dondequiera que estuviesen. Al contemplar la nube de finas partículas que los seguía y en ocasiones se les adelantaba, pensó si no habrían chocado contra las paredes más veces de lo tolerable, perdiendo así el impulso que requería el diseño. El espacio entre el dodecaedro y las paredes era ya muy estrecho. A lo mejor permanecerían atascados en esa tierra de nunca jamás, languideciendo hasta que se les acabara el oxígeno. ¿Era posible que los veguenses se hubiesen tomado semejantes molestias para después olvidarse de que necesitamos respirar? ¿Acaso no habían reparado en la multitud de enfervorizados nazis?

Vaygay y Eda estaban dedicados por completo a los misterios de la física gravitacional: los tuistores, la propagación de fantasmas, los vectores de Killing, el reenfoque geodésico y, por supuesto, la teoría de Eda sobre la superunificación. Bastaba verlos para darse cuenta de que no habían sacado en limpio ninguna explicación, aunque quizás al cabo de unas horas lograran avanzar en la resolución del problema. La superunificación abarcaba prácticamente todos los aspectos de la física que se conocían en la Tierra; por eso costaba creer que ese túnel no fuese una solución, hasta entonces no descubierta, de las ecuaciones de campo de Eda.

—¿Alguien ha visto una singularidad desnuda? —preguntó Vaygay.

—No sé qué aspecto tienen —respondió Devi.

—Probablemente no aparecería desnuda. ¿No han percibido ninguna inversión de la causalidad, nada estrafalario, algo relacionado con lo que estuviesen pensando, por ejemplo, unos huevos revueltos que volvieran a armarse en claras y yemas?

Devi entornó los ojos para mirar a Vaygay.

—Aunque parezca una broma —se apresuró a intervenir Ellie—, todos esos son interrogantes serios respecto a los agujeros negros.

—Ya —dijo Devi—, salvo la pregunta misma. —Luego se le iluminó el rostro—. Por el contrario, el viaje me resulta maravilloso.

Todos, en especial Vaygay, eran del mismo parecer.

—Esto es una versión acentuada de la censura cósmica —continuó él—. Las singularidades son invisibles incluso dentro de los agujeros negros.

—Vaygay está bromeando —opinó Eda—. Una vez que se entra en el horizonte de los eventos, no hay forma de escapar de la singularidad del agujero negro.

Pese a la advertencia de Ellie, Devi miraba a Vaygay y Eda con desconfianza. Los físicos solían inventar palabras y frases para explicar conceptos alejados de la experiencia cotidiana. Tenían por costumbre evitar los neologismos y valerse de analogías triviales. La otra alternativa era designar las ecuaciones y los descubrimientos con el nombre de uno u otro. Pero si alguien los escuchaba sin saber que hablaban de física, seguramente pensaría que estaban de guasa.

Ellie se puso de pie para acercarse a Devi, pero en ese instante Xi los sobresaltó con un alarido. Las paredes del túnel producían movimientos ondulantes, se cerraban sobre el dodecaedro, lo comprimían. Cada vez que parecía que el dodecaedro iba a detenerse, las paredes le daban un apretón. Ellie comenzó a sentir mareos. En algunos lugares la marcha se tornaba difícil, las paredes se estrechaban más, al tiempo que ondas de contracción y expansión recorrían el túnel. En los tramos rectos apenas si lograban deslizarse.

A una gran distancia, Ellie divisó un puntito de luz que poco a poco adquiría mayor intensidad. Un brillo blanco azulado inundó el interior del dodecaedro reflejándose en los negros cilindros de erbio, ya casi inmóviles. Aunque el viaje parecía no haber durado más de diez o quince minutos, el contraste entre la luz tenue de todo el trayecto y el potente resplandor que tenían al frente, era impresionante. Se precipitaban hacia esa luz, abandonaban el túnel para emerger al espacio. Ante sus ojos apareció un enorme sol blanco azulado, sorprendentemente próximo. Ellie comprendió en el acto que se trataba de Vega.

No quería mirarlo directamente con la lente para largas distancias focales; hubiera sido una tontería mirar incluso el Sol, que era una estrella más fría y opaca. No obstante, tomó un papel blanco, lo colocó en el plano focal de la lente y proyectó una imagen brillante de la estrella. Divisó dos grupos de manchas solares y un atisbo, una sombra de materia del plano de anillos. Dejó la cámara, estiró un brazo con la palma hacia fuera para cubrir solo el disco de Vega, y tuvo la satisfacción de ver una corona brillante alrededor de la estrella que antes no había podido vislumbrar debido al resplandor.

Con la mano aún tendida, examinó el anillo de materia que rodeaba la estrella. La naturaleza del sistema de Vega había sido objeto de discusión en el mundo entero desde que se recibiera el Mensaje con los números primos. Por representar a la comunidad astronómica de la Tierra, deseó no estar cometiendo ningún error grave. Filmó todo en vídeo con diferentes aberturas de foco y velocidades. Habían emergido casi en el plano de anillos mismo, en una brecha circunstelar carente de residuos. El anillo era sumamente delgado si se lo comparaba con sus amplias dimensiones laterales. Ellie percibió leves gradaciones de color, pero ninguna partícula individual de los anillos. Si se asemejaban a los anillos de Saturno, las partículas serían gigantescas. A lo mejor los anillos de Vega estaban compuestos de motas de polvo, terrones de roca, fragmentos de hielo.

Se volvió para mirar el sitio donde habían emergido y solo vio un campo negro, una negrura circular, más negra que el terciopelo o el cielo nocturno, que eclipsaba un sector del anillo de Vega que, de no haber quedado oculto por esa sombría aparición, resultaría claramente visible. Escudriñando en forma minuciosa por la lente creyó ver unos débiles destellos irregulares que procedían del centro mismo. ¿Sería luz proveniente de la Tierra? Del otro lado de esa negrura total se hallaba Hokkaido.

¿Dónde estarían los planetas? Exploró el plano de anillos con el objetivo de larga distancia focal en busca de algún planeta o al menos del sitio de los seres que habían transmitido el Mensaje. Procuraba localizar un mundo cuya influencia gravitacional hubiera despejado el polvo estelar, pero no divisó nada:

—¿No encuentras planetas? —preguntó Xi.

—Ninguno. Alcanzo a ver la cola de algunos cometas grandes en las inmediaciones, pero nada que se parezca a un planeta. Debe de haber millones de anillos separados, y me da la impresión de que están constituidos por desechos. El agujero negro parece haber despejado una enorme brecha en los anillos, y es precisamente en ese sitio donde nos encontramos ahora, orbitando lentamente alrededor de Vega. El sistema es muy joven (unos pocos cientos de millones de años), y para algunos astrónomos es demasiado pronto como para que se hayan formado planetas. Pero si no, ¿de dónde provenían las transmisiones?

—A lo mejor esto no es Vega —sugirió Vaygay—. Puede que la señal de radio proceda de Vega, pero que el túnel conduzca al sistema de otra estrella.

—Quizá, pero me llama la atención la coincidencia de que esa otra estrella tenga el mismo color de temperatura que Vega (mira, desde aquí se aprecia que es azulada) y residuos de la misma especie. Cierto es que no podemos verificarlo debido al resplandor, pero me atrevería a afirmar que esto es Vega.

—Entonces, ¿dónde están ellos? —quiso saber Devi.

Xi, que tenía muy buena vista, miraba hacia arriba, en dirección al cielo que se extendía más allá del plano de anillos. Como no dijo nada, Ellie siguió el derrotero de sus ojos. Sí, algo había a lo lejos, algo que brillaba al sol. Al contemplarlo con el objetivo, advirtió que se trataba de un inmenso poliedro irregular, cada una de sus caras cubierta de... ¿una especie de círculo? ¿Un disco? ¿Una bandeja?

—Ten, Qiaomu, mira por aquí y dime lo que ves.

—Son... lo mismo que tenemos en la Tierra: miles de radiotelescopios apuntados en muchas direcciones. No es un mundo sino solo un mecanismo.

Uno a uno fueron pasándose la cámara, y Ellie disimuló la impaciencia hasta que volvió a tocarle el turno. La naturaleza fundamental del radiotelescopio estaba más o menos explicitada por la física de las ondas de radio; sin embargo, la desilusionaba que una civilización capaz de producir —o aunque solo fuese usar— los agujeros negros para una especie de transporte hiperrelativista aún se valiera de radiotelescopios de diseño reconocible, por numerosos que fueren. Le parecía un rasgo de atraso de los veguenses, una falta de imaginación. El hecho de que hubiera miles de ellos enfocando todo el cielo sugería una exploración total de la bóveda celeste, algo así como un Argos en gran escala. Se estaban escudriñando innumerables mundos en busca de transmisiones de televisión, radares militares o quizás otras variedades de emisiones de radio desconocidas en la Tierra. ¿Encontraban a menudo esas señales, o acaso habría sido la Tierra su primer éxito en un millón de años de observación? No había rastros de ningún comité de bienvenida. ¿Tan poca importancia le asignaban a la delegación que no habían designado a nadie para ir a recibirlos?

Cuando le devolvieron la cámara, Ellie puso especial esmero en la distancia, el objetivo y el tiempo de exposición. Deseaba obtener una constancia permanente con el fin de demostrarle a la Fundación Nacional para la Ciencia la seriedad con que trabajaba la radioastronomía. Ojalá hubiera alguna forma de determinar las dimensiones del mundo poliédrico. Un radiotelescopio en cero g podía ser de cualquier tamaño. Después de revelarse las fotos, podría precisarse el diámetro angular, pero el diámetro lineal —las verdaderas dimensiones— serían imposibles de calcular a menos que supieran a qué distancia se hallaba el objeto.

—Si no hay mundos —decía Xi en ese momento—, entonces tampoco hay veguenses; aquí no vive nadie. Vega no es más que un puesto de guardia, una garita para que la patrulla de fronteras se caliente las manos. Esos radiotelescopios —miró hacia arriba— son las torres de observación de la Gran Muralla. Si uno está limitado por la velocidad de la luz, le resulta difícil mantener la cohesión de un imperio galáctico. Ordenamos a un destacamento que sofoque una rebelión. Diez mil años después nos enteramos de lo sucedido. Como las cosas no salieron bien, les damos autonomía a los comandantes de la guarnición. Entonces, se acabó el imperio. Pero esos —señaló los manchones negros que cubrían el cielo a sus espaldas— son caminos imperiales, como los tuvieron Persia, Roma y China. De esa forma, uno no está limitado por la velocidad de la luz. Habiendo carreteras puede mantenerse unido un imperio.

Absorto en sus pensamientos, Eda meneaba la cabeza. Había algo vinculado con la física que le preocupaba.

El agujero negro —si es que lo era— giraba en ese momento en torno a Vega en una amplia franja libre de materia. Costaba creer lo negro que era.

Mientras efectuaba breves tomas del anillo exterior, Ellie se preguntó si algún día se formaría un sistema planetario, si las partículas entrarían en colisión, se adherirían, crecerían, si habría condensación gravitacional hasta que, por último, se crearan unos pocos mundos que girasen en órbita alrededor de la estrella. El espectáculo se asemejaba a la representación que tenían los astrónomos sobre el origen de los planetas del sistema solar, 4.500 millones de años atrás. Alcanzaba a distinguir rastros no homogéneos en los anillos, visibles protuberancias en los lugares donde, al parecer, los residuos se habían acumulado.

El desplazamiento del agujero negro alrededor de Vega producía ondas visibles en las franjas adyacentes de desechos. Era indudable que el dodecaedro dejaba tras de sí una modesta estela. Ellie se preguntó si esas alteraciones gravitacionales y ese enrarecimiento provocarían alguna consecuencia a largo plazo. De ser así, la existencia misma de algún planeta miles de millones de años en el futuro quizá se debería al agujero negro y la Máquina... y, por ende, al Mensaje y al proyecto Argos. No quería personalizar tanto ya que, si ella no hubiese existido, tarde o temprano otro astrónomo habría recibido el Mensaje. La Máquina se habría activado en otro momento, y el dodecaedro habría llegado hasta allí en otro instante. Algún futuro planeta del sistema podría deberle a ella su existencia.

Quiso recorrer con la cámara desde el interior del dodecaedro, tomar los tirantes que unían los paneles pentagonales transparentes y abarcar también el claro que se abría en los anillos, donde ellos —y el agujero negro— giraban en órbita. Siguió la dirección del claro, flanqueado por dos anillos azulados, hasta que divisó a lo lejos algo raro, como una desviación perceptible en el anillo interior.

—Qiaomu —dijo pasándole la cámara—, dime qué ves hacia allá.

—¿Dónde?

Volvió a señalar y entoces él lo notó, conteniendo el aliento.

—Otro agujero negro, pero mucho mayor.

Estaban cayendo una vez más, pero en un túnel más amplio.

—¿Eso era todo? —le dijo Ellie a Devi—. Nos traen a Vega para hacer alarde de los agujeros negros. Nos permiten vislumbrar sus radiotelescopios desde una distancia de mil kilómetros, pasamos diez minutos allí, nos meten en otro agujero negro y nos mandan de vuelta a la Tierra. ¿Y para eso invertimos tanto dinero?

—A lo mejor lo único que pretendían era conectarse con la Tierra —sugirió Lunacharsky.

Eda levantó ambas manos como para apaciguarlos.

—Aguarden —dijo—. Esto es otro túnel. ¿Por qué suponen que nos conduce de regreso a la Tierra?

—¿Acaso nuestro punto de destino no es Vega? —preguntó Devi.

—Según el método experimental, ya veremos dónde aparecemos.

En ese túnel no rozaban tanto contra las paredes y había menos ondulaciones. Eda y Vaygay intercambiaban opiniones sobre un diagrama de espacio y tiempo que confeccionaron siguiendo las coordenadas de Kruskal-Szekeres. Ellie no tenía idea de lo que hablaban. La etapa de desaceleración, ese tramo que les daba la sensación de ir subiendo una cuesta, aún los desconcertaba.

Esta vez, la luz al final del túnel era anaranjada. Emergieron a considerable velocidad en un sistema de dos soles que se tocaban. Las capas externas de una antigua y gigantesca estrella roja se introducían en la fotosfera de una enana amarilla, más joven, semejante al Sol. La zona de contacto entre ambas era brillante. Ellie buscó anillos de residuos, planetas o radioobservatorios en órbita, pero no halló ninguno. Eso no significaba nada, se dijo. «Estos sistemas podrían tener gran cantidad de planetas, y yo nunca me enteraría con esta minúscula cámara.» Proyectó el doble sol sobre un papel y fotografió la imagen con un objetivo de corta distancia.

Al no existir anillos, había menos luz dispersa en ese sistema que alrededor de Vega; con el objetivo de gran angular logró visualizar una constelación que se asemejaba a la Osa Mayor, pero no pudo reconocer las otras constelaciones. Dado que las estrellas brillantes de la Osa Mayor se encuentran a unos cientos de años luz de la Tierra, supuso que habían recorrido una distancia parecida.

Le confió sus deducciones a Eda y le preguntó su parecer.

—La impresión que tengo es que esto es un metro.

—¿Un metro?

Ellie recordó la sensación de caída que habían experimentado cuando la Máquina se puso en funcionamiento.

—Sí, un metro. Vega y los demás sistemas serían las paradas, las estaciones, donde suben y bajan los pasajeros. Aquí uno cambia de tren.

Señaló en dirección a los soles en contacto, y Ellie reparó que su mano producía dos sombras, una antiamarilla y la otra antirroja, como las que suelen verse —fue la única imagen que le vino a la mente— en una discoteca.

—Pero nosotros no podemos bajarnos —continuó Eda—. Estamos en un vagón cerrado, y vamos rumbo a la terminal, al final de trayecto.

En una ocasión, Drumlin había calificado de fantasías ese tipo de especulaciones, y esa era la primera vez que Ellie veía a Eda sucumbir a la tentación.

De los Cinco, ella era la única astrónoma, pese a que su especialidad no tocaba el espectro óptico. Sentía la obligación de acumular la mayor cantidad posible de datos, tanto de los túneles como del tiempo-espacio cuatridimensional en el cual emergían periódicamente. El supuesto agujero negro del cual estaban saliendo continuaría eternamente en órbita alrededor de una estrella, o de un sistema de múltiples estrellas. Siempre se presentaban por parejas; eran dos los que compartían la misma órbita; uno de donde eran expulsados, y otro donde caían. No había dos sistemas similares y ninguno de ellos se asemejaba al sistema solar. No había en ninguno de ellos un artefacto, un segundo dodecaedro o un complejo proyecto de ingeniería capaz de desmembrar un mundo y volver a armarlo para que constituyera lo que Xi había llamado un «mecanismo».

En ese momento emergieron cerca de una estrella que cambiaba visiblemente su luminosidad —se dio cuenta por la sucesión de aberturas de diafragma que debió utilizar— y supuso que se trataría de una de las estrellas de Lira. A continuación había un sistema quíntuple y luego una enana de escaso brillo. Algunas se hallaban en el espacio abierto; otras, enclavadas en una nebulosa, rodeadas de resplandecientes nebulosas moleculares.

Pese al esfuerzo consciente que realizaba por mantener una calma profesional, Ellie experimentaba un enorme júbilo ante tal profusión de soles. Esperaba que cada uno de ellos fuese el lugar de residencia de una civilización, o que algún día lo fuera.

Sin embargo, después de saltar por cuarta vez, comenzó a preocuparse. Subjetivamente, y según le indicaba su reloj, debía de haber pasado una hora desde que partieran de Hokkaido. Si el viaje se prolongaba mucho más, sentirían la falta de ciertas comodidades elementales. Quizás a otra civilización, por muy avanzada que fuera, le resultaría difícil percatarse de las necesidades fisiológicas humanas con solo estudiar una transmisión televisiva.

Además, si los extraterrestres eran tan inteligentes, ¿por qué los obligaban a zarandearse tanto? Tal vez el primer salto desde la Tierra se hubiese dado con equipo rudimentario por lo primitivos que eran los que trabajaban en aquel extremo del túnel. Pero ¿y después de Vega? ¿Por qué no los trasladaban directamente al destino final, cualquiera que fuese?

Cada vez que salían de un túnel, Ellie se sentía expectante. ¿Qué maravillas les tenían reservadas? Le daba la sensación de estar en un gigantesco parque de atracciones, y no le costaba imaginar a Hadden observando todo con su telescopio, desde el instante en que se activó la Máquina allá en Hokkaido.

Por sublime que fuera el espectáculo que les ofrecían los emisores del Mensaje, y por mucho que disfrutara ella de sentirse una experta en el tema cuando explicaba ciertos aspectos de la evolución estelar a sus compañeros, al rato empezó a desilusionarse. Trató de analizar ese sentimiento y muy pronto comprendió la razón: los extraterrestres estaban haciendo alardes, actitud que, a su entender, dejaba en evidencia un fallo de carácter.

Cuando se zambullían en otro túnel —más ancho y sinuoso que los anteriores—, Lunacharsky le preguntó a Eda qué razón habría para que se hubiesen instalado las estaciones de aquel metro en sistemas estelares tan poco auspiciosos.

—¿Por qué no están alrededor de una única estrella joven y sin residuos?

—Supongo —repuso Eda— que el motivo es que todos los sistemas están deshabitados.

—Y tampoco quieren que los turistas amedrenten a los nativos —acotó Sujavati.

Eda sonrió.

—O a la inversa.

—O sea, crees que existe una especie de ética de no interferencia con los planetas primitivos. Ellos saben que de vez en cuando algunos primitivos podrían usar el metro.

—Están muy seguros de los primitivos —continuó Ellie la idea—, pero no pueden estarlo del todo. Al fin y al cabo, los primitivos son precisamente eso: primitivos, y por lo tanto solo se les permite viajar en los metros que van al interior, a los distritos rurales. Los fabricantes deben ser muy precavidos. Pero entonces, ¿por qué nos enviaron un tren local y no un expreso?

—Quizá sea muy complicado construir un túnel para trenes expresos —sugirió Xi, con toda su experiencia en excavaciones. Ellie recordó el túnel que unía Honshu y Hokkaido, uno de los grandes orgullos de la ingeniería civil, y que medía apenas cincuenta y un kilómetros.

Las curvas se volvieron muy pronunciadas. Ellie pensó en su Thunderbird y sintió un amago de náuseas, que decidió contener mientras pudiera, puesto que el dodecaedro no contaba con bolsitas especiales para ese tipo de emergencias.

Bruscamente encararon una recta y en el acto los rodeó un cielo estrellado. Dondequiera que mirara había estrellas, pero no las comunes que los observadores de la Tierra captaban a simple vista, sino multitudes, muchas que parecían casi rozarse unas con otras, que la envolvían en todas las direcciones, algunas de una tonalidad amarilla, azul o roja, especialmente rojas. El firmamento resplandecía con la luminosidad de cercanos soles. Alcanzó a distinguir una inmensa nube de polvo en forma de espiral, un disco que al parecer se introducía en un agujero negro de sorprendentes proporciones, del cual partían fogonazos de radiación. Si ese era el centro de la galaxia, como sospechaba, estaría bañado en radiación sincrotrónica. Rogó que los extraterrestres se acordaran de lo frágiles que eran los humanos.

A medida que el dodecaedro giraba, su campo visual abarcó... un prodigio, una maravilla, un milagro. Casi de inmediato se hallaron delante de él, de ese algo que ocupaba medio cielo. Al sobrevolarlo, notaron que en su superficie habían cientos, miles quizá, de puertas iluminadas, cada una de distinta forma. Muchas eran poligonales, circulares, otras poseían apéndices protuberantes o una secuencia de círculos superpuestos, levemente desviados del centro. Ellie comprendió que se trataba de puertos de amarre; algunos, de escasos metros de tamaño, mientras que otros medían kilómetros de largo, o más. Cada uno, supuso, era un gálibo para máquinas interestelares como la que utilizaban ellos. Las criaturas importantes, dueñas de complejas máquinas, poseían imponentes puertos de amarre. A las criaturas insignificantes, como los humanos, les estaban destinados atracaderos minúsculos. La diversidad de puertos señalaba ciertas diferencias sociales entre las civilizaciones, pero sugería una pavorosa diversidad de seres y culturas. «¡Como si fuera la estación ferroviaria Grand Central, de Nueva York!», pensó.

Sintió ganas de llorar de alegría ante la perspectiva de una galaxia poblada, de un universo rebosante de vida e inteligencia.

Se aproximaban a un puerto con iluminación amarilla que, según advirtió, era el gálibo justo para el dodecaedro en que viajaban. Reparó en un puerto contiguo donde un objeto, del tamaño del dodecaedro pero con forma de estrella de mar, se insinuaba suavemente bajo su gálibo. Miró a izquierda y derecha, arriba y abajo, estudió la curvatura casi imperceptible de esa especie de Grand Central situada, en su opinión, en el centro mismo de la Vía Láctea. ¡Qué reivindicación para la especie humana que por fin los hubiesen invitado allí! «Aún hay esperanzas —se dijo—. ¡Hay esperanzas!»

—Bueno, esto no es Bridgeport —comentó mientras concluía la maniobra de amarre.

20

Grand Central

Todas las cosas son artificiales, puesto que la naturaleza es el arte de Dios.

THOMAS BROWNE,
«De los sueños», *Religio Medici* (1642)

Los ángeles necesitan un cuerpo supuesto no por ellos mismos, sino para beneficio de nosotros.

SANTO TOMÁS DE AQUINO,
Summa Theologica, I, 51. 2

... pues al diablo le es dado
presentarse en forma grata.

WILLIAM SHAKESPEARE,
Hamlet, II, 2, 628

La cámara de aire tenía capacidad para una persona por vez. Cuando se plantearon cuestiones de prioridad —qué país debía ser el primero representado en otra estrella—, los Cinco reaccionaron con fastidio puesto que no los alentaba ningún sentimiento competitivo. Luego se propusieron no tratar ese tema entre ellos.

Ambas puertas de la cámara de aire, la interior y la externa, se abrieron en forma simultánea. Al parecer, ese sector de Grand Central contaba con una adecuada presurización y suficiente oxígeno.

—¿Y bien? ¿Quién quiere salir primero? —preguntó Devi.

Mientras aguardaba en fila con su cámara de vídeo en la mano, Ellie decidió que debía llevar consigo la hoja de palmera en el instante en que pisara por primera vez ese nuevo mundo. Cuando fue a recogerla, fuera se oyeron exclamaciones de júbilo, quizá de Vaygay. Ellie regresó presurosa y salió a una brillante luz solar. En el umbral de la puerta exterior divisó arena. Devi estaba sumergida en agua hasta los tobillos, y salpicaba a Xi. Eda exhibía una ancha sonrisa.

Era una playa y las olas morían sobre la arena. En el cielo azul se veían unos perezosos cúmulos. Había grupos de palmeras a espacios irregulares, retirados de la orilla, y un sol en lo alto. Un solo sol, amarillo. «Idéntico al nuestro», pensó Ellie. Un tenue aroma perfumaba el aire; clavo de olor, quizás, y canela. Bien podía haber sido una playa de Zanzíbar.

De modo que habían viajado treinta mil años luz para caminar por una playa. «Podría ser peor», pensó. La brisa formaba remolinos de arena ante sus ojos. ¿Acaso eso era una copia de la Tierra, reconstruida tal vez por los datos aportados por una expedición exploradora millones de años antes? ¿No sería que los Cinco habían realizado ese viaje épico con el fin de aumentar su conocimiento sobre la astronomía descriptiva, para ser luego depositados, sin mucha ceremonia, en algún bello rincón de la Tierra?

Al volverse, descubrió que el dodecaedro había desaparecido. A bordo había quedado el superordenador con su biblioteca de referencia, así como también parte del instrumental. La preocupación les duró escasamente un minuto. Estaban sanos y salvos, y el viaje valía la pena ser relatado luego en la Tierra. Vaygay miró la hoja que tanto se había empeñado Ellie en llevar; luego posó sus ojos en las palmeras de la playa y se rio.

—Como llevar carbón a Newcastle —ironizó Devi.

Sin embargo, su hoja era distinta. Tal vez allí crecieran especies diferentes; o quizá la variedad local la hubiese producido un hacedor chapucero. Contempló el mar y no pudo menos que imaginar la primera colonización de la Tierra, cuatrocientos millones de años antes. Dondequiera que estuviesen en ese momento —ya fuese en el océano Índico o en el centro de la galaxia—, los Cinco habían protagonizado un hecho sin precedentes. Cierto era que no fueron ellos quienes decidieron el itinerario ni el punto de destino, pero habían cruzado el océano de espacio interestelar, dando comienzo a lo que seguramente habría de ser una nueva edad de la historia humana. Ellie se sentía muy orgullosa.

Xi se quitó las botas y se arremangó hasta las rodillas las perneras del mono cargado de insignias bordadas que los gobiernos habían ordenado que vistieran los Cinco, y caminó entre las olas. Devi se ocultó detrás de una palmera; al verla salir luego vestida con un sari, y el mono bajo el brazo, Ellie recordó una película de Dorothy Lamour. Eda se puso el gorro de hilo por el que se le conocía en todo el mundo. Ellie los filmó en tomas breves que seguramente después, al volver a la Tierra, se asemejarían a cualquier película familiar. Fue entonces a reunirse con Xi y Vaygay. El agua estaba casi tibia. Era una tarde preciosa, un agradable cambio del invierno que habían dejado en Hokkaido apenas una hora antes.

—Todos han traído algo simbólico —dijo Vaygay—, salvo yo.

—¿A qué te refieres?

—Sujavati y Eda, atuendos típicos. Xi optó por un grano de arroz. —En efecto, Xi sostenía entre el pulgar y el índice una bolsita con el grano de arroz—. Y tú tienes la hoja de palmera. Pero yo no he traído nada de la Tierra. Soy el único no materialista del grupo: todo lo tengo en la cabeza.

Como Ellie se había colgado el medallón al cuello, debajo del mono, se desabrochó el botón superior, se lo sacó y se lo dio a leer a Vaygay.

—La cita es de Plutarco —comentó él—. Muy valientes las palabras de los espartanos, pero no olvides que la batalla la ganaron los romanos.

Por el tono de su advertencia, seguramente pensó que el medallón era un obsequio de Der Heer. Ellie sintió afecto por él al notar la desaprobación dirigida a Ken y su cariño a toda prueba. Entonces, lo cogió del brazo.

—Me muero por un cigarrillo —confesó Vaygay, moviendo el brazo para apretar la mano femenina contra su cuerpo.

Todos se sentaron junto a un charco que formaba la marea en la orilla del mar. Las olas producían un suave rumor que a Ellie le trajo recuerdos de Argos y de tantos años dedicados a escuchar los sonidos cósmicos. Un cangrejo pasó presuroso, avanzando de lado. Con cangrejos, cocoteros y algunas provisiones que llevaban en los bolsillos, podrían sobrevivir cierto tiempo. No había en la arena otras huellas que las suyas.

—Ellos hicieron casi todo el trabajo. —Vaygay explicaba las conclusiones a que había llegado, junto con Eda, acerca de la experiencia—. Lo único que hizo el proyecto fue una mínima arruga o pliegue en el tiempo-espacio para que ellos tuvieran dónde sujetar su túnel. En toda esa geometría multidimensional, debe de ser muy difícil detectar una arruguita en el tiempo sideral, y peor aún acoplarle una tobera.

—¿Qué dices? ¿Que cambiaron la geometría del espacio?

—Sí. Creemos que el espacio, en el sentido topológico, no está conectado de manera simple. Y aunque a Abonneba no le agrade la analogía, es como una superficie avanzada, plana y bidimensional, conectada mediante una maraña de tubos con otra superficie igual pero atrasada. La única manera de trasladarse de la superficie avanzada a la atrasada es por medio de esos tubos. Imaginaos que los habitantes de la superficie avanzada bajen un tubo con una tobera. Construirán un túnel entre ambas superficies, siempre y cuando los atrasados colaboren produciendo un pequeño pliegue en su superficie, de modo que se pueda sujetar la tobera.

—O sea que los avanzados envían un mensaje de radio para indicarles a los atrasados que realicen un pliegue. Pero, si son seres bidimensionales, ¿cómo podrían producir un pliegue en su superficie?

—Acumulando gran cantidad de masa en otro lugar —respondió Vaygay.

—Eso no es lo que hemos hecho.

—Lo sé, lo sé. Fueron los benzels los que lo lograron.

—Si los túneles son agujeros negros —sostuvo Eda con voz pausada—, existen contradicciones. Hay un túnel interior en la exacta solución de Kerr a la ecuación de Einstein, pero es variable.

»La mínima alteración lo cerraría, convirtiendo al túnel en una singularidad física que impediría que se deslizara nada por él. Traté de imaginar una civilización superior que pudiera controlar la estructura interna de una estrella en caída para mantener estable el interior del túnel, lo cual sería muy complicado cuando se trata del colapso de un objeto tan voluminoso como el dodecaedro.

—Aun si Abonneba consigue descubrir la forma de mantener abierto el túnel —acotó Vaygay—, existen otros problemas. Demasiados, quizá. Los agujeros negros provocan problemas más rápido de lo que atraen materia. Deberíamos haber terminado destrozados en el campo gravitacional del agujero negro, o estirados como los personajes de los cuadros de El Greco o las esculturas de ese italiano... —Se volvió hacia Ellie para que le recordara el nombre.

—Giacometti —dijo ella—, y era suizo.

—Sí, Giacometti. También se presentan otros inconvenientes. Según las condiciones de la Tierra, se requiere una infinita cantidad de tiempo para atravesar un agujero negro, y nunca podríamos regresar a nuestro planeta. A lo mejor sucedió así y nunca conseguiremos retornar. En tal caso, debería haber un infierno de radiación cerca de la singularidad. Esta es una inestabilidad cuántico-mecánica...

—Y por último —intervino Eda—, un túnel al estilo Kerr puede provocar grotescas transgresiones a la causalidad. Con un ínfimo cambio de trayectoria dentro del túnel, podríamos salir en el otro extremo y encontrarnos en los albores de la historia universal, por ejemplo, un segundo antes del Big Bang, la explosión primigenia, y así tendríamos un universo por demás desordenado.

—Yo no soy experta en la teoría de la relatividad —dijo Ellie—, pero ¿acaso no vimos los agujeros negros? ¿No caímos dentro de ellos y después salimos? ¿Es que un gramo de observación no equivale a una tonelada de teoría?

—Ya, ya —admitió Vaygay, afligido—. Debe de ser otra cosa.

—Un agujero negro que se forma naturalmente no puede ser un túnel colocado con singularidades imposibles de sortear en su centro —afirmó Eda.

Con un sextante y los relojes de pulsera tomaron el tiempo del movimiento angular en la puesta del sol. Según los cánones de la Tierra, eran trescientos sesenta grados en veinticuatro horas. Antes de que el sol se ocultara tras el horizonte, desarmaron la cámara de Ellie y utilizaron la lente para encender un fuego. Ellie no se separó de su hoja de palmera por temor a que, en un descuido, alguien la arrojara a las llamas. Xi resultó ser un experto en encender fuegos. Hizo que se situaran en la dirección que soplaba el viento y mantuvo el fuego bajo.

Poco a poco fueron saliendo las estrellas, las constelaciones familiares de la Tierra. Ellie se ofreció para quedarse levantada y ocuparse de la fogata mientras los demás dormían. Quería ver aparecer Lira, y al cabo de unas horas lo logró. La noche era excepcionalmente diáfana y Vega emitía un brillo firme. A juzgar por el movimiento aparente de las constelaciones en la bóveda celeste, por las constelaciones del hemisferio sur que alcanzó a distinguir y por la Osa Mayor que se divisaba próxima al horizonte norte, llegó a la conclusión de que se hallaban en latitudes tropicales. «Si todo esto es un simulacro —pensó antes de quedarse dormida—, se nota que han puesto un extraordinario empeño.»

Tuvo un sueño extraño. Los cinco estaban desnudos bajo el agua, suspendidos entre los corales y las grietas que oscurecían las algas marinas a la deriva. En cierto momento, ella se elevaba hasta la superficie y veía volar a ras del agua una embarcación con forma de dodecaedro. Como las paredes eran transparentes, notaba que en el interior iban personas que leían el periódico o conversaban animadamente. Volvía a sumergirse en el agua, que era su medio natural.

Ninguno tenía dificultad para respirar, sino que inhalaban y exhalaban agua. No sentían la menor dificultad; por el contrario, nadaban con la misma sencillez de los peces. Vaygay tenía incluso aspecto de pez. «El agua debe de estar fuertemente oxigenada», suponía. En medio del sueño, se acordaba de un ratón que había visto una vez en un laboratorio de biología, muy feliz dentro de un recipiente con agua oxigenada, que hasta chapoteaba con sus patitas delanteras. Trataba de recordar cuánto oxígeno se precisaba, pero le costaba realizar el cálculo. «Estoy pensando cada vez menos —se decía—, pero no importa; sinceramente no importa.»

Sus compañeros tenían una clara conformación de peces. Las aletas de Devi eran translúcidas. El espectáculo le resultaba interesante, vagamente sensual. Deseó que continuara para sacar algo en limpio, pero ni siquiera sabía qué pregunta formular. «Oh, qué maravilla poder respirar agua tibia —pensaba—. ¿Qué se les ocurrirá después?»

Despertó con una profunda desorientación, rayana en el vértigo. ¿Dónde estaba? ¿En Wisconsin, Puerto Rico, Nuevo México, Wyoming, Hokkaido? ¿O en el estrecho de Malaca? Luego hizo memoria. No quedaba claro, dentro de un lapso de treinta mil años luz, en qué punto de la Vía Láctea se encontraban. «El colmo de la desubicación», pensó. A pesar del dolor de cabeza, se rio. Devi, que dormía a su lado, se despertó. La tarde anterior había explorado un kilómetro de playa, sin hallar indicios de que estuviera habitada. Debido a que la arena creaba una loma ascendente, todavía no les llegaba el sol directamente. Ellie estaba recostada sobre una almohada de arena; Devi había enrollado su mono para apoyar la cabeza.

—¿No te parece que hay algo blandengue en una cultura que necesita almohadas blandas? —preguntó Ellie—. Los que de noche apoyan la cabeza en un tronco son los más inteligentes.

Devi rio la broma y le deseó buenos días.

De pronto oyeron gritos. Los tres hombres les hacían señas desde lejos. Ellie y Devi se levantaron y fueron hacia ellos.

Enclavada en la arena misma había una puerta de madera con picaporte de bronce o un material semejante. Tenía bisagras de metal pintadas de negro, y su correspondiente quicio, dintel y umbral, pero ninguna placa con indicaciones. No era nada extraordinario, para los criterios de la Tierra.

—Miradla por el otro lado —propuso Xi.

Desde la parte de atrás, la puerta no existía. Ellie pudo ver a todos sus compañeros, y la playa que continuaba más allá. Se acercó a un lado y distinguió una línea vertical, delgada como una hoja de afeitar. No se atrevió a tocarla. Regresó a la parte posterior y comprobó que no había sombras ni reflejos; luego la cruzó.

—Bravo —exclamó Eda, sonriendo. Ellie se volvió y vio la puerta cerrada.

—¿Qué habéis visto? —quiso saber.

—Una mujer bonita que atravesaba una puerta cerrada, de dos centímetros de espesor.

Vaygay no parecía ansioso, pese a la carencia de cigarrillos.

—¿No intentasteis abrirla? —preguntó ella.

—Todavía no —respondió Xi.

Una vez más, Ellie se colocó del otro lado para admirar la aparición.

—Me recuerda la obra de... ¿cómo se llamaba ese surrealista francés? —preguntó Vaygay.

—René Magritte —repuso ella—, y era belga.

—Supongo que estamos de acuerdo en que esto no es la Tierra —dijo Devi, abarcando con un ademán el mar, la playa y el cielo.

—A menos que estemos en el golfo Pérsico de hace tres mil años, rodeados de genios mitológicos —bromeó Ellie.

—¿No te impresiona el esmero de la fabricación?

—Sí, el trabajo es muy bueno. Pero ¿para qué es esto? ¿Con qué fin se tomaron la molestia de construir esta puerta con tanta precisión de detalles?

—A lo mejor les apasiona hacer bien las cosas.

—O tal vez pretendan alardear.

—No entiendo —dijo Devi— cómo pueden conocer tan minuciosamente nuestras puertas. Hay muchos modos de hacer una puerta. ¿Cómo pudieron saberlo?

—Quizá por nuestra televisión —contestó Ellie—. Vega recibió señales televisivas de la Tierra hasta... más o menos 1974. Bien, ¿qué creéis que pasaría si la abrimos y entramos?

—Si nos han traído aquí para evaluarnos —señaló Xi—, lo más seguro es que del otro lado haya una prueba, una para cada uno de nosotros.

Las sombras de las palmeras caían ya sobre la playa. Se miraron en silencio unos a otros. Los cuatro parecían ansiosos por abrir la puerta y pasar; ella era la única que se resistía. Le preguntó a Eda si quería entrar él primero.

Eda se quitó el gorro, hizo una leve reverencia, se volvió y enfiló hacia la puerta. Ellie corrió a su lado, lo abrazó y le dio un beso en cada mejilla. Los demás lo abrazaron también. Eda avanzó, abrió la puerta, entró y desapareció en el aire, primero su pie y por último su mano. Por la puerta entornada solo se divisaba la prolongación de la playa. Luego la hoja se cerró. Ellie fue al otro lado, pero no halló rastro de su amigo.

El siguiente fue Xi. A Ellie le impresionaba lo dóciles que se mostraban todos, esa disposición para aceptar al instante cualquier sugerencia. «Deberían habernos informado adónde nos llevaban y para qué es esto —pensó—. Pudieron explicarlo en el Mensaje mismo, o enviar la información después de que se activara la Máquina. Deberían habernos dicho que íbamos a recalar en una perfecta imitación de una playa terráquea y que nos encontraríamos con una puerta.» No obstante, por adelantados que fuesen, los extraterrestres no debían de tener conocimientos profundos del inglés con solo haberlo oído por televisión. Y su dominio del ruso, el mandarín, el tamil y el hausa debía de ser más rudimentario. Pero ya que habían inventado un lenguaje para emplear el manual de instrucciones, ¿por qué no lo utilizaban? ¿Solo para mantener el suspense?

Al verla con la mirada fija en la puerta cerrada, Vaygay le preguntó si quería entrar ella a continuación.

—Gracias, Vaygay, pero estaba pensando algo que quizá te parezca una locura. ¿Por qué tenemos que hacer todo lo que nos indican? ¿Y si rehusamos seguir sus órdenes?

—Ellie, eres tan norteamericana... Yo estoy acostumbrado a hacer lo que me dicen las autoridades, en especial cuando no me queda otra alternativa. —Sonriendo, giró sobre sus talones.

—No aceptes recriminaciones del gran duque —le advirtió ella.

En lo alto graznaba una gaviota. Vaygay había dejado la puerta entornada, pero del otro lado solo se veía la playa.

—¿Te sientes bien? —preguntó Devi.

—Sí, pero prefiero estar un momento más conmigo misma. Enseguida voy.

—Te lo pregunto como médica. ¿Seguro que te sientes bien?

—Me desperté con dolor de cabeza, y creo que tuve unos sueños insólitos. No me cepillé los dientes ni bebí mi habitual café solo. También me agradaría leer el periódico de la mañana. Salvo todo eso, estoy bien.

—Entonces no es nada grave. A mí también me duele un poco la cabeza. Cuídate, Ellie, y trata de recordar todo, así me lo cuentas la próxima vez que nos veamos.

—Te lo prometo.

Se desearon suerte y se despidieron con un beso. Devi cruzó el umbral y desapareció. La puerta se cerró a sus espaldas. Luego Ellie creyó percibir cierto aroma a curry.

Se enjuagó los dientes con agua salada. Siempre había tenido un sesgo demasiado puntilloso de carácter. Desayunó con leche de coco y quitó con cuidado la arena que se había juntado en su microcámara y en el pequeño arsenal de videocasetes donde había registrado maravillas. Enjuagó la hoja de palmera en el mar, tal como había hecho el día que la encontró en la playa de Cocoa, antes de emprender el viaje a *Matusalén*.

Decidió darse un baño, ya que la mañana se había vuelto calurosa. Dejó la ropa doblada sobre la hoja de palmera y se internó, audaz, entre las olas. «No importa lo que pase —pensó—, es muy improbable que a los extraterrestres los excite ver una mujer desnuda, por bien conservada que esté.» Trató de imaginar a un microbiólogo arrastrado a cometer crímenes pasionales después de analizar la constitución de las células de un protozoario.

Flotó de espaldas, dejándose mecer por las olas. Pensó en miles de cámaras, mundos simulados —o lo que fueren—, cada uno de ellos una copia fiel de la zona más hermosa del planeta madre de cualquier persona. Y cada representación con su cielo, su océano, su geología, su vida natural idéntica a la del original. Parecía un despilfarro, aunque también sugería un resultado positivo de la experiencia. Por enormes que fuesen los recursos con que se contaba, cabía suponer que nadie iba a construir un paisaje tan imponente para cinco especímenes de un mundo condenado.

Por otra parte, también se mencionaba la idea de que los extraterrestres fuesen una especie de guardianes de zoológico. ¿Y si esa inmensa estación, con semejante cantidad de puertos de amarre, fuera verdaderamente un zoológico? «Pasen a ver los exóticos animales en su hábitat natural», imaginó pregonar a un anunciante.

Llegarían turistas procedentes de toda la galaxia, en especial durante las vacaciones escolares. Después, el jefe de estación despejaría momentáneamente el sitio de turistas y de bestias, borraría las pisadas de la playa, para que el nuevo contingente de visitantes disfrutara de medio día de descanso y solaz antes de someterlos al suplicio de las pruebas.

Quizás esa era la forma que tenían de abastecer los zoológicos. Recordó los animales enjaulados en los zoológicos terráqueos que tenían dificultades para reproducirse en cautiverio. Dio una voltereta en el agua y se zambulló bajo la superficie. Luego dio unas brazadas en dirección a la orilla y, por segunda vez en veinticuatro horas, lamentó no haber tenido nunca un bebé.

La playa estaba desierta, y no se veía siquiera una vela en el horizonte. Unas pocas gaviotas rondaban cerca de la orilla, al parecer en busca de cangrejos. Deseó haber llevado pan para arrojarles migajas. Cuando ya estuvo seca, se vistió y fue a inspeccionar de nuevo la puerta, que seguía allí, aguardando. Todavía no se sentía con voluntad de entrar. Quizá más que desgana sentía temor.

Se alejó, sin dejar de tenerla en su campo visual. Se sentó bajo una palmera, flexionó las piernas para apoyar el mentón sobre las rodillas, y recorrió con la mirada la playa de arenas blancas.

Al rato se puso de pie. Con la hoja de palmera y la microcámara en una mano, se aproximó a la puerta e hizo girar el picaporte. Le dio un empujoncito y la hoja se abrió sin el menor chirrido. Al otro lado vislumbró la playa serena. Entonces sacudió la cabeza, regresó al árbol y volvió a sentarse en actitud pensativa.

La intrigaba dónde estarían sus compañeros. ¿Se encontrarían en algún edificio estrafalario, marcando respuestas en alguna prueba de elección múltiple? ¿O acaso la evaluación sería oral? ¿Y quiénes eran los examinadores? Una vez más, se dejó dominar por la inquietud. Cualquier otro ser inteligente —crecido en un mundo remoto, en condiciones físicas extrañas y con una serie completamente distinta de mutaciones genéticas— seguramente no se asemejaría a nadie conocido, ni siquiera imaginado. Si esa era la estación ferroviaria de la Prueba, debía de haber jefes de estación sin ningún rasgo humano. Sentía un rechazo instintivo a los insectos, los topos y las serpientes. Era de esas personas que se estremecen —peor aún, que sienten asco— cuando se encuentran seres humanos con la más leve malformación. Los tullidos, los niños mongólicos, incluso los que padecen el mal de Parkinson, le provocaban desagrado y deseos de alejarse. Por regla general conseguía dominarse, pero se preguntaba si, con su actitud, no habría herido los sentimientos de alguien en alguna ocasión. Nunca reflexionaba demasiado sobre el tema; tomaba conciencia de su turbación y enseguida pensaba en otra cosa.

No obstante, en ese momento temía no poder enfrentarse —y mucho menos doblegar— a un extraterrestre. No se había tenido en cuenta ese aspecto al seleccionar a los Cinco. Nadie les preguntó si les daban miedo los ratones, los enanos o los marcianos, porque sencillamente no se le ocurrió a ningún comité examinador. Qué curioso que nadie lo hubiera pensado, puesto que se trataba de algo importante.

Había sido un error enviarla a ella. Tal vez caería en desgracia si debía presentarse ante un ser galáctico, y era probable que si la sometían a una prueba, fracasara, y la especie humana suspendiera el examen. Contempló con aprensión y añoranza la enigmática puerta, cuya base había quedado bajo el agua al subir la marea.

Divisó la silueta en la playa, a lo lejos. Primero supuso que era Vaygay, que ya había terminado su prueba y venía a contarle la buena noticia. Luego reparó en que la persona no vestía mono y que era más joven, más vital, que sus compañeros. Tomó la cámara, pero por alguna razón vaciló. Se puso de pie y se llevó la mano a la frente para hacerse visera. Por un momento tuvo la sensación... No, eso era imposible...

Sin embargo, no pudo contenerse y echó a correr hacia el desconocido por la parte firme de la arena, junto a la orilla. El hombre estaba igual que en la última foto suya, feliz, lleno de energía, con barba de tres días. Ahogada en sollozos, Ellie se echó en sus brazos.

—Hola, Pres —la saludó él, acariciándole el pelo.

La voz era exacta, tal como la recordaba. También el porte, el aroma, la risa, el roce de la barba contra su mejilla. Todo junto contribuyó a hacerle perder el aplomo. Ellie tuvo la sensación de que se movía una imponente roca y entraban los primeros rayos de luz en una tumba antigua, casi olvidada.

Tragó saliva y procuró dominarse, pero la angustia que la conmovía le provocó otro acceso de llanto. Él le dio tiempo para reponerse, dirigiéndole la misma mirada tranquilizadora que recordaba haberle visto al pie de la escalera aquel día en que por primera vez ella se atrevió a emprender el temible descenso sin ayuda de nadie. Lo que más había añorado era volver a verlo, pero siempre contuvo su anhelo dada su imposibilidad de llevarlo a cabo. En ese momento, en cambio, lloraba por todos los años que los habían separado.

De niña aún, y hasta de joven, solía soñar que él llegaba y le anunciaba que su muerte había sido un error, que en realidad estaba vivo. Pero esas fantasías le costaban caras, al despertarse luego en un mundo donde él ya no estaba.

Y en ese momento, de pronto, lo tenía ahí, y no era un sueño ni una aparición, sino un ser de carne y hueso... o algo semejante. La había llamado desde el cosmos, y ella había acudido a la cita.

Lo abrazó con todas sus fuerzas. Luego lo tomó de los hombros y lo apartó de sí para mirarlo mejor. Estaba perfecto. Era como si su padre, muerto muchos años atrás, hubiera ido al cielo y ella —por una vía tan poco ortodoxa— hubiera logrado volver a reunirse con él. Llorando, lo estrechó de nuevo entre sus brazos.

Más de un minuto tardó en calmarse. Si hubiera sido Ken, ella al menos habría sopesado la idea de que otro dodecaedro —quizá la Máquina soviética reparada— hubiese emprendido un viaje posterior al centro de la galaxia. No obstante, ni por un segundo quiso considerar tal posibilidad respecto a su padre, cuyos restos yacían hacía muchos años en un cementerio, junto a un lago.

Se enjugó las lágrimas, riendo y llorando al mismo tiempo.

—¿A qué se debe esta aparición? ¿A la robótica o la hipnosis?

—¿Si soy un artefacto o un sueño? Esa pregunta puede aplicarse a cualquier cosa.

—No pasa un día sin que piense que sería capaz de renunciar a todo con tal de estar de nuevo unos minutos contigo.

—Bueno, aquí estoy —dijo él en tono alegre, y dio una media vuelta como para que pudiese comprobar que también tenía espalda. Sin embargo, era tan joven... incluso más que ella. En el momento de su muerte, contaba apenas treinta y seis años.

Quizás esa fuese la forma con que ellos la tranquilizaban. De ser así, habían sido muy considerados. Ellie le pasó un brazo por la cintura y lo condujo al sitio donde había dejado sus pertenencias. No notó nada extraño al tocarlo; si llevaba mecanismos o circuitos integrados bajo la piel, al menos estaban bien ocultos.

—¿Qué tal lo estamos haciendo? —preguntó ella—. Es decir...

—Te entiendo. Tardasteis muchos años en llegar aquí tras recibir el Mensaje.

—¿Te refieres a la velocidad y la exactitud?

—No.

—¿O sea que todavía no hemos terminado la prueba?

Él no respondió.

—Te ruego que me lo expliques —pidió ella, mortificada—. Algunos de nosotros pasamos años en la tarea de decodificar el Mensaje y fabricar la Máquina. ¿No vas a decirme de qué se trata?

—Te has vuelto muy respondona —la amonestó él, como si estuviera comparando el último recuerdo que tenía de ella con su personalidad actual, no del todo madura.

Su padre le revolvió el pelo con cariño, gesto que también recordaba ella de su infancia. No obstante, ¿cómo podían esos seres, a treinta mil años luz de la Tierra, conocer las costumbres de su padre en el insignificante Wisconsin? De repente lo comprendió.

—Lo logran a través de los sueños, ¿verdad? Anoche, cuando dormíamos, os hallabais dentro de nuestra mente, ¿no es cierto? Y así pudisteis extraernos todo lo que conocemos.

—Solo realizamos copias. Creo que todo lo que estaba en tu cabeza continúa allí. Fíjate y dime si te falta algo —dijo sonriendo—. Eran muchos los datos que no podíamos conocer a través de vuestros programas de televisión. Sí podíamos, evaluar el nivel tecnológico que habíais alcanzado, pero hay otras cosas que resulta imposible conocer si no es por la vía directa. Tal vez pienses que hemos invadido tu intimidad...

—No lo dirás en serio...

—... pero el problema es que no nos queda demasiado tiempo.

—¿Ya acabó el examen? ¿Respondimos todas las preguntas anoche, cuando dormíamos? ¿Pasamos la prueba o nos suspendisteis?

—No; esto es distinto. No tiene nada que ver con una evaluación escolar de sexto curso.

Ella estaba en sexto curso cuando murió su padre.

—No pienses que somos una especie de comisarios interestelares que eliminamos a balazos las civilizaciones malas. Considéranos una Dirección de Censo Galáctico, dedicada a reunir información. Sé que, en tu opinión, no se puede aprender nada de vosotros por estar tan atrasados en el plano tecnológico. Sin embargo, una civilización tiene también otros méritos.

—¿Cuáles, por ejemplo?

—La música, la benevolencia (me encanta esa palabra), los sueños. Los humanos poseen una habilidad especial para los sueños, aunque nunca hubiéramos podido saberlo por vuestros programas de televisión. En toda la galaxia existen culturas que intercambian sueños.

—¿Os dedicáis al intercambio cultural interestelar? ¿En eso queda todo? ¿No os preocupa que alguna civilización rapaz y sanguinaria llegue a desarrollar vuelos espaciales interestelares?

—Ya te dije que admiramos la bondad.

—Si los nazis se hubieran apoderado de nuestro mundo y luego hubiesen desarrollado vuelos interestelares, ¿no habríais intervenido?

—Te sorprenderías si supieras qué pocas veces sucede eso. A la larga, las civilizaciones agresivas terminan destruyéndose a sí mismas. Son así, no pueden evitarlo. En ese supuesto, a nosotros nos correspondería dejaros solos y únicamente cerciorarnos de que nadie os moleste para que podáis resolver vuestro destino.

—Entonces, ¿por qué no hicisteis eso con nosotros? No estoy quejándome, sino que siento curiosidad por saber cómo opera la Dirección del Censo Galáctico. La primera vez que tuvisteis noticias nuestras fue por medio de la transmisión de Hitler. ¿Por qué luego establecisteis contacto?

—Esas imágenes, por supuesto, nos resultaron alarmantes. Se advertía que os acosaban graves problemas. Sin embargo, la música nos decía otra cosa. Al escuchar a Beethoven comprendimos que aún quedaban esperanzas. Los casos marginales son nuestra especialidad. Supusimos que os vendría bien recibir ayuda, aunque es muy poco lo que podemos ofreceros. Sabrás que la causalidad nos impone ciertas limitaciones.

Se había puesto en cuclillas para mojarse las manos en el mar; luego se las secó en los pantalones.

—Anoche exploramos el interior de cada uno de vosotros, y encontramos muchas cosas: sentimientos, recuerdos, conductas adquiridas, rasgos de locura, sueños, amores. El amor es muy importante. Sin duda, constituís una interesante mezcla.

—¿Todo eso en una sola noche de trabajo? —preguntó Ellie.

—Tenemos prisa porque no disponemos de mucho tiempo.

—¿Acaso va a suceder...?

—No, pero si no elaboramos una causalidad uniforme, todo se resolverá por sí solo, y eso casi siempre es peor.

Ellie no comprendió.

—«Elaborar una causalidad uniforme.» Papá nunca se expresaba de esa forma.

—Claro que sí. ¿No recuerdas cómo solía hablarte? Se trataba de un hombre instruido, y desde que eras niña, él (yo) te hablaba de igual a igual.

En efecto, lo recordaba. Pensó en su madre, recluida en una residencia.

—Qué bonito colgante —añadió él, con ese aire de timidez que suelen adoptar los padres con sus hijas adolescentes—. ¿Quién te lo regaló?

—Una persona a la que no conozco demasiado y que quiso poner a prueba mi fe... Pero todo esto ya debes de saberlo.

Una vez más la sonrisa.

—Quiero que me digas qué piensas de nosotros —pidió Ellie—, cuál es tu opinión sincera.

Él no titubeó.

—De acuerdo. Resulta asombroso que, en general, os vaya tan bien. Tenéis una carencia casi total de teorías sobre la organización social, vuestros sistemas económicos son arcaicos, no manejáis la predicción histórica y casi diría que no os conocéis a vosotros mismos. Teniendo en cuenta que vuestro mundo cambia rápidamente, me llama la atención que todavía no os hayáis autoaniquilado. Por eso aún no os damos por perdidos. Los humanos poseéis un talento natural para la adaptación... al menos en el corto plazo.

—Esa es la cuestión principal, ¿no?

—Una de ellas. Al cabo de un tiempo, las civilizaciones con perspectivas de corto plazo desaparecen.

Deseaba preguntarle qué era lo que sinceramente opinaba sobre los humanos, que le dijera desde el fondo de su corazón —o de cualquiera que fuese su órgano interno equivalente— si la consideraba de la misma forma como ella tomaba a una hormiga. No obstante, no se atrevió a formular el interrogante por temor a la respuesta.

Por la cadencia de su voz, por los matices de su lenguaje, trató de adivinar quién era ese ser disfrazado de su padre. Ella contaba con mucha experiencia en el trato con los humanos. ¿No sería capaz de percibir algo de la verdadera naturaleza que se escondía bajo esa fachada amable? No pudo. Por el contenido de sus palabras, ese hombre no era su padre, ni fingía serlo. Sin embargo, en todo lo demás era misteriosamente parecido a Theodore F. Arroway, 1924-1960, ferretero, marido y padre ejemplar. Procuraría no ser excesivamente sensiblera ante esa... copia de su padre. También deseaba preguntarle qué opinaba del Advenimiento y el éxtasis. ¿Sobrevendría algún acontecimiento especial con la llegada del milenio? Algunas culturas humanas prometían a los bienaventurados una vida ulterior en la cima de una montaña, en las nubes, en cavernas u oasis, pero no recordaba ninguna que ofreciera recompensar a los justos, después de su muerte, enviándolos a una playa.

—¿Nos queda tiempo para algunas preguntas antes de... lo que haya que hacer?

—Sí, para un par.

—Háblame del sistema de transporte que utilizáis.

—Mejor te lo muestro directamente. No te muevas.

Una ameba de negrura total se desprendió del cenit, oscureciendo el sol y el cielo azul.

—Muy bueno el truco —musitó Ellie.

Bajo sus pies, la misma arena. Sobre su cabeza, el cosmos. Tenía la sensación de que se hallaba a una gran altura, por encima de la Vía Láctea, que miraban hacia abajo y divisaban su estructura en forma de espiral, mientras descendían hacia allí a una velocidad inaudita. Él le explicaba con sencillez, empleando el lenguaje científico que a ella le resultaba familiar, en qué consistía esa estructura con forma de molinete. Le mostró el brazo espiral de Orión, en el cual se hallaba enclavado el Sol en esa época. Más hacia el interior, en orden decreciente de importancia mitológica, se hallaba el brazo de Sagitario, el del Cisne-Carena y el de tres mil parsecs.

Apareció una red de líneas rectas que representaban el sistema de transporte que habían usado. La imagen le recordó los mapas indicadores del metro de París. Eda había acertado. Cada estación, dedujo Ellie, se hallaba en el sistema de una estrella con doble agujero negro, de muy poca masa. Sabía que los agujeros negros no podían ser producto de un colapso estelar, de la normal evolución de los sistemas estelares, puesto que eran demasiado pequeños. Quizá fueran primordiales, residuos que hubieran quedado del Big Bang, capturados por alguna inimaginable nave estelar y arrastrados luego hasta su correspondiente sitio. Quería preguntar sobre ese tema, pero el recorrido continuaba sin pausa.

Alrededor del centro de la galaxia giraba un disco de hidrógeno, y dentro de él un anillo de nubes moleculares que se desplazaban hacia la periferia. Él le mostró los movimientos ordenados del gigantesco complejo molecular Sagitario 82, lugar que, durante décadas, los radioastrónomos de la Tierra habían explorado en busca de moléculas orgánicas. Más cerca del centro encontraron otra inmensa nebulosa molecular, y luego Sagitario A, una intensa fuente de emisión de ondas de radio que la propia Ellie había observado desde Argos.

A continuación, en el propio núcleo de la galaxia, trabados en un apasionado abrazo gravitacional, había un par de portentosos agujeros negros. La masa de uno de ellos equivalía a cinco millones de soles. De sus fauces emergían ríos de gas del tamaño de sistemas solares. Dos colosales —pensó en cuántas limitaciones tenían los idiomas terrestres—, dos monumentales agujeros negros giraban en órbita, uno alrededor del otro, en el centro de la galaxia. Sobre uno se tenían noticias, o al menos se sospechaba su existencia; pero... ¿dos? Ese fenómeno ¿no debía haber aparecido como un desplazamiento Doppler de las líneas espectrales? Se imaginó un cartel, debajo de uno de ellos, que pusiera ENTRADA, y junto al otro, SALIDA. Por el momento, la entrada se encontraba en uso; la salida estaba simplemente allí.

Y era precisamente allí donde se hallaba la estación Grand Central, apenas en el límite exterior de los agujeros negros del núcleo de la galaxia. Los cielos brillaban debido a los millones de estrellas jóvenes cercanas; sin embargo, las estrellas, el gas y el polvo eran consumidos por el agujero negro de entrada.

—Esto va a alguna parte, ¿verdad?

—Por supuesto.

—¿Puedes decirme adónde?

—Claro. Todo termina en Cygnus A.

Sobre Cygnus A sí sabía algo. A excepción de unos restos de supernova que permanecían en Casiopea, Cygnus A era la más brillante fuente de emisión de ondas de radio de los cielos. Ella había calculado que en un segundo Cygnus A produce más energía que el Sol en cuarenta mil años. La fuente emisora se hallaba a seiscientos millones de años luz, mucho más lejos que la Vía Láctea, en el reino de las galaxias. Tal como ocurría con muchas fuentes extragalácticas de radioondas, dos enormes chorros de gas, que se desplazaban casi a la velocidad de la luz, estaban produciendo una compleja red de frente de choque con el gas intergaláctico, dando origen a una radiobaliza que brillaba con notable luminosidad en la mayor parte del universo. Toda la materia de esa inmensa estructura, a quinientos mil años luz, partía de un diminuto punto del espacio, exactamente a mitad de camino entre los chorros.

—¿Quieres decir que están construyendo Cygnus A?

Le vino a la memoria una noche estival de su infancia, en Michigan, cuando sintió miedo de caerse al cielo.

—Pero no solo nosotros. Se trata de un proyecto de colaboración entre numerosas galaxias. Nuestra tarea consiste principalmente en el trabajo de ingeniería. Somos muy pocos los que nos dedicamos a las civilizaciones en surgimiento.

En cada pausa, Ellie experimentaba una especie de hormigueo en la cabeza, cerca del lóbulo parietal izquierdo.

—¿Existen proyectos de cooperación intergalácticos? —preguntó—. ¿Quieres decir que hay infinidad de galaxias, cada una con su Administración Central, y a la vez formadas por miles de millones de estrellas? ¿Vierten millones de soles en Centauro... perdón, en Cygnus A? Discúlpame, pero la escala me deja anonadada. ¿Para qué lo hacéis? ¿Con qué intención?

—No debes pensar en el universo como en un desierto. Hace miles de millones de años que no lo es. Considéralo más bien... un terreno cultivado.

Nuevamente el hormigueo.

—Pero ¿con qué objeto? ¿Qué es lo que se puede cultivar?

—La cuestión básica es sencilla. No te dejes impresionar por la escala; al fin y al cabo, eres astrónoma. El problema radica en que el universo se expande, y no hay en él suficiente materia como para frenar la expansión. Después de un tiempo ya no habrá otras galaxias, estrellas, planetas ni nuevas formas de vida... solo lo mismo de siempre. Todo va a agotarse, y resultará aburrido. Por eso, en Cygnus A estamos poniendo a prueba la tecnología para producir algo novedoso, que podríamos denominar un experimento de remodelación urbana. No es nuestro único ensayo. Puede suceder que, más adelante, decidamos clausurar un sector del universo e impedir que el espacio se quede cada vez más vacío a medida que transcurren los eones. Y la manera de lograrlo es aumentando la densidad de la materia local. Es un trabajo como cualquier otro.

Igual que dirigir una ferretería en Wisconsin.

Si Cygnus A se hallaba a seiscientos millones de años luz, los astrónomos de la Tierra —o de cualquier punto de la Vía Láctea, para el caso— lo veían tal como había sido seiscientos millones de años atrás. Sin embargo, sabía que, seiscientos millones de años antes no había en la Tierra ningún indicio de vida. Ellos eran viejos, colosalmente viejos.

Seiscientos millones de años antes, en una playa como esa, pero sin cangrejos, gaviotas ni palmeras... Trató de imaginar una planta microscópica arrastrada a la orilla, mientras esos seres se ocupaban de experimentar con la galactogénesis y los principios básicos de la ingeniería cósmica.

—¿Hace seiscientos millones de años que venís arrojando materia en Cygnus A?

—Bueno, lo que captasteis mediante la radioastronomía fue solo una de nuestras primeras pruebas de factibilidad. Ahora hemos avanzado mucho.

Y a su debido tiempo, al cabo de millones de años, los radioastrónomos de la Tierra —si aún quedaban— detectarían un adelanto sustancial en la reconstrucción del universo alrededor de Cygnus A. Se preparó para enterarse de ulteriores revelaciones, tratando de no dejarse apabullar. Existía una jerarquía de seres en una escala que ella jamás había imaginado. Sin embargo, la Tierra tenía su lugar, un puesto clave en dicha jerarquía ya que seguramente ellos no se habrían tomado semejantes molestias si no era con algún fin.

La negrura se desplazó hasta el cenit y allí fue consumida. Retornaron entonces el sol y el cielo azul. El paisaje era el mismo: marejada, arena, palmeras, puerta, microcámara, hoja de palmera, y su... padre.

—Esas nubes interestelares y esos anillos que se mueven cerca del núcleo de la galaxia ¿no se deben a explosiones periódicas que se producen por aquí? ¿No es peligroso situar la estación en este lugar?

—Episódicas, no periódicas. Las hay de pequeña magnitud, no como las que provocamos en Cygnus A. Y podemos protegernos. Cuando sabemos que se avecina una, nos acurrucamos. Si el riesgo es grande, trasladamos provisoriamente la estación a otro sitio. Pero todo esto es trabajo de rutina.

—Claro, de rutina. ¿Vosotros lo construisteis todo? Me refiero a los túneles. ¿Vosotros y los otros... ingenieros de las demás galaxias?

—No, no. No construimos nada.

—Explícamelo mejor, porque no entiendo.

—Al parecer, ocurrió lo mismo en todas partes. En nuestro caso, surgimos hace mucho tiempo en muchos mundos de la Vía Láctea. Los primeros de nosotros desarrollaron los vuelos interestelares y por azar descubrieron una de las estaciones de tránsito. Desde luego, no sabíamos qué era. Ni siquiera podíamos asegurar que fuese algo artificial, hasta que algunos valientes se atrevieron a deslizarse por allí.

—¿Quiénes son esos «nosotros»? ¿Te refieres a los antepasados de tu... raza, de tu especie?

—No, no. Somos numerosas especies de muchos mundos. Hallamos gran cantidad de túneles (de diversas edades y estilos de ornamentación), todos abandonados. Como la mayoría se encontraba en buenas condiciones, lo único que hicimos fue repararlos e introducirles algunas mejoras.

—¿No había ningún otro artefacto, ciudades muertas, crónicas de la época?

Él negó con la cabeza.

—¿Ningún planeta industrializado que hubiese sido abandonado?

Él volvió a negar.

—¿Quieres decir que hubo una civilización que abarcó toda la galaxia y que desapareció sin dejar rastro, salvo las estaciones?

—Fue más o menos así. Y lo mismo sucedió en otras galaxias. Hace miles de millones de años se fueron a otra parte, a saber dónde.

—Pero ¿dónde pueden haber ido?

Él meneó la cabeza por tercera vez.

—¿Entonces vosotros no...?

—Somos meros guardianes. Quizás algún día regresen.

—Bueno, una sola más —pidió Ellie, blandiendo el dedo índice como seguramente solía hacer a los dos años—. Una última pregunta.

—Está bien —aceptó él—. Pero nos quedan pocos minutos.

Ellie echó otro vistazo a la puerta y contuvo un estremecimiento al ver que pasaba a su lado un cangrejo pequeño, casi transparente.

—Quiero que me hables de vuestros mitos, vuestras religiones. ¿Hay algo que os inspire sobrecogimiento, o acaso los creadores de lo sobrenatural no sentís nada ante ello?

—También vosotros tenéis lo sobrenatural, pero ya entiendo tu pregunta. Claro que lo sentimos. Comprenderás que me cuesta mucho comunicarte estas cosas, y por eso prefiero ilustrarte con un ejemplo, que no será del todo exacto, pero al menos te dará...

Hizo una pausa y ella sintió de nuevo el hormigueo, esa vez en el lóbulo occipital izquierdo. Tuvo la sensación de que él le estaba efectuando disparos a sus neuronas. ¿Hubo algo que él no había captado la noche anterior? De ser así, se alegraba puesto que eso quería decir que no eran seres perfectos.

—... cierta idea de qué es lo sobrenatural para nosotros. Se refiere a pi, o sea la relación entre la circunferencia y el diámetro de un círculo. Esto lo conoces, por supuesto, como también sabes que pi es inconmensurable. No hay criatura en el universo, por inteligente que sea, que pueda calcular pi hasta su último dígito porque no existe, sino que las cifras se prolongan hasta el infinito. Los matemáticos humanos realizaron el esfuerzo de calcularlo hasta...

De nuevo el hormigueo.

—... su diez mil millonésimo dígito. Me imagino que no te

sorprenderá enterarte de que otros matemáticos han avanzado más. Bueno, cuando se llega a diez a la vigésima potencia, ocurre algo. Desaparecen los números fortuitos y durante un período increíblemente prolongado se obtiene solo una larga serie de unos y ceros.

Distraídamente, él trazó un círculo en la arena con un dedo del pie.

—¿Los ceros y los unos por último se interrumpen y se vuelve a la secuencia de números al azar? —Al ver una expresión de aliento en su rostro, ella se apresuró a seguir—. Y la cantidad de ceros y de unos, ¿es producto de los números primos?

—Sí, de once de ellos.

—¿Sugieres que existe un mensaje en once dimensiones oculto en lo más profundo del número pi, que alguien del universo se comunica mediante... las matemáticas? Explícame más, porque me cuesta comprender. Las matemáticas no son arbitrarias, o sea que pi debe tener el mismo valor en cualquier parte. ¿Cómo es posible esconder un mensaje dentro de pi? Está inserto en la trama del universo.

—Exacto.

Ella se quedó mirándolo.

—Hay algo todavía más interesante —prosiguió él—. Supongamos que la secuencia de ceros y unos aparece solo en las matemáticas de base diez y que los seres que efectuaron este descubrimiento tenían diez dedos. Sería como si, durante millones de años, pi hubiese estado aguardando la llegada de matemáticos con diez dedos y veloces computadoras. Por eso pienso que el Mensaje venía destinado a nosotros.

—Pero eso no es más que una metáfora. No se trata de pi ni de diez elevado a la vigésima potencia. Y vosotros no tenéis diez dedos.

—Te diría que no. —Sonrió.

—Por Dios, ¿qué es lo que dice el Mensaje?

Él levantó un índice y señaló la puerta, por donde, en ese momento, salían varias personas hablando alegremente.

Se los notaba a todos muy joviales, como si estuvieran por emprender un pícnic largamente esperado. Eda acompañaba a una despampanante mujer, vestida con blusa y falda de brillantes colores; él parecía estar encantado de verla. Por las fotos que Eda le había mostrado, supo que se trataba de su esposa. Devi iba tomada de la mano de un muchacho de ojos enormes y expresivos, quien seguramente debía de ser Surindar Ghosh, el estudiante de medicina y marido de Devi, muerto muchos años atrás. Xi dialogaba animadamente con un hombrecillo de aspecto autoritario que vestía una llamativa túnica bordada. Ellie lo imaginó supervisando personalmente la construcción de la maqueta fúnebre del Reino del Medio, gritando órdenes a todos los que dejaban derramar el mercurio.

Vaygay se adelantó con una niña de trenzas rubias, de unos doce años.

—Esta es mi nieta Nina... más o menos. Mi gran duquesa. Debí habértela presentado antes, en Moscú.

Ellie abrazó a la niña y se alegró de que Vaygay no estuviese con Meera, la bailarina de *striptease*. Le cayó muy bien ver la ternura con que su amigo trataba a la nieta. A lo largo de tantos años que lo conocía, Vaygay había guardado siempre ese rinconcito secreto de su corazón.

—No fui un buen padre con la madre de Nina —reconoció él—. En los últimos tiempos, casi ni he podido ver a mi nieta.

Pascó la vista en derredor. Los jefes de la estación habían buscado a la persona más amada de cada uno de los Cinco. Quizás el objeto fuese facilitar la comunicación entre dos especies tan distintas. Era una suerte no ver a nadie departiendo amablemente con una copia fiel de sí mismo.

«¿Y si se pudiera hacer lo mismo en la Tierra? —se preguntó Ellie—. ¿Qué pasaría si, pese a nuestra apariencia y simulación, fuera necesario presentarse en público con la persona que más hemos amado? ¿Y si fuese un requisito esencial para el discurso social en la Tierra?» Todo cambiaría. Imaginó una falange de miembros de un sexo, rodeando a un solitario miembro del otro. O cadenas de gente, o círculos. Las letras H o Q. Figuras en forma de ocho. Se podría corroborar los afectos profundos con solo mirar la geometría... una especie de relatividad general aplicada a la psicología social. Las dificultades prácticas serían considerables, pero nadie podría mentir respecto al amor.

Los Guardianes actuaban de manera cortés, pero movidos por la prisa. No quedaba mucho tiempo para conversar. Una vez más se veía la entrada de la cámara de aire del dodecaedro, casi en el mismo sitio donde estaba cuando llegaron. Por razones de simetría, o debido a alguna ley de conservación interdimensional, había desaparecido la puerta. Se hicieron las presentaciones generales. Ellie se sintió algo cohibida al explicarle en inglés al emperador Tsin quién era su padre. Sin embargo, Xi se encargó de traducir y todos se estrecharon la mano con aire solemne, como si acabaran de conocerse para comer juntos una barbacoa. La esposa de Eda era una belleza, y Surindar Ghosh la observaba con algo más que desinteresada atención. Devi no daba muestras de estar celosa; tal vez se sintiera plenamente gratificada con los rasgos tan exactos del impostor.

—¿Adónde fuisteis cuando atravesasteis la puerta? —le preguntó Ellie en voz baja.

—A Maidenhall Way, 416.

La miró sin comprender.

—Londres, 1973 —explicó Devi—. Con Surindar. —Asintió con la cabeza, señalando a Surindar—. Antes de su muerte.

Ellie se preguntó dónde habría ido ella de haber cruzado el umbral; probablemente al Wisconsin de los años cincuenta. Como no se había presentado donde debía, su padre tuvo que ir a buscarla. Lo mismo había hecho él en Wisconsin más de una vez.

A Eda también le habían mencionado un mensaje oculto en lo más recóndito de un número irracional, pero en su versión no se trataba de π ni de *e*, la base de los logaritmos naturales, sino de una clase de números que ella desconocía. Una vez de regreso en la Tierra, al haber una infinidad de números irracionales jamás podrían saber con certeza qué número examinar.

—Me moría de ganas de quedarme para investigar el tema

—le confió a Ellie—, y me dio la sensación de que precisan ayuda, alguna forma de encarar el descifrado que aún no se les ha ocurrido. Pero creo que lo toman como algo personal y no desean compartirlo con nadie. Y seamos realistas: pienso que no somos lo suficientemente inteligentes para poder echarles una mano.

¿No habían decodificado el mensaje de n? Los jefes de estación, los Guardianes, los inventores de nuevas galaxias, ¿no podían comprender un mensaje que habían tenido delante de sus narices durante una o dos rotaciones galácticas? ¿Tan difícil era el mensaje o acaso...?

—Ya es hora de volver a casa —le avisó su padre, amablemente.

No quería irse. Miró su hoja de palmera y trató de formular más preguntas.

—¿Qué es eso de «volver a casa»? ¿Nos van a llevar hasta algún punto del sistema solar? ¿Cómo viajaremos desde allí a la Tierra?

—Ya lo verás. Te resultará interesante.

Le pasó un brazo por la cintura mientras la conducía hasta la puerta abierta de la cámara de aire.

Igual que a la hora de irse a la cama. Podíamos ser simpáticos para que nos permitieran quedarnos levantados un ratito más, y a veces lo conseguíamos.

—La Tierra ahora está conectada en ambos sentidos, ¿verdad? Si nosotros podemos retomar allá, quiere decir que vosotros también, y en un abrir y cerrar de ojos, lo cual me inquieta. ¿Por qué no cortáis el enlace?

—Lo siento, Pres —repuso él, como si Ellie se hubiese excedido en su horario de ir a acostarse—. Durante un tiempo, por lo menos, el túnel permanecerá abierto para el tráfico hacia aquí, pero nosotros no pensamos utilizarlo.

Prefería el aislamiento de la Tierra respecto a Vega, que mediara un lapso de cincuenta y dos años entre una conducta reprobable producida en la Tierra y la llegada de una expedición punitiva. La incomodaba la idea de estar vinculada por medio de un agujero negro ya que esos seres podrían arribar casi al instante y presentarse en Hokkaido u otro punto del planeta. Era una transición hacia lo que Hadden había denominado «microintervención». Por más garantías que ellos dieran, de ahora en adelante vigilarían más de cerca a los humanos. No más visitas de inspección rutinaria cada varios millones de años.

Analizó más en profundidad su desagrado. Qué teológicas se habían vuelto las circunstancias. Había habitantes del espacio, seres tremendamente poderosos e inteligentes, preocupados por nuestra supervivencia, que observaban nuestro comportamiento. «Pese a que renieguen de desempeñar ese papel rector, es obvio que tienen la facultad de decidir sobre la vida y la muerte, la recompensa o el castigo de los insignificantes pobladores de la Tierra. Y esto —se preguntó— ¿en qué se diferencia de la antigua religión?» En el acto comprendió la respuesta: era una cuestión de pruebas. En los vídeos, en los datos recogidos por sus compañeros, habría testimonios fehacientes de que existía aquella estación y el sistema de tránsito del agujero negro. Había cinco relatos independientes que se corroborarían unos a otros —respaldados por pruebas físicas contundentes—. Sería algo concreto, no rumores ni fórmulas mágicas.

Ellie se volvió y dejó caer la hoja de palmera. Él se agachó para recogerla y se la devolvió.

—Fuiste muy amable al responder a todas mis preguntas. ¿No quieres hacerme alguna tú a mí?

—Gracias, pero ya anoche contestaste a todos nuestros interrogantes.

—¿Eso es todo? ¿Ninguna orden ni instrucciones para los provincianos?

—Las cosas no funcionan de ese modo, Pres. Ya sois adultos y debéis desenvolveros por vosotros mismos. —Ladeó la cabeza, le sonrió y ella corrió a echarse en sus brazos, con los ojos llenos de lágrimas.

Permanecieron abrazados largamente, hasta que él la separó con ternura. Ella pensó en levantar un índice para pedir un minuto más, pero no quiso disgustarlo.

—Adiós, Pres. Cariños a tu madre.

—Cuídate —dijo Ellie con un hilo de voz, y dirigió una última mirada a la playa del centro de la galaxia.

Un par de aves marinas —petreles, quizá— se hallaban suspendidas sobre una columna de aire en ascenso, y continuaron así casi sin agitar sus alas. Al llegar a la puerta de la cámara de aire, Ellie se volvió.

—¿Qué es lo que dice el Mensaje acerca de pi? —le preguntó.

—No lo sabemos —respondió él con cierta tristeza, adelantándose unos pasos hacia ella—. Tal vez sea una especie de accidente estadístico. Todavía estamos estudiándolo.

La brisa alborotó el pelo de ella.

—Bueno, avisadnos cuando lo hayáis descubierto.

21

Causalidad

Los humanos somos para los dioses
como las moscas para los niños juguetones;
nos matan para su recreo.

WILLIAM SHAKESPEARE,
El rey Lear, acto IV, escena I

El omnipotente debe temerle a todo.

PIERRE CORNEILLE,
Cinna (1640), acto IV, escena II

Estaban contentos de regresar, bulliciosos y excitados. Se situaron en sus sillones, se dieron abrazos y palmaditas en la espalda. Todos luchaban por contener las lágrimas. No solo les había ido bien, sino que además pudieron regresar, sin sufrir percances en los túneles. De pronto se encendió la radio y pudieron oír los informes técnicos sobre la Máquina. Los tres benzels se desaceleraban, la carga eléctrica acumulada se desvanecía. A juzgar por los comentarios, resultaba obvio que los integrantes del proyecto no tenían la menor idea de lo sucedido.

Ellie se preguntó cuánto tiempo habría pasado. Miró el reloj. Habían estado ausentes por lo menos un día, con lo cual ya debían haber ingresado en el año 2000. No veía la hora de contar su experiencia. Con renovada confianza, tocó el estuche donde guardaba las decenas de microcasetes de vídeo. ¡Cómo cambiaría el mundo cuando se dieran a conocer esas películas!

Se había vuelto a presurizar el espacio que rodeaba los benzels. Se abrieron las puertas de la cámara de aire y por radio se les preguntó cómo se encontraban.

—¡Todos bien! —respondió ella de viva voz, por el micrófono—. Dejadnos bajar. No vais a creer lo que hemos vivido.

Los Cinco salieron felices, saludando efusivamente a los compañeros que habían ayudado a construir y poner en funcionamiento la Máquina. Los técnicos japoneses les dieron la bienvenida y los funcionarios del proyecto se acercaron a recibirlos.

Devi le comentó en voz baja a Ellie:

—Me parece que todos llevan la misma ropa que ayer. Fíjate en la corbata horrible de Peter Valerian.

—Es vieja y la lleva siempre porque se la regaló su mujer.

—Los relojes indicaban las tres y veinte. La puesta en funcionamiento había tenido lugar la tarde anterior, a eso de las tres, de modo que la ausencia había durado poco más de veinticuatro...

—¿Qué día es hoy? —preguntó, y todos la miraron con cara de extrañeza. Algo pasaba—. Peter, por Dios, ¿qué día es?

—¿Qué quieres decir? Es hoy, viernes 31 de diciembre de 1999, víspera de Año Nuevo. ¿Eso querías saber? ¿Te sucede algo, Ellie?

Vaygay le anunciaba a Arjangelsky que iba a contarle la experiencia desde el principio, pero solo después de conseguir un cigarrillo. Directivos del proyecto y representantes del Consorcio Mundial convergían hacia ellos. En medio del gentío, vio que Der Heer se abría paso en su dirección.

—Desde tu perspectiva, ¿qué fue lo que ocurrió? —le preguntó cuando lo tuvo cerca.

—Nada. Funcionó el sistema de vacío, los benzels giraron a gran velocidad logrando acumular una enorme carga eléctrica, se alcanzó la velocidad estipulada, y luego hubo una contramarcha.

—¿Una contramarcha?

—Los benzels aminoraron la velocidad y se disipó la energía. El sistema se represurizó, los benzels se detuvieron y luego partisteis. Todo el asunto duró unos veinte minutos, y no pudimos hablar con vosotros mientras giraban los benzels. ¿Tuvisteis alguna experiencia en particular?

Ellie se rio.

—Ya verás, Ken, cuando te lo cuente.

Se invitó al personal del proyecto a una fiesta para celebrar la puesta en funcionamiento de la Máquina y la llegada del trascendental Año Nuevo. Ellie y sus compañeros de viaje no asistieron. En la televisión abundaban las celebraciones, desfiles, exposiciones, secuencias retrospectivas, pronósticos y discursos optimistas que pronunciaba la clase dirigente del país. Ellie alcanzó a escuchar unas palabras del abad Utsumi, tan beatíficas como de costumbre. Sin embargo, ella no podía perder el tiempo. Analizando los fragmentos del relato de cada uno de los Cinco, el directorio del proyecto llegó a la conclusión de que algo había fallado. Rápidamente se apartó a los tripulantes de la multitud de funcionarios oficiales y del Consorcio, con el fin de someterlos a un interrogatorio preliminar, y se les explicó que se entrevistaría a cada uno por separado.

Der Heer y Valerian condujeron la entrevista a Ellie en una pequeña sala de reuniones. Asistieron también otros directivos del proyecto, incluso Anatoly Goldmann, antiguo alumno de Vaygay. Ellie comprendió que Bobby Bui —que hablaba ruso— representaba a los norteamericanos durante el interrogatorio de Vaygay.

La escucharon atentamente, y de vez en cuando Peter la alentaba con su actitud; no obstante, tenían dificultad en entender la secuencia de los acontecimientos. Gran parte del relato los dejó preocupados. Ellie no lograba contagiarles su emoción y ellos no llegaban a comprender que el dodecaedro hubiese emprendido un viaje de veinte minutos y mucho menos de un día, puesto que los instrumentos exteriores a los benzels habían filmado todo y no registraban nada extraordinario. Lo único que sucedió, adujo Valerian, fue que los benzels alcanzaron la velocidad prescrita, en varios instrumentos de función desconocida se movieron las agujas indicadoras, los benzels aminoraron su velocidad, se detuvieron y, por último, emergieron los Cinco en un estado de gran excitación. No llegó a decir «pronunciando tonterías», pero lo dio a entender. Pese a que la trataban con deferencia, ella sabía lo que pensaban: que el único objetivo de la Máquina era producir en veinte minutos una ilusión memorable, o quizás hacer perder el juicio a los Cinco.

Ellie tomó los microcasetes de vídeo con sus rótulos: «Sistema de anillos de Vega», «Sistema quíntuple», «Paisaje estelar en el centro de la galaxia», «Playa» y otros. Cuando intentó hacerlos funcionar, comprobó que estaban en blanco. No sabía qué podía haber ocurrido. Antes del viaje, había aprendido a manejar la microcámara e incluso la había probado varias veces. Mayor fue su consternación cuando le anunciaron que también habían fallado los instrumentos que llevaban sus compañeros. Valerian quería creerle, lo mismo que Der Heer, pero les costaba mucho, por más voluntad que pusieran. La versión que exponían los Cinco era insólita, y carecía de la mínima prueba física. Además, era imposible que hubieran experimentado tantas cosas en los veinte minutos que dejaron de verlos.

No era esa la recepción que ella había imaginado; sin embargo, tenía confianza en que todo se aclararía. Por el momento, le bastaba con reconstruir mentalmente la vivencia y anotarlo todo con lujo de detalles, ya que no quería olvidarse de nada.

A pesar de que un frente de aire extremadamente frío avanzaba desde Kamchatka, hacía un calor inusitado cuando el 1 de enero aterrizaron en el Aeropuerto Internacional de Sapporo varios vuelos no programados. En una nave que llevaba la inscripción «Estados Unidos de América» arribó Michael Kitz, nuevo secretario de Defensa, junto con un grupo de expertos reunidos apresuradamente. Washington confirmó su presencia solo cuando la noticia estaba por darse a publicidad en Hokkaido. La breve nota de prensa consignaba que se trataba de una visita de rutina, que no había crisis ni peligro alguno y que «nada extraordinario se ha comunicado en el Centro de Integración de Sistemas, situado al norte de Sapporo». En un vuelo nocturno procedente de Moscú llegaron, entre otros, Stefan Baruda y Timofei Gotsridze. Sin duda, a ninguno de los dos grupos le entusiasmaba la idea de pasar las vacaciones de Año Nuevo lejos de sus familias. Sin embargo, el tiempo reinante en Hokkaido les resultó una grata sorpresa; tanto calor hacía que las esculturas de Sapporo se derretían, y el dodecaedro de hielo se había convertido en un pequeño iceberg informe; el agua chorreaba por las superficies redondeadas de las aristas de los planos pentagonales.

Dos días después sobrevino una intensa tormenta invernal, por cuyo motivo quedó interrumpido el tráfico hacia la planta industrial de la Máquina, incluso en vehículos todoterreno. También se interrumpieron algunos enlaces de radio y televisión; al parecer, se había derrumbado una torre relevadora de microondas. Durante la mayor parte de los nuevos interrogatorios la única comunicación con el mundo exterior fue el teléfono. Ellie tenía ganas de subir subrepticiamente de nuevo al dodecaedro y poner en marcha los benzels, pese a que no habría forma de determinar si la Máquina podría volver a funcionar, al menos desde el extremo terrestre del túnel. Su impostado padre le había anticipado que no. Ellie se permitió volver a pensar en aquella playa y en su progenitor... Una profunda herida que llevaba en su interior se había curado; tanto, que hasta le parecía sentir que el tejido se cicatrizaba. Había sido la psicoterapia más costosa del mundo, y eso ya era mucho decir, reflexionó.

A Xi y Sujavati los entrevistaron representantes de sus propios países. Si bien Nigeria no había desempeñado un papel importante en la recepción del Mensaje ni en la fabricación de la Máquina, Eda accedió a hablar largo y tendido con funcionarios nigerianos. Sin embargo, fue una indagación superficial, comparada con el interrogatorio a que los sometieron los directivos del proyecto. Vaygay y Ellie soportaron sesiones mucho más exhaustivas, dirigidas por equipos de alto nivel traídos expresamente de Estados Unidos y la Unión Soviética. Al principio, en estos interrogatorios se excluía a personas de otra nacionalidad, pero luego, al canalizarse muchas quejas por medio del Consorcio Mundial para la Máquina, ambas superpotencias accedieron a internacionalizar una vez más las sesiones.

Kitz fue el encargado de interrogar a Ellie, y teniendo en cuenta la poca anticipación con que se lo habían notificado, llamaba la atención lo bien preparado que se presentó. Valerian y Der Heer procuraban interceder por ella de vez en cuando, pero el espectáculo lo dirigía Kitz.

Kitz dijo que tomaba su relato con una actitud escéptica pero constructiva, según la más acendrada tradición científica. Confiaba en que ella no confundiera la franqueza de sus preguntas con ninguna animadversión personal, puesto que él le profesaba el mayor de los respetos. Por su parte, prometía no dejarse influir por el hecho de haberse opuesto al proyecto de la Máquina desde el primer momento. Ellie decidió no hacer comentarios sobre tan patético engaño, y pasó a narrar su historia.

Él la escuchó con atención, le pidió que aclarara ciertos detalles y se disculpó cada vez que la interrumpía. Al segundo día, sin embargo, ya no hubo tales cortesías.

—De modo que el nigeriano recibe la visita de su esposa, la india de su marido muerto, el ruso de su simpática nietecita, el chino de un tirano mongol...

—Tsin no fue un tirano mongol...

—... y usted, por Dios, se reencuentra con su querido padre, fallecido, quien le comunica que él y sus amigos han estado trabajando en la reconstrucción del universo. Pero por favor... «Padre nuestro que estás en los cielos...» Eso es religión pura, antropología pura. Sigmund Freud puro. ¿Acaso no lo ve? No solo afirma que su padre resucitó de entre los muertos, sino que pretende hacernos creer que también creó el universo...

—Usted distorsiona lo que...

—Vamos, Arroway, no nos tome por pardillos. No nos presenta la más mínima prueba y ¿nos quiere convencer de la mayor farsa de la historia? Siendo tan inteligente, ¿cómo pudo pensar que íbamos a tragarnos este cuento?

Ellie protestó y Valerian también, aduciendo que con esa clase de preguntas no se aclararía el asunto. En esos momentos se estaba examinando la Máquina, y por los resultados del examen se podría comprobar la veracidad del relato. Kitz convino en que sería importante contar con la prueba pericial. Sin embargo, la versión que planteaba Arroway contenía ciertas pautas para comprender lo que había ocurrido.

—El hecho de reunirse con su padre es, de por sí, muy sugestivo, doctora, porque usted creció en la tradición judeocristiana. De los Cinco, es la única perteneciente a esa cultura, y la única que se encuentra con su padre. Su historia es demasiado inaudita y rocambolesca.

El ambiente era peor de lo que había supuesto, y le provocó un instante de pánico epistemológico, como cuando no encontramos el coche en el sitio donde lo dejamos estacionado, o la puerta que cerramos con llave por la noche se halla entornada por la mañana.

—¿Supone que todo esto lo inventamos?

—Mire, doctora. De joven trabajé en la fiscalía del condado de Cook, y cuando había que procesar a algún sospechoso, nos formulábamos tres preguntas. —Y fue enumerándolas con los dedos—: El sospechoso ¿tuvo la oportunidad de cometer el delito, tuvo los medios, tenía motivaciones?

—Sin embargo, nuestros relojes confirman que estuvimos ausentes más de veinticuatro horas.

—¡Cómo he podido ser tan estúpido! —exclamó Kitz, dándose una palmadita en la frente—. Ha desmontado mi argumento, doctora. Olvidé que es imposible adelantar un día los relojes —ironizó.

—Eso implicaría una conspiración. ¿Acaso cree que Xi miente? ¿Que Eda miente? ¿Que...?

—Lo que creo es que hay cuestiones más importantes. Peter —se volvió hacia Valerian—, tiene usted razón. Mañana por la mañana recibiremos el resultado de la prueba pericial sobre los materiales. No perdamos más tiempo con... historias. Se suspende la reunión hasta entonces.

Der Heer, que no había abierto la boca en toda la tarde, le dirigió una sonrisa indecisa, que ella no pudo menos que comparar con la de su padre. A veces, Ken la miraba como si quisiera implorarle algo. ¿Qué? No lo sabía; quizá que cambiara su versión. Ella le había contado cuánto había sufrido de niña por la muerte de su padre y seguramente ahora estaría considerando la posibilidad de que se hubiese vuelto loca y, por extensión, también los otros. Histeria colectiva. *Folie à cinq*.

—Bueno, aquí está —anunció Kitz. El informe tenía cerca de un centímetro de grosor. Al dejarlo caer sobre la mesa, desparramó varios lápices—. Aunque supongo que querrá leerlo con detenimiento, doctora, puedo adelantarle un breve resumen. ¿De acuerdo?

Ellie asintió. Se había enterado por rumores de que la prueba pericial coincidía con el relato ofrecido por los Cinco. Esperaba que con eso se pusiera fin a la desconfianza.

—«Aparentemente» —enfatizó la palabra—, el dodecaedro estuvo expuesto a un ambiente muy distinto del de los benzels y las estructuras de sostén. «Aparentemente» soportó una gran fuerza de tensión y compresión, razón por la cual es un milagro que el artefacto no se haya hecho pedazos. También «aparentemente», recibió una intensa radiación... se ha verificado una radiactividad inducida de bajo nivel, huellas de rayos cósmicos, etcétera. Es otro milagro que hayan sobrevivido a la radiación. No se advierte que se haya agregado, ni quitado, nada. No hay signos de erosión ni de roce en los vértices laterales producidos, según aseguran ustedes, por traqueteo contra las paredes de los supuestos túneles. No hay ni la mínima muesca o raya, que serían inevitables de haber ingresado en la atmósfera de la Tierra a alta velocidad.

—¿Y esto acaso no corrobora nuestra historia? Piénselo, Michael. Las fuerzas de tensión y compresión son, precisamente, lo que se experimenta al caer por un agujero negro, y eso se sabe desde hace más de cincuenta años. No sé por qué no lo notamos, pero imagino que el dodecaedro de alguna manera nos protegió. Además, está la enorme dosis de radiactividad dentro del agujero negro y la que se origina en el centro galáctico, un potente emisor de rayos gamma. Hay pruebas de los agujeros negros, y otras pruebas independientes vinculadas con el centro galáctico. Estas cosas no las inventamos nosotros. No alcanzo a comprender que no haya huellas de roce ni raspaduras, pero no olvide que todo depende de la interacción de un material que apenas hemos estudiado con otro que nos resulta absolutamente desconocido. Yo no esperaba que hubiera partes chamuscadas porque en ningún momento dijimos que hayamos entrado por la atmósfera de la Tierra. O sea, la prueba pericial no hace más que confirmar nuestra versión. Entonces, ¿cuál es el problema?

—El problema es que ustedes son demasiado astutos. Trate de enfocar la cuestión desde un punto de vista escéptico. Dé un paso atrás y contemple el panorama general. Entonces vería a un grupo de personas muy inteligentes, de distintos países, que asegura haber recibido un complejo Mensaje del espacio.

—¿Asegura?

—Permítame continuar. Ellos descifran el Mensaje y dan a conocer las instrucciones para fabricar una complicada máquina, a un coste sideral. El mundo pasa por un extraño período, las religiones se tambalean por la próxima llegada del milenio y, para sorpresa de todos, al final se construye la Máquina. Hay pocos cambios en el personal y luego estas mismas personas...

—No son las mismas personas. No fueron solo Sujavati, Eda y Xi, sino...

—Déjeme proseguir. Básicamente, estas mismas personas ocupan un lugar en la Máquina. Debido al diseño del aparato, nadie puede verlos ni hablar con ellos después de la puesta en marcha. ¿Qué ocurre luego? Se enciende la máquina y se apaga sola. Una vez que está en funcionamiento, resulta imposible apagarla en menos de veinte minutos.

»Muy bien. Veinte minutos más tarde, esas mismas personas bajan de la Máquina muy excitadas, y nos cuentan una historia disparatada. Dicen haber viajado a mayor velocidad que la luz dentro de unos agujeros negros, haber llegado al centro de la galaxia y regresado. Suponga que escucha este relato con una dosis normal de cautela. ¿Qué hace usted? Les pide pruebas: fotos, vídeos, cualquier otro dato. Pero ¿qué sucede? Todo se ha borrado. ¿Trajeron algún artefacto de esa civilización superior supuestamente asentada en el centro de la galaxia? No. ¿Algún objeto de recuerdo? No. ¿Piedras o minerales? Tampoco. Nada de nada. La única prueba física es un mínimo daño físico observable en la Máquina. Entonces uno se pregunta: unas personas tan inteligentes, animadas por una profunda motivación, ¿no habrán sido lo bastante hábiles para amañar esto que parece producto de las fuerzas de tensión y compresión y de la radiactividad, máxime si dispusieron de tres billones de dólares para fraguar las pruebas?

Ellie contuvo el aliento al oír una reconstrucción tan ponzoñosa de los acontecimientos. ¿Por qué razón obraba Kitz de esa manera?

—No creo que nadie vaya a creer su historia —prosiguió él—. Se trata del fraude más complejo, y más costoso, que se haya perpetrado jamás. Usted y sus amigos trataron de embaucar a la presidenta de Estados Unidos y engañar al pueblo norteamericano, por no mencionar a los gobiernos del resto de países. Seguramente piensan que todos son estúpidos.

—Michael, esto es un despropósito. Miles de personas participaron en la recepción del Mensaje, lo decodificaron y a continuación construyeron la Máquina. El Mensaje está registrado en cintas magnéticas, en impresos de computadora y en discos de láser, en observatorios de todo el orbe. Sus palabras sugieren una conspiración en la cual estarían implicados todos los radioastrónomos del planeta, todas las empresas aeroespaciales y cibernéticas...

—No, no se requiere una conspiración de tal envergadura. Lo único que hace falta es contar con un transmisor en el espacio, que dé la impresión de estar emitiendo desde Vega. Le explico cómo creo yo que lo hicieron. Ustedes preparan el Mensaje y consiguen que se lleve al espacio desde alguna base de lanzamientos. Y lo sitúan en órbita para que luego se asemeje al movimiento sideral. Quizás haya más de un satélite. Cuando se enciende el transmisor, ustedes ya están listos en el observatorio para recibir el Mensaje, efectuar el gran descubrimiento e informarnos a los pobres tontos qué es lo que significa.

Hasta el impasible Der Heer consideró ofensivas sus palabras.

—Mike, por favor —empezó, pero Ellie lo cortó en seco.

—No fui yo la única que intervino en la decodificación, sino que fueron muchos los que participaron, sobre todo Drumlin. En un principio él se mostró escéptico, como usted sabe, pero terminó por convencerse a medida que iban llegando los datos. Y él nunca manifestó reservas...

—Ah, sí, el pobre Dave Drumlin. El «extinto» Drumlin, el profesor al que usted siempre odió; por eso le tendió la celada.

»Durante el descifrado del Mensaje, usted no podía participar en todo. Era tanto lo que había que hacer... Pasaba por alto alguna cosa, se olvidaba de otra. Y ahí estaba Drumlin, que se volvía viejo, celoso de que su antigua discípula le eclipsara y se atribuyera todo el mérito. De pronto, él ve la manera de desempeñar un papel preponderante. Usted apela a su narcisismo y lo atrapa. Y si a él no se le hubiese ocurrido el modo de interpretar el Mensaje, usted le habría dado una ayudita. Y en el peor de los casos, usted misma habría quitado todas las capas de la cebolla.

—Si piensa que fuimos capaces de inventar el Mensaje, nos hace un gran cumplido a Vaygay y a mí, pero es algo absolutamente imposible. Pregúntele a cualquier ingeniero idóneo si unos cuantos físicos y radioastrónomos podrían haber inventado, en sus ratos libres, una Máquina de esa naturaleza, con industrias subsidiarias inéditas, con componentes desconocidos en la Tierra. ¿Cuándo cree que tuvimos tiempo para inventarla, aun si hubiéramos sabido cómo hacerlo? Fíjese en los innumerables bits de información. Hubiéramos tardado años.

—Tuvieron los años necesarios cuando Argos no avanzaba. El proyecto estaba a punto de darse por terminado, y usted recordará que Drumlin propiciaba esa idea. Y justo, en el momento indicado, reciben el Mensaje, con lo cual ya no se habla más de clausurar su tan preciado proyecto. Sinceramente, pienso que usted y los rusos tramaron todo en su tiempo libre, que fueron años.

—Es una locura —musitó Ellie.

Intervino entonces Valerian para poner de manifiesto que había mantenido un estrecho contacto con la doctora Arroway durante el período en cuestión, que ella había realizado un productivo trabajo científico y que jamás dispuso del tiempo necesario para pergeñar semejante engaño. Además, por mucho que la admirara, consideraba que el Mensaje y la Máquina estaban más allá de la capacidad de Ellie... más aún, que ningún habitante de la Tierra pudo haberlo inventado.

Sin embargo, Kitz no aceptó sus argumentos.

—Eso es su opinión personal, doctor Valerian, y puede haber tantas opiniones como personas haya en el mundo. Usted siente aprecio por la doctora, lo cual es comprensible. Yo también la estimo. Sin embargo, hay otra prueba contundente que usted no conoce aún, y yo voy a decírsela.

Se inclinó hacia delante, con la mirada fija en Ellie. Era obvio que deseaba provocar la reacción de ella ante lo que iba a decir.

—El Mensaje se interrumpió en el instante que se puso en marcha la Máquina, cuando los benzels alcanzaron la velocidad de crucero. Con una precisión al segundo, en el mundo entero. Lo mismo sucedió en todos los radioobservatorios que captaban Vega. No se lo habíamos dicho hasta ahora para no interferir en el interrogatorio. El Mensaje se detuvo en la mitad de una información, y eso sí que fue una tontería de su parte.

—Yo de eso no sé nada, Michael. Pero ¿qué importa que se

haya suspendido si ya ha cumplido su objetivo? Fabricamos la Máquina y pudimos ir... adonde quisieron llevarnos.

—Con esto usted queda muy mal parada —continuó Kitz.

De pronto, Ellie supo adónde apuntaba él, y se sorprendió. Kitz pensaba en una conspiración, mientras que ella contemplaba la posibilidad de la locura. Si Kitz no estaba loco, ¿habría perdido ella el juicio? Si con nuestra tecnología se pueden producir sustancias capaces de inducir al engaño, ¿no podría una tecnología mucho más avanzada provocar alucinaciones colectivas más acentuadas? Por un momento le pareció posible.

—Supongamos que estamos en la semana pasada —continuó él—. Damos por sentado que las ondas radioeléctricas que nos llegan a la Tierra fueron enviadas desde Vega hace veintiséis años, pero hace veintiséis años, doctora, no existía la planta de Argos, y los temas que le preocupaban en aquella época seguramente eran Vietnam y el Watergate. A pesar de lo inteligentes que son, olvidaron la velocidad de la luz. Una vez que se pone en funcionamiento la Máquina, no hay forma de interrumpir el Mensaje hasta que hayan pasado otros veintiséis años... a menos que sea factible enviar un mensaje a mayor velocidad que la luz, y ambos sabemos que eso es imposible. Recuerdo haberla oído criticar a Rankin y Joss por suponer que se puede viajar más rápido que la luz. Me llama la atención que haya pensado que no íbamos a darnos cuenta.

—Escuche, Michael. Así fue como pudimos ir desde aquí hasta allá y regresar en escasos veinte minutos. Yo no soy experta en estos temas; tendría que preguntárselo a Eda o Vaygay.

—Gracias por la sugerencia; ya lo hemos hecho.

Ella se imaginó a Vaygay sometido a un interrogatorio igualmente severo por parte de su viejo adversario, Arjangelsky, o de Baruda, el hombre que había propuesto destruir los radiotelescopios y quemar toda la información. Cabía suponer que Kitz y ellos eran de idéntico parecer respecto al tema en estudio. Deseó que Vaygay estuviese haciendo un buen papel.

—Usted me entiende, doctora, pero permítame volver a explicárselo y tal vez pueda indicarme algún fallo en mi razonamiento. Hace veintiséis años, esas ondas radioeléctricas se dirigían a la Tierra. Una vez que han partido de Vega, que cruzan el espacio, nadie puede detenerlas. Aun si el transmisor supiera instantáneamente (gracias al agujero negro, si lo prefiere) que se ha puesto en marcha la Máquina, transcurrirían otros veintiséis años hasta que el cese de la señal arribara a nuestro planeta. Los veguenses no podían saber, veintiséis años atrás, en qué preciso instante se accionaría la Máquina. Hubiera sido menester enviar un mensaje retrotraído veintiséis años en el tiempo para que el Mensaje se detuviera el 31 de diciembre de 1999. ¿Me sigue?

—Sí, claro. Este es un campo desconocido; por algo se lo denomina un continuo de tiempo-espacio. Si ellos pueden recorrer el espacio con túneles, pienso que también pueden recorrer el tiempo. El hecho de que hayamos regresado un día antes demuestra que cuentan con cierta capacidad, aunque limitada, para viajar en el tiempo. Tal vez, apenas partimos de la estación, enviaron un mensaje veintiséis años atrás en el tiempo para apagar el transmisor. No sé.

—Ya ve usted lo bien que le viene que el Mensaje se haya interrumpido justo ahora. Si aún siguiera emitiéndose, podríamos rastrear el pequeño satélite, capturarlo y obtener la cinta de transmisión, con lo cual tendríamos una prueba contundente, decisiva, del fraude. Pero ustedes no podían correr el riesgo y por eso lo atribuyen todo a los agujeros negros.

Para ella, se trataba de una fantasía paranoica en la cual se tomaban varios hechos inocentes y se los agrupaba para suponer una compleja intriga. Cierto era que los hechos distaban de ser triviales, y era lógico que las autoridades investigaran todas las explicaciones posibles. Sin embargo, la versión que presentaba Kitz era tan maliciosa que solo podía haberla concebido una mente temerosa, angustiada.

De ser así, disminuía en cierta medida la posibilidad de un fraude colectivo, pero el dato sobre la interrupción del Mensaje —de ser verdad lo que aseguraba Kitz— constituía para Ellie un motivo de preocupación.

—Ahora me pregunto una cosa, doctora. Ustedes, los científicos, tenían la capacidad intelectual y la motivación para haber planeado esto, pero carecían de los medios. Si no fueron los rusos quienes pusieron el satélite en órbita, pudo haber sido cualquiera de los otros seis países que cuentan con plataformas de lanzamiento. Sin embargo, ya hemos realizado investigaciones y comprobamos que ninguno lanzó un satélite de libre vuelo en la órbita adecuada, razón por la cual nos inclinamos a pensar en un particular, y el primero que nos vino a la mente fue el señor S. R. Hadden. ¿Lo conoce?

—No sea ridículo, Michael. Yo hablé con usted sobre Hadden incluso antes de haber viajado a *Matusalén*.

—Quería asegurarme de que estuviéramos de acuerdo en lo básico. A ver cómo le suena esta explicación. Usted y los rusos planifican esta estratagema y consiguen que Hadden financie las primeras etapas: el diseño del satélite, la invención de la Máquina, el descifrado del Mensaje, el simular daños producidos por la radiactividad, etcétera. A cambio de eso, cuando se pone en marcha el proyecto de la Máquina, él contribuye con una parte de los tres billones de dólares porque puede obtener suculentos beneficios. Y a juzgar por sus antecedentes, me atrevería a afirmar que le atrae la idea de desairar al gobierno. Cuando ustedes no logran decodificar el Mensaje ni encuentran el manual de instrucciones, acuden a Hadden, y él mismo les sugiere dónde deben buscar. También ese detalle revela negligencia. Hubiera sido mejor que se le ocurriera a usted.

—Demasiada negligencia —intervino Der Heer—. ¿No cree que si alguien realmente está planificando un fraude...?

—Ken, me sorprende que sea tan crédulo. Usted me está demostrando a las claras por qué Arroway y los demás pensaron que convenía pedirle consejo a Hadden y, además, asegurarse de que supiéramos que ella había ido a verlo. —Volvió a dirigirse a Ellie—. Doctora, trate de analizar todo desde el punto de vista de un observador neutral...

Kitz no cejó en su empeño, sino que siguió reordenando los hechos de diversas maneras, volviendo a describir años enteros de la vida de Ellie. Si bien ella no lo consideraba, nunca se había imaginado que tuviese tanta inventiva. A lo mejor alguien le había sugerido ideas, pero la fuerza emocional de aquella fantasía era solo de él. Hablaba con vehementes ademanes y expresiones retóricas. Era evidente que el interrogatorio y esa interpretación tan particular de los hechos habían despertado el ímpetu de Kitz, que al rato ella creyó comprender. Ninguno de los Cinco había traído a su regreso nada que tuviera una inmediata aplicación militar, nada que reportara un beneficio de orden político, sino apenas una historia por demás desconcertante. Además, esa historia tenía otras implicaciones. Kitz estaba a cargo del más pavoroso arsenal de la Tierra, mientras que los veguenses se dedicaban a construir galaxias. Él era un descendiente directo de una serie de gobernantes, norteamericanos y soviéticos, que habían ideado la estrategia de la confrontación nuclear, mientras que los Guardianes eran una amalgama de especies distintas, de mundos diferentes, que colaboraban en una misión. La mera existencia de los extraterrestres constituía un tácito reproche a los terrícolas. Y si el túnel podía activarse desde el otro extremo, quizá no hubiera manera de impedirlo. Esos seres podían presentarse en la Tierra en cualquier momento. ¿Cómo haría Kitz para defender a Estados Unidos en tal eventualidad? Un tribunal hostil podría calificar la actuación que le cupiera a Kitz en la decisión de fabricar la Máquina como de negligencia en el cumplimiento de sus deberes. ¿Y cómo podía justificar él ante los extraterrestres su modo de regir el planeta? Aun si no llegara por el túnel un ejército de ángeles vengadores, bastaría con dar a conocer tal posibilidad para que el mundo cambiara. Ya estaba cambiando, y tendría que hacerlo todavía más.

Una vez más sintió lástima por él. Hacía por lo menos cien generaciones que el mundo estaba gobernado por gente peor que Kitz, pero él había tenido la mala suerte de que le tocara intervenir justo cuando se modificaban las reglas del juego.

—... y si creyéramos su historia al pie de la letra —decía Kitz en ese instante—, ¿no cree que los extraterrestres la trataron mal? Se aprovecharon de sus más hondos sentimientos para disfrazarse de su querido padre. No nos dicen qué hacen, les velan los rollos de película, destruyen todas las pruebas, y ni siquiera le permiten dejar allá su hoja de palmera. Cuando ustedes bajan de la Máquina, no falta nada de lo inventariado en el manifiesto de embarque (salvo algunos alimentos), y tampoco encontramos nada que no figurara en dicho manifiesto, excepto un poco de arena acumulada en los bolsillos. Y como regresan casi enseguida de haber partido, el observador neutral tiene derecho a suponer que jamás fueron a ninguna parte.

»Ahora bien, si los extraterrestres hubiesen querido dejar claro que ustedes fueron a alguna parte, los habrían enviado de regreso un día, o una semana, más tarde, ¿no? Si durante cierto lapso no hubiera habido nada dentro de los benzels, tendríamos la certeza de que viajaron a algún sitio. Si hubiesen querido facilitarles las cosas, no habrían interrumpido la emisión del Mensaje, ¿verdad? Todo induce a pensar lo contrario, que se propusieron expresamente obstaculizarles la tarea. Podrían haberles permitido traer algún recuerdo, o las películas que filmaron, así nadie se atrevería a sugerir que se trata de un engaño. ¿Por qué no lo hicieron? ¿Por qué no corroboran la historia que ustedes cuentan? Ya que ustedes dedicaron muchos años a encontrarlos, ¿por qué no demuestran ellos el menor agradecimiento por su labor?

»Ellie, ¿cómo puede estar tan segura de que las cosas sucedieron así? Si, como sostiene, no es todo un fraude, ¿no podría ser acaso una ilusión? Supongo que le costará plantearse tal hipótesis, a nadie le gusta creer que está un poco majareta, pero teniendo en cuenta la tensión que ha tenido que soportar, no me parece algo tan grave. Y si la otra alternativa es la existencia de una conspiración delictiva... Le propongo que medite seriamente sobre esta posibilidad.

Ella ya lo había hecho.

Ese mismo día volvió a reunirse, esta vez a solas, con Kitz, y este le propuso un trato que ella no tenía intención de aceptar. Sin embargo, él estaba preparado para tal eventualidad.

—Dejemos de lado el hecho de que usted nunca ha sentido simpatía por mí —dijo el funcionario—. Pienso que lo que vamos a sugerir es justo.

»Ya hemos anunciado a la prensa que la Máquina no funcionó cuando intentamos ponerla en marcha. Naturalmente, estamos tratando de averiguar cuál fue el fallo, pero como ha habido otros inconvenientes (en Wyoming y Uzbekistán), nadie pondrá en duda esta versión. Después, dentro de unas semanas, comunicaremos que seguimos sin encontrar el desperfecto pese a nuestro empeño. El proyecto de la Máquina es demasiado costoso y a lo mejor no somos lo suficientemente inteligentes para llevarlo a cabo. Además, todavía hay riesgos, el peligro de que la Máquina llegue a estallar, por ejemplo. Así pues, lo más sensato es suspender el proyecto... al menos por el momento.

»Hadden y sus amigos pondrán el grito en el cielo, pero como él ya no está con nosotros...

—Se encuentra a trescientos kilómetros sobre nuestras cabezas —puntualizó Ellie.

—Ah, ¿no se enteró? Sol falleció casi a la misma hora en que se accionó la Máquina. Fue algo extraño. Perdone; debí habérselo dicho, pero olvidé que usted era... amiga suya.

No supo si creerle o no. Hadden tenía poco más de cincuenta años y aparentemente gozaba de buena salud. Más tarde volvería a abordar el tema.

—Y en su fantasía, ¿qué será de nosotros?

—¿Quién es «nosotros»?

—Los cinco tripulantes de la Máquina que usted sostiene que nunca funcionó.

—Ah. Pues los someteremos a nuevos interrogatorios y luego quedarán en libertad. No creo que ninguno sea tan tonto como para ponerse a divulgar esta disparatada historia, pero para mayor seguridad hemos confeccionado un historial de antecedentes psiquiátricos de cada uno. Nada demasiado grave... Siempre fueron algo rebeldes; se enfrentaron al sistema, lo cual no me parece mal. Por el contrario, es bueno que las personas sean independientes, rasgos que nosotros alentamos, máxime en los científicos. No obstante, la tensión de estos últimos años ha sido fatigosa, especialmente para los doctores Arroway y Lunacharsky. Primero descubrieron el Mensaje, luego se dedicaron a decodificarlo y a convencer a los gobiernos sobre la necesidad de fabricar la Máquina. Después debieron soportar problemas en la construcción, sabotaje industrial, la fracasada puesta en marcha... Fue una experiencia difícil. Mucho trabajo y nada de diversión. Además, los científicos son, de por sí, personas nerviosas. Si el fracaso de la operación les trastornó un poco, todos lo comprenderán, pero nadie creerá su historia. Si se comportan como es debido, no deben temer que vaya a darse publicidad a esos historiales.

»Quedará en claro que la Máquina todavía está aquí; para eso, apenas se despejen los caminos, enviaremos a varios fotógrafos a que le saquen fotos, para demostrar que la Máquina no fue a ninguna parte. ¿Y los tripulantes? Es natural que se sientan desilusionados y, por consiguiente, no deseen hacer declaraciones a la prensa por el momento.

»¿No le parece un plan perfecto?

Ellie no contestó.

—¿No cree que nuestro proceder es sensato, después de haber invertido dos billones de dólares en una mierda? Podríamos enviarla a prisión perpetua, Arroway, y sin embargo la dejamos en libertad. Ni siquiera le exigimos ninguna fianza. Estimo que nos estamos comportando como caballeros. Es el espíritu del milenio. El Maquiefecto.

22

Gilgamesh

> El hecho de que sea irrepetible
> es lo que hace tan dulce la vida.
>
> EMILY DICKINSON,
> *Poema 1741*

En esa época —proclamada como el Advenimiento de una Nueva Era— los sepelios en el espacio se habían convertido en algo costoso pero habitual. Se trataba de un negocio comercial competitivo, que atraía a aquellas personas que, antes, hubieran pedido que se esparcieran sus cenizas sobre su ciudad de origen, o al menos sobre la planta industrial que les había proporcionado la fortuna. No obstante, ya podía dejarse estipulado que los despojos mortales de una persona orbitaran la Tierra por toda la eternidad, para lo cual solo era menester agregar una cláusula en el propio testamento. Luego, y suponiendo, por supuesto, que se contara con el dinero necesario—, al morir se la incineraba, se comprimían sus cenizas en una pequeña urna y se le grababa el nombre de la persona, las fechas, un breve poema fúnebre y un símbolo religioso a elección (podía optarse entre tres), junto con centenares de otras urnas en miniatura. Luego se lanzaba al espacio hasta una altitud intermedia, de forma de evitar los atestados corredores de la órbita geosincrónica y la resistencia atmosférica de la órbita más próxima a la Tierra. Así, nuestras cenizas circundarían triunfales nuestro planeta natal en medio del cinturón Van Allen, un campo magnético donde ningún satélite en su sano juicio se arriesgaría a aventurarse. Sin embargo, a las cenizas no les importa.

La Tierra se hallaría envuelta por los restos de sus prominentes ciudadanos, y cualquier visitante de un mundo remoto podría creer que había topado con una siniestra necrópolis espacial. La peligrosa ubicación de dicho cementerio justificaría por sí sola la ausencia de parientes que fueran a rendir homenaje a sus muertos.

Al contemplar este panorama, S. R. Hadden se sintió consternado, considerando que esos ilustres personajes hubieran estado dispuestos a conformarse con una porción tan ínfima de inmortalidad. Sus partes orgánicas —el cerebro, el corazón, todo lo que los distinguía como personas— se habían atomizado en la cremación. Después de la cremación no queda nada de uno, apenas huesos pulverizados, material harto insuficiente para que una civilización avanzada pueda reconstruirnos a partir de esos restos. Y por si fuera poco, la urna se situaba en el cinturón de Van Allen, donde hasta las cenizas resultan lentamente calcinadas.

Cuánto mejor sería, reflexionó, si se pudieran conservar algunas células nuestras vivas, con el ADN intacto. Deseaba que hubiera alguna empresa que congelara una porción de nuestro tejido epitelial y lo lanzara a una órbita alta, muy por encima del anillo de Van Allen, quizá más arriba incluso que la órbita geosincrónica. Así por lo menos algún biólogo molecular de otro planeta —o su similar terrestre en un lejano futuro— podría reconstruirnos más o menos desde el comienzo. Nos restregaríamos los ojos, estiraríamos los brazos y despertaríamos en el año 10000000. O bien, si nadie tocara nuestros restos, seguirían existiendo múltiples copias de nuestro código genético, o sea que estaríamos vivos «en principio». En cualquiera de ambos casos podría asegurarse que viviríamos eternamente.

Sin embargo, a medida que Hadden cavilaba más sobre el tema, la perspectiva comenzaba a resultarle demasiado modesta. Al fin y al cabo, no seríamos realmente nosotros, sino apenas unas pocas células que, en el mejor de los casos, servirían para reconstruir nuestra forma física. Pero eso no es todo. Sería necesario, pues, incluir fotos de familia, una minuciosa biografía, todos los libros y la música que nos gustaron en vida, y la mayor cantidad posible de datos sobre nosotros. La marca preferida de loción para después del afeitado, por ejemplo, o nuestra gaseosa dietética. Pese a lo tremendamente egoísta que podía parecer la idea, le fascinaba. Al fin y al cabo, aquella época había provocado un prolongado delirio escatológico. Era natural, entonces, pensar en la propia muerte mientras la gente meditaba sobre la extinción de la especie, o del planeta, o sobre el ascenso de los elegidos a los cielos.

Como no podía presuponerse que los extraterrestres sabrían inglés, si deseaban reconstruirnos deberían tomar nuestro idioma, razón por la cual sería necesario incluir también una especie de traducción, problema que a Hadden le causaba enorme placer: era casi la antítesis del problema que había significado la decodificación del Mensaje.

Todo eso hacía imprescindible contar con una voluminosa cápsula espacial, para no quedar limitados a unas meras muestras de tejido. Bien podríamos enviar nuestro cuerpo entero. Sería una gran ventaja poder congelarnos rápidamente después de la muerte. A lo mejor así habría una mayor porción de nosotros en buenas condiciones, para que quien nos encontrara tuviera más fácil reconstruirnos. Quizás hasta pudieran devolvernos la vida, por supuesto curando previamente el mal que nos había ocasionado la muerte. Sin embargo, si languidecíamos un poco antes del congelamiento —por ejemplo, si los parientes no se hubieran dado cuenta de que ya estábamos muertos—, disminuían las perspectivas de supervivencia. Lo más aconsejable, pensaba, era que nos congelaran justo antes de morir para, de ese modo, aumentar las posibilidades de una eventual resurrección, aunque ciertamente habría escasa demanda para este tipo de servicio.

Aunque, pensándolo bien, ¿por qué justo antes de morir? Si sabemos que nos queda un año o dos de vida, ¿no sería mejor que nos congelaran de inmediato, antes de que se deteriore la carne? Aun en ese supuesto, reconoció con un suspiro, cualquiera que fuera la índole de la enfermedad, cabía la posibilidad de que siguiera siendo incurable después de la resurrección; permaneceríamos congelados largo tiempo y luego, al despertarnos, moriríamos enseguida a consecuencia de un melanoma o un infarto, de los cuales los extraterrestres tal vez no supieran absolutamente nada.

Llegó entonces a la conclusión de que había un único modo de llevar adelante su idea: una persona que gozara de excelente salud debía ser lanzada al cosmos, en viaje de ida solamente. Como beneficio extra cabía mencionar el no tener que padecer la humillación de la vejez y la enfermedad. Al estar lejos del sistema solar interno, el equilibrio de nuestra temperatura descendería a unos grados sobre el cero absoluto y no haría falta refrigeración adicional. Una atención perpetua y gratuita.

Siguiendo esa lógica, llegó al último punto de su argumento: si se requieren unos años para arribar al frío interestelar, nos conviene quedarnos despiertos para presenciar el espectáculo, y que nos congelemos rápidamente solo al abandonar el sistema solar. También se lograría así reducir al mínimo nuestra dependencia con respecto a la criogenia.

Según se comentaba, Hadden había tomado las más sensatas precauciones para que no se le presentara un inesperado problema médico en la órbita de la Tierra, hasta el punto de hacerse desintegrar mediante ultrasonidos unos cálculos en el riñón y la vesícula antes de partir rumbo a su mansión del espacio. Curiosamente, después murió de *shock* anafiláctico. Una indignada abeja salió zumbando de un ramo de flores que una admiradora le envió al *Narnia*; sin embargo, en la bien provista farmacia de *Matusalén* no existía el antisuero indicado. No se le podía culpar al insecto, el que probablemente se había mantenido inmóvil en la bodega del *Narnia* debido a las bajas temperaturas. Se envió su cuerpo diminuto y quebrado para que lo examinaran los entomólogos forenses. La ironía del multimillonario abatido por una abeja no dejó de ser comentada en la prensa y en los sermones dominicales.

Pero en realidad, todo fue un engaño. Era mentira lo de la abeja, la picadura y la muerte. Hadden gozaba aún de una salud perfecta. En el primer instante del Año Nuevo, nueve horas después de haberse activado la Máquina, se encendieron los cohetes propulsores de un vehículo auxiliar amarrado a *Matusalén*, el cual cobró rápidamente la velocidad de escape para alejarse del sistema Tierra-Luna. Le había puesto por nombre *Gilgamesh*.

Hadden se había pasado la vida acumulando poder y reflexionando acerca del tiempo. Cuanto más poder se tiene, pensaba, más se desea. El poder está relacionado con el tiempo, ya que todos los hombres son iguales en el hecho de morir. Por eso los antiguos reyes erigían monumentos en honor de sí mismos; sin embargo, los mausoleos sufren por la erosión y hasta los nombres mismos de los soberanos caen en el olvido. No, su idea era mucho más distinguida, más hermosa, más gratificante. Había encontrado una puertecita para trasponer la muralla del tiempo.

De haber anunciado al mundo sus planes, se le habrían presentado diversas complicaciones. Si Hadden permanecía congelado a cuatro grados Kelvin, a diez mil millones de kilómetros de la Tierra, ¿cuál sería su situación legal? Quién se haría cargo de su empresa? Su plan era mucho más preciso. Introdujo entonces una cláusula en su complejo testamento para legar a sus herederos una nueva empresa que se dedicaría a los cohetes espaciales y la criogenia, y que habría de llamarse «Inmortalidad S.A.». Jamás tendría que volver a pensar en el asunto.

Gilgamesh no llevaba equipo de radio puesto que él ya no deseaba saber qué suerte habían corrido los Cinco. No quería más noticias de la Tierra, nada que le causara alegría ni tristeza. Solo ansiaba soledad, pensamientos elevados... silencio. En caso de sobrevenir alguna adversidad en los años siguientes, el sistema criogénico de *Gilgamesh* podría activarse con solo pulsar un mando. Hasta ese entonces, se contentaría con su colección de libros, música y vídeos. No se sentiría solo; además, nunca había sido de los que no pueden estar sin compañía. Yamagishi pensó en acompañarlo, pero en el último momento desistió porque supuso que se sentiría perdido sin sus «amigas». Y ese viaje no presentaba suficientes incentivos —como tampoco el espacio necesario— para sus «amigas». La monotonía de la comida y las escasas diversiones quizás acobardaran a algunos, pero Hadden se consideraba un hombre en pos de un grandioso sueño y las diversiones no le preocupaban demasiado.

Al cabo de dos años, el sarcófago volador caería en el pozo gravitacional de Júpiter, justo en el límite exterior de su banda radiactiva. Giraría alrededor del planeta para ser luego lanzado al espacio interestelar. A bordo del *Matusalén*, durante un día tendría una vista más espectacular aún que la de la ventana de su escritorio. Si solo se tratara de poder apreciar un magnífico panorama, Hadden habría optado por Saturno, puesto que le fascinaban sus anillos, pero Saturno quedaba a cuatro años de la Tierra, y llegar hasta allí implicaría correr un riesgo. Es necesario ser muy precavido si lo que se busca es la inmortalidad.

A semejantes velocidades, se tardarían diez mil años en recorrer el trayecto hasta la estrella más próxima. No obstante, si estamos congelados a cuatro grados sobre el cero absoluto, tenemos tiempo de sobra. Tenía la certeza de que algún día —aunque transcurrieran un millón de años— *Gilgamesh* acertaría a ingresar en el sistema solar de otros seres. También cabía la posibilidad de que otros seres, más adelantados, interceptaran su barca fúnebre en la oscuridad interestelar, llevaran el sarcófago a bordo de su nave y seguramente supieran qué deberían hacer. Eso no se había intentado nunca. Ningún habitante de la Tierra había estado tan cerca.

Confiando en que su fin sería al mismo tiempo su comienzo, cerró los ojos y plegó los brazos contra el pecho en el instante en que se encendían los motores para que la bruñida nave emprendiera su largo periplo rumbo a las estrellas.

«Dentro de miles de años, solo Dios sabe qué estará ocurriendo en la Tierra», pensó, aunque eso no era problema suyo y jamás lo había sido. Pero él, él estaría dormido, congelado, en perfecto estado de conservación, mientras su sarcófago atravesaba el vacío interestelar, superando a los faraones, venciendo a Alejandro, eclipsando a Tsin. Había planeado su propia resurrección.

23

Reprogramación

> Porque no os hemos dado a conocer
> fábulas por arte compuestas
> sino como habiendo con nuestros
> propios ojos visto su majestad.
>
> Segunda Epístola de
> san Pedro, 1, 16

> Mira y recuerda. Considera este cielo;
> mira profundamente en este aire translúcido,
> lo ilimitado, el fin de la plegaria.
> Habla ahora, y habla dentro de la bóveda sagrada.
> ¿Qué oyes? ¿Qué responde el cielo?
> Los cielos están ocupados, este no es tu hogar.
>
> KARL JAY SHAPIRO,
> *Travelogue for Exiles*

Se repararon las líneas telefónicas, se despejaron las carreteras y se permitió que un selecto grupo de periodistas de todo el mundo pudiera inspeccionar brevemente las instalaciones. A unos pocos reporteros y fotógrafos se los hizo pasar por las aberturas de los benzels, atravesar la cámara de aire y subir al dodecaedro.

Sentados en los sillones que antes ocuparan los Cinco, los comentaristas de televisión hablaron al mundo entero sobre el fracaso del valiente intento por activar la Máquina. Ellie y sus colegas fueron fotografiados desde cierta distancia para demostrar que estaban vivos y bien, pero no concedieron entrevistas. Las autoridades del proyecto se hallaban en esos momentos en tareas de evaluación para considerar las futuras medidas a tomar. El túnel que unía Honshu con Hokkaido estaba de nuevo en uso, pero el que conectaba la Tierra con Vega se había clausurado. Ellie se preguntó si, cuando los Cinco abandonaran por fin las instalaciones, la gente del proyecto intentaría poner de nuevo en marcha los benzels, pero creía lo que le habían dicho: que la Máquina nunca volvería a funcionar, que jamás se permitiría de nuevo el acceso a los túneles por parte de los terrícolas. «Podríamos hacer todos los cálculos que quisiéramos sobre tiempo-espacio, pero de nada nos serviría si no hay nadie en el otro extremo del túnel. Se nos dio un breve pantallazo —reflexionó—, y después nos abandonaron para que nos salváramos solos. Si podemos.»

Por último, los Cinco fueron autorizados a hablar entre ellos. Ellie se despidió de cada uno y nadie le reprochó que se le hubiesen borrado las películas:

—Las imágenes de los casetes —le recordó Vaygay— están grabadas en cintas magnéticas. Había un potente campo eléctrico en los benzels, y estos, además, se movían. Un campo eléctrico con variación de tiempo configura un campo magnético. Piensa en las ecuaciones de Maxwell. Creo que fue por eso que se te borraron las películas; la culpa no fue tuya.

El interrogatorio que debió soportar Vaygay lo había dejado desconcertado. Si bien no lo acusaron de forma directa, deslizaron la posibilidad de que formara parte de una conspiración antisoviética en la que también habrían intervenido algunos científicos occidentales.

—Para mí, Ellie, el único interrogante que queda sin responder es si existe, o no, vida inteligente en el Politburó.

—Y en la Casa Blanca. Me cuesta creer que la presidenta haya consentido que Kitz se saliera con la suya, puesto que ella dio todo su apoyo al proyecto.

—Este planeta está gobernado por chalados. No olvides todo lo que ha habido que hacer para estar donde estamos. Tienen unas miras tan estrechas... tan cortoplacistas. Todos piensan en un plazo de pocos años, o décadas, en el mejor de los casos. Lo único que les interesa es el período durante el cual ejercen el poder.

»Pero no tienen la certeza de que nuestra historia sea falsa, no pueden demostrarlo. Por consiguiente, debemos convencerlos. En el fondo se preguntan: "¿Y si fuera cierto lo que nos cuentan?" Algunos lo desean incluso, aunque se trate de una verdad peligrosa. Querrían contar con una certeza absoluta, y quizá nosotros podamos dársela. Podemos afinar la teoría de la gravedad, realizar nuevas observaciones astronómicas para corroborar lo que se nos dijo, en especial lo relacionado con el centro galáctico y Cygnus A. No van a suspender la investigación astronómica. Además, si nos permitieran el acceso, podríamos estudiar el dodecaedro. Ellie, lograremos que cambien de opinión, ya verás.

«Lo veo difícil si están todos chalados», pensó ella.

—No veo cómo van a hacer los gobiernos para convencer al pueblo de que todo fue un engaño.

—¿Lo dices en serio? Piensa en todas las cosas que nos han hecho creer. Nos convencieron de que la única manera de estar seguros era invertir nuestras riquezas para que todos los habitantes de la Tierra puedan resultar muertos en un instante... cuando los gobiernos decidan que ha llegado el momento. A simple vista, no me parecería fácil hacer creer a la gente semejante disparate. No, Ellie, tienen un gran poder de convicción. Bastará con que anuncien que la Máquina no funciona y que nos hemos vuelto un poco pirados.

—Si pudiéramos exponer todos juntos nuestra versión tal vez no nos considerarían locos. Aunque quizá tengas razón y primero sea menester encontrar alguna prueba. Vaygay, ¿no vas a tener problemas cuando regreses a tu país?

—¿Qué pueden hacerme? ¿Desterrarme a Gorky? No me moriría por eso; además, ya tuve mi día en la playa... No, no me pasará nada. Tú y yo tenemos un pacto mutuo de seguridad, Ellie. Mientras sigas con vida, a mí me necesitan, y lo mismo a la inversa. Si se confirma la veracidad de la historia, se alegrarán de que haya participado un soviético. Y al igual que tu gente, comenzarán a estudiar los usos militares y económicos de lo que vimos...

»No importa lo que nos ordenen hacer. Lo único que importa es que conservemos la vida. Después podremos contar nuestra versión (los cinco) de una manera discreta. Primero, solo a los que nos merecen confianza, pero estas personas a su vez se lo contarán a otras, y el relato se difundirá y no habrá forma de impedirlo. Tarde o temprano, los gobiernos admitirán lo que nos sucedió en el dodecaedro. Hasta que llegue ese momento, cada uno de nosotros será como una póliza de seguro para los demás. Ellie, todo esto me hace muy feliz. Es lo más fascinante que me ha ocurrido jamás.

—Dale un beso a Nina de mi parte —se despidió ella, antes de que su amigo partiera en el vuelo nocturno rumbo a Moscú.

Durante el desayuno le preguntó a Xi si se sentía desilusionado.

—¿Desilusionado después de haber ido allí —alzó los ojos al cielo—, y de verlos? Yo soy un huérfano de la Larga Marcha y un superviviente de la Revolución Cultural. Durante seis años intenté cultivar patatas y remolachas a la sombra de la Gran Muralla. Mi vida ha sido una sucesión de percances y por eso conozco el desencanto...

»Hemos asistido a un banquete y cuando regresamos a nuestra famélica aldea, ¿te parece que puedo sentirme desilusionado porque no me reciban con honores? De ninguna manera. Hemos perdido una escaramuza. Examina la disposición de las fuerzas.

En breve partiría hacia la China y había prometido no efectuar allí declaraciones públicas sobre la experiencia en la Máquina. Sin embargo, retomaría la dirección de la excavación de Xian. La tumba de Tsin lo aguardaba.

—Perdóname por lo que voy a preguntarte, que quizá sea una impertinencia —dijo ella al cabo de unos instantes—, pero, de todos nosotros, tú fuiste el único que no se reunió con nadie... ¿No has perdido a ningún ser querido?

Deseó haber encontrado una forma más idónea de formular la pregunta.

—Todos mis seres queridos me fueron arrebatados, borrados. Yo vi llegar e irse a los emperadores del siglo veinte y añoraba reunirme con alguien que no pudiese ser revisado ni rehabilitado. Son muy pocos los personajes históricos a los que no se puede hacer desaparecer. —Xi tenía la vista clavada en el mantel y jugueteaba con una cucharilla—. Dediqué mi vida entera a la revolución, y no lo lamento, pero no sé casi nada sobre mis padres, no los recuerdo. En cambio, tu madre vive aún y te acuerdas de tu padre, a quien volviste a encontrar. No sabes lo afortunada que eres.

Percibió en Devi una pena que jamás le había notado, y supuso que sería una forma de reacción al escepticismo con que los gobiernos y los directivos del proyecto habían recibido su historia. Sin embargo, Devi meneó la cabeza.

—Para mí no es tan importante que nos crean o no. Lo valioso fue la experiencia en sí. Ellie, eso sucedió, fue real. La primera noche posterior al regreso soñé que todo había sido una ilusión, pero no lo fue, en absoluto...

»Sí, estoy triste... ¿Sabes una cosa? Cuando estábamos allá arriba, se cumplió un viejo anhelo mío: volver a reunirme con Surindar al cabo de tantos años. Era una copia exacta de cómo lo recordaba. Sin embargo, cuando lo vi y comprobé lo perfecta que era la reproducción, me dije: "Este amor significó tanto para mí porque me lo quitaron, porque tuve que renunciar a muchas cosas para casarme con él." Nada más. Surindar era un tonto. Si hubiéramos convivido diez años, seguro que nos habríamos divorciado. Quizás a los cinco. Yo entonces era muy joven e insensata.

—Lo lamento. Tengo cierta experiencia en eso de llorar la pérdida del ser amado.

—Ellie, no me entiendes. Por primera vez en mi vida adulta, no lloré por Surindar sino por la familia a la que renuncié por su culpa.

Sujavati pasaría unos días en Bombay y luego iría a visitar su aldea natal, en Tamil Nadu.

—Con el correr del tiempo comenzaremos a pensar que todo fue una ilusión. Cada mañana, cuando despertemos, el recuerdo será más lejano, más semejante a un sueño. Hubiera sido mejor que los cinco permaneciéramos juntos para reforzar nuestros recuerdos. Ellos comprendieron este peligro y por eso nos llevaron a la orilla del mar, a un sitio parecido a nuestro planeta. Yo no permitiré que nadie le reste importancia a nuestra experiencia. Recuerda, Ellie, que de veras sucedió. No fue un sueño. Nunca lo olvides.

Teniendo en cuenta las circunstancias, Eda se hallaba muy tranquilo y Ellie pronto descubrió la razón. Mientras ella y Vaygay soportaban prolongados interrogatorios, él se había dedicado a realizar cálculos.

—Creo que los túneles son puentes de Einstein-Rosen —sostuvo—. La teoría de la relatividad admite una clase de soluciones, llamadas agujeros de gusano, similares a los agujeros negros pero sin ninguna conexión evolutiva, es decir, que no pueden ser producidos por el colapso gravitacional de una estrella. Pero, una vez constituido el tipo más habitual de agujero de gusano, se expande y se contrae antes de que algo pueda atravesarlo. En consecuencia, pone en acción fuerzas desastrosas y también requiere (al menos para un observador que los estudie desde atrás) una infinita cantidad de tiempo para cruzarlos.

Como a Ellie no le pareció una explicación convincente, le

pidió que se la aclarara. El problema central era mantener abierto el agujero de gusano. Eda había hallado una solución para sus ecuaciones de campo que sugería un nuevo campo microscópico, una especie de tensión que podía emplearse para impedir que un agujero de gusano se contrajera en su totalidad. Dicho agujero no presentaría ninguno de los demás problemas de los agujeros negros; sus fuerzas gravitacionales serían de menor envergadura, tendría acceso por ambas vías, permitiría un tránsito rápido según las mediciones de un observador externo, y no habría en él un nefasto campo radiactivo interior.

—No sé si el túnel se mantendría firme ante pequeñas perturbaciones —continuó Eda—. De no ser así, sería menester implementar un complejo sistema de retroalimentación para corregir las inestabilidades. Tendría que confirmar todo esto, pero si realmente los túneles fuesen puentes de Einstein-Rosen, podríamos proporcionar alguna respuesta cuando nos acusen de haber sufrido alucinaciones.

Eda estaba ansioso por regresar a Lagos y Ellie notó que, del bolsillo de la chaqueta, le asomaba el billete verde de Aerolíneas Nigerianas. Él no estaba del todo seguro de poder indagar sobre los nuevos conceptos de la física que traía aparejados aquella experiencia; quizá no fuera capaz de llevar a cabo la tarea, máxime debido a lo que él mismo consideró que ya era demasiado viejo para la física teórica. Tenía treinta y ocho años y lo que más ansiaba era volver a reunirse con su mujer y sus hijos.

Ellie lo abrazó y le dijo que estaba orgullosa de haberlo conocido.

—¿Por qué hablas en pasado? Seguro que volveremos a vernos. Además, quiero pedirte un favor. Recuerda todo lo sucedido, hasta el mínimo detalle, anótalo y luego me lo envías. Nuestra experiencia constituye un conjunto de datos experimentales. Cualquiera de nosotros puede haber captado algo que los demás no vieron, algo fundamental para comprender los hechos en profundidad. Les he pedido lo mismo a los demás.

Agitó un brazo, cogió su cartera y subió al coche que lo aguardaba.

Como cada uno partía hacia su país, Ellie experimentó la sensación de que se dispersaba su propia familia. El viaje en la Máquina la había transformado a ella también. ¿Cómo podría ser de otra manera?

Había exorcizado varios demonios personales. Y justo cuando se sentía con más capacidad que nunca para amar, de pronto se encontraba sola.

La sacaron de las instalaciones en helicóptero. Durante el largo vuelo a Washington, durmió tan profundamente que tuvieron que sacudirla para despertarla cuando subieron a bordo unos funcionarios de la Casa Blanca, con motivo de un breve aterrizaje en una remota isla de Hickam Field, en Hawái.

Habían llegado a un acuerdo. Ellie podría retornar a Argos —aunque ya no en calidad de directora— y abocarse a la investigación científica de su agrado. Si quería, podían incluso otorgarle inamovilidad perpetua en el cargo.

—No somos injustos —concluyó Kitz al proponerle el compromiso—. Si usted consigue una prueba concreta, convincente, la respaldaremos cuando la dé a conocer. De momento diremos que le hemos pedido no dar a luz su historia hasta no estar absolutamente seguros. Dentro de un límite razonable, apoyaremos cualquier investigación que desee emprender. Si publicamos ahora la historia, se producirá una ola de entusiasmo, pero enseguida arreciarán las críticas, lo cual la pondría a usted y a nosotros en una situación molesta. Por lo tanto, lo mejor es obtener la prueba, si puede.

Tal vez la presidenta lo hubiera hecho cambiar de opinión, ya que era harto difícil que Kitz acogiera ese trato con beneplácito.

A cambio, ella no debería contar a nadie lo sucedido a bordo de la Máquina. Los Cinco se sentaron en el dodecaedro, conversaron un rato y luego descendieron. Si dejaba escapar una sola palabra, saldría a relucir el informe psiquiátrico falso, la prensa tomaría conocimiento de él y, lamentablemente, ella sería despedida.

Se preguntó si habrían intentado comprar el silencio de Peter Valerian, el de Vaygay o el de Abonneba. No consideraba posible —salvo que dieran muerte a los equipos de interrogadores de los cinco países y al Consorcio Mundial— que pretendieran mantener el secreto oculto toda la vida. Era una cuestión de tiempo. «Lo que están comprando es tiempo», pensó.

La sorprendió que la amenazaran con tan leves castigos, aunque cualquier transgresión al convenio —si alguna vez ocurría—, ya no sería durante el lapso en que Kitz estuviese en funciones. Al cabo de un año, el gobierno de Lasker abandonaría el poder y Kitz se jubilaría, para irse a trabajar en algún bufete jurídico de Washington.

Supuso que Kitz habría de intentar algo más, puesto que no parecía preocuparle nada de lo que, según ella, había sucedido en el centro de la galaxia. Lo que lo angustiaba era la posibilidad de que el túnel siguiera abierto aunque solo fuera desde la Tierra. Pensó que pronto desmantelarían la planta de Hokkaido. Los técnicos regresarían a sus industrias y universidades. ¿Qué versión darían ellos? Quizá se expusiera luego el dodecaedro en la Tsukuba, la Ciudad de la Ciencia. Después, cuando la atención del mundo se hubiera centrado en otros temas, tal vez se produciría una pequeña explosión nuclear en la planta de la Máquina... si Kitz lograba inventarse una justificación convincente. En tal caso, la contaminación radiactiva sería un excelente pretexto para clausurar la zona, con lo cual se conseguiría impedir la presencia de observadores y quizás hasta desconectar el extremo del túnel. No obstante, por más que se pensara en una explosión subterránea, la sensibilidad de los japoneses respecto a las armas nucleares obligaría a Kitz a optar por explosivos convencionales. Ellie dudaba de que con una explosión, ya nuclear o convencional, se pudiera desconectar a la Tierra del túnel.

Sin embargo, también era posible que nada de eso se le hubiera cruzado a Kitz por la cabeza. Al fin y al cabo, también él debía de sentir la influencia del Maquiefecto. Seguramente tenía familia, amigos, una persona amada. Un hálito del nuevo espíritu debía de haberse adueñado de él.

Al día siguiente, la presidenta la condecoró con la Medalla Presidencial de la Libertad, en una ceremonia pública oficiada en la Casa Blanca. Unos leños ardían en un hogar empotrado en la pared de mármol. La presidenta había empeñado un enorme capital político —y también del otro, más común— en la concreción del proyecto de la Máquina, y estaba decidida a salvar las apariencias frente al país y el mundo. Se afirmaba que las inversiones realizadas por Estados Unidos habían producido grandes utilidades. Las nuevas industrias y tecnologías que florecían eran una promesa de muchos beneficios para los pueblos, tal como lo habían sido los inventos de Thomas Edison.

—Descubrimos que no estamos solos, que otros seres, más inteligentes que nosotros, habitan en el espacio, y nos han hecho cambiar —expresó la primera mandataria— el concepto de quiénes somos.

Hablando en nombre de sí misma —pero también, pensaba, de la mayoría de los norteamericanos—, consideraba que el descubrimiento afianzaba nuestra fe en Dios y en su voluntad, en ese momento conocida, de crear vida e inteligencia en muchos mundos, conclusión que seguramente sería compatible con todas las religiones. No obstante, el mayor provecho que trajo la Máquina, dijo, fue el nuevo espíritu que se advertía en la Tierra, un entendimiento mutuo cada vez mayor en la comunidad humana, la sensación de que somos todos pasajeros en un peligroso viaje a través del tiempo y el espacio, el objetivo de una unidad global de propósito en todo el planeta denominada Maquiefecto.

La señora Lasker presentó a Ellie a los medios, habló de su perseverancia durante doce largos años, de su talento para captar y descifrar el Mensaje. La doctora había hecho todo lo humanamente posible y por eso merecía el agradecimiento de los norteamericanos y de todos los pueblos del orbe. Ellie era una persona muy reservada, pero aceptó la carga de explicar todo lo concerniente al Mensaje cuando se la requirió al respecto. Había puesto de manifiesto una paciencia para con los medios que ella, la presidenta, le admiraba. La doctora deseaba ahora volver al anonimato para reanudar su labor científica. Ya había habido anuncios oficiales, comunicados y entrevistas al secretario Kitz y al asesor Der Heer. Por todo ello, solicitaba a los medios que respetaran los deseos de la doctora Arroway en el sentido de no conceder entrevistas ni ruedas de prensa. Hubo, sí, oportunidad de tomarle fotografías. Finalmente, Ellie partió a Washington sin poder determinar cuánto era lo que sabía la jefa de Estado.

La enviaron de regreso en un pequeño jet militar y aceptaron hacer una escala en Janesville durante el trayecto. La madre tenía puesta su vieja bata acolchada, y alguien le había dado un toque de color en las mejillas. Ellie apoyó la cara sobre la almohada, junto a su madre. Esta había recuperado en parte el habla y el uso de su brazo derecho, lo suficiente para darle a su hija unas palmaditas en la espalda.

—Mamá, tengo que contarte una cosa importantísima, pero te pido que mantengas la calma. No quisiera ponerte nerviosa. Mamá... estuve con papá; lo vi, y te mandó cariños.

—Sí. —La anciana asintió lentamente—. Ayer estuvo aquí.

Ellie sabía que John Staughton había ido a visitarla el día anterior. Ese día, sin embargo, se disculpó de acompañar a Ellie aduciendo exceso de trabajo, aunque quizá solo lo hizo para que pudieran estar a solas.

—No, no. Me refiero a papá.

—Dile... —La mujer articulaba con dificultad—. Dile... vestido de chiffón... que pase por la tintorería... al salir de... la ferretería.

Su padre seguía siendo encargado de una ferretería en el universo de su madre. Y en el propio también.

El largo cerco de protección se prolongaba, ya sin necesidad, de uno a otro horizonte, interrumpiendo la amplia extensión del desierto. Ellie se sentía feliz de regresar, de poder iniciar un nuevo, aunque mucho más reducido, programa de investigación.

Habían designado a Jack Hibbert como director interino de Argos, y ella no tendría el peso de las responsabilidades administrativas. Dado que quedaba mucho tiempo libre para el uso de los telescopios desde que se interrumpiera la señal de Vega, se advertía en el ambiente un renovado aire de avance en ciertas disciplinas de la radioastronomía que habían quedado relegadas. Los colaboradores de Ellie no daban la menor muestra de aceptar la idea de Kitz de que el Mensaje fuera una patraña. Ellie se preguntó qué explicaciones darían Der Heer y Valerian a sus colegas acerca del Mensaje y la Máquina.

Tenía la certeza de que Kitz no había dejado trascender ni una palabra fuera del recinto de su oficina del Pentágono, que pronto habría de abandonar.

Willie se había encargado de traerle el Thunderbird desde Wyoming, pero había asumido que solo podría conducirlo dentro del predio de la planta, de por sí suficientemente espacioso para pasear por allí. Ya no habría más paisajes lejanos, no más guardias de honor de conejos, no más ascensos a la montaña para contemplar las estrellas. Eso era lo único que lamentaba de la reclusión, aunque de todas maneras los conejos no realizaban sus formaciones durante el invierno.

Al principio, nutridos contingentes de periodistas recorrían el perímetro con la esperanza de hacerle alguna pregunta a gritos o fotografiarla con zum. No obstante, ella mantuvo obstinadamente su aislamiento. El recientemente incorporado personal de relaciones públicas era muy eficiente en su misión de desalentar los deseos de entrevistarla. Al fin y al cabo, la propia presidenta había solicitado que se respetara la privacidad de la doctora.

En el curso de las semanas y meses siguientes, el ejército de reporteros se redujo a una compañía y luego a un mero pelotón. Solo permanecieron los más tenaces, en su mayoría de *El Holograma Mundial* y otros semanarios sensacionalistas, de las publicaciones milenaristas y un único corresponsal de una publicación llamada *Ciencia y Dios*. Nadie sabía a qué secta pertenecía y el periodista tampoco lo aclaró.

Los artículos que se publicaban hablaban de doce años de esforzada labor, culminados con el trascendental descifrado del Mensaje y la posterior fabricación de la Máquina. Lamentablemente, cuando las expectativas mundiales alcanzaban su punto más alto, el proyecto fracasó. Así pues, era comprensible que la doctora Arroway se sintiese desilusionada, quizás incluso deprimida.

Muchos cronistas comentaban sobre la conveniencia de esa pausa. El ritmo de los nuevos descubrimientos y la obvia falta de replanteamientos en el plano filosófico y religioso hacían necesario un período para la reflexión. Tal vez la Tierra no estuviera preparada aún para el contacto con civilizaciones extrañas. Algunos sociólogos y educadores sostenían que deberían pasar varias generaciones antes de que se pudiera asimilar la mera existencia de seres más inteligentes que el hombre. Se trataba de un golpe mortal para la autoestima de los humanos, aseguraban. Al cabo de unas décadas estaríamos en mejores condiciones para comprender los principios básicos de la Máquina. Entonces nos daríamos cuenta del error cometido, de que, por apresuramiento y negligencia, habíamos impedido que funcionara durante el primer ensayo, efectuado en 1999.

Algunos analistas de temas religiosos aseguraban que el fracaso de la Máquina era un castigo por el pecado de orgullo, por la arrogancia del hombre. En un sermón televisivo retransmitido a todo el país, Billy Jo Rankin expresó que el Mensaje procedía de un infierno llamado Vega, reiterando de ese modo su conocida opinión sobre el tema. El Mensaje y la Máquina, dijo, eran una Torre de Babel del último día. Siguiendo un impulso desatinado y trágico, el hombre había aspirado a alcanzar el trono de Dios. En la antigüedad había existido una ciudad donde imperaban la fornicación y la blasfemia, llamada Babilonia, que Dios había decidido destruir. En nuestra época, también había una ciudad del mismo nombre. Los que se entregaban a la palabra de Dios habían cumplido también allí la voluntad divina. El Mensaje y la Máquina representaban otro embate de la perversidad contra los hombres justos y rectos. También en eso habíamos podido contrarrestar los planes diabólicos; en Wyoming, mediante un accidente de inspiración divina, y en la Rusia hereje, a través de la divina providencia, que logró frustrar los planes de los científicos comunistas.

Pese a esas claras advertencias de Dios, continuó Rankin, el ser humano había intentado por tercera vez construir la Máquina. Dios lo permitió, pero luego, de una manera sutil, hizo que el artefacto fallara, desbarató los planes diabólicos y nuevamente demostró su amor por los rebeldes y pecadores y, más aún, indignos hijos de la Tierra. Era hora de reconocer todos nuestros pecados y, antes de la llegada del verdadero milenio —que comenzaría el 1 de enero de 2001—, volver a encomendarnos a Dios.

Había que destruir la Máquina, todas, y hasta el último de sus componentes. Era preciso extirpar de raíz, antes de que fuese demasiado tarde, la idea de que podíamos sentarnos a la diestra de Dios con solo fabricar una máquina, en vez de mediante la purificación de nuestros corazones.

En su pequeño apartamento, Ellie escuchó el sermón entero. Luego apagó el televisor y reanudó su trabajo de programación.

Las únicas llamadas externas que le permitían recibir eran las provenientes de Janesville (Wisconsin). Todas las demás debían pasar por censura, y por lo general se las rechazaba con amables excusas. Ellie archivó, sin abrir, las cartas de Valerian, Der Heer y Becky Ellenbogen, su antigua compañera de universidad. Palmer Joss le envió varias esquelas por correo expreso, y luego un mensajero. Sintió deseos de leer estas últimas, pero no cedió a la tentación. En cambio, le mandó a él una notita con un breve texto: «Estimado Palmer: Todavía no. Ellie», y la despachó sin remitente, razón por la cual nunca supo si había llegado a sus manos.

En un programa especial de televisión, filmado sin su consentimiento, se habló sobre su reclusión, más estricta aún que las de Neil Armstrong o Greta Garbo. Ellie no lo tomó a mal, sino que reaccionó con una gran serenidad ya que otros temas la mantenían ocupada. De hecho, trabajaba día y noche.

Dado que las restricciones para comunicarse con el mundo exterior no abarcaban la colaboración puramente científica, mediante la telerred asincrónica de canal abierto pudo organizar con Vaygay un programa de investigación de largo plazo. Entre los puntos a estudiarse se hallaban los alrededores de Sagitario A en el centro de la galaxia, y la poderosa fuente extragaláctica emisora de ondas de radio, Cygnus A. Los telescopios de Argos se utilizaban como parte de una red de antenas de fase, enlazados con sus similares soviéticos de Samarcanda. La red conjunta de antenas norteamericano-soviética funcionaba como si fuera un único radiotelescopio gigante. Al operar en una longitud de onda de pocos centímetros, podían captar radiaciones tan mínimas como las del sistema solar interno, aunque provinieran de enormes distancias, como por ejemplo, del centro mismo de la galaxia. O tal vez de las dimensiones de aquella estación galáctica.

Dedicaba gran parte de su tiempo a escribir, a modificar los programas existentes y a redactar, con el mayor detalle posible, los hechos sobresalientes que acaecieron en los veinte minutos —hora de la Tierra— posteriores a la puesta en marcha de la Máquina. En la mitad de la tarea emprendida tomó conciencia de que su trabajo era *samizdat*, tecnología de máquina de escribir y papel carbón, como el sistema que empleaban los rusos para hacer circular manuscritos clandestinos. Guardó entonces el original y dos copias en su caja fuerte, escondió una tercera copia bajo un tablón flojo en el sector de electrónica del Telescopio 49, y quemó el papel carbón. Al cabo de un mes y medio había concluido la reprogramación, y justo cuando sus pensamientos se dirigían a Palmer Joss, este se presentó en la verja de entrada de Argos.

Había logrado el acceso mediante unas llamadas telefónicas por parte de un asesor presidencial de quien Joss era un viejo amigo. Aun en esa región sureña, donde todo el mundo adoptaba un aire informal en su indumentaria, Joss vestía su habitual camisa blanca, chaqueta y corbata. Ellie le regaló aquella hoja de palmera, le agradeció el colgante y —pese a la prohibición de

Kitz de que relatara su fantasiosa experiencia— a continuación le contó todo.

Siguieron la costumbre de los científicos soviéticos, quienes, cuando tenían que expresar alguna idea políticamente no ortodoxa, solían salir a dar un paseo. De vez en cuando, Joss se detenía y se inclinaba hacia Ellie, que reaccionaba cogiéndolo del brazo para reanudar la marcha.

Él la escuchó haciendo gala de una gran inteligencia y generosidad, máxime por tratarse de una persona con ideas religiosas que podían resultar erosionadas por el relato... si él les daba crédito. Contrariamente a lo ocurrido con ocasión de su primer encuentro, esta vez Ellie pudo mostrarle las instalaciones de Argos. Sentía un gran placer al compartir con él esos momentos.

Enfilaron la angosta escalera exterior del Telescopio 49. El espectáculo de los ciento treinta radiotelescopios —la mayoría giraba sobre sus propias vías de ferrocarril— no tenía parangón. Una vez en el sector de electrónica, Ellie levantó el tablón flojo y retiró un sobre grueso que llevaba escrito el nombre de Joss. Él se lo guardó en el bolsillo interior de la chaqueta.

Ellie le explicó el sistema de observación de Sagitario A y Cygnus A, y el programa de computación por ella preparado.

—Lleva muchísimo tiempo calcular pi, y además tampoco estamos seguros de que lo que buscamos esté en pi. Ellos insinuaron que no lo está. Podría ser *e* o uno de los números irracionales que le mencionaron a Vaygay. También podría tratarse de un número totalmente distinto. Por eso, una manera sencilla de encarar el problema (por ejemplo, calcular los números irracionales hasta el infinito) sería una pérdida de tiempo. No obstante, aquí en Argos poseemos algoritmos de decodificación altamente sofisticados, diseñados para encontrar esquemas periódicos en una señal, para sacar a luz todo dato que no parezca fortuito. Por esa razón volví a confeccionar los programas...

A juzgar por la expresión de él, Ellie temió no haberse explicado con claridad.

—... pero no para calcular las cifras de un número como pi, imprimirlas y presentarlas para su estudio. No hay tiempo para eso. En cambio, el programa recorre todos los dígitos de pi y se detiene solo cuando aparece alguna secuencia anómala de ceros y unos. ¿Me entiendes? Algo que no parezca accidental. Saldrán algunos ceros y unos, desde luego. El diez por ciento de las cifras serán ceros, y otro diez por ciento serán unos; hablo de un término medio. Cuantas más cifras agreguemos, más secuencias de ceros y unos deberíamos obtener por azar. El programa sabe qué se espera en términos estadísticos, y solo presta atención a las secuencias largas e inesperadas de ceros y unos. Y no solo investiga en base diez.

—No comprendo. Si se toman suficientes números aleatorios, ¿no van a encontrar cualquier esquema periódico que deseen simplemente por casualidad?

—Sí, claro, pero puede calcularse la probabilidad. Si hallamos un mensaje muy complejo al comienzo del estudio, sabemos que no puede ser por azar. Por eso las computadoras analizan este problema durante las primeras horas de la mañana. Allí no entra ningún dato del exterior y hasta ahora no ha salido de aquí ningún dato. Lo único que hace es recorrer las cifras de pi, ver pasar los dígitos. No da aviso a menos que encuentre algo.

—Yo no soy experto en matemáticas. ¿Podrías darme algún ejemplo?

—Claro. —Buscó infructuosamente un papel en los bolsillos de su mono. Se le ocurrió entonces pedirle el sobre que acababa de entregarle para escribir en él, pero le pareció muy arriesgado hacerlo tan abiertamente. Joss se dio cuenta y sacó una libretita de espiral—. Gracias. Pi comienza con 3,1415926... Verás que las cifras varían de forma muy aleatoria. El uno aparece dos veces en las cuatro primeras cifras, pero después de cierto tiempo se puede establecer un promedio. Cada cifra (cero, uno, dos, tres, cuatro, cinco, seis, siete, ocho y nueve) aparece casi exactamente el diez por ciento de las veces una vez que se han acumulado suficientes dígitos. Ocasionalmente saldrán varias cifras iguales y consecutivas. Por ejemplo, cuatro, cuatro, cuatro, cuatro, pero no más de lo que cabría esperar en términos estadísticos. Supongamos que hacemos correr alegremente todas estas cifras y de pronto topamos solo con cuatros, cientos de cuatros en hilera. Esa particularidad no puede darnos información alguna, pero tampoco puede ser una casualidad estadística. Se podrían calcular las cifras de pi por toda la edad del universo, y si los dígitos son aleatorios, jamás encontraríamos una serie de cien cuatros consecutivos.

—Esto me recuerda la búsqueda que hicisteis del Mensaje con los radiotelescopios.

—Sí, lo que pretendíamos hallar era una señal que se distinguiera del ruido, que no pudiese ser una casualidad estadística.

—Sin embargo, no tienen por qué ser cien cuatros, ¿verdad? ¿Podría ser algo que nos hable?

—En efecto. Supón que, al cabo de un tiempo, obtenemos una larga secuencia solo de ceros y unos. En tal caso, y como lo hicimos con el Mensaje, podríamos transformarlo en un dibujo, si lo hay. Es decir, puede ser cualquier cosa.

—¿Dices que podrían decodificar una figura oculta en pi y que resultara ser una maraña de letras hebreas?

—Por supuesto. Letras grandes y negras, grabadas en piedra.

Él la miró con extrañeza.

—Perdón, Eleanor, pero ¿no te parece que estás obrando de una manera quizá demasiado indirecta? Tú no perteneces a una orden de monjas budistas. ¿Por qué no das a conocer tu historia?

—Palmer, si tuviera pruebas concretas, las sacaría a la luz, pero como no las tengo, la gente como Kitz podría acusarme de mentirosa o de loca. Por eso te he entregado ese manuscrito que guardas en el bolsillo. Quiero que lo hagas registrar ante notario, que se selle y se guarde en una caja de seguridad. Si llega a pasarme algo, podrás publicarlo. Te autorizo para que hagas lo que quieras con él.

—¿Y si no te pasa nada?

—Pues entonces, cuando encontremos lo que estamos buscando, ese manuscrito corroborará mi teoría. Si hallamos pruebas de que existe un doble agujero negro en el centro galáctico, o una inmensa construcción artificial en Cygnus A, o un mensaje oculto en pi, esto —le dio una palmadita en el pecho— me servirá de demostración. Entonces haré oír mi voz. Entretanto... no lo pierdas.

—Sigo sin entender. Sabemos que el universo se rige por un orden matemático; la ley de la gravedad y todo eso. ¿Qué diferencia tiene esto? ¿De qué nos serviría saber que existe un orden en las cifras de pi?

—¿No te das cuenta? Esto sería distinto. No se trata solo de comenzar el universo con algunas leyes matemáticas precisas que determinan la física y la química. Esto es un mensaje. Quienquiera que haya creado el universo, ocultó mensajes en números irracionales para que se descifren quince mil millones de años después, cuando por fin haya evolucionado la vida inteligente. La otra vez que nos reunimos os critiqué a Rankin y a ti por no comprenderlo. ¿Recuerdas que les pregunté que si Dios quisiera hacernos conocer su existencia, por qué entonces no nos enviaba un mensaje concreto?

—Me acuerdo muy bien. Piensas que Dios es un matemático.

—Algo por el estilo. Siempre y cuando lo que nos cuentan sea verdad, no una quimera, y que sí haya un mensaje oculto en pi y no solo otro de los infinitos números irracionales.

—Pretendes hallar la revelación divina en la aritmética, pero yo conozco un método mejor.

—Palmer, esta es la única manera, el único modo de convencer a un escéptico. Imagina que encontramos algo, y no tiene por qué ser algo tremendamente complicado; por ejemplo, un período de cifras dentro de pi. No necesitamos más que eso. Los matemáticos del mundo entero podrían encontrar el mismo esquema, o mensaje o lo que fuere. Entonces no habría divisiones sectarias. Todos comenzarían a leer las mismas Escrituras. Nadie podría afirmar que el milagro fundamental de una religión fue un sortilegio mágico, o que con posterioridad los estudiosos falsearon la historia, o que solo se trata de una ilusión o de un padre sustituto para cuando alcanzamos la madurez. Todos podrían ser creyentes.

—Pero no sabes con certeza si vas a hallar algo. Puedes quedarte recluida aquí y seguir trabajando eternamente con tus computadoras. O bien, tienes la opción de salir al mundo y plantear tu teoría. Tarde o temprano tendrás que optar por una cosa o la otra.

—Espero no tener que llegar a tomar esa decisión, Palmer. Primero quiero la prueba física; después vendrá el anuncio público. De lo contrario... ¿Acaso no ves lo vulnerable que sería nuestra posición?

Joss meneó la cabeza levemente. Una breve sonrisa se insinuaba en la comisura de sus labios.

—¿Por qué tienes tanto interés en que dé a conocer mi historia?

Tal vez él lo tomó como una pregunta retórica, porque no respondió.

—¿No crees que se han invertido extrañamente nuestros papeles? Ahora soy yo la poseedora de una profunda experiencia religiosa que no puedo demostrar, y tú el escéptico empedernido que procura (con más éxito del que jamás tuve yo) ser condescendiente con los crédulos.

—No, no, Eleanor. Yo no soy un escéptico, sino un creyente.

—¿Sí? La historia que yo puedo contar no trata exactamente sobre el castigo y la recompensa. No menciono a Jesús para nada. Una parte de mi mensaje es que el hombre no ocupa un lugar central en el propósito del cosmos. La aventura que viví nos vuelve a todos muy pequeños.

—Sí, pero también engrandece a Dios.

Ella le lanzó una breve mirada antes de proseguir.

—Sabes que la Tierra gira alrededor del Sol; sin embargo, los poderes de este mundo en una época sostenían que la Tierra no se movía. Ellos solo se dedicaban a ser poderosos, o al menos creían serlo, y la verdad los hacía sentir muy pequeños. Como la verdad los atemorizaba y socavaba su poder, decidieron suprimirla: les resultaba peligrosa. ¿Estás seguro de lo que implica creer en mis palabras?

—Yo he estado siempre en la búsqueda, Eleanor, y después de tantos años créeme que sé distinguir la verdad cuando la veo. Cualquier fe que admite la verdad, que se esfuerce por conocer a Dios, debe ser lo suficientemente valiente como para dar cabida al universo, y me refiero al verdadero universo. Todos esos años luz, todos esos mundos... Cuando pienso en la magnitud del universo, en las oportunidades que le da al Creador, me lleno de asombro. Nunca me gustó la idea de que la Tierra fuera, para Dios, como una banqueta para apoyar los pies. Esa versión es demasiado tranquilizadora, como un cuento infantil... como un sedante. Sin embargo, el universo tiene espacio suficiente, y tiempo suficiente, para la clase de Dios en que yo creo.

»Estoy convencido de que no necesitas más pruebas, que te basta con las que ya tienes. Las teorías sobre Cygnus A y todo lo demás son para los científicos. Tú supones que te costaría mucho persuadir al hombre común de que no mientes, pero yo opino que te sería muy fácil. Piensas que tu historia es demasiado extraña y peculiar; sin embargo, yo ya la he escuchado antes, la conozco perfectamente. Y apuesto que tú también.

Cerró los ojos y, al cabo de un instante, recitó:

—«Él soñó y contempló una escalera apoyada sobre la tierra, cuyo extremo llegaba al cielo: y contempló a los ángeles de Dios subiendo y bajando por ella... Seguramente el Señor se encuentra en este lugar, pero sabía que no era así... Esta no es otra que la Casa de Dios, y esta es la puerta del cielo.»

Se había dejado transportar, como si se hallara predicando desde el púlpito. Abrió los ojos y esbozó una sonrisita como pidiendo disculpas. Siguieron caminando por una ancha avenida flanqueada por enormes telescopios. Al rato, Joss retomó la palabra.

—Tu historia ya fue profetizada, ya ha sucedido. En algún rinconcito de tu ser quizá ya lo sabías. Los detalles que me presentas no figuran en el Génesis, desde luego. El relato del Génesis era el adecuado para los tiempos de Jacob, tal como el tuyo lo es para nuestra era. La gente te va a creer, Eleanor. Millones de personas de todo el mundo te creerán, te lo aseguro.

Ella sacudió la cabeza y continuaron el paseo en silencio. Luego él prosiguió.

—Está bien, te comprendo. Tómate el tiempo que desees. Pero, si hay algún modo de apresurarlo, hazlo... por mí. Falta menos de un año para el milenio.

—Ya. Espérame unos meses más. Si para entonces no hemos hallado nada dentro de pi, voy a considerar la idea de dar a conocer la experiencia que vivimos allá arriba. Antes del uno de enero. Quizás Eda y los demás también estén dispuestos a hacer oír su voz. ¿De acuerdo?

Regresaron callados al edificio administrativo de Argos. Los aspersores regaban el magro césped y tuvieron que sortear un charco que, en esa tierra tan reseca, parecía fuera de lugar.

—¿Nunca te casaste?

—No, nunca. Tal vez haya estado demasiado ocupada.

—¿Tampoco te enamoraste?

—Un poco, varias veces. Pero —miró en dirección al telescopio más próximo—, siempre había tanto ruido que me costaba detectar la señal. ¿Y tú?

—Jamás. —Hizo una pausa, tras la cual añadió con un atisbo de sonrisa—: Pero tengo fe.

Ellie decidió no pedirle explicaciones sobre esa ambigüedad y juntos subieron la escalinata para visitar la computadora principal.

24

La firma del artista

He aquí que os digo un misterio: No todos moriremos, pero todos seremos transformados.

I Corintios 15, 51

El universo parece haber sido ordenado con arreglo al número, por la providencia y la mente del creador de todas las cosas; el esquema fue establecido, como un bosquejo preliminar, por la dominación del número preexistente en la mente del Dios hacedor del mundo.

NICÓMACO DE GERASA,
Introducción a la Aritmética I, 6 (*circa* 100 d. C.)

Subió corriendo la escalinata de la residencia y en la galería recientemente pintada de verde, donde había varias mecedoras vacías, vio a John Staughton agobiado, inmóvil, sus brazos como pesos muertos. En la mano derecha sostenía una bolsa de plástica, en la cual Ellie alcanzó a ver una gorra de baño, un neceser y un par de chinelas adornadas con pompones rosa.

—Murió. No entres —le imploró—. No la mires. Ella no hubiera querido que la vieras así. Tú sabes cómo cuidaba su aspecto. Además, ya no está ahí.

Casi por costumbre, por un resentimiento nunca resuelto, estuvo tentada de entrar de todas maneras. ¿Estaba dispuesta, incluso en un momento así, a desafiarlo por una cuestión de principios? ¿De qué principios? A juzgar por la expresión de Staughton, era indudable la autenticidad de su dolor. Había amado a su madre. «Quizá —pensó Ellie— la amó incluso más que yo», y de inmediato se sintió invadida por la culpa. Como hacía tanto tiempo que su madre no gozaba de buena salud, Ellie se había preguntado muchas veces cómo reaccionaría cuando llegara el momento. Recordó lo bonita que aparecía su madre en la foto que le envió Staughton, y, de pronto, pese a todas sus previsiones para la ocasión, prorrumpió en estremecedores sollozos.

Sorprendido, Staughton se acercó a consolarla, pero ella lo detuvo con un gesto y, con esfuerzo, logró dominarse. Ni siquiera en un momento así podía abrazarlo. Eran dos extraños mínimamente unidos por un cadáver. No obstante, comprendía que se había equivocado al culpar a Staughton por la muerte de su padre.

—Tengo algo para ti —dijo él, y buscó en la bolsa. Mientras revolvía el contenido, Ellie alcanzó a ver una billetera de cuero de imitación y un envase para dentaduras postizas, lo cual le hizo desviar la mirada. Por último, él extrajo un viejo sobre.

«Para Eleanor», ponía. Al reconocer la letra de su madre, hizo ademán de cogerlo, pero él dio un paso atrás, con el sobre delante de la cara, como si Ellie hubiese pretendido agredirlo.

—Espera —dijo—. A pesar de que nunca nos hemos llevado bien, te pido un favor: no leas la carta hasta esta noche.

Transido de dolor, el hombre parecía diez años más viejo.

—¿Por qué?

—Es tu pregunta preferida. ¿Es demasiado pedirte que me concedas este único favor?

—Tienes razón. Perdóname.

Staughton la miró de hito en hito.

—No sé qué te sucedió en esa Máquina —dijo—, pero a lo mejor te sirvió para cambiar.

—Eso espero, John.

Llamó a Joss para preguntarle si podría hacerse cargo de la ceremonia fúnebre.

—No necesito decirte que no soy practicante de ninguna religión, pero en cierta época mi madre sí lo era. Tú eres la única persona a quien se lo pediría, y estoy segura de que mi padrastro no pondrá inconvenientes.

Joss le prometió que viajaría en el primer vuelo.

En su habitación del hotel cogió el sobre y acarició cada uno de sus pliegues y arrugas. Era viejo. Su madre debía de haberlo utilizado años atrás y seguramente lo habría llevado en el fondo de su bolso, sin decidirse nunca a entregárselo. Como no parecía que alguien lo hubiese abierto y vuelto a pegar, se preguntó si Staughton habría leído la misiva. Una parte de ella ansiaba abrirlo, pero cierto presentimiento le impedía decidirse. Permaneció sentada en un sillón, pensando, con las piernas encogidas y el mentón apoyado sobre las rodillas.

Sonó entonces la campanilla de su telefax, que estaba conectado con la computadora de Argos. Pese a que el sonido le recordó tiempos pasados, sabía que no había ninguna urgencia. Si la máquina había encontrado algo, no iba a perderlo; tampoco desaparecería. Si realmente había un mensaje oculto en π, podía esperarla toda una eternidad.

Siguió observando el sobre, pero la campanilla la molestaba. Si de veras había algún contenido dentro de un número irracional, este debía hallarse inmerso en la geometría del universo desde el principio. El nuevo proyecto que había encarado versaba sobre teología experimental. «Pero lo mismo rige para toda la ciencia», pensó.

«No se aleje», le indicó la computadora en la pantalla del telefax.

Pensó en su padre... bueno, en aquella copia fiel de su padre... en los Guardianes y su red de túneles que cruzaban la galaxia. Ellos habían presenciado el origen y desarrollo de la vida en millones de mundos. Construían galaxias, clausuraban sectores del universo. Eran capaces, al menos en cierta medida, de viajar a través del tiempo. Eran dioses, que estaban más allá de la imaginación de casi todas las religiones. Pero también tenían sus limitaciones. No fueron ellos quienes construyeron los túneles, y tampoco estaban en condiciones de hacerlo. No habían insertado el mensaje dentro del número irracional, y ni siquiera podían descifrarlo. Los artífices del túnel, los que inscribieron algo en π, eran otros seres que ya no vivían allí, que se habían marchado sin dejar las señas de su nuevo domicilio. Cuando ellos partieron, supuso, los que habrían de ser los futuros Guardianes se convirtieron en hijos abandonados. Como ella.

Recordó la hipótesis de Eda en el sentido de que los túneles eran agujeros de gusano, distribuidos a intervalos convenientes alrededor de numerosas estrellas de esta y otras galaxias. Si bien se asemejaban a los agujeros negros, poseían diferentes propiedades y un origen distinto. No carecían por completo de masa, puesto que ella los había visto producir estelas gravitacionales en los residuos del sistema de Vega. Y a través de ellos, seres y naves de diversa especie recorrían la galaxia.

Agujeros de gusano. En el argot de la física teórica, el universo era una manzana en cuyo interior se entrecruzaban innumerables pasadizos. Para un bacilo que habitaba en la superficie, se trataba de un milagro, pero un ser instalado fuera de la manzana quizá no se impresionaría tanto. Desde esa perspectiva, los artífices del túnel eran solo algo molesto, incómodo. «Pero si ellos son gusanos, ¿qué somos nosotros?»

La computadora de Argos había profundizado el estudio de π, mucho más que persona o máquina alguna, aunque no había llegado tan lejos como los Guardianes. «Es muy pronto —pensó— para que se nos presente el mensaje nunca descifrado sobre el cual me habló Theodore Arroway aquel día en la playa.» A lo mejor eso no era más que un avance para publicitar futuras acciones, una voz de aliento para proseguir con la exploración, para que los humanos no perdieran el ánimo. Fuese lo que fuere, no podía tratarse del mensaje que preocupaba a los Guardianes. Tal vez hubiera mensajes sencillos, y otros difíciles, encerrados en los diversos números irracionales, y la computadora de Argos había encontrado el más fácil. Con ayuda.

En la estación galáctica aprendió una lección de humildad, tomó conciencia de lo poco que saben los humanos. «Es probable que haya tantas categorías de seres más adelantados que el hombre —pensó— como las hay entre el hombre y las hormigas.» Sin embargo, no se deprimió. Por el contrario, aceptar esa idea le despertó una profunda sensación de asombro. En ese momento se podía aspirar a mucho más.

Evocó su pasaje del instituto a la universidad, de un lugar donde todo lo lograba sin esfuerzo a otro donde hubo de empeñarse, disciplinadamente, para aprender. En el instituto era la más rápida en asimilar los conocimientos. En la universidad descubrió que había muchos alumnos más despiertos que ella. La misma sensación de que aumentaban las dificultades experimentó al ingresar en el curso de posgrado, y cuando se graduó de astrónoma. En cada etapa encontraba personas más idóneas que ella y, al mismo tiempo, cada etapa le resultaba más fascinante que la anterior. «Que se aclare la revelación», pensó mirando el telefax. Ya estaba lista.

«Problema de transmisión. No se aleje, por favor.»

Estaba conectada con la computadora de Argos mediante un satélite llamado *Defcom Alfa*. Quizás había habido un error en la programación. Casi sin pensarlo, advirtió que había abierto el sobre.

«Ferreterías Arroway», rezaba el membrete de la hoja, y el tipo de letra era de la vieja máquina de escribir que tenía su padre en casa. «13 de junio de 1964.» Su padre no podía haberla escrito, pues había muerto varios años antes. Echó un vistazo al pie de la página y corroboró la firma de su madre.

Mi querida Ellie:

Ahora que ya he muerto, espero que tengas la bondad de perdonarme. Sé que cometí un pecado contra ti, y no solo contra ti. No podía soportar la idea de que me odiaras si llegabas a conocer la verdad, por eso nunca reuní el coraje para decírtelo mientras vivía. Sé cuánto querías a Ted Arroway y quiero decirte que yo también lo amaba, lo amo aún. Pero él no era tu padre. Tu verdadero padre fue John Staughton. Fui débil, cometí una insensatez, pero de no haber sido así, no estarías hoy en el mundo; por eso te pido que no pienses mal de mí. Ted lo sabía, me perdonó y acordamos no contártelo nunca. Sin embargo, en este momento miro por la ventana y te veo sentada en el patio, pensando en las estrellas y en cosas que jamás logré entender, y me lleno de orgullo por ti. Como siempre le das tanta importancia a la verdad, me pareció que era justo que supieras la verdad sobre tu origen.

Si John está aún con vida, él te habrá entregado esta carta. Sé que lo hará. Es un hombre más bueno de lo que crees, Ellie, y tuve suerte en volver a encontrarlo. A lo mejor lo odias tanto porque algo dentro de ti ya adivinó la verdad, aunque en realidad pienso que lo odias porque no es Ted Arroway.

Y sigues ahí, sentada en el patio. No te has movido desde que comencé a escribir esta carta. Estás, simplemente, pensando. Ruego a Dios que algún día encuentres eso que buscas con tanto afán. Perdóname. Solo fui humana.

Cariños,

MAMÁ

Asimiló el contenido de una vez y volvió a leerla. Sentía la respiración entrecortada y le sudaban las manos. El impostor resultaba ser el personaje verdadero. Durante la mayor parte de su vida había rechazado a su propio padre, sin tener la menor idea de lo que hacía. Qué entereza de carácter había puesto de manifiesto él ante sus arranques de adolescente, cuando le echaba en cara que no era su padre, que no tenía derecho a decirle lo que debía hacer.

El telefax volvió a sonar dos veces, invitándola a pulsar la tecla de respuesta. Sin embargo, no se sentía con ánimo para responder. Pensó en su pa... bueno, en Theodore Arroway, en John Staughton, en su madre. Todos habían sacrificado muchas cosas por su bien, pero ella estaba demasiado ensimismada como para percatarse. Ojalá Palmer se hallara a su lado.

El telefax sonó una vez más. Había programado la computadora para que le llamara la atención con insistencia si encontraba algo en π. Sin embargo, estaba absorta en deshacer y reconstruir la mitología de su propia vida. Su madre seguramente se sentó al escritorio de la habitación grande, la de arriba, y mientras pensaba cómo redactar la carta miraba por la ventana a su hija Ellie, de quince años, rebelde y resentida.

Su madre le había hecho otro regalo. Con esa carta, Ellie cerraba un círculo, rescataba su personalidad de años atrás. Había aprendido mucho desde entonces, y le quedaba mucho más por aprender.

En la mesa sobre la que descansaba el telefax había también un espejo. Allí vio a una mujer ni joven ni vieja, ni madre ni hija. No había avanzado lo suficiente para recibir ese mensaje, y mucho menos descifrarlo. Había pasado su existencia procurando establecer contacto con los seres más extraños y remotos, mientras que en la vida real no lo había logrado casi con nadie. Siempre había criticado cruelmente a los demás por crearse mitos, pero no advirtió la mentira que subyacía debajo de los propios. Toda su vida había estudiado el universo, pero nunca reparó en su mensaje más sencillo: las criaturas pequeñas como nosotros solo podemos soportar la inmensidad por medio del amor.

Tan insistente fue la computadora en su intento por comunicarse con Eleanor Arroway, que fue casi como si transmitiera una urgente necesidad personal de compartir con ella el descubrimiento.

La anomalía quedó al descubierto dentro de la aritmética en base 11, con totalidad de ceros y unos. Comparado con lo que se había recibido de Vega, eso podía ser, en el mejor de los casos, un mensaje simple, pero su importancia en el campo de la estadística era inmensa. El programa reagrupó las cifras formando una trama cuadrada, de igual número de dígitos en sentido horizontal y vertical. La primera línea era una sucesión continua de ceros, de izquierda a derecha. En la segun-

da aparecía un único uno, justo en el centro, con ceros a ambos lados. Luego se formó un inconfundible arco, compuesto por unos. Rápidamente se construyó una sencilla figura geométrica muy prometedora. Emergió luego la última línea de la figura, toda de ceros, también con un cero en el centro.

Oculto en el cambiante esquema de las cifras, en lo más recóndito del número irracional, se hallaba un círculo perfecto, trazado mediante unidades dentro de un campo de ceros.

El universo había sido creado ex profeso, manifestaba el círculo. En cualquier galaxia que nos encontremos, tomamos la circunferencia de un círculo, la dividimos por su diámetro y descubrimos un milagro: otro círculo que se remonta kilómetros y kilómetros después de la coma decimal. Más adentro, habría mensajes más completos. Ya no importa qué aspecto tenemos, de qué estamos hechos ni de dónde provenimos. En tanto y en cuanto habitemos en este universo y poseamos un mínimo talento para las matemáticas, tarde o temprano lo descubriremos porque ya está aquí, en el interior de todas las cosas. No es necesario salir de nuestro planeta para hallarlo. En la textura del espacio y en la naturaleza de la materia, al igual que en una gran obra de arte, siempre figura, en letras pequeñas, la firma del artista. Por encima del hombre, de los demonios, de los Guardianes y artífices de túneles, hay una inteligencia que precede al universo.

El círculo se ha cerrado.

Y Eleanor encontró, por fin, lo que buscaba.

Nota del autor

Pese a haber recibido la influencia de gente que conozco, ninguno de los personajes de este libro es un retrato fiel de alguien en particular. No obstante, es mucho lo que le debo a la comunidad mundial de SETI, un pequeño grupo de científicos, de todos los rincones de nuestro minúsculo planeta, que trabajan en colaboración, sin dejarse acobardar por los obstáculos, intentando hallar una señal procedente de los cielos. Tengo una especial deuda de gratitud con los pioneros de SETI, Frank Drake, Philip Morrison y el fallecido I. S. Shklovskii. La búsqueda de inteligencia extraterrestre entra en este momento en una nueva fase con dos ambiciosos proyectos que se han puesto en marcha: la exploración META/Sentinel, de ocho millones de canales, de la Universidad de Harvard (patrocinado por la Sociedad Planetaria con sede en Pasadena), y otro programa más complejo aún, bajo los auspicios de la Administración Nacional para la Aeronáutica y el Espacio. Mi más sincero anhelo es que este libro quede desactualizado por el avance de los descubrimientos científicos verdaderos.

Varios amigos y colegas tuvieron la amabilidad de leer un primer borrador de esta obra y aportar pormenorizados comentarios. Vaya mi profundo agradecimiento a todos ellos: Frank Drake, Pearl Druyan, Lester Grinspoon, Irving Gruber, Jon Lomberg, Philip Morrison, Nancy Palmer, Will Provine, Stuart Shapiro, Steven Soter y Kip Thorne. El profesor Thorne se tomó la molestia de analizar el sistema de transporte galáctico que se describe en el libro, y de avalarlo con cincuenta líneas de ecuaciones del campo de la física gravitacional. Scott Meredith, Michael Korda, John Herman, Gregory Weber, Clifton Fadiman y el ya fallecido Theodore Sturgeon me proporcionaron valiosos consejos en cuanto al contenido y el estilo. A través de las numerosas etapas de la preparación de este libro, Shirley Arden me brindó su inapreciable colaboración, razón por la cual me siento agradecido con ella y Kel Arden. Gracias también a Joshua Lederberg por haberme sugerido, muchos años atrás, la posibilidad de que una forma avanzada de inteligencia pudiera habitar en el centro de la Vía Láctea. La idea tiene antecedentes —como los tienen todas—, y algo similar imaginó, alrededor de 1750, Thomas Wright, la primera persona en mencionar concretamente que la galaxia pueda tener un centro.

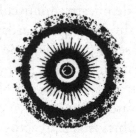

Corte transversal del centro de la Galaxia,
tal como lo presentara Wright

Esta obra surgió de un guion cinematográfico que Ann Druyan y yo escribimos en 1980-1981. Lynda Obst y Gentry Lee nos ayudaron en los primeros pasos. En cada tramo de la redacción fue inestimable la colaboración que me prestó Ann Druyan, desde el primer paso —el de conceptualizar el argumento y los personajes principales— hasta la corrección final de las galeradas. Lo que he aprendido de ella durante todo el proceso es el mejor de los recuerdos que guardo sobre el libro.

Índice

TERCERA PARTE
LA GALAXIA

Contacto de Carl Sagan
se terminó de imprimir en el mes de marzo de 2023
en los talleres de
Grafimex Impresores S.A. de C.V.
Av. de las Torres No. 256 Valle de San Lorenzo
Iztapalapa, C.P. 09970, CDMX, Tel:3004-4444